D1930454

Perry Rhodan

Peter Terrid

Unsterblichkeit × 20
Aufstand der Posbis

PERRY RHODAN-Planetenromane
© 2016 dieser Lizenzausgabe Zaubermond-Verlag, Hamburg
www.zaubermond.de
Lektorat: Rainer Nagel
Titelbild: Arndt Drechsler
Satz: Zaubermond-Verlag
Druck und Bindung: Scandinavian Book
Printed in Germany Mai 2016

Internet: www.perry-rhodan.net

Inhaltsverzeichnis

Peter Terrid

Unsterblichkeit × 20

20 Zellaktivatoren bei den Antis – der Kampf um das ewige Leben entbrennt

Der Unsterblichkeitsrausch in der zweiten Hälfte des 21. Jahrhunderts legte sich zwar irgendwann, aber die Gier des Menschen nach dem ewigen Leben ließ sich auf Dauer nicht unterdrücken. Man hatte zwar verstanden, dass es nicht mehr möglich war, einfach ins Wegasystem zu fliegen und über die Rätselstrecke Kontakt mit ES aufzunehmen – aber allein das Wissen, dass es ES gab und die Superintelligenz die potenzielle Unsterblichkeit verleihen konnte, reichte für viele aus.

Dennoch beruhigte sich die Lage ein wenig. Sicher, mit den richtigen Kontakten und dem Geld für ein unabhängiges Raumschiff konnte man in der Milchstraße herumfliegen, um das Geisteswesen zu suchen. Einige Zeit lang waren sogenannte Parabelfinder in Mode – teure und komplexe Computerprogramme, deren Hersteller versprachen, man könne mit ihnen die aktuelle Position von Wanderer »bis auf zwei Lichttage genau« bestimmen. Selbstverständlich konnte keines dieser Programme jemals die in sie gesetzten Erwartungen erfüllen – doch einige Leute (dem Vernehmen nach waren darunter zwei ehemalige Offiziere der Solaren Flotte) wurden reich damit.

Die Solare Administration steuerte zudem vergleichsweise sanft, aber dennoch sehr zielgerichtet gegen. Vielleicht etwas zu langfristig angelegt (aber solcherart ist das Denken relativ unsterblicher Staatsführer), ließ man ab etwa dem Jahr 2070 leicht verzerrte Details zu einem Fall an die Öffentlichkeit dringen, der intern als »Der Flug der Millionäre« geführt wurde.

Im Jahre 2029 hatten sich die superreichen Mabel Rushton, Ronald Börsinger und Lopez Garcia mit einem widerrechtlich angeeigneten Raumschiff und einem verblendeten Flottenoffizier auf die Suche nach Wanderer gemacht – und die Kunstwelt sogar gefunden. Bekanntlich verlief die Expedition für die drei Millionäre tragisch.

Informationen dazu sickerten allmählich durch, sorgsam gesteuert und inhaltlich verzerrt – nicht zuletzt auch, um die noch lebenden Angehörigen zu schützen. Das Sujet erwies sich als sehr populär und wurde insgesamt achtmal verfilmt (in allen Fällen intern von der Regierung gefördert), wobei Kiran Consairs Version aus dem Jahre 2399 nach wie vor als Klassiker gilt.

Die Ära der Zelldusche sollte zwar noch bis 2326 anhalten, aber im frühen 22. Jahrhundert hatte sich in der Öffentlichkeit die Überzeugung durchgesetzt, dass die Unsterblichkeit keine Sache für den »Normalbürger« war und dass die Staatsbürgerschaft des Solaren Imperiums keinen Anspruch auf Unsterblichkeit einschloss.

Dies war, bevor sich die Idee herumsprach, dass man sich die Unsterblichkeit im Sinne des Wortes »um den Hals hängen« konnte. Sicherlich wusste man von Atlan und seinem Zellaktivator, aber es war zudem bekannt, dass es sich um ein nicht übertragbares Einzelstück handelte. Gleiches galt für den Zellaktivator, den Perry Rhodan im Jahre 2103 erhalten sollte. Zwar verschwieg man der Öffentlichkeit die genauen Umstände der Ereignisse (insbesondere den tragischen Tod von Perry Rhodans Sohn Thomas Cardif auf Trakarat), aber ein neuer Unsterblichkeitsrausch kam trotzdem nicht auf.

Aus dieser Episode ergab sich allerdings ein Nachspiel, das sich für die Terraner noch zu einem großen Problem ausweiten sollte …

(aus: Hoschpians unautorisierte Chronik des 14. Jahrhunderts NGZ; Kapitel 3.0.4, Voraussetzungen: Die relative Unsterblichkeit)

1.

Als Burt Rhyan den Mann am Straßenrand stehen und winken sah, wusste er sofort, dass die nächsten Minuten, wenn nicht Stunden, alles andere als angenehm werden würden.

Am liebsten wäre Rhyan weitergefahren, aber der Gedanke an die erschreckende Leere seiner Geldbörse hielt ihn davon ab. Vor knapp zwei Jahren war Burts Vater Odie Rhyan mit seinem Frachtschiff CAROLINA im Weltraum verschollen, und bis die Versicherungsgesellschaften endlich die vertraglichen Summen ausschütteten, würden wahrscheinlich noch zwei weitere Jahre vergehen. Und da Rechtsanwälte grundsätzlich erst dann in Aktion traten, wenn sie Geld gesehen hatten, war Burt Rhyan nichts anderes übrig geblieben, als sich neben seinem Studium als Taxifahrer zu verdingen.

Kunden wie der winkende Mann am Straßenrand gehörten zu der Sorte Fahrgäste, die ein Fahrer bereits nach einer Woche Dienst zu fürchten gelernt hatte. Der Mann war klein und dick, fast schon fett. Man hätte auch sagen können, dass er bei seinem Gewicht mindestens einen halben Meter zu kurz geraten war – das kam auf das gleiche hinaus. Während Burt Rhyan den Gleiter an den Straßenrand steuerte, fand er Zeit, die Einzelheiten der Physiognomie seines Fahrgasts zu studieren.

Da war zunächst einmal das Gesicht. Rot, schwitzend und mit dicken Pausbacken, darüber dünne blonde Haare, straff zurückgekämmt. Die Lippen waren wulstig und feucht, weil der Mann immer wieder die Zunge benutzte, um sie zu befeuchten. Allein die rote Gesichtsfarbe genügte für Burt, in dem Mann einen hochgradigen Choleriker zu vermuten.

Er hielt an und öffnete den Schlag. Mit einem lauten Keuchen setzte sich der kleine Dickwanst in Bewegung und marschierte auf das Taxi zu.

»Junger Mann«, begann der Fahrgast. »Können Sie mir verraten, warum man neuerdings in Ihrem Gewerbe offenbar Halbblinde einsetzt? Ich stehe hier seit fast einer halben Stunde und winke Ihnen. Ein Wunder, dass mich bei dieser Anstrengung nicht schon der Schlag getroffen hat!«

Möge er dich treffen, wünschte Burt Rhyan. Allein die schrille, hohe Stimme des Dicken reichte aus, diesen Wunsch verständlich zu machen.

»Ich wäre Ihnen verbunden«, keifte der Fahrgast weiter, »würden Sie Ihr Fahrzeug endlich in Bewegung setzen. Jede Minute, die ich in diesem Gefährt verbringen muss, treibt meinen Blutdruck in astronomische Höhen!«

»Versuchen Sie es einmal mit autogenem Training«, schlug Burt vor. Eine Sekunde später bereute er diesen Tipp bereits, denn der Dicke steigerte sich in einen Wutanfall, der sein Gesicht noch mehr rötete.

»Wenn ich die Hilfe eines pseudomedizinischen Quacksalbers brauchen sollte, werde ich mich an Sie wenden. Und jetzt fahren Sie endlich los, bevor mich in Ihrem klapprigen Gefährt der Schlag rührt!«

Burt versuchte den Dicken zu kopieren.

»Ich meinerseits wäre Ihnen verbunden, würden Sie mir verraten, wohin Sie gefahren zu werden wünschen? Zentralklinik?«

»Wenn Sie weiterhin versuchen, mich zu ärgern, wird das bestimmt die richtige Adresse sein. Was fällt Ihnen eigentlich ein, mich derart zu insultieren? Ich werde mich über Sie beschweren, vernichten werde ich Sie, jawohl, das werde ich tun! Goshun-See!«

Burt seufzte und ließ den Gleiter anfahren. Immerhin, bis zum Goshun-See war es weit, und das brachte etwas ein. Mit Trinkgeld rechnete Burt nach dem ersten Auftritt des Fettleibigen nicht mehr. Er konnte von Glück sagen, überlegte er sich, wenn ihn sein übellauniger Passagier nicht derart nervte, dass er den Gleiter vor eine Hauswand setzte.

»Fahren Sie nicht so schnell«, keifte es hinter Burt. »Wollen Sie mich umbringen, Sie …?«

»Nichts liegt mir ferner als das«, versuchte Burt zu kontern. »Zumal Sie noch nicht bezahlt haben.«

»Es ist ein Kreuz mit diesen jungen Leuten. Sie sind frech, aufsässig und unverschämt. Herr im Himmel, haben Sie nicht den Transporter gesehen? Halten Sie gefälligst den Mindestabstand ein. Oder sind Sie etwa blind?«

»Nicht ganz«, gab Burt zu. »Nur sehr kurzsichtig.«

Diese Auskunft verschlug dem Fahrgast fürs Erste die Sprache, aber nicht sehr lange. »Und dann wagen Sie es, sich ohne Brille hinter ein Steuer zu setzen?«

»Warum nicht?«, antwortete Burt. »Die Fenster sind nach Rezept geschliffen!«

Die schrille Stimme des Dicken erstarb, dann hörte Burt hinter sich ein Brummen, Grollen und Schnaufen, das verdächtig an einen Vulkan kurz vor einer Eruption erinnerte.

Burt beschloss diesem Ausbruch mit einer Frage zuvorzukommen. »Welche Adresse am Goshun-See wünschen Sie? Der See ist ziemlich groß!«

»Werden Sie nicht zudringlich«, keifte der Dicke. »Was geht es Sie an, wen ich besuche? Kümmern Sie sich um ihr Fahrzeug! Was ist das überhaupt für ein Geräusch? Fliegt das Ding vielleicht bald in die Luft?«

»Lediglich der Motor, Sir«, antwortete Burt freundlich.

Im Rückspiegel konnte er sehen, wie sich der Dicke an die Arbeit machte, in möglichst kurzer Zeit eine Bonbonschachtel zu leeren. Erst als er die Aufschrift auf dem Deckel sah, entdeckte Burt, dass es sich bei den Bonbons um Pillen handelte. Wenn sich der Dicke immer derartig mit Medikamenten vollstopfte, war es kein Wunder, wenn er an Bluthochdruck und einem handfesten Leberschaden litt.

Dem pausbäckigen Gesicht nach zu schließen, war der Fahrgast etwa fünfundzwanzig Jahre alt – die restlichen Zeichen sprachen aber eher für fünfzig und mehr. Wenn der Dicke so weitermachte, würde er seine Pensionierung nicht mehr erleben.

Langsam begann Burt das Spektakel zu genießen. Während der Fahrt beschwerte sich sein Fahrgast über die eisige Kälte in dem Gleiter, obwohl er sich bei seinen wütenden Tiraden ununterbrochen mit einem hässlichen rot karierten Taschentuch den Schweiß vom Gesicht wischen musste. Er stellte Vermutungen über Burts Abstammung und Intelligenz an, jammerte über die unerträgliche Hitze und brachte es beiläufig noch fertig, ein einpfündiges Marzipanschwein nebst einem Viertelpfund Magenpillen zu vertilgen. Er verbat sich wütend jeden Kommentar von Burt und beschimpfte ihn wenig später als rücksichtslos und flegelhaft, weil Burt keinen Laut mehr von sich gab.

Während der Dicke schimpfte, jammerte, keifte und fauchte, begann Burt zu überlegen, welchen Beruf sein Fahrgast wohl haben mochte. Als Erstes tippte er auf einen Beamten; nur ein Mann in unkündbarer Stellung konnte sich ein derartiges Benehmen leisten. Möglich war auch, dass es sich um den Leiter eines Mädchenpensionats handelte, oder um einen Chefredakteur. Denkbar war auch, dass der Mann schlichtweg irre war und sich aus einer geschlossenen Anstalt abgesetzt hatte.

»Goshun-See«, verkündete Burt schließlich. Das Taxameter zeigte einen erfreulich hohen Stand. »Wünschen Sie hier abgesetzt zu werden?«

»Wollen Sie mich meinem Schicksal überlassen?«, keifte der Dicke. »Ich werde mir einen Sonnenstich holen, einen Herzinfarkt erleiden oder an völliger Erschöpfung sterben. Steuern Sie nach rechts!«

Burt begann sich zu wundern. Wenn er die Richtungsangabe des Dicken richtig verstanden hatte, wollte sein Fahrgast jenen Bereich am Ufer des Goshun-Sees aufsuchen, in dem die Privatwohnungen der Mitglieder der Administration lagen.

»Fahren Sie schon«, befahl der Dicke schrill. »Denken Sie daran, dass sich bei jeder Minute Stillstand die Temperatur in diesem Teufelsgefährt erhöht. Wenn Sie noch länger zögern, werde ich mein Ziel nicht lebend erreichen!«

Gehorsam ließ Burt den Gleiter anfahren. Der Dicke schien genau zu wissen, wohin er wollte. Es hatte fast den Anschein, als würde er sich in diesem Bereich des Goshun-Ufers sehr genau auskennen. Burt konnte sich allerdings nicht vorstellen, dass irgendein Mitglied der Administration sich freiwillig diesen feisten Choleriker ins Haus laden würde.

»Halten Sie endlich an, junger Mann. Ich will aussteigen!«

Burt brachte den Gleiter zum Stehen. Er starrte seinen Fahrgast entgeistert an.

»Sie wollen Reginald Bull beläs… suchen?«

»Was geht es Sie an, wen ich beläs… suche? Wie viel habe ich zu zahlen? *Wie viel?* Junger Mann, ich wollte gefahren werden – ich habe niemals davon gesprochen, dass ich den Bankrott Ihrer Firma abwenden will. Nehmen Sie schon, und dann verschwinden Sie! Ihr bloßer Anblick treibt meinen Blutdruck in die Höhe!«

Der Dicke wälzte sich aus dem Gleiter und drückte Burt einen Schein in die Hand.

»Verschwinden Sie endlich. Den Rest können Sie behalten. Besuchen Sie eine gute Schule davon – ich schlage eine Fahrschule vor!«

Während der Dicke auf die Tür von Reginald Bulls Haus zuwatschelte, betrachtete Burt Rhyan entgeistert den Geldschein in seiner Hand. Dann begann er zu lächeln.

Wahrscheinlich würden nur ein paar Augenblicke vergehen, bis Reginald Bull den Dickwanst hinausbefördern würde. Dann hatte Burt auch für die Rückfahrt einen Passagier, und wenn das Trinkgeld auf der Rückfahrt ähnlich ausfiel, konnte Burt es sich durchaus leisten, seine Freundin zu einem sehr opulenten Abendessen einzuladen.

Interessiert sah Burt zu, wie der Dicke die Türklingel drückte. Wenig später erschien ein Robot in der Tür, und Sekunden danach hatte sich die Tür hinter dem Besucher wieder geschlossen.

Burt Rhyan war verblüfft.

Er konnte nicht wissen, dass kein Mitglied der Administration daran dachte, diesem Besucher die Tür zu weisen. Er konnte auch nicht wissen, dass dieser unausstehliche Mann und seine Mitarbeiter es geschafft hatten, den heimtückischen Überfall der Springer aufzuklären, dem Burt Rhyans Vater zum Opfer gefallen war.

Woher hätte Burt Rhyan wissen sollen, dass er Nike Quinto befördert hatte, den Chef der Abteilung III der Interkosmischen Sozialen Entwicklungshilfe?

Reginald Bull war gerade damit beschäftigt, seinen Drink mit viel Fruchtsaft zu entschärfen, als er den Türsummer hörte. Die Kamera am Eingang verriet ihm rasch, wer ihn in den wenigen freien Stunden, die dem Stellvertreter Rhodans blieben, zu stören wagte. Ein Mann wie Nike Quinto hatte natürlich jederzeit Einlass.

Keuchend und schnaubend betrat Quinto das Wohnzimmer.

»Guten Abend, Sir«, sagte er schrill. »Sie entschuldigen, wenn ich Sie in Ihrer Freizeit störe, aber unaufschiebbare Entscheidungen drängen mich dazu. Andernfalls hätte ich diesen selbstmörderischen Ausflug nicht gewagt. Diese Taxifahrer sind heutzutage der Schrecken der Menschheit. Was sich diese Burschen alles erlauben, grenzt an schwere Körperverletzung. Sie gestatten, dass ich mich setze. Ich befürchte ernstlich, dass ein längeres Stehen meiner Gesundheit einen nicht wiedergutzumachenden Schaden zufügen könnte. Besten Dank, Sir!«

Quinto plumpste in den Sessel und holte erst einmal tief Luft. Das Sprechen schien ihn sehr erschöpft zu haben.

»Etwas zu trinken, Oberst Quinto?«, erkundigte sich Reginald Bull freundlich.

»Ist da etwas Alkoholisches drin?«, fragte der Oberst misstrauisch und schnüffelte an dem Glas. »Alkohol ist pures Gift für mich.«

»Nur in homöopathischer Dosierung«, versprach Reginald Bull. »Was führt Sie her?«

»Die Verzweiflung, Sir, die pure Verzweiflung. Eigentlich hätte ich lieber mit Rhodan selbst gesprochen, aber ich weiß, dass der Chef noch etwas ruhebedürftig ist. Ich bin ein Mensch …«

»Das weiß ich«, warf Bully ein.

»… der auf die Gesundheit anderer immerzu Rücksicht nimmt und Schonung übt, auch wenn man mich selbst unausgesetzt quält und schindet. Also zog ich es vor, den Chef in seinem Erholungsurlaub nicht zu stören. Meine Botschaft würde ihn sicherlich sofort niederstrecken. Sie hingegen, Sir, haben ein Gemüt wie ein Metzgershund, Sie wirft so schnell nichts um, also kam ich zu Ihnen.«

Bully nahm das zweifelhafte Kompliment Quintos ungerührt hin. Er kannte den Oberst und seine Eigentümlichkeiten.

»Sie sind noch nicht zum Kern des Anliegens vorgestoßen«, erinnerte er Quinto sanft. »Worum handelt es sich?«

»Ich gebe Ihnen zunächst nur ein Stichwort, Sir. Ich sage nur: Zellaktivator!«

»Ich habe Zellaktivator verstanden, mein lieber Oberst. Wünschen Sie, dass ich die Temperatur in diesem Raum ändere? Hätten Sie es lieber etwas kälter?«

Quinto hob abwehrend beide Hände.

»Um Himmels willen, nein, Sir. Jeder noch so geringe Temperatursturz hätte mein sofortiges Ableben zur Folge. Es handelt sich um die Zellaktivatoren, wie ich schon ausführte.«

»Um beide?«

Quinto blinzelte verwirrt.

»Hört mir denn kein Mensch zu? Habe ich es denn nur mit Dummköpfen zu tun? Wie kommen Sie auf zwei Aktivatoren?«

»Weil es nur zwei gibt«, antwortete Bully, nun leicht irritiert. »Atlan trägt seit knapp zehntausend Jahren den einen, den anderen trägt seit einigen Monaten der Chef!«

»Unfug«, wehrte Quinto ab. »Was ist eigentlich in diesem Getränk? Apfelsaft? Heiliger Äskulap, wissen Sie denn nicht, was für verheerende Folgen Äpfel in jeder nur denkbaren Erscheinungsform für meine Gesundheit haben? Sie entschuldigen, Sir!«

Quinto förderte eine Pillenschachtel zuwege und suchte eine Zeit lang darin herum, dann zuckte er mit den Schultern und schlang den gesamten Inhalt hinab.

»Ich hoffe, ich werde diese Katastrophe überleben.«

»Sie wollten über Zellaktivatoren sprechen«, erinnerte Bully. »Wenn es weder Atlans noch Rhodans Aktivator betrifft, welche dann?«

»Welche dann!«, wiederholte Quinto fassungslos. »Natürlich die anderen, welche sonst?«

Bully seufzte leicht.

»Was für andere Aktivatoren meinen Sie? Vielleicht erklären Sie mir den Sachverhalt etwas ausführlicher!«

Quinto seufzte ebenfalls, nur entschieden lauter und wehleidiger.

»Also gut«, ächzte er. »Ich bin es gewohnt, allen alles dreimal erklären zu müssen. Sie erinnern sich an Thomas Cardif?«

»Nur zu gut«, sagte Bully. Vorsichtshalber setzte er sich.

»Cardif wurde von den Antis erpresst, die ihn bei seinem heimtückischen Versuch unterstützt hatten, Rhodans Platz einzunehmen. Unter dem Eindruck dieser Erpressung flog Cardif seinerzeit nach Wanderer und verschaffte sich jenen Zellaktivator, der ihm dann zum Verhängnis wurde.«

»Ich erinnere mich, schließlich ist die Angelegenheit erst einige Monate alt. Cardif bekam, weil er es so gefordert hatte, einen Aktivator, der auf Perrys Schwingungen eingestellt war. Die Differenz zwischen Perrys Werten und denen Cardifs führte dann zur Kontraindikation und endlich zum Tod von Thomas Cardif.«

»Richtig, Sir. Aber Cardif hat damals nicht nur einen Aktivator bestellt und bekommen …«

Reginald Bull sprang auf. Sein Glas fiel auf den Boden, der Inhalt versickerte im Teppich. Bullys Augen waren geweitet.

»Natürlich«, schrie er auf. »Er hat *einundzwanzig* Aktivatoren bekommen, einen für sich und …«

»… zwanzig für seine Freunde, die Antis!«, setzte Nike Quinto fort. Er machte ein zufriedenes Gesicht, man konnte ihn fast schon fröhlich nennen.

»Und diese Aktivatoren sind noch immer in den Händen der Antis«, überlegte Reginald Bull laut. Nervös ging er im Raum auf und ab. »Zwanzigmal die Unsterblichkeit, in den Händen der schlimmsten Feinde, die das Imperium hat. Nicht auszudenken, was daraus erwachsen kann. Was wissen Sie von diesen Aktivatoren, Oberst?«

Quinto zuckte hilflos mit den Schultern.

»Meine Mitarbeiter sind unzuverlässig und schlecht«, jammerte er. »Was soll ich mit solchen Leuten machen? Wir wissen nur, dass ein Aktivator auf Utik aufgetaucht ist. Dort hat er für allerhand Verwirrung gesorgt. Er bewirkte nämlich, dass jedermann den Träger für eine wunderschöne Blume hielt, die gepflegt und begossen werden müsse. Einer meiner Mitarbeiter, ein gewisser Meech Hannigan, hat das herausgefunden. Was dann aus dem Aktivator geworden ist, weiß niemand.«

»Wollen Sie den Fall übernehmen?«, fragte Bully erregt.

Quinto zögerte. Zum ersten Mal seit seinem Eintritt klang seine Stimme einigermaßen normal, von der Tonhöhe abgesehen.

»Die Abteilung III ist hoffnungslos überlastet, Sir. Ich kann vielleicht die Spur eines Aktivators aufnehmen – nicht aber die von zwanzig. Das ist ausgeschlossen. Wenn ich mir und meinen Mitarbeitern, diesem unfähigen Gesindel, zugetraut hätte, das Problem zu lösen, wäre ich nicht unter größter Lebensgefahr zu Ihnen gekommen. Ich befürchte, dass das sogar für die Solare Abwehr ein harter Brocken sein wird.«

Bully trommelte mit den Fingerspitzen auf der Platte seines Schreibtischs einen harten Wirbel.

»Ich werde mich selbst um diese Angelegenheit kümmern«, versprach er. »Jedenfalls bin ich Ihnen sehr dankbar, dass sie uns von dieser Gefahr unterrichtet haben.«

»Einer muss ja auf das Imperium aufpassen«, erklärte Quinto

selbstsicher. »Stellen Sie sich vor, es gäbe mich nicht! Keine vierzehn Tage hätte das Imperium noch Bestand. Vielleicht verhilft Ihnen diese Einsicht dazu, künftig etwas schonender mit meinem wertvollen Leben umzugehen. Schließlich kann jeder sehen, wie sehr ich leide.«

»Ich werde mein möglichstes tun, Oberst Quinto. Soll ich Ihnen einen Gleiter rufen lassen, der sie zurückbringt?«

»Nicht nötig, Sir. Ich bin sicher, dass der unverschämte Bursche, der mich halb tot hierhergeschafft hat, draußen auf mich wartet. Ich habe ihm viel zuviel Trinkgeld gegeben – jedenfalls für eine einfache Fahrt. Jetzt steht er mit Sicherheit draußen vor der Tür und wartet auf mich, in der Hoffnung, ein zweites Trinkgeld zu ergattern. Er wird sich täuschen!«

Grinsend sah Bully zu, wie Quinto, laut lamentierend, das Haus verließ. Dann wurde Reginald Bull schlagartig ernst. Er dachte geraume Zeit nach, dann schaltete er den Hyperkom ein.

Ein simpler Knopfdruck löste einen Impuls aus. Dieser Impuls raste von Bullys Gerät zur großen Sendestation in Terrania, von dort aus überlichtschnell zur Empfängerstation des Robotregenten auf Arkon III. In einer kaum messbar kurzen Zeitspanne bewirkte dieser Impuls, dass der Privatanschluss des Imperators Gonozal VIII. mit Bullys Gerät verbunden wurde. Gleichzeitig wurden Raffer und Zerhacker zugeschaltet, die es unmöglich machen sollten, dass ein Fremder dieses Gespräch belauschen konnte.

Bully brauchte nur einige Sekunden zu warten, dann erschien auf seinem Bildschirm das unverkennbare Sendezeichen des Robotregenten, und eine Sekunde später war Atlans Symbol zu erkennen.

Der Arkonide blinzelte verwirrt in die Optiken. Er brauchte einige Sekunden, bis er Bully erkannt hatte.

»Bully«, sagte er mit leisem Vorwurf und gähnte ausgiebig. »Ist dir klar, dass es in diesem Bereich von Arkon III Schlafenszeit ist? Was gibt es?«

»Ich habe eine Neuigkeit für dich, die dich sofort hellwach machen wird. Sagt dir das Stichwort *Zellaktivator* etwas?«

Der Arkonide verfügte über ein fotografisches Gedächtnis und einen hervorragend arbeitenden Logiksektor. Er wusste sofort, was er von diesem Stichwort zu halten hatte.

»Bei Arkon!«, stöhnte er auf. »Die zwanzig Aktivatoren, die Cardif für die Antis besorgt hat!«

»Nike Quinto hat mich gerade daran erinnert. Es ist höchste Zeit, dass wir etwas unternehmen.«

»Hast du Perry informiert?«

Bully schüttelte den Kopf.

»Noch nicht«, gestand er. »Perry braucht nach den Ereignissen der letzten Monate vor allem eines – Ruhe. Vergiss nicht, dass er seinen Sohn verloren hat. Das geht ihm nahe, auch wenn sich dieser Sohn als der übelste Schurke in der Geschichte der Menschheit entpuppt hat. Nein, Arkonidenhäuptling, diese Angelegenheit müssen wir beide erledigen!«

»Tut mir leid, Bully, aber auf mich wirst du dabei verzichten müssen. Ich habe Termine!«

Bully runzelte die Stirn.

»Seit wann nimmst du die Repräsentationspflichten so ernst? Bislang warst du immer heilfroh, wenn wir dich aus der Tretmühle der Etikette befreit haben.«

»In den nächsten Tagen wird der neue Zarlt von Zalit in sein Amt eingeführt. Es ist üblich, dass der Imperator von Arkon diesen Feierlichkeiten den Glanz seiner Anwesenheit verleiht – sofern nicht wichtige Gründe vorliegen.«

»Sind zwanzig Aktivatoren nicht wichtig genug? Willst du noch mehr Ärger?«

Atlan lächelte verhalten.

»Wenn ich nicht erscheine, gebe ich damit zu, dass wichtige Gründe für die Absage vorliegen. Nach außen hin ist im Imperium alles ruhig, keine Aufstände, keine Revolten, keine drohende Gefahr. Was soll ich erklären, warum ich nicht zur Amtseinführung erschienen bin? Herumposaunen, dass es in der Galaxis zwanzigmal das ewige Leben zu holen gibt? Kannst du dir vorstellen, was geschehen wird, wenn diese Information durchsickert? Wer von euch terranischen Barbaren weiß eigentlich von der Angelegenheit?«

»Nike Quinto, ich, Brazo Alkher und alle, die damals mit Cardifs Ausflug nach Wanderer etwas zu tun hatten. Aber auf deren Schweigen ist Verlass. Und die Antis werden die Nachricht auch nicht laut verkünden. Für Geheimhaltung ist also einstweilen gesorgt. Ich weiß natürlich, dass es früher oder später durchsickern wird. Bis dahin müssen wir die Angelegenheit eben aus der Welt geschafft haben.«

»Bully, du bist ein unverbesserlicher Optimist. Ich hoffe, dass du recht behältst. Aber du siehst hoffentlich ein, dass ich unter diesen Umständen unabkömmlich bin, so sehr es mir auch in den Fingern juckt, mich an einer Aktion zu beteiligen. Das Amt eines Imperators ist eine verflixt langweilige Angelegenheit.«

Bully machte ein nachdenkliches Gesicht.

»Hör zu, Atlan. Ich will mit dieser Angelegenheit keine Positronik beschäftigen, das Risiko erscheint mir zu groß, dass doch jemand von der Sache Wind bekommt. Kann dein Extrahirn nicht ausrechnen, was geschieht, wenn wir diese zwanzig Aktivatoren *nicht* finden?«

»Es kann nicht nur«, antwortete der Arkonide bedächtig. »Es tut seit einigen Minuten nichts anderes mehr.

Wichtig ist, dass die Besitzer der Aktivatoren unsere Feinde sind. Sie werden in jedem Fall versuchen, diese Tatsache gegen uns auszunutzen. Denn nun haben die Antis vor allem eines – Zeit, sehr viel Zeit sogar. Alle Zeit des Universums. Du kennst diese uralten Milchmädchenrechnungen: Wie viel wird aus einem Soli, zu fünf Prozent angelegt, in tausend Jahren? Die Antis brauchen jetzt nur zu warten, sie haben keine Eile mehr. Sie können warten, bis sie euch das Solare Imperium regelrecht abkaufen können. Irgendwann werden sie durchsickern lassen, dass sie die Aktivatoren besitzen, und dann werden sie überall Anhänger finden. Sie brauchen ihren Gefolgsleuten nur einen Aktivator zu versprechen, und die halbe Galaxis wird hinter ihnen stehen!«

»Sie haben nur zwanzig Zellaktivatoren«, erinnerte Bully.

»Das macht nichts. Sie werden hingehen und ihren Leuten folgendes sagen: Tu dies oder das für uns. Wenn es dir gelingt, werden wir dich in den Kreis der Auserwählten aufnehmen und dir einen Aktivator beschaffen. Aber halt den Mund, verrate keinem etwas. Was werden die Leute tun, die auf diese Weise geködert werden? Sie werden alles tun, was man von ihnen verlangt. Wenn sie dann ihre Belohnung wollen, wird man sie töten. Selbst wenn sich das herumspricht, wird der Trick funktionieren. Jeder wird glauben, dass man *ihn* nicht täuschen will, dass nur die *anderen* so dumm waren. Die Aussicht auf relative Unsterblichkeit wird die Intelligenzen der Galaxis blind vor Gier machen.

Und noch etwas. Die Antis können das Gerücht ausstreuen, dass es ihnen gelungen ist, das Herstellungsgeheimnis der Aktivatoren zu lüften. Wenn wir das Gegenteil behaupten, wer wird es glauben? Wer weiß, vielleicht gelingt es ihnen tatsächlich, Aktivatoren herzustellen. Sie können zwei oder drei Geräte für Forschungen zur Verfügung stellen – sie haben ja vorläufig genug davon. Und sie kennen keine Skrupel, vergiss das nicht!«

»Aufhören!«, begehrte Bully auf. »Das genügt. Nur eines noch. Glaubst du, dass ES diesem Treiben der Antis tatenlos zusehen wird?«

Auf dem Bildschirm konnte er sehen, wie Atlan mit den Schultern zuckte.

»Wer weiß, was ES will oder tut? Vielleicht steckt eine Absicht dahinter, die wir jetzt noch nicht begreifen? Eine Herausforderung für euch Terraner, die ihr angeblich alles zuwege bringt, oder ein Wettkampf zwischen Antis und Terranern. Dem Sieger gehört die Zukunft. Du kennst doch den absonderlichen Humor des Geisteswesens!«

»Ich kenne ihn«, sagte Bully betroffen. Auf dem Bildschirm

konnte er im Hintergrund sich selbst sehen, wie er gerade ausholte, um Atlan einen Fußtritt zu verpassen. Der Arkonide nahm die Bewegung nicht wahr, er starrte wie gebannt auf seinen Monitor. Erst als Bully einen harten Gegenstand mit ziemlich viel Wucht in seinem verlängerten Rücken fühlte und er nach vorn taumelte, begriff er, dass ES sich bei beiden Gesprächspartnern in Erinnerung gebracht hatte. Während Bully sich mühsam aufrappelte und sich die schmerzende Aufschlagsstelle rieb, hörte er das tobende Gelächter des Fiktivwesens von Wanderer.

»ES scheint sich großartig zu amüsieren«, stellte Bully erbittert fest. »Also gut, ich werde mich um die Aktivatoren kümmern. Wie würdest du in meiner Lage vorgehen?«

Atlan rieb sich nachdenklich den Nasenflügel.

»Ich sehe nur eine Möglichkeit. Du musst Wanderer anfliegen. Ohne die Hilfe von ES wirst du keine Chance haben. Überlege, was du vorhast. Du willst zwanzig Gegenstände dieser Größe« – Atlan hielt seinen Aktivator in die Höhe – »finden, die irgendwo in der Galaxis versteckt sind. Die Chancen, sie zu finden, sind praktisch gleich null.«

Bully machte ein betroffenes Gesicht.

»Weißt du, was du mir da vorschlägst, Atlan? ES mag mich ganz besonders. Wenn ES ein Opfer für einen üblen Scherz braucht, dann verfällt ES mit tödlicher Sicherheit auf mich.«

»Nimm Gucky mit, wenn du dich fürchtest!«

»Alles, nur das nicht«, stöhnte Bully auf. »Der Kleine ist böse auf mich, und du weißt, wie er sich zu revanchieren pflegt. Nein, ich fliege lieber allein. Dir wünsche ich viel Vergnügen auf Zalit. Es gibt dort …«

»… ich weiß, reizende Mädchen. Mir sind deine einschlägigen Erfahrungen bekannt, Bully!«

Reginald Bull knirschte leise mit den Zähnen. Er mochte es gar nicht, wenn man ihn an jenen Abend erinnerte, an dem er sich von als Mädchen verkleideten Robotern hatte verwirren lassen.

»Auf bald, altes Ekel!«, knurrte er und trennte die Verbindung. Ein Knopfdruck verband ihn wenig später mit dem Raumhafen.

»Machen Sie für mich eine Space-Jet klar, mit Linearantrieb, wenn möglich. Übliche Bewaffnung, ausreichend Lebensmittel und Getränke, vor allem aber einige Kombilader.«

»Wollen Sie den Antis auf den Pelz rücken, Sir?«, erkundigte sich der Hafenverwalter.

»Wer wem auf den Pelz rückt, wird sich noch herausstellen«, brummte Bully missvergnügt. »Ich bin spätestens in zwei Stunden bei Ihnen!«

Zwei Stunden würden, so hoffte er, dazu ausreichen, den jetzigen Standort von Wanderer berechnen zu lassen. Bully gab einen entsprechenden Auftrag an die Rechenzentrale, dann machte er sich daran, seine Sachen zusammenzupacken.

Als er das Haus verließ, hatte er ein ungutes Gefühl, eine Empfindung, die ihm sagte, dass es für ihn weit besser gewesen wäre, hätte er die nächsten Tage in seinem Heim verbracht und sich ein wenig mit Gucky gezankt.

2.

Von solchen Reisen hatte Reginald Bull schon geträumt, als er noch ein kleiner Junge gewesen war, rothaarig, sommersprossig und der Schrecken seiner Mitbürger. Wenn er nach seinen Streichen, die ihm den Ruf eingetragen hatten, der missratenste Sprössling aller Zeiten zu sein, zum Fluss gegangen war, hatte er sich am Ufer ins Gras gelegt und den Flugzeugen nachgesehen, die vom nahegelegenen Militärflughafen starteten oder dort landeten. Erst hatte er davon geträumt, selbst einmal Pilot zu werden, und dann, als er dieses Ziel erreicht hatte, diesen Traum fortgesponnen. Er hatte Raumfahrer werden wollen.

Was sich allerdings ereignet hatte, seit er auch dieses Ziel erreicht hatte, hatte er sich in keinem noch so kühnen Traum auszumalen gewagt.

In jedem Fall war er jetzt unterwegs, in einem Raumfahrzeug, das seltsamerweise an jene UFOs erinnerte, von denen in seinen Kindertagen immer die Rede gewesen war. Der Diskus seiner Space-Jet durchmaß dreißig Meter und war achtzehn Meter hoch. Normalerweise wurde dieses schnelle kleine Schiff von vier Personen geflogen, aber zur Not reichte ein Mann als Pilot aus.

Vielfach schneller als das Licht raste der Diskus durch jenes Kontinuum, das Professor Arno Kalup Librationszone getauft hatte. Bully konnte die Sterne vorbeifegen sehen, er sah, wie sich die Konstellationen ferner Systeme verschoben. Auf merkwürdige Weise fühlte er sich in der leeren Schwärze des Raumes wohl. Die gewaltigen Distanzen, die er innerhalb von Minuten überwand, hatten für ihn nichts Erschreckendes an sich – obwohl Bully jederzeit in der Lage war, sich auszurechnen, wie lange er zu Fuß hätte laufen müssen, um auch nur einen Bruchteil dieser Distanzen zurücklegen zu können. Von der Sonne bis zur Erde brauchte das Licht trotz seiner Geschwindigkeit von fast 300.000 Kilometern in der Sekunde fast acht Minuten – und jetzt legte Bully in jeder Minute mehr als ein Lichtjahr zurück, mehr als neun Billionen Kilometer.

Die Maschinen der Space-Jet arbeiteten gleichmäßig und ruhig. Der Autopilot steuerte das kleine Raumschiff. Bully hatte ihn mit den Daten des Großrechners gefüttert. Wenn diese Daten stimmten, dann war es nicht mehr sehr weit bis Wanderer.

»Wanderer«, seufzte Bully leise. Er nippte an seiner Tasse. Sie enthielt Tee aus dem Wegasystem, eine würzige Mischung feinster Blätter und Knospen.

»Was hat der alte Schurke diesmal mit mir vor?«, überlegte Bully halblaut. Selbst das Aroma des Tees konnte Bullys Sorgen nicht ganz verdrängen. ES war für seine üblen Scherze bekannt, und es stimmte, was Bully Atlan gegenüber behauptet hatte – auf Reginald Bull hatte ES es besonders abgesehen. Vielleicht lag es daran, dass Bully ein wenig zu dick war, dass er seine roten Haare zu einer Bürstenfrisur stutzte, dass sich die wasserblauen Augen in seinem sommersprossenübersäten Gesicht nicht fortleugnen ließen.

»Was habe ich dem Scheusal eigentlich getan?«, rätselte Bully. Scheu sah er sich um. Wenn es sich um ES handelte, war man nie sicher. Vielleicht hörte er zu. Möglich war alles.

»Linearflug endet in zehn Minuten«, plärrte eine Robotstimme.

Bully seufzte und trank den restlichen Tee. Es half nichts, er musste sich der Gefahr aussetzen, lächerlich gemacht zu werden. Es wäre einem Wunder gleichgekommen, würde ES nicht versuchen, mit Bully den einen oder anderen Scherz zu treiben.

Plötzlich richtete sich Bully auf. Er begann breit zu grinsen.

»Natürlich«, seufzte er erleichtert. »Ich bin ja allein!«

Das setzte dem eigentümlichen Humor des Fiktivwesens zumindest gewisse Grenzen. Bislang war es immer so gewesen, dass ES Bully zum Gespött der Menge gemacht hatte. Nun aber gab es keine Zuschauer, und das nahm der Sache viel von der Gefährlichkeit. Was konnte ES schon groß anfangen, wenn es außer ihm niemanden gab, der über Bully lachen konnte?

Nachdem er diese Einsicht gehabt hatte, war Bully fast schon guter Dinge. Er pfiff leise vor sich hin und hörte erst dann auf, als ihm klar wurde, dass zu diesem Lied ein keineswegs stubenreiner Text gehörte. Unwillkürlich sah er sich um, aber noch war von ES nichts zu hören oder sehen.

Der Autopilot meldete sich ein zweites Mal, getreu den Befehlen, die Bully der Bordpositronik gegeben hatte. Das Flugprogramm lief in wenigen Minuten ab, danach würde sich entscheiden, ob Bully mit der Unterstützung des Wanderer-Bewohners rechnen durfte oder nicht.

ES hatte sich vermutlich versteckt, und es würde sicherlich nicht leicht sein, dieses Versteck zu finden. Wenn überhaupt, war dieses Finden ohnehin nur möglich, wenn ES zuließ, dass jemand sein Refugium besuchte. Der Pakt, den Perry Rhodan und ES seinerzeit geschlossen hatten, besaß seine Tücken. ES hatte sich verpflichtet, Rhodan jederzeit das lebenserhaltende Physiotron zur Verfügung zu stellen, für Rhodan selbst und jeden seiner menschlichen Mitarbeiter, die Perry bestimmte. Das Stoppen des normalen Altersprozesses war Sache von ES; die Aufgabe des Terraners bestand jedes Mal darin, ES und seinen Planeten Wanderer überhaupt zu finden, und das hatte sich einige Male als ziemlich kitzlige Aufgabe erwiesen.

»Linearmanöver Ende!«

Die Robotstimme hatte noch nicht ausgequäkt, da kam die Bewegung der Sterne auf den Schirmen schon zu einem Stillstand. Ohne Erschütterung, ganz sanft, glitt der kleine Raumflugkörper aus der Librationszone in das Normalkontinuum. Mit einem Handgriff schaltete Bully die Taster ein, Massetaster, Energietaster, Strukturtaster. Er verzichtete nicht einmal darauf, die Bilder des kleinen normaloptischen Bordteleskops an die Positronik weiterzuleiten. Mit allen technischen Sinnen suchten die Einrichtungen der Space-Jet nach dem Wunderplaneten.

Minute um Minute verging. Bully saß reglos auf seinem Sessel und wartete.

Warten, das war eine Beschäftigung, die Bully noch nie gemocht hatte. Von all seinen Feinden war die Langeweile der ärgste. Bully brauchte Leben, Trubel, Abwechslung, das stete Gleichmaß war ihm verhasst. Es war nicht zuletzt dieser Charakterzug, der ihn in der Führungsspitze des Solaren Imperiums so beliebt machte.

Nachdenklich rieb sich Bully den Daumen, auf dem noch immer eine dünne Narbe zu sehen war, die Erinnerung an einen Silvesterabend, den Bully so schnell nicht vergessen hatte.

Einer der Taster schlug an, der Energietaster. Und Sekunden danach meldete sich auch der Materietaster. Bully schaltete beide Geräte auf die Positronik und wartete erneut. So wie er ES kannte, würden ein paar Stunden vergehen, bis der Rechner die Informationen verarbeitet hatte und zu dem Ergebnis kam, dass es kein Ergebnis gab.

Bully staunte nicht schlecht, als sich wenige Minuten später ein Datenstreifen aus dem Ausgabesegment des Rechners zu schlängeln begann. Hastig griff Bully nach dem Plastikmaterial; er konnte die verschiedenartigen Lochzeichen auch ohne Decoder schnell und flüssig lesen.

»Heilige Galaxis«, flüsterte er, als er begriffen hatte, was der Datenstreifen ihm bekannt gab. »Das kann ja heiter werden!«

Die Taster berichteten, dass es in relativer Nähe von Bullys Space-Jet einen merkwürdigen Himmelskörper gab. Dieser Körper war geformt wie eine Scheibe mit einem Durchmesser von achttausend Kilometern. Das berichtete der Massetaster, während der Energietaster zu berichten wusste, dass sich über dieser Scheibe eine energetische Halbkugel wölbte, in deren Zenit eine atomare Kunstsonne stand, die auf die Oberfläche der Scheibe herabschien.

Bully wusste sofort, woran er war.

Dieses merkwürdige Gebilde war Wanderer, die Heimat des Fiktivwesens, eine Art galaktischer Wundertüte, jederzeit für eine Überraschung gut. Im Fall von Reginald Bull fielen diese Überraschungen meist wenig erfreulich aus.

Diese Überraschung aber …

Bully wiegte den Kopf und sorgte sich.

Er hätte sich nicht gewundert, wäre hinter ihm ein ausgewachsener Säbelzahntiger materialisiert, und einen liebevollen Kuss von des Teufels Großmutter hätte Bully ganz normal gefunden. Ein Erdbeben im freien Raum? Warum nicht? Eine um einen halben Meter verlängerte Nase? Bitte sehr! Gestank in allen Räumen, Sintfluten, ohrenbetäubender Lärm? Wenn es dem teuren Fiktivwesen gefällt – Bully war auf alles vorbereitet.

Und nun das.

Da lag Wanderer, nackt und bloß, unübersehbar wie ein Meilenstein. *Das* störte Reginald Bull, diese unverhüllte Einladung machte ihn stutzig. Wer gewohnt war, von seinem Gegenüber ständig Tritte zu bekommen, war doppelt auf der Hut, wenn besagtes Gegenüber übergangslos die Freundlichkeit selbst darzustellen versuchte.

»Alter Freund«, sagte Bully halblaut und lächelte verkrampft. »Was soll der Spaß? Du weißt selbst, wie ernst es mir ist. Also bitte …!«

Aber das Fiktivwesen rührte sich nicht. Die Space-Jet raste auf Wanderer zu, und nichts geschah. ES meldete sich nicht einmal, und allmählich bekam es Bully mit der Angst.

»Dir wird doch nichts passiert sein?«, erkundigte er sich vorsichtig.

Bully war sich darüber klar, dass er alles andere als ehrfurchtgebietend wirken musste. In Terrania hätte ein Stellvertretender Administrator, der mit sichtlichem Respekt mit der Luft plauderte, sicherlich für allerhand Aufregung gesorgt. Aber Bully war im Augenblick tatsächlich besorgt. Eine Gefahr, die ES in Schwierigkeiten bringen konnte, war für Bully unvorstellbar – unvorstellbar auch, wie sich eine solche Gefahr auf das Imperium auswirken würde.

Angesichts dieser Befürchtungen war Bully förmlich erleichtert, als er durch die Luft segelte und mit dem Panoramaschirm kollidierte. ES lebte also noch, auch wenn es den Beweis seiner Existenz in Form einer Beule auf Bullys Stirn antrat.

Die Space-Jet hatte abrupt gestoppt, und auf dem Schirm des Energietasters zeichnete sich ein befremdliches Bild ab. Deutlich war der Energieschirm zu sehen, der die Halbkugel über der Kreisfläche bildete, und in dieser Halbkugel war die Space-Jet gefangen. Sie steckte zur Hälfte in dem Schirm, wie in einer weichen, zähen Masse, und nach einem kurzen Probelauf der Maschinen wusste Bully, dass er sich aus eigener Kraft aus dieser Falle nicht würde befreien können.

»Hallo!«, machte Bully zaghaft. »Hier bin ich!«

Er kratzte sich am Kopf.

Das Dumme war, dass ES ein hervorragender Telepath war, folglich Bullys Gedanken lesen konnte wie ein offenes Buch. Und was in Bullys Gedanken zu lesen war, schmeichelte dem Fiktivwesen überhaupt nicht.

»Hallo!«, hörte Bully plötzlich eine vertraute Stimme sagen. »Sieh an, unser Freund Reginald Bull. Wie geht es dir, alter Freund?«

»Gut, gut!«, beeilte sich Bully zu versichern, und es gelang ihm gerade noch, das verräterische *»bis jetzt jedenfalls«* herunterzuwürgen.

»Mir will scheinen«, höhnte ES, »dass du deinen Gesundheitszustand bei Weitem überschätzt. Mir fällt nämlich auf, dass du praktisch nicht mehr denkst. Nicht dass du früher viel gedacht hättest – aber nun hat sich dein Wert von einem überaus niedrigen Niveau fast dem Nullwert genähert. Das erfüllt mich mit Sorge, alter Freund.«

Bully grinste verzweifelt die Luft an. Natürlich dachte er im Augenblick nicht viel. Er bemühte sich allen Ernstes, überhaupt nicht zu denken, denn wenn er dachte, dann dachte er die Wahrheit, auch über ES, und wenn diese lausige, elende …

»Aber, aber«, dröhnte die telepathische Stimme. »Bully denkt schlecht über mich. Das finde ich gar nicht nett.«

»Tut mir leid, wirklich«, ächzte Bully, der eine Katastrophe heraufdämmern sah. »Es wird nicht mehr vorkommen.«

Wenn ich dies hier überlebe, dachte Bully, *werde ich wahrscheinlich überhaupt nicht mehr denken.*

»Ich würde dich ja gerne bei mir willkommen heißen, alter Freund«, eröffnete ES dem verwirrten Bully. »Aber leider …«

»Aber …?«

Bully begann zu ahnen, dass das Spiel des Fiktivwesens gerade erst begonnen hatte. Erstaunlicherweise war Bully überhaupt nicht neugierig, was sich ES hatte einfallen lassen.

»Was führt dich eigentlich her, alter Freund? Etwas Wichtiges?«

»Sehr wichtig«, bestätigte Bully. »So wichtig, dass ich dich deshalb aufsuchte.«

»Darf jeder von der Angelegenheit wissen?«

Bullys Verwunderung stieg, und mit ihr seine Befürchtung, dass ES zu einem Schlag ausholte.

»Natürlich nicht«, erklärte er. Allmählich begann er sich daran zu gewöhnen, mit der Luft zu reden. Er musste nur daran denken, diese Gewohnheit bis zu seinem Eintreffen in der Solaren Administration wieder abzulegen.

»Siehst du, dann weißt du auch, warum ich dich einstweilen nicht zu mir lassen kann. Ich gebe dir einen Tag Zeit, die Sache zu erledigen. Wenn nicht, wirst du wohl umkehren müssen – wenn du kannst.«

»Augenblick«, protestierte Bully und sprang von seinem Sitz auf. »Was für eine Sache soll ich erledigen? Und was heißt hier: *wenn du kannst?* He, ES, melde dich!«

Die telepathische Stimme war verstummt, und Bully kannte die Launen seines Gastgebers aus leidvoller Erfahrung gut genug, um zu wissen, dass sich ES frühestens in vierundzwanzig Stunden melden würde.

Bully fluchte in sich hinein. Was hatte ES gemeint, als es von der Sache sprach, die Bully zu erledigen habe?

»Langsam«, sagte Bully zu sich selbst, »ganz langsam. Mit ein wenig Logik werde ich die Nuss schon knacken!«

Eingedenk früherer Erfahrungen hatte Bully ein Bandgerät mitlaufen lassen. Das Stichwort *Alter Freund* hatte die Aufnahme ausgelöst. Von ähnlichen Zusammenkünften her wusste Bully, dass ES sich zuweilen so klar und übersichtlich auszudrücken pflegte wie ein quadratmetergroßes Kreuzworträtsel. Die klassische Pythia des delphischen Orakels hatte eine geradezu mathematisch-exakte Ausdrucksweise, verglichen mit dem Fiktivwesen, wenn ES bei Laune war.

Bully wusste, dass das Rätsel lösbar war. So hinterhältig war ES nicht, dass es Aufgaben stellte, die einfach nicht lösbar waren, selbst wenn man sich noch so sehr den Kopf zerbrach. Allerdings waren die Aufgaben von ES nicht selten ein klein wenig lebensgefährlich.

Bully hörte sich das Band in aller Ruhe fünfmal an. In den Pausen dachte er nach und bereitete sich eine Mahlzeit mit vielen Proteinen – Eiweiß war angeblich gut für das Gehirn, also schlang Bully schicksalsergeben ein Pfund Magerquark in sich hinein, hoffend, dass mit dem merkwürdigen Geschmack im Mund sich auch die Lösung des Problems einstellen würde.

Nichts dergleichen geschah. Die Space-Jet steckte noch immer fest, und ES hatte freundlicherweise für eine Uhr gesorgt, die Bully die bereits verstrichene Zeit mit unüberhörbarem Ticken anzeigte, und dieses Ticken zerrte fast noch mehr an Bullys Nerven als die Frage, was ES für einen Spaß bereithalten würde für den Fall, dass Bully das Rätsel nicht lösen konnte.

Beim sechsten Abhören des Bandes kam Bully dann endlich ein Gedanke.

Er verließ die Zentrale der Space-Jet und machte sich an die Arbeit, das Raumschiff genauestens zu durchsuchen.

Unterhalb der Zentrale lagen die Räume für die Besatzungsmitglieder und etwaige Passagiere. Bully rechnete insgeheim damit, in einer dieser Kabinen auf einen ungebetenen Gast zu stoßen, dessen Humor ebenso nervenzerfetzend sein konnte wie der des Fiktivwesens. Aber zu seiner Überraschung stieß Bully nicht auf einen Mausbiber, der ihm breit grinsend vorgelogen hätte, er habe sich verirrt.

Bully brauchte eine halbe Stunde, bis er die Räume gründlich inspiziert hatte. Er fand nicht die geringsten Anzeichen für einen blinden Passagier, und das verblüffte Bully nicht wenig. Er hatte fest damit gerechnet, auf Gucky zu stoßen, aber von dem vorwitzigen Mausbiber fehlte jede Spur.

»Merkwürdig«, murmelte Bully kopfschüttelnd, als er seinen Rundgang beendet hatte.

In der Zwischenzeit war das Ticken der unsichtbaren Uhr etwas lauter geworden und verkündete Bully auf diese Weise, dass die Minuten unaufhaltsam verstrichen.

»Dann hinunter in die Maschinenräume«, seufzte Bully und machte sich an den Abstieg.

Die Space-Jet war funkelnagelneu, und das hieß, dass auf nahezu allen beweglichen Metallteilen eine fingerdicke Schicht Schmierstoff zu finden war, die auf sämtlichen Kleidungsstücken hässliche rote Flecke hinterließ, wenn der Stoff mit dem Fett in Berührung kam. Solche Kontakte ließen sich zu Bullys Leidwesen nicht völlig vermeiden. Die Raumschiffswerften auf dem Mond arbeiteten weitestgehend automatisch, und der Automat, der für das Verteilen der rötlichen Schmiere zuständig gewesen war, hatte keinen Geiz gekannt. Mit sprachlosem Staunen musste Bully feststellen, dass irgendein positronischer Einfaltspinsel offenbar gefolgert hatte, dass die Griffe von Türen, die sich in ihren Angeln bewegen ließen, unter die Rubrik *bewegliche Metallteile* fielen – folgerichtig starrten diese Griffe von Schmierfett.

Bully ließ keinen Winkel der Maschinenräume aus, ihm blieb nichts anderes übrig. Da er bei dieser Beschäftigung arg ins Schwitzen geriet, musste er sich ab und zu den Schweiß von der Stirn wischen, die so langsam eine schützende Haut aus lösungsmittelfestem Schmierstoff bekam.

Bully sah aus wie eine schlechte Karikatur seiner selbst, als er den zweiten Teil seines Rundganges beendet hatte.

Er hatte einiges gefunden; Zigarettenkippen, leere Schnapsflaschen, zerlesene Illustrierte, mit roten Fingerabdrücken übersäte Damenwäsche – aber keine Spur von einem Lebewesen, das die hochwichtige Besprechung zwischen Bully und ES hätte belauschen können.

»Warte, Freundchen, wenn ich dich zu fassen bekomme …«, machte sich Bully Luft. Für ein paar Augenblicke war es ihm egal, dass ES nicht nur diese Worte hören und darauf reagieren konnte, sondern auch jederzeit in der Lage war, Bullys Gedanken zu überwachen – und die beschäftigten sich mit Inbrunst mit allen Rachemöglichkeiten, die Bully liebend gern ausgekostet hätte, hätte er nur eine Chance gehabt, ES in seine Gewalt zu bringen.

»Mich derartig anzuschmieren«, knurrte Bully verärgert. Er verzog angeekelt das Gesicht, als er sich in einem Spiegel sah – mit wirren, schweißverklebten Haaren und roten Flecken im Gesicht, die wie eine kosmische Abart von Masern aussahen.

»Hast du dich schon wieder schmutzig gemacht, Bully?«

Die Stimme erklang hinter Bullys Rücken, und Perry Rhodans Stellvertreter spürte sehr deutlich, wie sich seine Nackenhaare aufrichteten. Bully begann idiotisch zu kichern.

»Aber … Daddy!«, stotterte er, während er sich langsam herumdrehte.

Er hatte sich nicht geirrt. Vor ihm stand sein Vater, riesenhaft angewachsen, sodass sich Bully schon von den körperlichen Abmessungen her schlagartig in seine Lausbubenzeit zurückversetzt fühlte.

»Wie du aussiehst …!«, staunte der ergrimmte Vater; Bully starrte heftig schluckend auf die gigantisch wirkende Pranke seines Vaters. Bullys *alter Herr* fuhr mit dem Zeigefinger über die schmierfettbedeckte Wange seines Sprösslings, und nach kurzer Zeit waren seine Finger ebenso schmutzig wie die seines Sohnes.

»Nun reicht es mir aber«, versuchte Bully aufzubegehren. »Hör mit diesen schwachsinnigen Scherzen auf, ES!«

»Ich …« Dem Vater verschlug es die Sprache. Eine halbe Minute starrte er seinen Sohn an, und Bully wünschte sich, das Gefühl, das er hatte, möge der Wahrheit entsprechen – unter dem Blick seines Vaters schien er zu Mikrobengröße zusammenzuschrumpfen.

»Das ist doch der Gipfel der Frechheit!«, tobte der alte Herr. »Wie hast du meine Versuche genannt, aus dir einen anständigen Menschen und Staatsbürger zu machen? *Schwachsinnige Scherze?*«

»Nicht doch«, sagte Bully resignierend. Er ließ die Arme sinken. Es hatte keinen Zweck.

»Ich werde dir noch einbläuen, was schwachsinnige Scherze sind, du missratenes Balg!«

Bei dem Wort *missraten* schoss die Pranke nach vorn, und bei *Balg* fühlte sich Bully am Hemd gepackt und in die Höhe gerissen. Er schrie erschreckt auf, aber das half ihm nicht. Ehe er sich's versah, lag er über einem wohlbekannten Knie und empfing eine nicht zu knapp bemessene Portion jenes pädagogischen Hausmittels, das zu allen Zeiten die letzte Rettung verzweifelter Eltern gewesen war.

»Du Lausebengel«, hörte Bully seinen Vater schimpfen, während er schicksalsergeben die Tracht Prügel über sich ergehen ließ. »Den ganzen Tag treibt der Bursche sich herum und liest schlechte Romane, anstatt seine Hausaufgaben zu machen. Was soll nur aus dir werden, wenn du nicht lernen willst? Du wirst noch in der Gosse enden, das prophezeie ich dir. Und diese Weltraumschmöker wirfst du nachher in den Mülleimer! Wenn ich das schon höre, Weltraumfahrer will er werden! Ich werde dir schon zeigen, wie es im Weltraum aussieht. Du wirst die Englein bald singen hören!«

Bully hatte sich längst an das Verfahren erinnert, das er – wie lange war das eigentlich her? – früher bei solchen Prozeduren angewandt hatte. Er ließ die Prügel über sich ergehen und entspannte sich, soweit seine schmerzenden Muskeln das überhaupt zuließen. Früher hatte der Trick immer funktioniert, und er verfehlte auch diesmal seine Wirkung nicht.

Bullys Vater spürte, dass sein Sohn über seinem Knie erschlaffte und offenbar die Besinnung verloren hatte. Sofort hörte er in seinen erzieherischen Bemühungen auf, und Bully kollerte, seiner Rolle entsprechend, auf den Boden. Sorgfältig die Augen verdreht, blieb er dort liegen, und als er endlich aufstand, knickte er immer wieder ein und torkelte wie ein angeschlagener Boxer durch den Raum.

Bully wusste natürlich, dass es sich nur um ein Fiktivbild von ES handeln konnte, aber diese Information ließ die Schmerzen in seiner Kehrseite nicht geringer werden. Daher torkelte Bully weiter, und als er den Antigravschacht erreicht hatte, stürzte er sich kopfüber hinein. So entging er einem weiteren Wutanfall seines Vaters, dessen Gebrüll die Zelle der Space-Jet erzittern ließ.

Zum Ausgleich landete Bully, der seinen Fall nicht unter Kontrolle bekommen konnte, mit dem Kopf zuerst in dem kleinen Laderaum der Space-Jet. Der harte Gegenstand, auf dem er aufschlug, war das Dach des Shifts, des kleinen wendigen Flugpanzers. Bully rutschte an der Kuppel des Shifts entlang, überschlug sich noch einmal und landete neben dem Flugpanzer auf dem stählernen Boden des Laderaums.

»Nicht immer auf die gleiche Stelle«, jammerte Bully unterdrückt.

Er stand auf und rieb sich die geschundene Sitzfläche. Über ihm, auf dem zweiten Deck, war es während dessen ruhig geworden. Offenbar hatte ES das Phantombild von Bullys Vater aufgelöst.

»An die Arbeit, Bully!«

Er versuchte sich selbst aufzumuntern, als er damit begann, als letztes den Laderaum auf den Kopf zu stellen. Er war sich sicher, dass er versehentlich von der Erde irgendein lebendes Wesen mitgebracht hatte, das die Unterhaltung mit ES belauscht hatte. Vermutlich handelte es sich um eine Maus, eine Ratte oder vielleicht gar nur um einen Schmetterling. ES würde dafür sorgen, dass selbst das absurdeste Viehzeug sprechen und den vollständigen Wortlaut des Gesprächs wiedergeben konnte, das stand für Bully fest. Bei ES musste man auf wirklich alles gefasst sein.

Sogar darauf, dass in der Kuppel des Shifts plötzlich ein Kopf auftauchte und mitten in diesem Gesicht ein Mund zu sehen war, in dessen Zahnreihen eine beachtliche Lücke klaffte.

Bully kniff die Augen zusammen, schüttelte heftig den Kopf und öffnete die Augen wieder, aber das genügte nicht, um das Phantom zu vertreiben.

Bully fühlte sich, als habe er einen Schlag auf den Kopf bekommen. Einen Augenblick lang hoffte er fast, einem neuen Schwindel von ES aufgesessen zu sein, aber dann dämmerte ihm langsam, dass er nicht gefoppt wurde.

»Gwen!«, stotterte Bully entgeistert.

Mit einem leisen Klicken wurde der Verschluss der Shiftkuppel geöffnet, und Gwendolin Nuthar konnte aus dem Flugpanzer klettern. Sie tat das mit der Geschwindigkeit eines hungrigen Eichhörnchens, dann rannte sie freudestrahlend zu einem völlig entgeisterten Bully hinüber.

»Mädchen«, stammelte Bully hilflos. »Wie bist du überhaupt hier hereingekommen?«

»Ganz einfach, Onkel Bully«, plapperte Gwendolin los, »als der Onkel Mechaniker deine Schnapskiste« – Bully zuckte zusammen, als habe er einen Fußtritt erhalten – »in die Space-Jet schleppte, da habe ich mich hier im Shift versteckt. Du bist mir doch nicht böse?«

»Quatsch«, wehrte Bully geistesabwesend ab. Er musste erst mit dieser Situation fertig werden.

Gwendolin war die bislang einzige Tochter eines befreundeten Ehepaares, mit dem Bully öfters seine Freizeit verbrachte. Das achtjährige Mädchen hatte bald einen Narren an ihrem »Onkel Bully« gefressen. Das lag ursächlich daran, dass es immer der liebe Onkel Bully war, der sich in einen Ameisenhaufen setzte und dann so lustige Sprünge vollführte, oder der zufällig im Weg stand, wenn beim Segeln eine Bö den Großbaum über das Boot schwingen und alles von Bord fegen ließ, was sich nicht rechtzeitig ducken konnte. Der liebe Onkel Bully war auch der einzige in Gwendolins beachtlich großem Bekanntenkreis, der im Gesicht so rot anlief wie reifer Paprika, wenn er auf dem Boden seines Whiskyglases den Engerling entdeckte, nach dem Gwen so lange gesucht hatte.

Inzwischen hatte sich Bully erinnert, dass er Gwen schon vor geraumer Zeit versprochen hatte, sie einmal auf einen Ausflug ins Weltall mitzunehmen. Eigentlich hatte Bully geplant, diesen Ausflug auf einen Zeitpunkt zu verschieben, an dem Gwendolin achtzehn bis zwanzig Jahre alt war und Aussichten bestanden, dass ein solcher Ausflug auch für Bully seine Reize haben konnte.

»Freust du dich, dass ich da bin?«

»Ich kann mich kaum noch beherrschen«, sagte Bully wahrheitsgemäß. »Warum hast du dich erst jetzt gemeldet?«

»Keine Lust«, erklärte Gwendolin kurzangebunden. »Was machen wir jetzt? Als Erstes würde ich an deiner Stelle die Uhr abstellen, die so abscheulich laut tickt!«

Bully schrak hoch. Einige Augenblicke lang hatte er regelrecht abgeschaltet und sich förmlich in sich selbst zurückgezogen, auf der Suche nach einer Lösung für ein halbes Dutzend von Problemen.

»Ich glaube«, verkündete Bully, »dass dieses Ticken sehr bald ganz von selbst aufhören wird.«

Er hatte seinen Satz noch nicht ganz beendet, da verstummte das nervtötende Geräusch auch schon.

»Ich gratuliere«, sagte ES freundlich, aber Bully schien es, als schwinge in dieser Gratulation infamer Spott mit. »Dieses Problem wäre gelöst.«

Bully brauchte nur einen Blick zur Seite zu werfen, dann wusste er, dass er sich gleichzeitig ein neues, weit schwierigeres Problem eingehandelt hatte.

3.

Es war fast zu schön, um wahr zu sein.

Die Sonne schien, nicht zu schwach, nicht zu stark, der Himmel war blau und fast wolkenlos, und der sanfte Wind trug die abenteuerlichen Gerüche des nahen Dschungels herüber. Bully saß in einem bequemen Korbsessel, die Beine auf den Holztisch gelegt, in der linken Hand einen Knochen, an dem er hingebungsvoll herumknabberte, in der rechten ein gefülltes Glas. Der Whisky darin war das Beste, was Bully jemals über die Lippen gelaufen war.

»Uff!«, sagte Bully, nachdem er den letzten Fleischfetzen vom Knochen genagt hatte. Der nunmehr wertlose Knochen beschrieb einen weiten Bogen durch die Luft und verschwand in kniehohem Gras.

»Können wir jetzt zum Geschäft kommen?«

Homunk hatte gesprochen, das halb organische, halb inpotronische Geschöpf des Herren von Wanderer. ES selbst hatte sich entschuldigt, es habe zu tun.

Seit der Stunde, in der Bully die kleine Gwendolin entdeckt hatte – sie machte gerade einen Dschungelritt auf einem zahmen *Eobasileus,* einem Monstrum aus der Erdfrühzeit, so schauerlich wie der Humor von ES – waren vierzehn Stunden vergangen, und während dieser Stunden hatte ES sich nach Kräften angestrengt, Bully zu versöhnen.

Geschlafen hatte Bully im Bett Napoleons, aus dem er zuvor allerdings hatte eine überaus liebebedürftige Kaiserin Josephine entfernen müssen; das Frühstück war unübertrefflich gewesen. Homunks freundlicher Tonfall schien anzukündigen, dass die nötige Unterhaltung mit dem Fiktivwesen einigermaßen friedlich verlaufen würde.

»Eigentlich …«, begann Bully.

»Mein Herr und Gebieter hört und sieht alles, was hier gesprochen oder getan wird«, erklärte Homunk, noch bevor Bully seinen Einwand anbringen konnte. »Sprechen Sie also ganz offen, Mister Bull.«

Mister Bull klang zwar etwas förmlich, war aber in jedem Fall besser als das plumpvertrauliche *alter Freund* mit seinen Begleiterscheinungen.

»Es geht um zwanzig Zellaktivatoren, die der Schuft Cardif hier bekommen hat«, eröffnete Bully den ersten Teil des Morgens. »Diese Aktivatoren sind im Besitz der Antis.«

»Und das stört Sie?«

»Von mir aus können die Antis damit Boccia spielen«, knurrte Bully. »Ich habe Angst, dass sich die Antimutanten dank dieser Aktivatoren verstärkt in die galaktische Politik einmischen.«

»Haben Sie etwas gegen forsche Greenhorns in der galaktischen Politik?«, erkundigte sich Homunk scheinheilig.

Bully spürte den Stachel und reagierte nicht darauf. Natürlich wusste er, dass das Solare Imperium selbst nichts anderes war als ein kosmischer Parvenü.

»Ich kann mir kaum vorstellen«, sagte er gelassen und nippte an seinem Drink, »dass eine Macht wie der Herr von Wanderer, ein Meister in allen Parafähigkeiten, daran interessiert sein kann, dass sich in der Galaxis eine Gruppierung breitmacht, die ihren Namen davon ableitet, dass sie solche Parafähigkeiten blockieren kann.«

»Sie brauchen sich das gar nicht vorzustellen«, sagte Homunk freundlich. »Offenbar unterschätzen Sie unsere Mittel, Mister Bull. Außerdem werden Sie kaum eine so weite Reise gemacht haben, um ausgerechnet unsere Haut vor Schaden zu bewahren. In Wirklichkeit ist es Ihnen doch ums eigene Fell zu tun, nicht wahr?«

Da der Beginn des Gesprächs ohnehin hoffnungslos verfahren war, machte es nichts mehr aus, wenn Bully der Wahrheit ein wenig nachhalf.

»Wir denken hauptsächlich an das Wohl aller Völker der Milchstraße, natürlich auch an das eigene«, behauptete Bully dreist.

Homunk lachte unterdrückt.

»Vor allem beispielsweise an das Wohl des Blauen Systems, nicht wahr?«

»Sie kennen das Blaue System?«

»Selbstverständlich, Mister Bull. Ich sagte bereits, Sie unterschätzen unsere Mittel. Natürlich kennen wir das Blaue System, mehr noch, wir … aber das ist eine andere Sache.«

Bully machte ein enttäuschtes Gesicht. Zu gerne hätte er etwas über die Akonen erfahren. Nach allem, was man auf der Erde über dieses Volk wusste, waren die Akonen ziemlich hochmütige Leute, und Hochmut war eine Eigenschaft, die Bully überhaupt nicht mochte.

»Sie sind gekommen, weil Sie Hilfe von uns erwarten, Mister Bull. Wäre es nicht an der Zeit, dass Sie uns sagten, wie Sie sich diese Hilfe vorstellen?«

Bully leckte sich die Lippen. Vielleicht schaffte er es, die ganze Angelegenheit in Windeseile über die Bühne zu bringen.

»Am liebsten wäre mir, ES würde die zwanzig Aktivatoren einfach einkassieren und vernichten.«

Homunk lachte wieder.

»Sehen Sie, Mister Bull. Sie versuchen sich selbst zu überlisten. Sie sind nach Wanderer gekommen, weil Sie in diesen zwanzig Aktivatoren eine politische Gefahr sehen. Und ich muss Ihnen recht geben. Zwanzigfache Unsterblichkeit ist im politischen Kräftespiel der Milchstraße ein Faktor von entscheidender Bedeutung. Glauben Sie, dass wir einen solchen Faktor nur zum Spaß in die Politik einführen? Und ihn wieder ausklammern, wenn es einigen größenwahnsinnig gewordenen Barbarenhäuptlingen gefällt?«

»Mit den Barbaren sind wohl wir Terraner gemeint?«, murmelte Reginald Bull.

»Einstweilen nur ihre diplomatischen Vertreter«, sagte Homunk ungerührt. »Versuchen Sie einmal sich vorzustellen, wie wir auf Wanderer die galaktische Politik sehen. Was wissen Sie über die übergreifenden Zusammenhänge? Wissen Sie, was für Maßnahmen jetzt in diesem Augenblick eingeleitet werden müssen, um in zehn Billionen Jahren ein ganz bestimmtes Ergebnis zu zeitigen?«

»Zehn *Billionen* Jahre?«

Bully glaubte sich verhört zu haben. Nach den bekannten Theorien über die Entstehung des Universums war das Einstein-Kontinuum mit seinen Galaxien etwa dreizehn Milliarden Jahre alt. Zehn Billionen, das war tausendmal mehr.

»Ich habe die Zahl willkürlich gewählt«, erklärte Homunk gelassen. »Außerdem haben Sie sich schon einmal überlegt, ob es einen Raum gibt ohne Gegenstände, oder Zeit ohne Ereignisse?«

»Bitte?«

»Stellen Sie sich ein Universum vor, in dem keinerlei Ereignisse mehr stattfinden, als wäre dieses Universum mitten in einer Bewegung gefroren. In diesem Universum werden Sie niemals die Zeit messen – weil es keine Ereignisse gibt, an deren zeitlichem Abstand Sie sich orientieren könnten. Gibt es in diesem Universum dann überhaupt noch eine Zeit? Und wenn Sie aus diesem Universum dann auch noch alle Gegenstände entfernen, zwischen denen Abstände existieren könnten – gibt es dann noch Länge, Breite und Höhe in diesem Universum? Gibt es in einem solchen Universum, das weder Gegenstände noch Ereignisse enthält, überhaupt noch Raum oder Zeit? Gibt es dieses Universum dann überhaupt noch?

Sie sehen, die Sache ist ziemlich verworren.«

Bully konnte dazu nur nicken. Er war ein Mann der Praxis, der auch in der Theorie gut beschlagen war, aber so viel philosophisch-physikalische Spitzfindigkeit ging über seine Kräfte.

»Könnten wir auf besagte Zellaktivatoren zurückkommen?«, bat er. »Mir würde genügen, wenn ich genau wüsste, wo diese Aktivatoren jeweils zu suchen sind. Könnte ich wenigstens diese Angaben bekommen?«

Während des Sprechens hatte er sich herumgedreht, denn hinter sich hatte Reginald Bull Schritte gehört.

Der Mann, der sich langsam näherte, war eine der Erscheinungsformen, in denen sich ES seinen Besuchern zu präsentieren pflegte: ein alter Mann, mit unergründlichen weisen Augen, sparsamer Gestik und der Aura des Geheimnisvollen. Eine zweite beliebte Erscheinungsform von ES war eine schillernde Kugel aus purer Energie. Diesmal kam ES als alter Mann, und sicherlich hatte das einen guten Grund. ES passte sein Auftreten seinen Gästen an und dem, was er bei diesen Gästen erreichen wollte.

»Soll das eine Anspielung auf den Alten Herrn sein«, bemerkte Bully. Unwillkürlich hatte er gewartet, bis der Alte in Hörweite war, obwohl dieser eine Alte durchaus in der Lage gewesen wäre, mit Bully eine Unterhaltung über Lichtjahre hinweg zu betreiben.

Der Greis lächelte zurückhaltend und nahm auf einem Korbsessel Platz, der plötzlich aus der Luft heraus entstand. Wenig später erschienen eine Kaffeekanne, Zucker, Milch und sogar Kuchen. Bully verzog keine Miene, aber innerlich grinste er, vor allem, als er das Händezittern seines Gegenübers sah, als sich der Alte Kaffee einschenkte. ES ließ keinen Psychotrick aus, und der infamste dieser Tricks war die einfache Tatsache, dass ES selbstverständlich wissen musste, dass sich ein Mann wie Reginald Bull nicht von einem Klappergreis würde übertölpeln lassen. Bully wusste, dass ES ebenso gut als strahlender Apoll hätte auftreten können.

»Würde ich Ihnen die Daten geben, lieber Mister Bull« – bei den letzten Worten verzog Bully angeekelt das Gesicht – »wäre die Angelegenheit viel zu simpel für einen Mann Ihres Schlages.«

»Keine übertriebenen Schmeicheleien«, erklärte Bully abwehrend. »Wenn ich aus diesem Mund die Worte *lieber Mister Bull* höre, wird mir schlecht.«

Der Alte kicherte unterdrückt.

»Er hat sich nicht geändert«, stellte er fest. »Frech, aufsässig, selbstbewusst – und noch immer zu dick.«

Bully machte »Phh« und zuckte mit den Schultern.

»Sie wollen die Koordinaten haben, an denen Sie die Aktivatoren finden können? Nun, eine Welt, auf der einer der Aktivatoren aufgetaucht ist, kennen Sie bereits!«

»Ich weiß, Utik«, antwortete Bully mit einer abwehrenden Geste. »Aber unsere Agenten sagen, dass der Aktivator längst von dort verschwunden ist. Sagen Sie, haben die anderen neunzehn Aktivatoren ähnlich … verwirrende … Eigenschaften?«

Der Alte lächelte selbstgefällig.

»Mir machen sie Freude«, antwortete er, und Bully verzichtete darauf, mit einer Zusatzfrage festzustellen, ob sich das *sie* auf ihn oder auf die Aktivatoren bezog. Eine ehrliche Antwort hätte er ohnehin nicht erwartet.

»Versuchen Sie es einmal auf Veevee«, schlug der Alte vor. »Nur …«

»Ja?«

»Sie haben nicht mehr viel Zeit, verehrter Mister Bull. Die Besonderheiten der Aktivatoren, also das, was Sie so treffend ihre verwirrenden Eigenschaften nannten, verschwinden nach und nach. Einstweilen können Sie sich noch nach den Phänomenen orientieren, die die Aktivatoren hervorrufen, aber wenn Sie sich nicht höllisch beeilen, dann werden Sie sehr bald vor dem Problem stehen, zwanzig eiförmige nichtssagende Körper zu finden, die irgendwo in der Galaxis versteckt sind.«

Bully schwindelte es bei dem bloßen Gedanken daran.

»Wie viel Zeit habe ich noch?«

Der Alte griff in eine Tasche seines langen Gewands, das ihm das Aussehen eines Mönches gab, und brachte eine Uhr zum Vorschein – ein absurdes Paradoxon, wenn man bedachte, dass das Fiktivwesen normalerweise mit der Zeit souverän umging.

»Fünf Tage, Mister Bull!«

Bully sprang erregt auf.

»Wie soll ich in fünf Tagen zwanzig Aktivatoren finden?«, rief er in einer Mischung aus Wut und Verzweiflung. »Diese Zeit reicht nicht einmal, um meinen blinden Passagier zu seinen Eltern zurückzubringen.«

Bei der Erwähnung Gwens hatte sich Reginald Bull unwillkürlich umgedreht. In weiter Ferne konnte er Gwen sehen. Das Mädchen machte gerade einen Ritt auf den Schultern eines *Pteranodon,* eines tertiären Flugsauriers mit mehr als fünf Metern Flügelspannweite. Ihr Kreischen klang bis zu der Sitzgruppe hinüber.

»Ihr Problem, Mister Bull«, sagte der Alte sanft und stand auf. »Ich wiederhole: Versuchen Sie ihr Glück auf Veevee, und versuchen Sie es schnell. Sie haben fünf Tage Zeit!«

Der Alte lächelte freundlich, dann löste er sich auf.

Während er in farbigen Gasschleiern verwehte, konnte Bully noch hören: »Auf Wiedersehen, und viel Glück – lieber Mister Bull!«

Aus diesem Mund hörte sich das *lieber* an wie ein Fluch.

Einen Augenblick lang stand Reginald Bull fast regungslos, dann aber kam Leben in ihn.

»Gwendolin, komm sofort her. Und lass diese Bestie dort, wo sie ist. Ja, das Stinktier muss auch hierbleiben. Homunk, können wir sofort abfliegen?«

Der Gehilfe des Fiktivwesens antwortete rasch: »Ihre Space-Jet ist startklar, Mister Bull. Ihrem Abflug steht nichts mehr im Wege.«

Mit einer Kopfbewegung deutete Bully auf das kleine Mädchen.

»Kann ich Gwendolin nicht hierlassen?«, erkundigte er sich. »Ich kann das Mädchen doch nicht in Gefahr bringen! Sobald ich meine Aufgabe gelöst habe, werde ich sie wieder abholen.«

Homunk breitete bedauernd die Arme aus.

»Wir sind leider auf den Besuch so junger Damen nicht vorbereitet, Mister Bull. Ich fürchte, Sie werden Miss Gwendolin mitnehmen müssen.«

»O nein!«, stöhnte Reginald Bull auf. Er begann zu ahnen, dass dieser Flug zum Albtraum werden würde. Mittlerweile war Gwendolin nähergekommen. Für die wenigen hundert Meter vom Rand des Dschungels bis zu Bullys Standort hatte sie sehr viel Zeit gebraucht, weil sie unterwegs noch einige Blumen inspizieren musste und ein sehr interessantes Gespräch mit einem Maikäfer gehalten hatte. Außerdem hatte sie einen Blumenstrauß für ihren Onkel Bully gepflückt.

Bully betrachtete die Sammlung Unkraut, die Gwen ihm übergeben hatte, mit verkrampftem Lächeln.

»Sei ein liebes Kind, Gwen, und geh zur Space-Jet. Wir müssen aufbrechen. Ich komme gleich nach!«

Hüpfend und singend machte sich Gwen auf den Weg. Bully warf das Unkraut weg und wandte sich an Homunk.

»Wenn ihr mir schon nicht helfen wollt – kann ich wenigstens ein paar Kleidungsstücke und Spielzeug für die Kleine bekommen? Sie kann schließlich nicht tagelang in dem einen Kleidchen herumlaufen.«

Homunk deutete eine Verbeugung an.

»Wir haben bereits dafür gesorgt«, verkündete er, »dass es der jungen Dame an nichts fehlen wird.«

»Wenigstens etwas«, knurrte Bully. Er war ziemlich enttäuscht. Von dem Ausflug nach Wanderer hatte er sich mehr versprochen. »Dann auf Wiedersehen.«

Wieder lachte Homunk.

»Es wird etwas Zeit vergehen, bis wir uns wiedersehen werden, Mister Bull«, orakelte er; Bully machte sich gar nicht erst die Mühe, auszurechnen, was mit dem Begriff etwas Zeit gemeint war – bei ES konnte es sich um ein paar Stunden handeln, aber auch um Jahrzehntausende. Der zeitliche Maßstab des Fiktivwesens war von anderer Art als der irdische.

»Leben Sie wohl, Bully!«

»Keine Vertraulichkeiten, Alter«, sagte Bully grinsend.

Er wollte noch einen Scherz anbringen, aber dann sah und hörte er zu seinem Entsetzen, dass jemand mit den Anlagen der

Space-Jet herumspielte. Das Antigravfeld war eingeschaltet worden, und nun begann das Kleinraumschiff zu schweben, wie ein Ballon, der gerade genug Auftrieb hatte, um in der Luft zu bleiben. Wind kam auf und trieb die Space-Jet auf den Rand des Dschungels zu.

»Gwendolin, verfluchtes Balg!«, brüllte Reginald Bull und setzte sich in Bewegung. Verzweifelt rannte er hinter der davonschwebenden Space-Jet her. Aus dem Innern des Schiffes kamen Geräusche, die wie Vorboten einer fürchterlichen Explosion klangen.

Bully rannte, was seine Lungen hergaben und die Beine aushielten, aber die Space-Jet schaffte es immer wieder, ihm zu entwischen. Jedes Mal, wenn er den Einstieg erreicht zu haben glaubte, kam ein Windstoß und trieb die Space-Jet aus seiner Reichweite.

Zu allem Überfluss hatte Gwendolin, denn niemand anderer konnte in der Zentrale der Space-Jet für diesen Unfug verantwortlich sein, auch noch die Bedienungselemente für die Triebwerke entdeckt. Aus den Düsen kamen krachende Geräusche, die Teleskoplandebeine zuckten wie die Antennen einer aufgeregten Ameise, und die Space-Jet begann abenteuerliche Sprünge zu vollführen.

Mit diesen Kapriolen konnte Reginald Bull nicht mithalten, außerdem ging ihm die Puste aus. Er blieb schnaufend stehen und wartete ab. Es gab einige Möglichkeiten, was passieren konnte. Gwendolin konnte einen Alarmstart fabrizieren, der die Space-Jet entweder in den Weltraum schoss oder aber an der Energiekuppel über Wanderer zerschellen ließ. Sie konnte das Beiboot auch auf dem Boden in Schrott verwandeln oder mit laufenden Triebwerken über Bullys Kopf zum Landeanflug ansetzen, wobei Bully entweder zerquetscht oder von den Impulstriebwerken in ein Häufchen Asche verwandelt wurde.

Nichts dergleichen geschah.

Die Space-Jet zickzackte noch einige Minuten lang über die

Landschaft und setzte dann in Bullys Nähe auf. Reginald Bull hätte keine glattere Landung vorweisen können. Vorsichtig näherte sich Bully der Space-Jet. Als er die Mannschleuse erreichte, sah er über sich Gwendolin freundlich lächelnd im Rahmen stehen.

»Habe ich das nicht fein gemacht?«, fragte sie fröhlich.

Bully nickte düster, während er in das Raumschiff stieg. Zusammen schwebten sie im zentralen Antigravschacht zur Polkuppel hinauf. Schweigend schnallte Bully seine Begleiterin auf dem Sessel des Navigators fest. Gwendolin ließ das ohne Gegenwehr über sich ergehen, sie schien das alles für einen Teil eines neuen, interessanten Spiels zu halten.

Bully nahm auf dem Pilotensitz Platz und ließ die Triebwerke anlaufen. Langsam stieg die Space-Jet in die Höhe, nahm Fahrt auf und jagte auf die Energiekuppel zu, die Wanderer überwölbte.

»Wir wollen sehen, wer bessere Nerven hat«, murmelte Bully und schob den Beschleunigungshebel nach vorn. Die Space-Jet machte förmlich einen Satz, und der Geschwindigkeitsanzeiger auf dem Instrumentenpult kletterte mit beängstigender Schnelligkeit in die Höhe. Eine Katastrophe schien unvermeidlich, wenn nicht entweder Bully sofort bremste oder aber ES seine Energiekuppel öffnete.

ES wartete bis zu dem Augenblick, an dem Bullys Haare senkrecht standen und sein Gesicht die Farbe frisch gefallenen Schnees hatte, dann erst schuf das Fiktivwesen eine Strukturlücke in der Energiekuppel, durch die die Space-Jet in den freien Raum hinausschoss. Von Wanderer war einen Sekundenbruchteil nach dem Passieren des Energieschirms nichts mehr zu sehen, und auch die Energie- und Materietaster konnten den Kunstplaneten nicht mehr erfassen.

Bully folgerte daraus, dass ES die Unterredung für beendet ansah. Dieser Teil des Abenteuers war damit also überstanden, und das sogar einigermaßen glimpflich, wie Bully sich eingestehen musste.

Zufrieden summend schnallte er Gwendolin los. Das Mädchen sprang von dem Sitz, der viel zu groß für sie war, und suchte ihre Kabine auf. Sie wolle sich umziehen, vertraute sie Bully an, und sie könne das schon ganz allein und ohne fremde Hilfe. Bully fand das großartig und sparte nicht mit Komplimenten. Er seufzte erleichtert, als er den Haarschopf im Antigrav verschwinden sah.

Er warf einen Blick auf die Uhr. Die Mahnung von ES klang ihm noch in den Ohren. Er durfte keine Zeit verlieren. Hastig tippte Bully den Namen Veevee in die Tastatur der Bordpositronik.

Es dauerte nicht lange, bis auf einem Leseschirm die ersten Daten sichtbar wurden.

Veevee, las Reginald Bull, *vierter Planet der Sonne Veendjar im System der Jurfer-Welten. Annähernd erdgroß, sehr warm, stark besiedelt. 1.345.876.593 Einwohner nach der letzten Volkszählung von 2100. Veevee wird von den Antis des Báalol-Kultes kontrolliert, die sich auf Veevee offen zeigen. Die GA stuft Veevee als weniger bedeutend im abwehrtechnischen Sinn ein, dennoch wird Schiffen des Solaren Imperiums von einer Landung auf Veevee abgeraten. Konsularische Vertretung des SI seit dem 2.3.2079 in der Hauptstadt Veenym. Besonderheiten: keine.*

Während Bully die klimatischen, geografischen, wirtschaftspolitischen und soziologischen Daten über Veevee studierte, tippte er mit der Rechten blind die Koordinaten der Welt in das Eingabesegment der Positronik. Es war Sache des Rechners, nach diesen Daten den Kurs nach Veevee zu berechnen und die entsprechenden Steuermanöver durchzuführen. Um die Space-Jet brauchte sich Bully nicht mehr zu kümmern. Sofern nichts Unvorhergesehenes eintrat, brauchte er erst wieder einzugreifen, wenn die Space-Jet kurz vor Veevee wieder in den Normalraum eintrat.

Bully nickte zufrieden, nachdem er das Datenbündel durchgearbeitet hatte. Danach griff er zum Hyperkom und stellte eine Verbindung zur Erde her. Bereits nach wenigen Augenblicken tauchte auf dem kleinen Bildschirm das Symbol der Hyperkomstation Terranias auf. Es machte wenig später Platz für ein freundlich lächelndes Mädchengesicht.

»Mister Bull?«, fragte die junge Frau nach kurzem Zögern.

»Richtig«, bestätigte Bully freundlich. »Ich möchte ein Gespräch mit der Galaktischen Abwehr.«

»Geben Sie mir bitte Ihre Anschlussnummer, Sir.«

»Meine was?«

»Die Kennnummer Ihres Hyperkomanschlusses, Sir. Meine Anzeige verrät mir, dass Ihr Gerät keinen Gebührenzähler hat. Ich kann Ihnen die Gebühren berechnen, aber dazu muss ich Sie zurückrufen. Oder ich müsste der Galaktischen Abwehr das Gespräch berechnen.«

»Letzteres«, bat Bully einigermaßen erschüttert. Er hatte völlig übersehen, dass er ein Hyperkom der Solaren Flotte benutzte, sich aber wie ein Privatmann in das öffentliche Hyperkom-Netz eingeschaltet hatte. Natürlich hätte er jetzt abrupt das Gespräch beenden und auf der Flottenwelle Mercant anrufen können, aber das wäre gegenüber dem Mädchen in der Vermittlung recht unhöflich gewesen. Unhöflichkeit aber, das wusste Bully, konnte ihn in diesem Fall fünfzig und mehr Stimmen kosten, wenn er bei der nächsten Wahl für das Parlament kandidierte. Als Vollblutpolitiker, der er inzwischen geworden war, vermied Reginald Bull solche Schnitzer geflissentlich.

»Haben Sie die Nummer Ihres Gesprächspartners, Sir?«

Bully schüttelte den Kopf. Es geschah höchst selten, dass er selbst eine Hyperkomverbindung herstellte. Normalerweise wurde das in der Funkbude eines Flottenschiffes erledigt, oder aber seine Vorzimmerleute stellten die Verbindung her.

»Wen möchten Sie sprechen, Sir.«

»Allan D. Mercant, bitte!«

»Privat oder dienstlich?«

»Dienstlich!«

Die Unterhaltung begann langsam an Bullys Nerven zu zerren, trotzdem beherrschte er sich. Eine halbe Minute verging, und Bully begann schon zu fürchten, Mercant lehne vielleicht die Übernahme der Gesprächskosten ab, aber dann tauchte das Gesicht des Mannes auf dem Bildschirm auf, der seit ihrer Gründung die Galaktische Abwehr leitete.

Die Zelldusche, die Perry Rhodan seinen engsten Mitarbeitern zugestanden hatte, bewahrte getreulich das Aussehen, das Allan D. Mercant gehabt hatte, als er zum ersten Mal das Physiotron benutzt hatte. Noch immer wirkte er weit eher wie ein pensionsreifer Buchhalter, im Nebenberuf Vorsitzender des irdischen Tierschutzverbandes, denn als Chef einer Organisation, die Antis, Springer, Überschwere, Aras und Akonen ärger fürchteten als manche kosmische Seuche. Allerdings war der äußere Eindruck nicht völlig falsch – Mercant war tatsächlich Vorsitzender des Terrestrischen Tierschutzverbands, wenn auch nur ehrenhalber.

»Bully?«, staunte Mercant, als er das Gesicht seines Gesprächspartners sah. »Wo treiben Sie sich herum?«

»Das darf ich Ihnen leider nicht sagen«, antwortete Bully. »Es wäre immerhin möglich, dass wir abgehört werden. Ich habe eine Frage, Allan. Hat die GA einen Agenten in Veenym sitzen, der Hauptstadt des Planeten Veevee?«

»Ich sehe nach, Bully. Ist die Angelegenheit wichtig?«

»Man kann es so nennen. Fragen Sie einmal unseren cholerischen Oberst nach der Sache, aber nehmen Sie vorher ein Beruhigungsmittel.«

»Das tue ich immer, wenn ich es mit dem Oberst zu tun habe.« Mercant lachte. Es gab Tausende von Obersten in der Solaren Flotte, und darunter waren Choleriker haufenweise zu finden, aber beide Männer wussten sofort, wer gemeint war, wenn von einem cholerischen Oberst gesprochen wurde – dann konnte es sich nur um Nike Quinto handeln.

»Ich sehe gerade, wir haben keinen Agenten auf Veevee sitzen. Sollen wir einen dorthin entsenden?«

»Dafür ist es jetzt schon zu spät. Kann ich dort mit irgendwelcher Unterstützung rechnen, wenn ich dort lande?«

»Was wollen Sie ausgerechnet auf Veevee, Bully?«, fragte Mercant verwundert. »Warum haben Sie sich nicht an die Galaktische Abwehr gewandt? Wir haben für solche Aufgaben unsere Leute.«

»Keine Zeit, Mercant. Bis Sie einen Ihrer Agenten dorthin geschickt haben, ist es schon zu spät.«

Mercant runzelte die Stirn.

»Wollen Sie mir Angst machen, Bully? Ist die Angelegenheit so wichtig? Sind Sie deshalb selbst aufgebrochen?«

»Wenn es mir nicht gelingt, diese Aufgabe zu erledigen, dann können Sie Ihren Abschied einreichen, Allan. Aber tun Sie mir einen Gefallen, sagen Sie Perry nichts davon.«

»Da ich nicht einmal ahne, wovon Sie überhaupt reden, werde ich mich hüten, dem Chef mit Ihren Orakelsprüchen unter die Augen zu treten. Kann ich noch irgendetwas für Sie tun?«

Reginald Bull überlegte einen Augenblick lang.

»Sie kennen die Nuthars, Freunde von mir?«

Mercant lachte unterdrückt.

»Lieber Bully«, sagte er amüsiert. »Selbstverständlich kenne ich Ihre Freunde. Wenn jemand in Ihrem persönlichen Umkreis neu auftaucht, wird er sofort von uns unter die Lupe genommen.«

Bully runzelte die Stirn.

»Das gefällt mir nicht«, murrte er. »Ich mag es nicht, wenn meine Freunde von Ihren Leuten ausgeschnüffelt werden.«

»Erstens merken diese Freunde nichts davon, und zweitens ist das für die Sicherheit des Imperiums wichtig. Wenn Sie sich etwas intensiver mit unseren Vorschriften befasst hätten, wüssten Sie, dass ich, wenn die Akten Ihrer Freunde einwandfrei sind, weder Ihnen noch dem Chef Einblick geben dürfte. Die Nuthars sind einwandfrei, also weiß nur unsere Spezialpositronik, was sie für kleine Schwächen und Fehler haben. Was ist mit der Familie?«

»Die kleine Gwen hat sich zu mir an Bord geschlichen«, sagte Bully kläglich. »Sagen Sie den Eltern, dass sie sich keine Sorgen machen zu brauchen!«

Mercants Gesicht drückte überdeutlich seine Verwunderung aus.

»Was ist los mit Ihnen, Bully? Sie drücken sich unglaublich vorsichtig aus, weil Sie Angst haben, unser Gespräch könnte belauscht werden. Sie orakeln von einer ungeheuren Gefahr für das ganze Imperium – und dann treiben Sie sich mit einem Schulmädchen im Weltraum herum?«

Bei dem Wort Schulmädchen zuckte Bully wider Willen zusammen.

»Ich tue das nicht freiwillig«, bekannte er.

»Werden Sie etwa von der Kleinen erpresst?«, staunte Mercant.

Bully schlug die Hände über dem Kopf zusammen.

»Mercant«, sagte er beschwörend. »Berichten Sie den Eltern, ihrer Tochter gehe es gut. Ansonsten warten Sie ab, bis ich mich wieder melde. Ich habe jetzt keine Zeit, sämtliche Missverständnisse aufzuklären. Auf später!«

Bully winkte Allan D. Mercant noch einmal zum Abschied zu und schaltete ab. Das letzte, was er sah, war das über alle Maßen erstaunte Gesicht des Abwehrchefs. Erst sehr viel später sollte Bully erfahren, warum Allan D. Mercant eine Viertelstunde nach seiner Unterhaltung mit Reginald Bull noch wesentlich erstaunter dreinsah.

4.

Reginald Bull hätte viel darum gegeben, wäre von irgendwoher ein Springerschiff aufgetaucht und hätte ein Katz- und Maus-Spiel mit seiner Space-Jet angefangen. Mit solchen Lagen kannte Bully sich aus, aber dem Einfallsreichtum und der Quengeligkeit eines achtjährigen Mädchens war er nicht gewachsen.

Als die Space-Jet aus dem Linearraum fiel und in den Normalraum eintauchte, war Reginald Bull mehr erschöpft, als er nach einem zehnstündigen Flug hätte sein dürfen. Gwendolin hatte ihm nicht eine Minute Ruhe gelassen. In ununterbrochener Folge hatte sie Wünsche geäußert, Spiele angeregt oder eingeleitet und Bully derartig in Atem gehalten, dass er förmlich nach einer Raumschlacht lechzte, um sich einmal ausruhen zu können.

»Warum heißt dieser Planet Veevee, Onkel Bully?«

»Seine Bewohner haben ihn so genannt«, versuchte Bully zu erklären, während er den Landeanflug programmierte.

»Und warum haben seine Bewohner ihn so genannt?«

»Frag sie, sobald wir gelandet sind«, knurrte Bully. »Und jetzt gönne mir wenigstens einige Minuten Ruhe. Wenn nicht, werden wir dort unten nämlich eine Bruchlandung machen.«

»Kannst du mit einer Space-Jet nicht umgehen?«, erkundigte sich Gwen verwundert. »Das da ist der Steuer …!«

»Finger weg!«, brüllte Reginald Bull, aber es war schon zu spät.

Bei einem Raumhafen des Typs, den Veevee aufweisen konnte, wurde die Landung zwischen Hafenpositronik und Bordpositronik abgestimmt und vom Autopiloten durchgeführt. Ins Steuer griff der Pilot nur dann, wenn es bei der Landung unerwartete Schwierigkeiten gab.

Gwens Handgriff nach dem Steuerknüppel hatte zur Folge, dass der Autopilot der Space-Jet ausgeschaltet wurde und die Positronik einen Notfall annahm. Während die Notautomatik die Sicherheitsgurte um die Leiber der Passagiere legte und alle Vorbereitungen für einen Absturz traf, folgerte der Automat auf dem Boden des Planeten aus der ruckhaften Bewegung der Space-Jet auf einen heimtückischen Angriff und gab Bodenalarm.

Entsetzt sah Bully, wie sich der Himmel rings um die Panoramakuppel der Space-Jet zu überschlagen schien. Zischend schossen die Sicherheitsgurte an Gwens Sessel aus ihren Halterungen, aber auf einen so kleinen, zierlichen Körper waren sie nicht eingestellt; innerhalb einer Zehntelsekunde verbanden sie sich zu einem Knoten, der selbst dem Großen Alexander Schwierigkeiten gemacht hätte.

Aus dem Lautsprecher kam das entsetzte Schreien eines Hafenbeamten, der glauben musste, die Space-Jet rase auf seinen Kontrollturm zu. Dazwischen erklangen die Flüche eines Springerpatriarchen, der seinen Walzenraumer nur durch gewagte Ausweichmanöver in Sicherheit zu bringen vermochte. Die Forts in der Nähe des Raumhafens gaben eine Salve Warnschüsse ab; das Durcheinander wurde dadurch nicht geringer. Auf dem Raumhafen stoben Gleiter wie aufgescheuchte Vögel auseinander, um sich in Sicherheit zu bringen. Piloten retteten sich und ihre Schiffe mit Alarmstarts; die Besatzung des Kontrollturms brachte sich schleunigst in Sicherheit.

Endlich gelang es Bully, den Steuerknüppel zu fassen zu bekommen, und eine Minute später war der Flug der Space-Jet wieder stabilisiert. In den Lautsprechern wurde Bully von mindestens einem Dutzend verschiedener Personen beschimpft und mit Flüchen bedacht, zum größten Teil in unverständlichen Sprachen, aber am Tonfall eindeutig interpretierbar. Bully hörte gar nicht zu. Nach seinem Empfinden galten die Beschimpfungen ohnehin seiner unschuldsvoll dreinsehenden Begleiterin.

Erst als die Space-Jet ruhig auf dem Landefeld stand, wurde es im Äther wieder ruhiger. Nur der Springer wollte sich nicht beruhigen.

»Terranischer Luftkutscher«, tobte er. »Wo hast du deinen Pilotenschein gemacht, du Winzling? Ich werde mich beschweren, das garantiere ich dir! Ich werde nicht rasten und ruhen, bis du deine Lizenz los bist, und wenn ich mich bis zur Administration durchboxen muss! Ich werde Himmel und Hölle in Bewegung setzen, ich werde Reginald Bull höchstpersönlich bemühen!«

Offenbar hatte der Patriarch mehr Entrüstung entwickelt, als er in Worte kleiden konnte. Jedenfalls verstummte er schlagartig. Stattdessen kam eine Verbindung mit der Hafenbehörde zustande.

»Ich hoffe, Erdmensch«, begann der Beamte das Gespräch, »dass deine Versicherungspolice gültig ist. Dieser Spaß wird dich eine Menge kosten, Terraner – fürs Erste jedenfalls die Freiheit.«

Reginald Bull bedachte Gwendolin Nuthar mit einem Blick, der offene Mordlust verriet, aber an Gwens lückenhaftem Grinsen wirkungslos abprallte. Dann erst drehte sich Bully so um, dass die Kamera seinem Gesprächspartner ein brauchbares Bild liefern konnte.

»Augenblick«, stutzte der Arkonide. »Kenne ich dich nicht?«

Mit einer anonymen Landung war es ohnehin vorbei, also zögerte Bully nicht zu antworten:

»Ich heiße Reginald Bull. Für den etwas misslungenen Landeanflug bitte ich um Verzeihung. Es war nicht meine Absicht, den Hafenbetrieb zu stören.«

Der Arkonide im Tower fletschte die Zähne. Er wusste, dass er geschlagen war. Bully war außerhalb des Solaren Imperiums zwar nicht annähernd so bekannt wie Perry Rhodan oder Seine Erhabenheit Imperator Gonozal VIII., aber der Hafenbeamte wusste, dass er einen politischen Skandal heraufbeschwor, wenn er Reginald Bull einfach inhaftierte. Was den Arkoniden jedoch am meisten ärgerte, war die Tatsache, dass Reginald Bull sein Fehlverhalten offen eingestanden und sich dafür entschuldigt hatte. Ein Arkonide hätte eine solche Entschuldigung niemals über die Lippen gebracht.

»Können Sie die Strafgebühr bezahlen … Sir?«

In der Stimme schwang eine leise Hoffnung mit. Wenn Bully

sich als zahlungsunfähig erweisen sollte, durfte der Beamte eine Erzwingungshaft verhängen, und es war dem Arkoniden anzusehen, wie gern er Reginald Bull hinter Gitter gebracht hätte.

»Genügt eine Kreditkarte?«, fragte Bully zurück. »Von Atlan gegengezeichnet?«

Damit war der Hafenbeamte psychisch knockout. Mit einer Kreditkarte in der Tasche, die vom Imperator des Großen Imperiums gegengezeichnet war, hätte Bully den ganzen Raumhafen demolieren können. Das allein hätte genügt, den Hafenbeamten außer Gefecht zu setzen. Aber dass Bully es wagte, seine Allessehende, Tausendäugige Erhabenheit Gonozal VIII. – in amtlichen Dokumenten nahmen die Titel des Imperators neununddreißig Druckzeilen ein – schlichtweg Atlan zu nennen, verschlug dem Arkoniden die Sprache. Jetzt begann der Beamte zu begreifen, warum die halbe Galaxis die Terraner nicht leiden konnte.

»Darf ich fragen, welche Absichten Sie nach Veevee führen?«

»Fragen dürfen Sie«, antwortete Bully trocken. »Nur eine Antwort werden Sie nicht bekommen. Kann ich jetzt mein Schiff verlassen?«

»Selbstverständlich«, erwiderte der Hafenbeamte hastig. »Ich kann Ihnen allerdings erst dann die Startfreigabe erteilen, wenn Sie den Schaden bezahlt haben, den Sie angerichtet haben.«

»Ich werde es mir merken«, versprach Bully und trennte die Verbindung.

Sein Plan war schon im Ansatz gescheitert. Ursprünglich hatte er sich unauffällig umsehen wollen, aber damit war es nach der Paukenschlaglandung selbstverständlich aus. Eine offizielle Anfrage wäre natürlich beantwortet worden – nur nicht wahrheitsgemäß.

Gwendolin hatte sich auf ein Instrumentenpult gesetzt, ließ die Beine herabbaumeln und beschäftigte sich damit, ihre schulterlangen roten Haare zu Zöpfen zu flechten.

Als Erstes musste Bully zusehen, dass er diesen rothaarigen

Plagegeist los wurde. Am einfachsten wäre gewesen, dem Mädchen ein Linienflugticket von Veevee über Arkon nach Terra zu kaufen und sie nach Hause zu schicken. Fraglich war dabei nicht, ob Bully eine so weite Reise einem achtjährigen Mädchen ohne Begleitung zumuten durfte – fraglich war, ob er die Verkehrsverbindungen zwischen dem Solaren und dem Großen Imperium einer solchen Belastung aussetzen durfte. Nach den Ereignissen der letzten Tage kam ihm Gwendolin beinahe wie ein Ein-Mann-Sabotage-Trupp vor.

»Hm!«, machte Bully nachdenklich.

Was konnte er nur tun, um seine Handlungsfreiheit wiederzugewinnen? Es lag auf der Hand, dass die Antis früher oder später merken würden, dass sich Reginald Bull auf die Fährte der zwanzig Zellaktivatoren gesetzt hatte. Sie würden versuchen, ihn von dieser Fährte abzubringen; auch ein Mord war ihnen ohne Weiteres zuzutrauen. Wenn Bully dann noch ein Kind mit sich herumschleppte …

»Ich muss dich für ein paar Stunden verlassen«, sagte er schließlich. »Kannst du es an Bord so lange ohne mich aushalten?«

»Sicher«, behauptete sie. »Ich komme schon zurecht.«

»Hoffen wir es«, wünschte sich Bully.

Irgendwie fühlte er sich erleichtert, als er das Gelände des Raumhafens hinter sich wusste. Am Tower hatte er sich einen Gleiter gemietet, mit dem er etwaige Verfolger abschütteln konnte. Nach einer halben Stunde Fahrt und etlichen Zickzackmanövern im Straßengewirr der Hauptstadt fühlte sich Reginald Bull einigermaßen sicher, dass er nicht länger beobachtet wurde.

Auf den Straßen Veenyms herrschte geschäftiges Treiben. Veevee war für irdische Verhältnisse ziemlich heiß, für Arkoniden aber, die unter einer entschieden wärmeren Sonne geboren wurden, musste dieses Klima ideal sein.

Es gab eine Menge Touristen in Veenym, unschwer an den

bornierten Gesichtern zu erkennen. Es war typisch für den Zustand der arkonidischen Gesellschaft, dass Arkongeborene fest davon überzeugt waren, bereits außerhalb der Lufthülle eines Arkonplaneten beginne der kulturelle und zivilisatorische Abgrund, der Arkon von den Barbarenwelten trenne. Nicht selten sah Bully Arkongeborene, die nur durch die Nase atmeten – die geblähten Nasenflügel bewiesen, dass in den Nasenlöchern Kleinfilter untergebracht worden waren.

Bully parkte den Gleiter in der Nähe der Hauptstraße. Aus der Kühlbox, mit der auf Veevee jeder Mietgleiter ausgerüstet war, holte er sich ein Erfrischungsgetränk und stellte dabei verwundert fest, dass die irdische Getränkeindustrie mit der Eroberung des Alls erheblich weiter gekommen war als die Solare Administration. Während er die eiskalte koffeinhaltige Limonade trank, dachte Reginald Bull angestrengt nach.

Auf Utik, dessen erinnerte er sich, hatte ein Anti mit einem Zellaktivator für einige Aufregung gesorgt. Wer auch immer diesen Aktivator trug, wurde von seinen Mitmenschen für eine wunderschöne, aber überaus wasserbedürftige Blume gehalten. Angelockt von dem unwiderstehlichen Duft waren die Bewohner Utiks zusammengelaufen und hatten alles daran gesetzt, die zarte Pflanze mit Wasser zu versorgen. Zum Glück für die Terraner war es ein unbeeinflussbarer Robot gewesen, der dieses Phänomen entdeckt hatte.

Wenn der Utik-Aktivator derart verrückt gespielt hatte, dann stand zu vermuten, dass auch Veevee ähnlich turbulente Szenen erlebt hatte. Und Bully kannte die Gepflogenheiten seiner Zeitgenossen gut genug, um zu wissen, dass bei turbulenten Szenen die Presse selten fehlte. Wenn es also auf Veevee ebenfalls zu aufruhrähnlichen Szenen gekommen war, dann mussten die lokalen Medien darüber berichtet haben. Sicherlich würde sich in den Archiven etwas finden lassen, und wenn es nur die Spuren waren, die die Antis beim Vertuschen solcher Meldungen hinterlassen hatten.

Reginald Bull verließ den Gleiter, schaltete die Diebstahlsicherung ein und ging zur Hauptstraße zurück. Er erinnerte sich, dass eines der Gebäude eine Druckerei gewesen war – eine Zeitungsdruckerei.

Er brauchte nur wenige hundert Meter zu gehen, um das Gebäude zu finden. Die Zeitung nannte sich *Veenym Popular Gazette,* und anhand eines Probeexemplars konnte sich Bully davon überzeugen, dass er sich für die richtige Zeitung entschieden hatte. Die Gazette war ein typisches Boulevardblatt mit allen Vor- und Nachteilen dieser Spielart der Presse – Schnelligkeit, Einprägsamkeit und Einfachheit. Wie üblich, fehlte bei kaum einer Nachricht der Geruch nach Blut, ohne den eine Information uninteressant zu sein schien.

Reginald Bull zögerte nicht lange. Er betrat das Gebäude.

Das erste, was ihm auffiel, war die niedrige Temperatur im Innern. Das kleine Thermometer an Bullys Handgelenk zeigte zwar, dass die Temperatur noch immer über dreißig Grad lag, aber immerhin erheblich unterhalb der Wärme im Freien.

»Kann ich helfen?«, erkundigte sich ein dienstbeflissener Robot bei Reginald Bull.

»Ich suche das Archiv«, antwortete Bully. »Ich möchte einige Informationen aus der Vergangenheit nachschlagen.«

»Bitte, folgen Sie mir!«, bat der Robot und rollte los.

Das Archiv lag im Keller und erwies sich als eine Sammlung aus vergilbten Papierschnitzeln und einer Tonnenlast Staub, die alle Akten zentimeterdick bedeckte. Beim Anblick dieses Durcheinanders verschlug es Reginald Bull erst einmal die Sprache. Die Aussicht, in diesem Durcheinander eine bestimmte Ausgabe der *Gazette* zu finden, war praktisch gleich Null.

Das sollte ein Archiv sein?

Misstrauisch erkundigte sich Bully: »Sah dieser Raum schon immer so aus?«

Die Maschine gab keine Antwort, und das war das zweite ungewöhnliche Vorkommnis innerhalb weniger Augenblicke. Bully vermutete, dass der Robot ein einprogrammiertes Sprechverbot zu diesem Thema hatte. Er rechnete auch damit, dass eine Frage nach diesen Dingen einen Alarm auslöste.

Bully hatte sich nicht geirrt. Es vergingen nur wenige Minuten, bis ein junger Mann im Keller des Zeitungsgebäudes erschien und gradlinig auf Reginald Bull zuging.

»Kann ich helfen?«, fragte er.

»Ich suche einige Informationen«, erklärte Bull ein zweites Mal; er wies auf das Chaos im Archiv. »Kann man in diesem Durcheinander überhaupt noch etwas finden?«

»Sicherlich«, antwortete der Angestellte. Bull tippte, dass er auf Veevee geboren war. »Es wird davon abhängen, was Sie suchen.«

»Nun«, machte Bully gedehnt. »Ich habe gehört, es hätte vor einigen Monaten auf dieser Welt einiges Durcheinander gegeben, und zwar im Zusammenhang mit einem hohen Mitglied der Báalol-Sekte.«

Bully wusste nach wenigen Sekunden, dass er in ein Wespennest gestochen hatte. Der Angestellte zuckte zusammen, aber es gelang ihm, das stereotype Lächeln beizubehalten, das er beim Betreten des Raumes aufgesetzt hatte. Es gelang ihm aber nicht, einen Mann wie Reginald Bull zu täuschen. Bully wusste sofort, was der junge Mann vorhatte, als er langsam eine Hand in einer Tasche seines Anzugs verschwinden lassen wollte.

»Nicht doch«, sagte Bully grinsend und packte zu. Der junge Mann brachte zwar noch die Hand aus der Tasche, aber Bullys Griff um sein Handgelenk war so nachdrücklich, dass ihm nichts anderes übrig blieb, als die Waffe fallen zu lassen.

Ein Strahler landete scheppernd auf dem Boden, und als der junge Mann versuchte, sich mit der freien Hand loszukämpfen, sah sich Bully genötigt, seinen Widersacher mit einem Dagorgriff, den er Atlan abgeschaut hatte, die Waffe nachzuschicken.

»Was soll der Unfug?«, fragte Reginald Bull freundlich und richtete die Waffe, die er rasch aufgehoben hatte, auf den Körper des jungen Mannes. Der Angestellte wurde bleich.

Der Robot versuchte sich einzumischen, aber Bull legte ihn mit einem gezielten Schuss still. Die Geschwindigkeit, mit der Bully zielte, schoss und traf, trug ebenso dazu bei, den Angestellten zu beeindrucken, wie die Tatsache, dass Bully fast beiläufig einen Robot im Wert von einigen zehntausend Solar zu Schrott machte. Er folgerte daraus nicht ganz zutreffend, dass Bully wenig Hemmungen haben würde, auch ihn für alle Zeiten funktionsunfähig zu machen.

»Sieht dieser Schuppen seit Langem so aus?«, fragte Bull. Er deutete auf das Chaos ringsum.

Der Angestellte schüttelte den Kopf.

»Mach den Mund auf, Junge!«, herrschte Bully ihn an. »Ich will wissen, warum es hier so wüst aussieht.«

»Es sind einige Männer gekommen«, berichtete der Angestellte stockend. »Sie haben hier etwas gesucht und mitgenommen, und als sie das Archiv verließen, sah es so aus, wie Sie es hier sehen.«

»Was waren das für Männer?«

Der junge Angestellte hatte sichtlich Angst. Es fragte sich nur, ob er Bullys Waffe mehr fürchtete als die Rache der unbekannten Besucher. Einstweilen hatten die Besucher die Oberhand, aber als Reginald Bulls Gesicht in immer stärkeren Maße Ärger zu zeigen begann, überwog bald die Angst vor Bullys handgreiflichem Unmut.

»Ich hatte den Eindruck, dass es sich um Priester des Báalol-Kultes handelte!«, gestand er nervös.

»Dachte ich es mir doch«, murmelte Bully zufrieden. »Und wonach haben die Antis gesucht?«

Der junge Mann wusste zunächst nicht, was Bully mit Antis meinte, aber er begriff bald, dass damit die unbekannten Besucher gemeint sein mussten.

»Das weiß ich nicht«, erklärte er, und unwillkürlich versuchte er, auf dem Boden etwas von Bullys Fäusten wegzurutschen. »Ich fürchte, es wird nur ein Verfahren geben, das herauszufinden – man müsste die Papiere durchsehen und feststellen, was fehlt.«

Bully musste nicht einmal hinsehen, um zu wissen, dass er bei diesem Verfahren frühestens in zwei Wochen ein Ergebnis haben würde. Er verstärkte den grimmigen Ausdruck seines Gesichts und zielte mit dem Strahler auf einen Fuß des jungen Mannes.

»Hat es vor einigen Monaten auf Veevee einen öffentlichen Aufruhr gegeben?«

Der junge Mann atmete erleichtert auf.

»Und ob«, verriet er, zufrieden, dass Bully das heikle Thema der verschwundenen Belegexemplare vermied. »Einer der höchsten Báalol-Priester ist damals verrückt geworden. Man stelle sich vor: er rief dazu auf, dass sich alle Völker der Galaxis vereinen und mit den Terranern zusammenschließen sollten. Ausgerechnet mit den Terranern, diesen aufgeblasenen Emporkömmlingen. Und es kam noch besser: Der Priester schlug sogar vor, den Häuptling der Terraner zum Oberhaupt aller galaktischen Völker zu ernennen.«

»Was ist aus dem Priester geworden?«, erkundigte Bully sich beiläufig.

Sein Gefangener zuckte mit den Schultern.

»Ich weiß es nicht«, sagte er. »Man wird ihn eingesperrt haben. Ich habe gehört, er habe Veevee längst verlassen.«

»Hat es danach noch einmal ähnliche Vorfälle gegeben?«

»Vorfälle dieser Art? Nein, keinen einzigen.«

Bully machte ein finsteres Gesicht, obwohl er innerlich frohlockte. Wenn in den letzten Wochen und Monaten kein Anti mehr verrückt gespielt hatte, dann hatte der Priester Veevee zusammen mit dem Aktivator verlassen. Es galt jetzt nur noch, die Spur dieses Priesters zu finden.

»Hast du eine Ahnung, wohin man den übergeschnappten Báalol-Priester gebracht hat?«

Der junge Mann schüttelte den Kopf.

»Vielleicht nach Trakarat«, überlegte Bully halblaut. Trakarat war einmal die Hauptwelt der Antis vom Báalol-Kult gewesen – bis die Galaktische Abwehr die Position von Trakarat herausgefunden hatte. Danach war es mit der Machtposition der Antis fürs Erste zu Ende gewesen. Inzwischen war der Name Trakarat bei Interessierten hinlänglich bekannt.

Bullys Gefangener machte einen Fehler. Er schnappte nach dem Köder, den Bully ihm, ohne es zu wollen, hingeworfen hatte.

»Nach Trakarat bestimmt nicht«, sagte er hastig. »Eher …«

»Ja?«

Der junge Mann presste die Kiefer zusammen. Er begriff, dass er sich verplappert hatte.

Bully lächelte milde. »Ich bekomme es heraus«, verkündete er. »So oder so, es wird ganz bei dir liegen. Fällt es dir leicht, Schmerzen zu ertragen?«

Der junge Mann fiel auf den Bluff herein. Er wusste nicht, mit wem er es zu tun hatte. Hätte er Reginald Bull gekannt, hätte er den Mund gehalten – er hätte gewusst, dass Bully bei aller gespielten Raubeinigkeit es nicht fertiggebracht hätte, auf einen Wehrlosen einzudreschen, um Informationen aus ihm herauszuprügeln.

»Arcomurth«, stotterte der junge Mann. »Man wird ihn nach Arcomurth gebracht haben.«

»Wo liegt das?«

Der junge Mann zuckte mit den Schultern.

»Ich weiß es wirklich nicht«, beeilte er sich zu versichern. »Ich habe nur einmal den Namen gehört und zufällig erfahren, dass es dort ein geheimes Zentrum der Báalol-Priester geben soll.«

Wenn er bereits von diesem Zentrum wusste, konnte es so geheim nicht sein, überlegte sich Bully.

Die Information gab ihm zu denken. Er lehnte sich an eine Säule und dachte nach, dabei hielt er die Waffe stets auf den jungen Angestellten der Zeitung gerichtet.

Arcomurth, der Name klang geheimnisvoll, ähnlich wie Trakarat. Da die Antis grundsätzlich nicht öffentlich gegen das Solare Imperium vorgingen, hatten sie sich höchstwahrscheinlich nach dem Verlust von Trakarat einen neuen Geheimplaneten zugelegt. Arcomurth konnte sehr wohl dieser Planet sein.

Außerdem lag es auf der Hand, dass die Antis die zwanzig Zellaktivatoren nicht einfach herumliegen ließen. Über ihre Verteilung musste entschieden werden, und Entscheidungen von solcher Tragweite fielen für gewöhnlich im Zentrum der Macht. Wenn man den verrückten Priester abtransportiert hatte – und zwar mitsamt dem Aktivator –, dann vermutlich zum Zentrum der politischen Macht der Antis. War Arcomurth dieses Zentrum? Dass der junge Mann den Namen kannte, sprach nicht unbedingt dagegen – von Trakarat war auch erst der Name bekannt gewesen.

In dem Verlagsgebäude würde Bully nicht mehr viel erfahren, das stand für Reginald Bull fest. Er hoffte, in einigen Stunden die Daten gesammelt zu haben, die er brauchte. Bis dahin musste der junge Mann zum Schweigen gebracht werden. Ein Schuss aus Bullys Paralysator löste dieses Problem. Der junge Mann zuckte noch einmal und blieb dann regungslos auf dem staubigen Boden liegen.

Fröhlich pfeifend verließ Reginald Bull das Zeitungsgebäude, nunmehr auf der Suche nach einer öffentlichen Bibliothek. Eine halbe Stunde später hatte er das entsprechende Gebäude gefunden. Er bezahlte die geringe Gebühr und trat ein.

Im Innern gab es einige Dutzend bequeme Sitzgelegenheiten, in denen sich die Benutzer der Bücherei die Daten zuspielen lassen konnten, die sie angefordert hatten – Bildinformationen auf kleinen Monitoren, Geräusche über erstklassige Kopfhörer. Zu jedem Sitz, der selbstverständlich mit allen Raffinessen arkonidischer Luxustechnik ausgestattet war, gehörte ein Eingabesegment, in dessen Tastatur der Benutzer seine Wünsche eintippen konnte.

Bully nahm auf einem der Sitze Platz und sorgte zunächst einmal dafür, dass er weder massiert noch parfümiert noch mit Sphärenklängen berieselt wurde. Es kostete ihn einige Mühe, die Schaltungen zu finden, die aus dem Sitz ein normales Möbelstück und nicht einen halb automatischen Schönheitssalon machten. Sobald sich der Sitz nicht mehr rührte, tippte Reginald Bull die Kennzahl der positronischen Auskunft in die Tastatur, danach den Namen Arcomurth.

Schon die Tatsache, dass einige Sekunden verstrichen, bewies, dass dieser Name außergewöhnlich war. Bei einer Positronik, deren Zugriffgeschwindigkeit in der Nähe der Lichtgeschwindigkeit lag, brauchte man für gewöhnlich nicht einmal eine Zehntelsekunde zu warten, bis sie auf eine Frage antwortete.

Zufrieden grinsend stellte Bully fest, dass auf dem kleinen Bildschirm die lakonische Bemerkung auftauchte: *Stichwort nicht gespeichert.* Weiterer Anstrengungen bedurfte es nicht mehr, dessen war sich Bully sicher.

Veevee wurde von den Antis kontrolliert, und wenn in einer öffentlichen Bücherei ein Besucher den Namen des Geheimzentrums der Antis in die Tastatur eingab, dann wurden die Antis auf Veevee mit Sicherheit hellhörig.

Reginald Bull wusste, dass er mit sehr hohem Einsatz spielte, aber er wusste auch, dass er keine andere Wahl hatte. Ihm blieben noch vier Tage Zeit, Arcomurth zu finden, danach wurde die Sache einfacher. Er brauchte nur noch die Flotte zu alarmieren, die dann den Planeten einkreisen und die Aktivatoren sicherstellen konnte.

Vorsichtshalber fragte Bully den Automaten noch einmal nach Arcomurth und erhielt die gleiche Auskunft. Danach verließ Bully die Bücherei.

Er hatte sich nicht geirrt.

Nach ihm verließ ein finster dreinblickender Mann den Lesesaal, sah sich kurz um und folgte dann dem gemütlich davonschlendernden Reginald Bull. Bully hatte seinen Beschatter rasch entdeckt und sich entschlossen, dem Mann die Arbeit nicht allzu schwer zu machen. Er schlug daher ein Tempo an, dem der Schatten leicht folgen konnte, ohne sich auffällig benehmen zu müssen. Eine Stunde lang trieb Bully dieses Spiel mit seinem Bewacher. Er wollte den Antis Zeit lassen.

Erst nach Ablauf dieser Stunde zog es Bully vor, den Bereich Veenyms zu verlassen, der ihm allzu bevölkert schien. Er zog es vor, zwischen den engen Gassen unterzutauchen und dem Stadtrand entgegenzugehen. Sorgfältig achtete Bully darauf, dass sein Schatten die Spur nicht verlor. Erst als er sich vom Zentrum der Stadt weit genug entfernt hatte, schlug Bully zu.

Er verschwand seitwärts in einer Gasse, und als sein Bewacher ihm hastig folgte, fand sich der Mann plötzlich mit einem entsicherten Strahler konfrontiert, der in Bullys Hand lag. Reginald Bull grinste freundlich.

»Nimm die Hände hoch«, forderte er seinen hartnäckigen Verfolger auf.

»Was wollen Sie von mir?«, stotterte der Mann.

Einen besonders kämpferisch wirkenden Verfolger hatte man nicht auf Bully angesetzt. Offenbar waren handgreifliche Auseinandersetzungen im Repertoire des Schattens nicht vorgesehen; der Mann schlotterte vor Angst.

»Sage deinen Auftraggebern«, herrschte Bully sein total verängstigtes Gegenüber an, »sie sollen mich gefälligst in Ruhe lassen. Und du wirst mir nun verraten, wo ich Arcomurth zu suchen habe. Ich möchte diese Welt gern einmal kennenlernen.«

»Arcomurth? Nie gehört«, behauptete der Verfolger. Dass er log, war offenkundig, ebenso erkennbar war auch, dass der Mann vor Angst weder ein noch aus wusste. Offenbar wurde er zu solchen Aufgaben erpresst, und nun fürchtete er gleichermaßen Bullys Waffe und die Rache seiner Auftraggeber.

»Die Koordinaten von Arcomurth«, beharrte Bully, obwohl er sich ausrechnen konnte, dass sein Schatten keine Datenstreifen mit sich herumschleppte. Und die galaktischen Koordinaten einer Welt im Kopf zu haben, war nicht jedermanns Sache. Der Schatten war mit einem solchen Ansinnen jedenfalls hoffnungslos überfordert. Wie überfordert, das zeigte sich Sekunden nach Bullys barscher Frage. Der Mann verdrehte die Augen, seufzte leise und fiel Bully in die Arme. Bully blieb nichts anderes übrig, als den Ohnmächtigen aufzufangen und sacht zu Boden gleiten zu lassen. Verblüfft sah er schließlich auf seinen bewusstlosen Verfolger herab und schüttelte den Kopf.

»Heilige Galaxis«, murmelte Reginald Bull und steckte die Waffe weg. »Sollte ich tatsächlich so furchterregend aussehen?«

Eine Antwort auf diese Frage bekam er nicht. Bully ließ den Mann liegen. Er würde bald wieder zu sich kommen, und für den Nachrichtendienst der Antis musste es ein Leichtes sein, festzustellen, wohin der Verfolgte verschwunden war. Immerhin hatte Bully auf dem Raumhafen für genügend Aufsehen gesorgt.

Zufrieden mit dem, was er in den letzten Stunden geleistet hatte, kehrte Bully zu seiner Space-Jet zurück. Im Kontrollturm zückte er seine Kreditkarte und beglich die Rechnungen, die sich mittlerweile dort angesammelt hatten. Dazu gehörte neben einer gesalzenen Strafe für die Störung des allgemeinen Flugbetriebs auch die Treibstoffrechnung – Bully hatte sämtliche Tanks füllen lassen – und eine Rechnung für eine Portion Speiseeis, wie sie in dieser Höhe Bully noch nie zu Gesicht gekommen war. Aber solange Gwendolin sich damit begnügte, den Laderaum der Space-Jet mit Speiseeis zu füllen und keinen anderen Schaden anrichtete, war Bully zufrieden.

Er zahlte und wurde dann zähneknirschend entlassen.

Die verhaltene Wut der Hafenbeamten machte Reginald Bull besonderen Spaß. Er lachte noch leise in sich hinein, als er die Space-Jet erreicht hatte und im Zentralantigrav in die Höhe schwebte.

»Da bist du ja, Onkel Bully. Sieh mal, wir haben Besuch bekommen!«

»Das sehe ich!«, kommentierte Bully trocken.

Das Grinsen war ihm vergangen, und angesichts des entsicherten Desintegrators in der Hand des Eindringlings musste es Bully bei diesem Kommentar bewenden lassen.

Der Anti lächelte spöttisch.

»Es freut mich, den Stellvertreter Perry Rhodans an Bord seines Schiffes begrüßen zu dürfen. Nehmen Sie Platz, Mister Bull. Sie wollten Arcomurth kennenlernen, nicht wahr? Nun, dieser Wunsch kann Ihnen durchaus erfüllt werden. Und anschließend werden Sie hoffentlich nichts dagegen haben, uns einen kleinen Wunsch zu erfüllen.«

»Das wäre?«

Das Lächeln des Antis verbreiterte sich.

»An einem Begräbnis teilzunehmen, Mister Bull. Bei einer Persönlichkeit von Ihrem Rang und Ihrer Bedeutung kommt natürlich nur eine Teilnahme als Hauptperson in Frage.«

»Au fein«, freute sich Gwendolin. »Wir spielen Begräbnis. Machst du mit, Onkel Bully?«

Bully grinste freudlos.

»Es wird mir kaum etwas anderes übrig bleiben, fürchte ich!«

5.

Ein sanfter Gongschlag verkündete das Ende der Meditationsstunde. Skloth-Bar straffte die Glieder und richtete sich auf. Die fast schwerelose Leichtigkeit des Körpers und der Gedanken fiel teilweise von ihm ab. Die Wirklichkeit nahm ihn wieder gefangen, eine Wirklichkeit, die Skloth-Bar nach Kräften umzugestalten gedachte.

Er verließ seine Meditationszelle. Lautlos schwang hinter ihm der rote Vorhang zurück und bedeckte Skloth-Bars Meditationszeichen an der Wand der Zelle. Das Leder seiner Schuhe knarrte leicht auf dem Marmor des Ganges, als Skloth-Bar den Versammlungsraum aufsuchte, in dem sich die Brüder allabendlich trafen.

Skloth-Bar war einer der geringsten, der jemals Zugang zu diesem Kreis gefunden hatte. Warum der Hohe Báalol gerade ihn berufen hatte, wusste er nicht, aber er hoffte, eines Tages eine Antwort auf diese unausgesprochene Frage zu finden. Skloth-Bar war noch jung, aber hochintelligent – vielleicht war das der Grund, der ihn befähigt hatte, eingereiht zu werden in den Kreis derer, die an der Hohen Versammlung des Báalol-Kultes teilnehmen durften.

Einhundert Personen waren es, die sich versammelt hatten. Zum ersten Mal in der Geschichte der Hohen Versammlung – die allerdings nicht sehr lang war und mit dem Ende Trakarats ihren Anfang genommen hatte – waren alle Mitglieder versammelt.

Fast ehrfürchtig nahm Skloth-Bar Platz. Er saß weit unten an der Tafel; nur fünf Personen gab es, deren Rang noch niedriger war als der seine. Was aber bedeutete das schon, verglich man die Stellung Skloth-Bars mit der gewöhnlicher Anhänger des Hohen Báalol. Lichtjahre an sozialem Abstand lagen zwischen den gemeinen Gläubigen und den Priestern, und zwischen diesen und den Mitgliedern der Hohen Versammlung klaffte ein noch größerer Abgrund.

Den Vorsitz hatte Kalder-Dhan übernommen. Der kahle Schädel des Vorsitzenden schimmerte im Licht der Sakrallampen, die die Versammlungshalle mit ihrem mystischen Licht erfüllten, das scheinbar mitten aus der Luft zu kommen schien und rötliche Schleier durch die Düsternis des Raumes wob.

»Brüder«, eröffnete Kalder-Dhan die Versammlung. »Zum ersten Mal in der Geschichte dieser Versammlung sind alle Brüder anwesend. Dies hat einen bestimmten Grund, den ihr bald erfahren sollt. Was gibt es?«

Unwillig herrschte Kalder-Dhan den Boten an, der geräuschlos den Raum betreten hatte, um dem Vorsitzenden einen Datenstreifen übergeben zu können.

»Ein Schiff im Anflug? Wie lange wird es noch brauchen, bis wir es abschießen können? Fünf Stunden noch? Pack dich, und störe uns nicht länger, oder es wird dich den Kopf kosten!«

Bleich vor Furcht schlich der Bote aus der Halle. Kalder-Dhan sah wütend aus, aber er beruhigte sich rasch wieder.

»Wir, die wir dem Hohen Báalol anhängen, haben vor nicht allzu langer Zeit eine Niederlage einstecken müssen. Diejenigen Priester unseres Bundes, die diese Niederlage zu verantworten hatten, sind nicht mehr. Ich brauche nicht zu erwähnen, dass jeder, der die neue Aufgabe, die an diesem Abend beginnt, nicht zu lösen vermag, das gleiche Schicksal erleiden wird.«

In den Reihen der Brüder blieb es ruhig. Skloth-Bar lächelte kaum erkennbar. Er konnte der Aufgabe, wie immer sie auch aussehen mochte, mit Gelassenheit entgegensehen. Körperlich wie geistig war er den meisten Mitgliedern der Versammlung überlegen, und was seine Paraeigenschaften betraf, so hatte Skloth-Bar noch keinen Báalol getroffen, der ihm gewachsen gewesen wäre. Vielleicht gab es unter den Vorsitzenden der Versammlung einige, die Skloth-Bar übertreffen konnten, aber Skloth-Bar sah auch dieser Auseinandersetzung mit Gelassenheit entgegen. Bis es soweit war, musste sich erst die Lücke zwischen Skloth-Bar und der Führung der Báalols verkleinern.

»Die meisten von euch werden wissen, dass wir mit dem Terraner Thomas Cardif paktiert haben, um Terraner und Arkoniden gleichermaßen zu verderben. Da der Plan zu solchen Aktionen von Cardif stammte, war es nicht verwunderlich, dass dieser Plan fehlschlug.«

Skloth-Bar hatte Mühe, sich zu beherrschen. Die Art, in der Kalder-Dhan sämtliche Verantwortung Thomas Cardif ins Grab nachschieben wollte, reizte zum Lachen.

»Ein Teil des Planes, der von uns eingeleitet wurde, ist hingegen noch nicht zur Gänze fehlgeschlagen. Ihr werdet euch erinnern, dass der Hochverräter Atlan, der sich nun Imperator des Großen Imperiums nennt, ein Gerät trägt, das er Zellaktivator nennt und von dem er behauptet, es schenke ihm die relative Unsterblichkeit. Wir haben versucht, uns in den Besitz dieses Gerätes zu setzen; dieser Versuch ist fehlgeschlagen. Als Cardif aber, unser Werkzeug, Administrator des Solaren Imperiums war, haben wir ihn unter Druck gesetzt, und er musste uns, ob er wollte oder nicht, zwanzig Exemplare dieses Gerätes verschaffen. Ein Teil der Brüder ist bereits informiert, die anderen seien hiermit aufgeklärt – diese zwanzig Zellaktivatoren sind hier!«

Ein Aufschrei ging durch die Reihen der Báalols, die meisten sprangen von ihren Sesseln auf und begannen wild durcheinander zu reden. Einer der wenigen, die an ihren Plätzen blieben, war Skloth-Bar.

Dass er nicht zu den zwanzig Personen gehören würde, denen man einen Aktivator zubilligen würde, lag für Skloth-Bar auf der Hand. Dazu schätzte er seinen Stellenwert innerhalb des Kultes zu gut ein.

Außerdem verriet die Reaktion der anderen, wer bereits über die Aktivatoren informiert war. Blitzschnell überflog Skloth-Bar die Versammlung. Insgesamt waren nur acht Priester auf ihren Plätzen geblieben, darunter Kalder-Dhan. Sie waren also informiert, und aus ihrer Ruhe und dem gerade erkennbaren Lächeln folgerte Skloth-Bar, dass diese Personen eines Aktivators sicher waren. Seine eigenen Chancen standen dann zweiundneunzig zu zwölf, nicht eben gut.

Nur mit Mühe gelang es Kalder-Dhan, die Ruhe im Saal wiederherzustellen. Skloth-Bar wartete darauf, dass der Vorsitzende die Schwierigkeiten bekannt gab, die es mit den Aktivatoren gab. Schwierigkeiten musste es geben – anderenfalls hätte Kalder-Dhan dieses Geheimnis auf den Personenkreis beschränkt, der mit Aktivatoren versehen werden sollte.

Skloth-Bar lächelte zufrieden, als Kalder-Dhan seine Erklärungen fortsetzte; er hatte sich nicht geirrt.

»Leider arbeiten diese Aktivatoren nicht einwandfrei. Unsere Messungen haben ergeben, dass sie ihre eigentliche Aufgabe, das Leben zu verlängern, erfüllen. Wir haben Tiere, deren normale Lebenserwartung nur einige Tage beträgt, damit monatelang am Leben halten können.«

Gespannt warteten die Mitglieder der Hohen Versammlung auf den Haken, der bei der Sache war.

»Neben dieser Tätigkeit entfalten die zwanzig Aktivatoren in unserem Besitz aber auch noch andere Eigenschaften, die höchst unerwünscht sind. Ein Aktivator sorgte beispielsweise auf Utik dafür, dass jeder seinen Träger für eine Blume hielt und zu begießen versuchte. Es dürfte jedem in dieser Runde klar sein, dass unsere Arbeit nur dann einen Sinn hat, wenn die führenden Köpfe unserer Bewegung nicht ständig wegen der Aktivatoren im Mittelpunkt des allgemeinen Interesses stehen.«

Skloth-Bar hob die Hand und wartete darauf, dass Kalder-Dhan ihn zum Sprechen aufforderte.

»Eine Kraft, die dazu führt, dass der Träger eines Aktivators für eine Blume gehalten wird, müsste eigentlich paraphysikalischer Art sein. Wieso konnte der Aktivatorträger diese Paraeigenschaften des Aktivators nicht kompensieren? Oder handelte es sich nicht um einen der Unseren?«

»Der Einwand ist richtig, Skloth-Bar. Zunächst: Wir werden ein Gerät, das dem Träger die biologische Unsterblichkeit gewährt, niemals einem Verbündeten geben. Der Träger war ein Báalol.«

Diese Erklärung verursachte einige Erregung unter den Mitgliedern der Hohen Versammlung. Mit einem Handzeichen gebot Kalder-Dhan der Versammlung Ruhe.

»Es kommt noch schlimmer«, berichtete er. »Unser Mann auf dem Planeten Veevee wurde unter dem Einfluss des Aktivators sogar zum Verräter.«

»Unmöglich, ausgeschlossen, grauenvoll«, schwirrten Rufe durch die Halle. Die Sakrallampen wurden unter dem Ansturm heftiger Emotionen heller.

»Wir haben die Angelegenheit untersucht und dabei Folgendes festgestellt: Es war in bisher jedem Fall für den Träger des Aktivators unmöglich, sich den verhängnisvollen Einflüssen des Geräts zu entziehen. Die einzige Möglichkeit, diese Geräte im Sinn unserer Sache einsetzen zu können, scheint darin zu bestehen, einen Teil dieser Geräte unschädlich zu machen – und zwar jenen Teil, der für die störenden Auswirkungen verantwortlich ist. Von den Terranern wissen wir, dass jeder Versuch, einen Zellaktivator zu öffnen, mit der Zerstörung des Geräts endet. Uns bleibt daher nur eine Möglichkeit …«

Kalder-Dhan machte eine dramatische Pause, sah sich im Kreis der Mitglieder um und lächelte zuversichtlich.

»Wir werden einen Parablock bilden und den störenden Einfluss der Aktivatoren vernichten.«

»Wir alle?«, fragte sein Nachbar verblüfft. »Alle einhundert?«

»Alle«, bestätigte Kalder-Dhan. Er klatschte in die Hände.

Mit stampfenden Schritten kam ein Robot in den Raum. Auf einem Tablett trug er einen kleinen Haufen eiförmiger Gegenstände. Die Ketten, an denen die Aktivatoren getragen wurden, klirrten leise bei jeder Bewegung. Die Báalols starrten auf das rötlich schimmernde Metall der Hüllen, unter denen sich das größte technisch-biologische Geheimnis verbarg, das die Galaxis kannte.

Ewiges Leben, eingefangen, kondensiert, kristallisiert – Wirklichkeit geworden in jedem dieser unscheinbaren Körper. Biologische Unsterblichkeit für jeden Träger; die Aktivatoren stellten sich auf jeden und jedes ein.

Als Skloth-Bar den ersten Aktivator sah, wusste er, dass er eines Tages eines der Geräte besitzen würde. Wenn es eine Eigenschaft gab, die Skloth-Bar auszeichnete, dann war es seine Zielstrebigkeit. Er hatte alles erreicht, was er sich vorgenommen hatte, und er wusste, dass er auch dieses Ziel erreichen würde. Wenn es dabei Schwierigkeiten geben sollte, nun, er würde sie zu lösen wissen, je nachdem, wie es die Lage erforderte.

»Da der Robot kein organisches Wesen ist«, sagte Kalder-Dhan erklärend, »wird er von den Aktivatoren nicht beeinflusst. Wir können also ans Werk gehen!«

Er klatschte in die Hände, und die Mitglieder der Versammlung formierten sich. Sie bildeten einen Kreis, vier Reihen tief, in dessen Mittelpunkt der Robot mit den Aktivatoren stand.

»Konzentration!«

Skloth-Bar begann mit den ersten einleitenden Selbstversenkungsübungen. Diese Aufgabe übertraf alles, was er auf paraphysikalischem Gebiet je begonnen hatte. Ein Block von einhundert Personen, noch dazu von den einhundert stärksten Parahirnen, über die der Hohe Báalol verfügte – dergleichen hatte die Galaxis nie zuvor erlebt.

Skloth-Bar spürte, wie seine Konzentration stieg. An den gleichmäßiger werdenden Atemzügen seiner Nachbarn spürte er, dass auch sie sich auf die Aufgabe zu konzentrieren begannen.

Einhundert parabegabte Hirne!

Gab es überhaupt eine Kraft im Universum, die diesem Block widerstehen konnte? Skloth-Bar konnte es sich nicht vorstellen. Einhundert Báalol-Gehirne, konzentriert auf nur einen Gedanken.

Schon halb in Trance hörte Skloth-Bar den Vorsitzenden sagen: »Wir werden diese Aufgabe lösen, und dann wird die Galaxis uns gehören!«

Während er in den meditativen Zustand hineinglitt, in dem er seine Kräfte aufs Äußerste anstrengen konnte, flog ein Lächeln über Skloth-Bars Gesicht.

»Mir«, dachte er noch, bevor er aus der Wirklichkeit glitt, »wird sie gehören, mir allein.«

»Das also ist Arcomurth«, stellte Reginald Bull fest. Zu mehr als dieser Feststellung war er nicht fähig. Der Anti hatte ihn an den Sitz des Kopiloten gefesselt, und aus eigener Kraft vermochte Bully diese Fesseln nicht zu lösen.

Thal-Burn hieß der Anti, der in der Rangfolge der Báalols einen eher bescheidenen Rang bekleidete. Wenn er allerdings den Stellvertretenden Administrator gefesselt auf Arcomurth abliefern konnte, würde er einen gewaltigen Sprung nach oben machen, und die Aussicht auf diesen Aufstieg schärfte die Aufmerksamkeit des Antis.

Gwendolin hatte er kurz erklärt, er werde ihr den Schädel kahl scheren, wenn sie versuche, Bully zu befreien, und diese Drohung hatte ihre Wirkung nicht verfehlt. Weder Puppen noch Eiskrem, weder die Androhung einer grauenvollen Tracht Prügel noch die Aussicht auf ein ganzes Jahr Sommerferien hatten Gwendolin dazu bewegen können, ihr rotes Haar aufs Spiel zu setzen. Obendrein schien sie die ganze Angelegenheit für einen Mordsspaß zu halten, ohne dabei zu ahnen, dass der Plan des Antis tatsächlich auf Mord hinauslief.

Thal-Burn hatte vor Bullys Augen die Koordinaten von Arcomurth in das Eingabesegment des Autopiloten getippt; es hatte ihm Spaß gemacht, seinen Gefangenen zu ärgern, und Bully war auf das Spiel eingegangen. Vielleicht gelang es ihm, den Anti in der Sicherheit zu wiegen, dass er jede Reaktion seines Gefangenen richtig vorhersagen konnte – dann bot sich vielleicht die Chance, Thal-Burn mit einer unvorhersehbaren Reaktion zu überraschen.

Dennoch sah die Lage alles andere als rosig aus, wobei sich Bully mehr Sorgen um das Mädchen als um sich selbst machte. Dass die Antis ihn töten würden, war abzusehen, und wenn nicht, würde es seine Pflicht sein, sich selbst zu töten, bevor die Antis ihn vielleicht doch gesprächig foltern konnten. Dass er dieses Risiko einging, war Bully klar gewesen, als er an Perry Rhodans Seite geblieben war. Dieses Risiko war der Ausgleich dafür, dass er in Amt und Würden saß, allgemein bekannt und beliebt war, ein überdurchschnittliches Gehalt kassierte und ab und zu sogar ungestraft eine Parkuhr übersehen durfte.

Viel mehr als um das eigene Leben bangte Reginald Bull um Gwendolin. Einstweilen verhielt sich das Mädchen erstaunlich ruhig und still, aber wenn sie ihren Neigungen nachgab und dem Anti ähnliche Streiche spielte, wie sie es mit Bully zu tun pflegte, dann schwebte sie in höchster Gefahr. Ein sonderlich humorvoller Mensch schien der Anti nicht zu sein, und Skrupel kannte er mit Gewissheit nicht. Wenn Gwendolin ihm lästig fiel, würde er sie zweifelsohne töten.

»Gefällt Ihnen der Planet, Mister Bull?«, erkundigte sich Thal-Burn. »Im günstigsten Fall wird er für den Rest Ihres Lebens Ihre Heimat werden.«

Einstweilen war von dem Planeten nicht viel zu sehen.

Auf dem Bildschirm des Massetasters zeichnete sich ein Riss des Sonnensystems ab. Danach besaß das System insgesamt sechs Planeten, von denen allerdings nur einer in der Ökosphäre lag – Arcomurth.

Das System lag weitab von allen normalen Schiffsrouten. Die Wahrscheinlichkeit, dass sich ein Schiff in diesen Bereich der Galaxis verirrte, war verschwindend gering. Zudem hüteten sich die meisten Kapitäne, die gängigen Routen zu verlassen – außerhalb dieser Strecken lauerten Springerschiffe darauf, dass ihnen leichtfertige Frachterpiloten vor die Mündungen gerieten. Die Hoffnung, von irgendeinem Schiff entdeckt und an Bord genommen zu werden, konnte Reginald Bull streichen.

»Das bleibt abzuwarten«, konterte Bully gelassen.

Noch hatte er sich nicht aufgegeben, noch lange nicht. Der Anti wusste beispielsweise nicht, dass zur Ausrüstung der Space-Jet auch ein Kombilader gehörte, eine jener Waffen, mit denen selbst die körpereigenen Schirmfelder der Antis durchbrochen werden konnten. Bully hoffte noch immer, in einem günstigen Augenblick diese Waffe an sich nehmen zu können.

Bis zur Landung auf Arcomurth mussten noch einige Stunden vergehen. Zeit genug für Reginald Bull, sich etwas einfallen zu lassen, wie er dem Anti begegnen sollte. War die Space-Jet erst einmal in den Feuerbereich der Geschütze geraten, die es auf Arcomurth mit Sicherheit gab, war es für einen Fluchtversuch zu spät.

»Was an Arcomurth interessiert Sie eigentlich derartig, Mister Bull?«, fragte der Anti plötzlich.

Bully zuckte mit den Schultern. Die Frage des Antis bewies, dass die Angelegenheit der Zellaktivatoren auch bei den Antis streng geheim gehalten wurde. Bull wunderte sich nicht darüber; ein Thema von dieser Brisanz schrie förmlich nach strengster Geheimhaltung. Die Antis hätten Narren sein müssen, hätten sie jedem ihrer Leute etwas von den Aktivatoren erzählt.

»Hüllen Sie sich nur in Schweigen«, murrte Thal-Burn, als Bully beharrlich die Antwort auf seine Frage verweigerte. »Früher oder später werden Sie reden.«

»Möglich«, gab Bully zu.

Vielleicht ließ sich der Anti ablenken, überlegte er sich. Wenn es ihm gelang, den Mann in ein Gespräch zu verwickeln, ihm etwas vorzumachen, vielleicht … Reginald Bull wusste, mit wie vielen Fragezeichen dieses vielleicht zu versehen war. Es blieb ihm aber keine andere Wahl, wenn er nicht tatenlos zusehen wollte, wie er und das Mädchen in eine Lage gebracht wurden, aus der es aus eigener Kraft keine Rettung mehr geben konnte.

»Was ist Arcomurth eigentlich für eine Welt?«, erkundigte sich Bully wie beiläufig; er versuchte den Spieß umzudrehen.

»Sie erkundigen sich nach einer Welt, von der Sie nur den Namen kennen?«, wunderte sich Thal-Burn.

»Sie scheinen auch nicht viel mehr zu wissen«, konterte Bully sofort.

Der Trick verfing nicht.

»Reden Sie nur«, meinte Thal-Burn. »Ob Sie schweigen oder reden, wir werden von Ihnen erfahren, was wir wissen wollen. Ich bin gespannt, was Rhodan für seinen Stellvertreter zahlen wird.«

»Nicht sehr viel«, meinte Bully. »Er wird ohnehin nur vermuten, dass ich meinen Urlaub verlängert habe. Ich habe mit der Kleinen einen Ausflug gemacht, das ist alles.«

»Das stimmt«, mischte sich Gwendolin ein. Sie hielt es auf ihrem Sitz nicht mehr aus. Weiß der Himmel, woher sie das Stück Kreide genommen haben mochte, mit dem sie ein Muster auf den Metallboden der Zentrale zu zeichnen begann. Thal-Burn sah zunächst misstrauisch, dann mit steigender Faszination zu, wie Gwendolin ein uraltes Hüpfspiel zu spielen begann, einbeinig, zweibeinig, vor, zurück, zur Seite …

Bully bewegte hektisch die Finger, aber es half nichts. Zwar hatte Gwendolin es ohne zu wollen geschafft, den Anti von Bully abzulenken, aber die Fesselung saß stramm. Wenn Reginald Bull wirklich eine Chance hatte, die Stricke aus eigener Kraft abzustreifen, dann brauchte er in jedem Fall entschieden mehr Zeit, als er in dieser Lage hatte.

Thal-Burn ließ sich nur kurze Zeit von dem Mädchen ablenken. Er überprüfte die Instrumente, und er vergaß bei dieser Tätigkeit nicht, Gwendolin im Auge zu behalten. Unablässig pendelten die Augen des Antis zwischen den Anzeigen und den Gefangenen hin und her.

Bully wunderte sich nicht über diese Aufmerksamkeit. Wann war es einem Anti schon einmal gelungen, den stellvertretenden Regierungschef einer feindlichen Macht gefangen zu nehmen? Dass es keinen offiziellen Kriegszustand zwischen Antis und Terranern gab war in diesem Zusammenhang ohne Belang – dieser Krieg wurde ohnehin im Untergrund, inoffiziell sozusagen, geführt. Der heimtückische Anschlag über die Droge Liquitiv war das beste Beispiel für die Taktik der Antis. Auf diese Weise konnten sie im Hintergrund bleiben und waren teilweise fast unangreifbar für die Terraner und deren Flotte. Im Untergrundkampf waren die Antis Meister. Lediglich die Akonen konnten es an heimtückischer Intelligenz und skrupelloser Kaltblütigkeit mit den Báalol-Anhängern aufnehmen.

»Ich möchte etwas trinken«, ließ sich Gwendolin plötzlich vernehmen. »Limonade!«

»Im Vorratstank ist Wasser!«, antwortete Thal-Burn.

»Ich will Limonade!«, beharrte Gwendolin. Bully, der Auseinandersetzungen dieser Art bestens kannte, hütete sich, eine Miene zu verziehen.

»Trink Wasser, das genügt!«

Der Anti zeigte sich nicht gewillt, auf Gwendolins Sonderwünsche einzugehen. Gwen ihrerseits zeigte großen Unwillen, sich den Wünschen Thal-Burns zu fügen. Was aus diesem Interessenkonflikt wurde, wusste Bully bereits – er hatte dergleichen schon einige Male durchexerziert und jedes Mal den Kürzeren gezogen. Im Stillen hoffte er, dass Gwendolin – ausnahmsweise – ihre Qualitäten als Nervensäge zum Wohle Bullys ausspielen würde.

»Ich werde meinem Vati sagen, dass du mir keine Limonade geben wolltest«, verkündete Gwen. Die Drohung machte auf den Anti keinen Eindruck. Er leitete ein kleines Linearmanöver ein, das die Space-Jet näher an Arcomurth heranbringen würde. Bully sah ihm dabei genau auf die Finger.

Thal-Burn machte Fehler, entscheidende Fehler.

Zum einen kannte er sich mit dem Linearantrieb noch nicht aus. Dieser überlichtschnelle Antrieb war ursprünglich eine Erfindung der Druuf gewesen, die von den Terranern – allen voran Professor Arno Kalup – aufgegriffen und verbessert worden war. Seit einigen Jahren wurden fast alle irdischen Neubauten mit diesem Antrieb ausgerüstet.

Im Arkon-Imperium war der Linearantrieb zwar ebenfalls bekannt, aber er hatte sich längst noch nicht durchgesetzt. Bully wusste, dass gerade erst die allerersten Serienneubauten mit eingebauten Kalups vom Band liefen. Für die Antis musste Bullys Space-Jet, eines der ersten Exemplare mit einem verkleinerten Kalup, eine technische Sensation ersten Ranges darstellen. So betrachtet, war es nur natürlich, dass in Thal-Burn die Begeisterung überhand nahm, mit diesem neuen Gerät herumzuspielen und seine Leistungsfähigkeit zu erproben.

Bully, der sich sowohl in den technischen Details der Kalups auskannte wie auch im Charakter seines cholerischen Namensgebers, stellte zufrieden fest, dass die Space-Jet sehr dicht an der Atmosphäre Arcomurths aus der Librationszone fallen würde. Es vergingen zwar nur einige millionstel Sekunden, während der sich das Kalupfeld allmählich abbaute, aber in dieser kurzen Zeitspanne konnten die 5-D-Einflüsse des Planeten auf den Antrieb der Space-Jet einwirken. Nach Bullys Schätzung würde das Beiboot einen Satz machen, der über die Kompensationsfähigkeiten des Andruckabsorbers beträchtlich hinausging.

Thal-Burn bemerkte diesen Fehler nicht. Er war kein Genie; sich gleichzeitig auf den wertvollen Gefangenen Reginald Bull, den Quälgeist Gwendolin – das Mädchen produzierte geradezu sturzbachartige Tränenfluten – zu konzentrieren und die programmierungstechnischen Finessen des kleinen Kalups zu beherrschen, das war mehr, als Thal-Burn zu leisten vermochte.

Sein größter Fehler aber war, dass er die Dauer der Linearetappe ganz gewaltig überschätzte. Um die wenigen Lichtminuten zurückzulegen, die die Space-Jet noch von Arcomurth trennten, brauchten die Maschinen des Beiboots nur Sekundenbruchteile. Bully konnte sich ausrechnen, dass Thal-Burn sehr überrascht sein würde von dem, was er sich zusammenprogrammiert hatte. Bis zu dieser Überraschung verblieben noch wenige Minuten, aber für Bully reichte die Zeit.

Er hatte die Minuten genutzt, in denen sich Thal-Burn nicht

auf ihn hatte konzentrieren können. Die Fesseln waren stark gelockert. Reginald Bull brauchte nur ein paar Sekunden, um frei zu sein – ein paar Sekunden, in denen er sich offen sichtbar von den Fesseln befreien musste. Wenn es gelang, Thal-Burn für diese Sekunden so zu beschäftigen, dass er sich nicht um Bully kümmern konnte, dann hatte Bull gewonnen.

Bully wandte den Blick nicht von den Instrumenten. Er kannte den Kalupschen Kompensationskonverter besser als der Anti. In dem Augenblick, in dem der Eintritt in die Librationszone unmittelbar bevorstand, handelte Bully.

Er zerrte mit aller Kraft an seinen Fesseln, und die Stricke lockerten sich. Thal-Burn erkannte, dass Bullys Selbstbefreiungsversuch erfolgreich sein würde. Der Anti machte einen Schritt auf Bully zu, um ihn daran zu hindern, die Fesseln vollends abzustreifen.

In diesem Augenblick kam die Space-Jet aus der Librationszone; das Beiboot verließ den Bereich zwischen vierter und fünfter Dimension in einer Zeitspanne, die von einem Menschen nicht wahrzunehmen war.

Thal-Burn und Gwendolin wurden völlig überrascht, und Bull entging diesem Schock nur deshalb, weil er ununterbrochen die Instrumente im Auge gehabt hatte. Er hatte gewusst, dass der Schock unmittelbar bevorstand.

Gwendolin schrie auf, während der Anti in einer Reflexbewegung versuchte, einen Halt zu finden.

Mit viel zu hoher Geschwindigkeit prallte die Space-Jet auf die Lufthülle des Planeten Arcomurth, aber nur Bully hatte diesen Effekt vorhersehen können. Er hatte noch Erinnerungen an die Zeit, da er sich mit Perry Rhodan, Eric Manoli und dem unglücklichen Flipper zusammen auf den ersten Mondflug vorbereitet hatte. Eines der kniffligsten Probleme für jeden Astronauten war damals gewesen, bei der Rückkehr zur Erde den richtigen Anflugwinkel zu finden. War der Winkel zu stumpf, verglühte das zu schnell eintauchende Raumfahrzeug, fiel er zu spitz aus, wurde der Landeteil des Mondfahrzeugs von der Lufthülle zwar abgebremst, schnellte aber, wie von einer elastischen Wand, in den Raum zurück.

Genau das passierte nun der Space-Jet. Sie federte förmlich von Arcomurths Lufthülle zurück, und zwar mit einer Kraft, die die Andruckabsorber nicht abfangen konnten. Gravitationskräfte kamen durch; gleichzeitig baute sich automatisch ein Energiefeld auf, das die Space-Jet vor der Reibungshitze schützen sollte. Das Feld bezog seine Energie aus dem gleichen Reaktor wie die Absorber und setzte so deren Wirkung noch weiter herab.

Die Space-Jet begann sich zu überschlagen. Einzig Bully, der sofort von den automatischen Gurten an den Sitz gefesselt wurde, war von diesem Effekt nicht betroffen. Übel hingegen erging es dem Anti. Er kam von den Beinen und flog so unglücklich durch die Zentrale, dass er mit der laut schreienden Gwendolin kollidierte. Die Stiefel an Gwens Füßen krachten gegen seinen Kopf, und Thal-Burn verlor schlagartig das Bewusstsein. Bully registrierte befriedigt, dass zum einen Thal-Burns langgezogener Schrei abrupt endete und er zweitens die Hände freibekommen hatte.

Aus den Augenwinkeln heraus sah Bully, dass Gwendolin wie eine Gliederpuppe durch die Luft gewirbelt wurde. Sie landete in einem Winkel der Zentrale und verstummte, während Bully verzweifelt versuchte, den Flug der Space-Jet zu stabilisieren.

Er brauchte eine halbe Minute, bis ihm das gelang. Er wollte gerade erleichtert aufatmen, als der erste Schuss aus einem Bodenfort in die Schirmfelder der Space-Jet krachte.

Bully kam nicht mehr dazu, blass zu werden oder einen Schrei auszustoßen.

Er sah nur eine rote Feuerwand auf sich zukommen, und als sie ihn erreicht hatte, war dieses Rot zu einem bodenlosen Schwarz geworden, in dem Bull versank.

6.

»Rettet mich!«, kreischte Lokdes Jurth.

Wie besessen rannte er den halberleuchteten Gang hinunter, aber die Dämonen hinter ihm ließen nicht locker. Er sah die geifernden Mäuler, die blutigen Lefzen, die Krallen, die sich im nächsten Augenblick bereits in sein Fleisch schlagen konnten.

Lokdes Jurth rannte um sein Leben, und das war umso paradoxer, als er gerade erst unsterblich geworden war. Vor wenigen Augenblicken erst hatte er den ersten Aktivator umgehängt, der von dem gewaltigen Psychoblock bearbeitet worden war. Der Aktivator arbeitete einwandfrei, das wusste Lokdes Jurth. Er wusste aber auch, dass die anderen ihm dieses wunderbare Gerät neideten. Nur darum hatten sie die Bestien losgelassen und auf ihn gehetzt.

Jurth erreichte eine Wegkreuzung. Er wandte sich nach rechts, dorthin, wo ein Antigravschacht sein musste. Das würde die Bestien fürs Erste aufhalten. Noch im Laufen zog er seine Waffe und gab die ersten Schüsse auf die Bestien ab. Er hörte das Kreischen der Getroffenen, und dieses Geräusch stimmte Jurth einigermaßen zufrieden.

Der Antigravschacht war erreicht.

Sekundenlang zögerte Lokdes Jurth, dann sprang er in die Tiefe. Mit lautem Gelächter stellte er sich die Enttäuschung vor, die jetzt in den gierigen Hirnen der Dämonen toben würde.

Das laute Gelächter hielt bis zu dem Augenblick an, an dem er den Boden des Schachts erreichte und sich das Genick brach.

Der erste Gedanke, der ihn beschäftigte, galt dem Mädchen. Die Schmerzen, die durch seinen Körper rasten, unterdrückte er rasch. Gebrochen war offenbar nichts, die Glieder ließen sich bewegen.

»Gwen!«, rief Bully. »Kleines, wo bist du?«

Bully atmete erleichtert auf, als er das leise Schluchzen hörte.

Das Mädchen lebte noch, und mit etwas Glück hatte sie den Absturz der Space-Jet ebenso glimpflich überstanden wie Bully.

Sehen konnte Reginald Bull das Mädchen nicht. Was er sah, war ein Stück des wolkenverhangenen Himmels, umgrenzt von den Zacken zerfetzten Metalls. Die Luft war erfüllt vom Gestank kleiner Kabelbrände, die im Rumpf des Wracks schmorten.

Vorsichtig versuchte sich Bully zu bewegen. Es gelang. Zwar glaubte er, Tonnenlasten bewegen zu müssen, aber er schaffte es, sich aus dem Trümmerhaufen zu befreien.

Als er die Reste der Space-Jet sah, kam es ihm wie ein Wunder vor, dass er überhaupt den Absturz – *Abschuss,* verbesserte er sich hastig in Gedanken – überlebt hatte, noch dazu bei relativer Gesundheit. Seine Kleidung hing in Fetzen, und am nächsten Morgen würde sein Körper blaugrün marmoriert sein, zudem blutete er aus zahlreichen kleinen Schürf- und Schnittwunden, aber im großen und ganzen ging es ihm gut.

»Gwendolin, Kleines, melde dich! Wo steckst du?«

Irgendwo in diesem Wirrwarr von Blech, Glassit, Kabel und Holz musste das Mädchen liegen. Dem leisen Schluchzen nach zu schließen, hatte sie etwas abbekommen, aber Bully erinnerte sich, dass Kinder, die vor Schmerz noch weinen können, in den meisten Fällen überleben.

»Gwen! Du musst rufen, damit ich dich hören kann. Sing ein Lied, oder erzähle mir ein Märchen. Ich muss dich hören können, sonst kann ich dich nicht finden!«

»Hier bin ich«, hörte er das Mädchen rufen. »Hier, Onkel Bully!«

Bully atmete erleichtert auf. Wenn Gwen in der Lage war, ihn anhand seiner Stimme zu identifizieren, dann konnte es nicht allzu schlecht um sie bestellt sein. Jedenfalls hatte sie ihre Sinne noch beieinander.

Bully begann sich einen Weg durch den Trümmerhaufen zu bahnen, der von der Space-Jet übrig geblieben war. Flugfähig würde dieses Sammelsurium von defekten, zersplitterten, verbogenen und verbrannten Einzelteilen niemals wieder sein.

Reginald Bull brauchte eine halbe Stunde, dann hatte er Gwen gefunden. Das Mädchen hatte ein geradezu atemberaubendes Glück gehabt. Bei dem Aufprall war eine der Teleskoplandestützen durch den Rumpf der Space-Jet getrieben worden wie ein Spieß durch ein Fleischstück. Der Stumpf der Stütze hatte Gwens Kopf nur um Handbreite verfehlt. Genaugenommen hatte Gwendolin nur einen fürchterlichen Schreck und einige blaue Flecken davongetragen. Sie weinte zwar, aber ihr tränenverschmiertes Gesicht zeigte ein schwaches Lächeln, als Bully sie aus dem Wrack zog und in den Arm nahm.

»Es wird alles wieder gut«, versuchte Bully das Mädchen zu trösten; er streichelte ihr über den Kopf. Diese Rolle war für Reginald Bull einigermaßen neu, aber sie begann ihm zu gefallen.

»Bekomme ich jetzt ein Eis?«, erkundigte sich Gwendolin zaghaft.

Bully setzte sie behutsam auf dem Boden ab und starrte sie entgeistert an.

»Wenn ich beim Zahnarzt tapfer war, habe ich immer ein Eis bekommen«, erklärte Gwendolin, die ihre Selbstsicherheit mit erschreckendem Tempo wiederfand. »Jetzt war ich auch tapfer, obwohl das hier viel schlimmer war als ein Zahnarzt. Also, wo bleibt mein Eis?«

»Hier gibt es kein Eis«, erklärte Bully hilflos.

»Warum sind wir dann überhaupt hergekommen?«, empörte sich Gwen. »Man macht doch keine Ausflüge zu Stellen, wo es kein Eis gibt.«

»Das ist kein Ausflug«, brüllte Bully los; er konnte nicht anders, er musste sich austoben. Die Nervenanspannung der letzten Tage war zu groß gewesen, um sie einfach stillschweigend hinunterschlucken zu können.

»Dies ist kein Ausflug, kein Spaß, verstehst du mich! Wir sind abgestürzt, und wenn wir nicht höllisch aufpassen, werden wir hier den Rest unseres Lebens verbringen müssen. Hier gibt es kein Eis und auch keine Limonade und keine Zuckerstangen, und wenn du nicht aufhörst, mir auf den Nerven herumzutrampeln, dann …«

An dieser Stelle musste Bully Luft holen; für noch mehr Entrüstung reichte seine Atemluft nicht aus.

»Ich kann ja den anderen Onkel fragen«, bot Gwen an; sie machte große Augen, denn so wütend hatte sie den Onkel Bully noch nie erlebt.

Jetzt erst fiel Reginald Bull der Anti ein. Der Mann musste noch unter den Trümmern liegen. Ob Anti oder nicht, Bully machte sich sofort daran, den Mann zu suchen. Gefährlich konnte er wahrscheinlich nicht werden, überlegte sich Bully. Als er dann noch zufällig auf seinen Kombilader stieß, der den Absturz unbeschädigt überstanden hatte, fühlte er sich vollends sicher.

Thal-Burn stellte keine Gefahr mehr dar. Er war tot. Er war während des Absturzes im Antigravschacht der Space-Jet bis in den Laderaum hinabgefallen, und mit diesem Laderaum hatte die Space-Jet den Boden des Planeten zuerst berührt.

Bully war froh, dass sich Gwendolin intensiv um die Landschaft gekümmert hatte; die Überreste des Báalol waren nicht angenehm anzusehen. Bully deckte den Leichnam mit Trümmern zu.

Nach zwei Stunden harter Arbeit ließ sich ein erstes Fazit des Absturzes ziehen.

Bully und Gwendolin hatten den Aufprall überlebt und waren weitgehend gesund. Bully hatte genügend Waffen finden können, um ein kleines Scharmützel damit austragen zu können, desgleichen Verpflegung in größerer Menge – mehr, als er zu schleppen vermochte.

Die Landschaft, in der die Space-Jet abgestürzt war, war nicht lebensfeindlich. Bislang waren keine Raubtiere zu erkennen gewesen, und die Pflanzen waren ebenfalls nicht aggressiv – Bully hatte da schon in früheren Fällen unliebsame Überraschungen erlebt.

Die Space-Jet hingegen musste abgebucht werden, desgleichen die gesamte technische Ausstattung des Diskus. Das traf vor allem für den Hyperkom zu, von dem nur noch Splitter zu finden gewesen waren. Damit waren alle Nachrichtenverbindungen zu anderen Planeten abgeschnitten, Hilfe herbeizufunken war ausgeschlossen.

»Wir werden einen sehr langen Spaziergang machen müssen«, fasste Bully zusammen.

Gwendolin hatte eine Büchse mit Pfirsichen gefunden und aß eifrig. Der süße, klebrige Saft lief ihr aus den Mundwinkeln über das Kinn und von dort in schweren Tropfen auf ihre Kleider.

Bully suchte aus den geretteten Vorräten das zusammen, was er schleppen konnte. Ein zweites, erheblich leichteres Bündel schnürte er für Gwen. Das Mädchen war zwar noch sehr jung, aber einige Kilo musste sie dennoch schleppen können, überlegte sich Bully. Zudem war Gwen bei allem Übermut ein intelligentes Kind; sie würde die Notwendigkeit einsehen und nicht murren.

Nachdem er diese Arbeit hinter sich gebracht hatte, sah Bully auf seine Uhr. Die Anzeige verriet ihm, dass er nur für einige Stunden bewusstlos geworden war. Noch blieb ihm also Zeit, die Zellaktivatoren zu finden, von denen er hoffte, dass sich eine erste Spur auf diesem Planeten würde entdecken lassen. Anhand des Sonnenstandes, der genauen Zeitangabe und viel Glück musste sich der Ort konstruieren lassen, an dem die Space-Jet abgestürzt war – zumindest die Himmelsrichtung, in die Gwen und er marschieren mussten, um jenen Ort zu erreichen, von dem aus auf die landende Space-Jet gefeuert worden war. Reginald folgerte logisch, dass in der Nähe dieser Geschütze auch eine Bedienungsmannschaft sein musste. Wenn für die beiden Havaristen Hilfe zu erhoffen war, dann nur dort.

»Dann auf in die Höhle des Löwen«, murmelte Bully, nachdem er sich klar über die Marschrichtung geworden war. »Gwen, iss den letzten Pfirsich auf, und dann gehen wir.«

Gwen sah ihn verwundert an und hielt die Pfirsichdose in die Höhe.

»Und was wird damit?«, fragte sie. »Wir können das doch nicht einfach hier herumliegen lassen. Das wäre Umweltverschmutzung!«

Bully rollte mit den Augen.

»Und wie würdest du das da nennen?«, knurrte er und deutete auf das Wrack und die überall verstreuten Trümmer. »Wirf die Dose dazu, und dann komm endlich! Hier, das ist für dich!«

Ausnahmsweise ließ sich Gwen durch logische Argumente beeinflussen. Sie warf die leere Dose auf die Trümmer der Space-Jet, in deren Wrack Bully unterdessen ein halbes Dutzend Thermitladungen aus der Waffenkammer versteckt hatte. Danach packte sich Gwen brav das Bündel auf die Schultern und marschierte los. Bully folgte ihr, sobald er die Zünder für die Thermitladungen eingestellt hatte. Normalerweise hätte sich Bully mit dem Wrack einer Space-Jet nicht so viel Mühe gemacht, aber er wollte von dem wertvollen Linearantrieb so wenig wie möglich hinterlassen. Unter allen Umständen musste der technologische Vorsprung der Menschheit gewahrt bleiben, und sei es nur zeitlich.

Bully fasste Gwendolin bei der Hand und zerrte sie durch den Wald. Hinter ihnen vergingen die Reste der Space-Jet in einer gewaltigen Flammenkugel. Damit war der Absturz perfekt geworden – es gab kein Zurück mehr.

Voraus aber, und das wusste Reginald Bull nur zu genau, lag der Gegner.

»Fünf«, stellte Kalder-Dhan kalt fest. »Fünf Tote und sechs Wahnsinnige, die wahrscheinlich nie mehr zu heilen sein werden.«

»Aber ein funktionsfähiger Aktivator«, gab Skloth-Bar zu bedenken.

Kalder-Dhan sah ihn aus den Augenwinkeln heraus an.

»Für einen, der niemals einen Aktivator tragen wird, sind diese Opfer natürlich geringwertig«, sagte er eisig.

Dennoch brachte Skloth-Bar ein Lächeln zuwege. »Opfer müssen ab und zu gebracht werden«, sagte er ebenso eisig. »Notfalls sogar von den Besten.«

Kalder-Dhan trug einen Aktivator, den einzigen, der bisher von seinen verhängnisvollen Paraeigenschaften gesäubert worden war. Er funktionierte einwandfrei; Kalder-Dhan konnte förmlich spüren, wie die Ströme von dem Gerät ausgingen und seinen Körper durchflossen. Niemals mehr würde er das Gerät ablegen, das stand für ihn fest. Er dachte an Kyrdina, die Dienerin des Tempels zu Lepso; man würde sehen, vielleicht brachte der Aktivator auch Kräfte zurück, die Kalder-Dhan längst verschwunden geglaubt hatte.

Bisher hatte Kalder-Dhan das Problem Zellaktivator als logisches, wissenschaftliches Problem betrachtet. Jetzt aber, da er selbst das erste einwandfrei arbeitende Gerät trug, hatte sich diese Einstellung gründlich geändert. Jetzt wusste Kalder-Dhan, dass es einen gewaltigen Unterschied gab zwischen langem Leben und der Unsterblichkeit. Wer einen Aktivator trug, war aus der amorphen Masse des organischen Lebens herausgehoben. Kalder-Dhan erinnerte sich an die vielen Male, da ihm Gläubige des Báalol-Kults Hände und Füße geküsst hatten. Damals schon, erinnerte er sich und lächelte bei dem Gedanken, war er sich gottähnlich vorgekommen. Aber was war dieses Gefühl wert, verglichen mit seinem jetzigen Zustand …

»Bei einem Aktivator können wir es nicht bewenden lassen«, sagte Skloth-Bar halblaut.

Kalder-Dhan konnte die Gier, mit der der Jüngere den Aktivator auf seiner Brust anstarrte, fast körperlich fühlen. »Du hast recht«, erwiderte er.

Die beiden Báalols gingen in den Versammlungsraum zurück. Vier Stunden waren vergangen, seit das Experiment seinen Anfang genommen hatte, und aus dem Kreis waren etliche ausgeschieden.

Es war nicht leicht, die Paraeinflüsse der Aktivatoren zurückzudrängen. Die Wahnbilder, die sie produzierten, fraßen sich tief in die Gehirne und ließen den Träger alles andere vergessen. Und fast schien es, als setzten sich die Aktivatoren zur Wehr. Die Visionen wurden stärker, die Zwänge unwiderstehlich, die von den Geräten ausgingen. Ein Báalol war gestorben, weil er sich für einen Fisch hielt. Ein anderer hatte große grüne Bestien gesehen, die sich schleimbedeckt über Wände und Boden gewälzt hatten. Den Aktivator hatte man ihm entreißen können, die Bestien waren ihm verblieben.

Kalder-Dhan sah sich um.

»Ich schlage vor«, sagte er ruhig, »die Kandidaten, die den Prozess nicht überstehen, abzuberufen.«

Es blieb still. Jeder wusste, was mit der Abberufung gemeint war. Es wurde klar, dass die Versammlung vor einer gespenstischen Alternative stand – wer diesen Raum verließ, war entweder unsterblich oder tot.

»Es gibt keine Alternative«, sagte Skloth-Bar, bevor Kalder-Dhan weitersprechen konnte. Noch war er nicht in Gefahr. Skloth-Bar hatte sich eine Strategie ausgedacht, die ihm ein Gefühl der Sicherheit verlieh. Nur deshalb konnte er sich so kalt geben und den Mut aufbringen, Kalder-Dhan ins Wort zu fallen.

»Entweder bleibt der Betroffene krank«, sagte Skloth-Bar und freute sich, als er bei einigen der Angesprochenen eine Gänsehaut sah, »dann wird es eine Erlösung für ihn sein, wenn wir ihn erhöhen.« Erhöhen hieß: den rituellen Vorschriften gemäß der Gottheit opfern. »Oder er wird genesen, dann ist er Mitwisser eines Geheimnisses, das keine Mitwisser haben darf – im Interesse des Hohen Báalol.«

Der Nennung des Heiligen Namens hätte es nicht bedurft.

Kalder-Dhan sah seinen jungen Begleiter – Skloth-Bar hatte sich geschickt einen Sitzplatz in der Nähe des Vorsitzenden gesucht, als die gewaltige Anstrengung des Parablocks die Sitzordnung gesprengt hatte – aus den Augenwinkeln heraus an. Er sah Skloth-Bars stille Freude. Kalder-Dhan sah aber auch, dass es bei einigen Báalols des Aktivatoreinflusses nicht mehr bedurfte, sie um den Verstand zu bringen.

Skloth-Bar hatte die Alternative ausgesprochen. An den Blicken der Versammelten war zu erkennen, dass sie das Omen akzeptierten. Tot oder unsterblich, das war die Alternative.

Mit klirrenden Schritten erschienen, von Skloth-Bar nach Kalder-Dhans Befehl programmiert, die Roboter. Ihre Waffen waren geladen, sogar entsichert.

»Nehmt Platz, Brüder!«

Kalder-Dhan bereitete die Arme aus. Er lächelte. Was immer auch geschah, ihn betraf es nicht mehr – er besaß seinen Aktivator.

Skloth-Bar setzte sich und verbarg sein Frohlocken. Was immer auch geschah, ihn betraf es nicht mehr – er besaß einen Aktivator, er musste ihn notfalls nur dem alten Mann abnehmen, der ihn sozusagen für Skloth-Bar anwärmte.

»Konzentration!«

»Wir legen eine Pause ein«, sagte Reginald Bull. Aufseufzend legte er das Gepäck auf den Boden. Gwendolin sah interessiert zu, wie Bully sich im kalten Wasser eines Baches erfrischte und dann auf dem Boden ausstreckte.

»Bist du immer so faul?«, erkundigte sie sich neugierig.

»Ab und zu«, gestand Bully, dem nicht nach Diskussionen zumute war.

Den ganzen Tag lang waren die beiden marschiert, und Gwen hatte sich hervorragend gehalten. Nicht einmal hatte sie gequengelt oder geklagt, und ihr Gepäck hatte sie ohne sichtbare Mühen schleppen können.

»Hier, iss!«

Bully holte ein Stück Braten aus seinem Gepäck und gab es an

Gwendolin weiter. Welche Strecke sie zurückgelegt hatten, wusste Bully nicht, aber er ahnte, dass der Weg in Wirklichkeit nur einige Kilometer ausmachte.

Es hatte sich als sehr hinderlich erwiesen, dass Arcomurth weitestgehend unbewohnt war. Es gab im dichten Wald keine Wege, nicht einmal Trampelpfade. Sich auf die Wildwechsel zu verlassen, erschien Bully zu gefährlich – wer wusste schon, wie der Besitzer eines solchen Wechsels aussah? Es gab keine Straßen, keine Gleiter – vor Bullys Augen zeichnete sich die grauenerregende Perspektive ab, Hunderte, wenn nicht Tausende von Kilometern zu Fuß gehen zu müssen, um wieder auf zivilisiertes Leben zu stoßen.

»Wollen wir heute noch weit gehen?«, erkundigte sich Gwen; sie sprach mit vollem Mund, aber Bully war nicht in der Laune, diesen Verstoß gegen die Etikette zu rügen.

»Bis es dunkel wird«, erklärte Bully, und es kam ihm vor, als spreche er sein eigenes Urteil aus. Seine Füße schmerzten; kein Wunder, als Stellvertreter Rhodans stand ihm ein Dienstfahrzeug zu, und Bully hielt es üblicherweise mit der Maxime, die Henry Ford I. zugeschrieben wurde und lautete: »Stehe nie, wenn du sitzen kannst, und sitze nie, wenn du liegen kannst!«

Dieser Maxime gemäß hatte sich Bully zu einem ausgemachten Faulpelz entwickelt. Nun bekam er dafür die Rechnung präsentiert, und er beglich sie stöhnend und seufzend und mit Tausenden von Schweißtropfen.

»Gibt es hier eigentlich keine Leute?«, forschte Gwendolin. »Der Planet ist doch schön – warum wohnt hier keiner?«

Bull zuckte mit den Schultern. Was sollte er dem Mädchen sagen? Dass es hier eine oder mehrere Stationen der Antis gab, die vermutlich keinen Augenblick zögern würden, der kleinen Gwen entweder die Kehle durchzuschneiden oder sie als Sklavin zu verkaufen? Nach den fürchterlichen Niederlagen, die einige galaktische Völker in Auseinandersetzungen mit den Terranern hatten einstecken müssen – Antis, Springer, Arkoniden, Aras und andere – waren Sklaven von der Erde in gewissen Kreisen besonders beliebt. Einige reizte daran vor allem der Kitzel, dass die Terraner unverständlicherweise etwas gegen Sklaverei hatten, sogar gegen die anderer Völker.

»Satt?«

Gwendolin nickte. Sie verstaute den Rest des Bratens in ihrem Bündel, nahm es wieder über die Schulter und stand auf.

»Vorwärts!«, munterte sie Reginald Bull auf. »Wenn du früher nicht so viel gegessen hättest, wärest du ebenso flink wie ich. Du solltest dich schämen!«

»Ich schäme mich«, sagte Bully, um das Thema zu einem Abschluss bringen zu können. Während der kurzen Rast hatte sich das Gewicht seines Gepäcks verringert, aber nach einigen hundert Metern kam sich Bully wieder vor, als müsse er ein ganzes Depot auf seinen Schultern schleppen. Selbst die Tatsache, dass er wusste, wie schwer das Gepäck war, änderte nichts daran, dass ihm sein Gefühl sagte, er werde binnen Kurzem an völliger Erschöpfung sterben.

Von so düsteren Gedanken unbelästigt hüpfte Gwendolin voran.

Der Wald war lichter geworden. Der Himmel war ab und zu zu sehen, und auf dem moosbedeckten Boden kam man schneller voran als in dem klebrigen Morast, in dem sie vor einigen Stunden marschiert waren. Es gab Vögel in diesem Wald, vermutlich auch andere Tiere, aber davon waren einstweilen nur Spuren zu entdecken gewesen. Die Vögel von Arcomurth hatten wie ihre irdischen Gegenstücke die Angewohnheit, sich zu zanken und zu bekriegen, ihre Besitzansprüche lauthals herauszuschreien, und sie taten es mit den gleichen wohlklingenden Lauten, die auch für irdische Vögel typisch waren.

Das grundfalsche Klischee, dass der Gesang der Vögel Frieden und Glückseligkeit bedeutete, saß so tief in Bully verankert, dass ihm der heftige Kleinkrieg zweier Schwärme, dessen Lärm die Luft erfüllte, als blanker Hohn erschien. Es war ein bösartiger Gedanke, durch ein Idyll zu spazieren – Waldeseinsamkeit mit zwitschernden Vögelein – und dabei zu wissen, dass jeder Winkel dieses vermeintlichen Idylls den Tod verbarg.

Bully spähte in die Höhe.

Arcomurth hatte drei kleinere Monde, von denen ständig einer am Horizont stand. Die Albedo dieser Monde war ziemlich hoch, man konnte also theoretisch auch bei Nacht marschieren. Der nächste Blick galt Gwendolin – konnte man einen solchen Nachtmarsch auch dem Mädchen zumuten?

Bully begann spöttisch zu lächeln.

In seiner Kalkulation fehlte der wichtigste Faktor. War er selbst in der Lage, einen solchen Marsch durchzustehen? Wichtig dabei war nicht die Frage nach der körperlichen Ausdauer – fraglich war, ob er sich selbst dazu überwinden konnte, einen derartigen Gewaltmarsch auf sich zu nehmen. Es gab Tausende von Ausreden, selbst ein so wichtiges Problem wie das der Aktivatoren zu vertragen. Unter Umständen reichten dazu bereits schmerzende Füße.

Bully prüfte sich kurz und kam zu dem Ergebnis, dass das Problem Zellaktivatoren von der Art war, bei der Leben und Gesundheit aufs Spiel gesetzt werden mussten.

Wer Reginald Bull nicht näher kannte, ließ sich sehr leicht von Äußerlichkeiten täuschen. Bull war nicht der vor Lebenslust strahlende Optimist, der Hans-Dampf-in-allen-Gassen, als der er auftrat. Auch die unbeirrbare Zähigkeit, mit der er seine Ziele verfolgte, war kein Zufallsprodukt. Einen oberflächlichen Polterer und Schönwetterpolitiker hätte Rhodan in seiner engsten Umgebung niemals geduldet. Reginald Bull pflegte oft und intensiv nachzudenken, und dieses Nachdenken hatte nicht selten auch ihn selbst zum Gegenstand. Nur so war er in der Lage, jederzeit zu kontrollieren, wie viel er von seinen geheimen Wünschen und Ängsten in die Wirklichkeit einfließen ließ.

Der Marsch war eintönig. Ein Fuß wurde vor den anderen gesetzt, zu Unterhaltungen fehlten Lust und Atemluft. Die bedrückte Stimmung, die Reginald Bull beherrschte, hatte sich auch Gwendolin mitgeteilt. Das Mädchen war ebenfalls still geworden, trug seine Last und wischte sich ab und zu den Schweiß von der Stirn. Ihre Kleidung war völlig verdreckt. Blattreste, kleine Steine und Zweige klebten daran fest. Der eingetrocknete Pfirsichsaft konnte es mit einem modernen Alleskleber durchaus aufnehmen. Die dünnen Schuhe des Mädchens hatten während des Marsches durch den Sumpf Farbe und Form eingebüßt, und Bully kannte kein Mittel, zu verhindern, dass das Leder am nächsten Tag beinhart wurde. Er selbst trug Raumfahrerstiefel, bei denen solche Probleme nicht auftraten.

Eine Stunde nach der anderen verging. Längst war die Sonne untergegangen, und von dem Licht des Mondes drang nur wenig durch das Blätterdach. Der Wind ließ die Blätter rauschen und brachte erschreckende Bewegungen in die beängstigenden Nebelschleier, die die Nacht in den Bäumen wob. Vögel schrien und kreischten, und ab und zu machten auch die nachtkundigen Räuber Arcomurths ein Geräusch, das die beiden Wanderer zusammenzucken ließ. Reginald Bull spürte die Hand des Mädchens in der seinen, und in ihm stieg ein Gefühl der Hochachtung für Gwendolin auf. Gwen hatte Fantasie genug, um sich zu dieser Zeit und in dieser Umgebung zu Tode ängstigen zu können. Und sie hatte Angst, das bewies das Zucken ihrer Hand, wenn immer das Knacken eines brechenden Zweiges das eintönige Schrittgeräusch durchbrach. Aber Gwen gab keinen Laut von sich. Sie hatte Angst, aber sie kämpfte sie nieder.

»Sollen wir eine Pause machen, Kleines?«

Bully wunderte sich, wie zärtlich seine eigene Stimme klingen konnte.

»Ja«, kam Gwens Antwort, mehr gehaucht als gesprochen. Als Bully ihre Hand losließ, fiel sie vor Erschöpfung beinahe um. Reginald Bull presste die Kiefer zusammen. Es ging nicht mehr weiter, nicht in dieser Nacht. Gwen war zu erschöpft, um den Marsch fortsetzen zu können. Theoretisch hätte Bully das Mädchen schleppen können, aber er hatte sich längst ausgerechnet, dass er in den Pausen, die Gwen zur Wiedergewinnung ihrer Kräfte brauchte, weniger Zeit verlor als bei dem Verfahren, bei dem er Gwen trug, sobald sie erschöpft war, und dadurch selbst wesentlich langsamer vorwärtskam.

»Brr …«, murmelte Bully Minuten später. Das Feuerzeug funktionierte nicht.

Gwen lag auf dem Boden und grinste ihn an.

»Warst du nie Pfadfinder, Onkel Bully?«, erkundigte sie sich.

»Nein«, gab Bully gereizt zurück. Ein Glück, dachte er, dass Pounder jetzt nicht hier war, sein alter Vorgesetzter von der Space-Academy. Pounder hatte den Oberbefehl über Perry Rhodan und Reginald Bull und die anderen Teilnehmer der ersten Mondlandungsexpedition gehabt, bei der die Crew auf den notgelandeten Arkonidenkreuzer gestoßen war. Damals hatte Bully seinen Kurs in Überlebenstraining mit Auszeichnung absolviert.

»Ein Glück, dass ich bei den Girl Scouts bin«, kommentierte Gwen. Sie brachte in zwei Minuten fertig, wozu Bully nach eigenem Eingeständnis mehr als eine Stunde gebraucht hätte. Mit sicherem Instinkt zündete Gwen nicht nur ein Feuer an, sie sammelte auch das Holz dafür. Keines der Astbruchstücke qualmte übermäßig oder entwickelte zu viele Funken.

»Hervorragend«, lobte Bully. »Was wäre ich ohne dich?«

»Einige Kilometer weiter«, sagte sie kaum hörbar, und Bully schickte einen leisen Fluch zum Himmel. Das Mädchen war hochintelligent. Es hatte längst bemerkt, dass Reginald Bull es unglaublich eilig hatte, und es würde nicht leicht sein, durch die Mauer ihrer Vernunft zu den unkontrollierbaren Ängsten vorzudringen, die sie quälten.

»Hast du Angst, ich würde dich zurücklassen?«

Gwen sagte nichts, aber sie nickte, und in dem unsicheren Licht des kleinen Feuers sah Bully Tränen in ihren Augenwinkeln. Wenn ihm nicht schnell etwas einfiel, das Gwen beruhigte, kam es zur Katastrophe.

In diesem Augenblick gab es für Bully kein Überlegen. Es war purer Instinkt, der ihn auf dem gleichen Niveau antworten ließ, das Gwen eingeschlagen hatte.

»Traust du mir so etwas zu?«

Gwen zwinkerte verblüfft, und dann stahl sich ein Lächeln über ihr Gesicht. Sie war beruhigt; Bullys Frage hatte eindringlicher gewirkt als ein Bündel von vernünftigen Argumenten.

»Ich halte die erste Wache«, versprach Bully. »Leg dich hin und schlafe. Ich wecke dich, wenn es Zeit ist für deine Wache.«

Gwen nickte eifrig und streckte sich neben dem Feuer auf dem moosigen Boden aus. Es war angenehm warm, man brauchte keine Decke, selbst nachts nicht.

Bully legte Holz nach, und als er sich wieder aufrichtete, war Gwen bereits eingeschlafen. Amüsiert stellte Bully fest, dass Gwen schnarchte.

Bully lehnte sich gegen einen Baumstumpf. Er hütete sich, in die Flammen zu sehen. Im Fall, dass irgendetwas oder irgendjemand aus dem Wald kam, würde er kostbare Sekunden brauchen, bis sich seine Augen an die Dunkelheit gewöhnt hatten.

Von dem namenlosen Mond im Orbit um Arcomurth war nur ein zackiger Fetzen kalkigen Weiß zwischen den Baumwipfeln zu sehen. Unwillkürlich musste Bully lächeln, als er in die Höhe sah; wie damals hatte ihn unwillkürlich der Gedanke beschlichen: *Wie mag es da oben wohl aussehen?*

Reginald Bull hatte die Antwort auf diese Frage bekommen. Er hatte den Mond gesehen, die Venus betreten, Arkon erlebt. Er würde noch viel sehen und erleben, aber auch er musste einen Preis dafür zahlen. Sein Blick fiel auf Gwen. Das war sein Preis. Niemals konnte Bully ein normales Vater-Sohn/Tochter-Verhältnis erleben. Ein Unsterblicher – und Bully war dank der Zelldusche relativ unsterblich – war dazu verurteilt, allein oder nur im Kreis anderer Unsterblicher zu leben.

7.

»Die Sache wird langsam gefährlich«, stellte Skloth-Bar fest. Solange diese Gefahr ihn nicht unmittelbar betraf, war es ihm gleichgültig.

Kalder-Dhan nickte mit betroffenem Gesichtsausdruck.

Über einem Seitenflügel des Versammlungsgebäudes der Báalol-Priester stand eine Rauchsäule. Von dem Flügel selbst waren nur noch verkohlte Trümmer zu sehen. Vier Báalol-Priester waren in dem Brand umgekommen. Wenn die Hitze nachgelassen hatte, würde man die beiden Aktivatoren aus den Trümmern bergen. Sie zweifelten nicht daran, dass ein Zellaktivator einen Großbrand überstehen würde.

»Lasst uns in den Saal zurückkehren«, bestimmte Kalder-Dhan.

Skloth-Bar hätte am liebsten gestöhnt. Er war am Ende seiner Kräfte.

Stunde um Stunde war vergangen, und nur die Aktivatorträger hatten nichts davon bemerkt. Ihre Kräfte wurden von den Aktivatoren stetig erneuert, sie waren in der Lage, sich noch tagelang zu konzentrieren.

Es war ein Ausleseprozess, dessen war sich Skloth-Bar bewusst. Und er selbst spielte in diesem Prozess eine Schlüsselrolle, die er noch sehr lange würde geheim halten müssen. Noch war der Zeitpunkt nicht gekommen, an dem Skloth-Bar sich melden würde. Einstweilen gab es für ihn nur eines – abwarten, mitspielen und mit den eigenen Kräften möglichst rationell umgehen.

Vierundfünfzig Báalol-Priester setzten sich wieder zusammen. Zwölf davon trugen an den unzerreißbaren Ketten einen Zellaktivator um den Hals. Stolz zeigten sie die Geräte.

Der Ausleseprozess war erbarmungslos.

Zuerst wurde der Aktivator von seinen Paraeigenschaften gesäubert, wie Kalder-Dhan das Verfahren nannte, die ungewünschten Impulse des Aktivators zu isolieren, abzublocken und ihre Quelle auf Parabasis auszuschalten. War ein Aktivator gesäubert, wurde er einem Báalol umgehängt. Merkwürdigerweise gab es über die Person, die würdig befunden wurde, einen Zellaktivator zu tragen, keinerlei Diskussionen. Kalder-Dhan nannte den Namen, und der Betreffende konnte sich das Gerät umhängen.

Die eigentliche Auslese begann in diesem Augenblick.

Im ersten Teil des Verfahrens wurden jene Impulse der Aktivatoren eliminiert, die andere verrückt spielen ließen – beispielsweise dazu animierten, den Aktivatorträger mit Wasser zu begießen. Im zweiten Teil mussten die Impulse unterdrückt werden, die nur auf die Psyche des jeweiligen Trägers wirkten.

Es war ein spannender Augenblick, vor allem für Skloth-Bar, wenn ein Aktivator umgelegt wurde. Meist dauerte es eine halbe Stunde, bis der Aktivator sein verhängnisvolles Spiel begann – schlagartig wurde der Träger verrückt.

In diesem Augenblick hatten die anderen einzugreifen. Sie mussten sofort einen Parablock bilden, der die Psyche des Aktivatorträgers unterstützen sollte. War auch dies geschehen, blieb nur noch die Entscheidung abzuwarten.

Es war ein grausiges Verfahren.

Entweder hielt der Aktivatorträger dem Verfahren nicht stand, dann fiel er nach kurzem Wahnsinn, der ihm den Schaum auf die Lippen trieb, um und war tot. In diesem Fall wurde das Verfahren mit einem neuen Aktivatorträger wieder aufgenommen.

Im anderen Fall, der für den Träger des Zellaktivators günstiger war, entlud sich die Paraenergie aus den Impulsen des Aktivators und dem Block der Báalol-Priester bei einem der am Block Beteiligten. Bisher war eine solche Entladung ausnahmslos tödlich gewesen. Die Opfer waren plötzlich zusammengebrochen, ohne einen Laut von sich zu geben. Nur ihre Mimik verriet jedem, der in die verzerrten Gesichter gesehen hatte, dass der letzte Augenblick des Lebens für den Betroffenen einen Vorgeschmack der Hölle bereitgehalten hatte.

Niemand hatte sich abhalten lassen. Die Aussicht, vielleicht einen der lebenserhaltenden Aktivatoren bekommen zu können, hatte die Todesfurcht überspielt. Skloth-Bar hielt sich für den einzigen, der sich des Paradoxons bewusst war; in diesem Raum setzten Menschen ihr Leben ohne Zögern aufs Spiel, um eine Verlängerung dieses Lebens ins Unendliche erreichen zu können. Die Gier nach der Unsterblichkeit machte die meisten blind für jede Vernunft.

Minuten vergingen in völligem Stillschweigen.

Skloth-Bar beteiligte sich an dem Block mit aller Konzentration, wie jeder Beteiligte. Skloth-Bar war allerdings der einzige, der diese volle Konzentration bewusst aufbrachte.

Einmal hatte er seinen Anteil an dem Block sekundenlang zusammenbrechen lassen. In wenigen Augenblicken hatte er damals in den Gehirnen der anderen herumzuschnüffeln versucht, und es hätte nicht wenig gefehlt, und er wäre dabei regelrecht erwischt worden. Sein Gegenüber, ein schon recht betagter Priester, hatte sich erschöpft aus dem geistigen Block zurückziehen müssen. Skloth-Bar hatte sich sofort wieder auf den Block konzentriert, und in dem Augenblick, in dem er sich wieder in den Kreis eingeschaltet hatte, hatte er die tödliche Entladung herannahen fühlen. Drei Sekunden später war Skloth-Bars Gegenüber tot vom Sitz gesunken. Seither wusste Skloth-Bar, oder er glaubte zumindest, dies zu wissen, dass derjenige vom Tode bedroht war, der sich aus dem geistigen Block wegzustehlen versuchte oder aus Schwäche ausschied.

Skloth-Bar spürte, dass hinter der rötlich schimmernden Hülle des Aktivators Energien wirkten, deren Gefährlichkeit fast mit Händen zu greifen war. Er spürte, dass der harmlos erscheinende Metallkörper den Wahnsinn in fast konzentrierter Form enthielt. In dem kleinen Gerät tobten Gewalten, wie sie Legionen von Hohen Priestern im Dienste Baalols nicht aufbringen konnten, wenn sie sich konzentrierten. Es kam ihm vor, als spiele er mit zitternden Fingern am Zünder einer Handgranate herum, darauf hoffend, dass die Splitter ihn verschonen und einen anderen zerfetzen würden.

Skloth-Bar spürte nicht, dass sein Gesicht fast blutleer wurde. Er hörte nicht das leise Ticken der Uhr, er sah nicht den Zeiger über das Zifferblatt kriechen. Skloth-Bar konzentrierte sich ausschließlich auf den Aktivator.

Der Kampf, der unsichtbar auf geistiger Ebene ausgetragen wurde, war lautlos, aber das nahm ihm nichts von der gnadenlosen Erbitterung, mit der er geführt wurde. Auch Skloth-Bar, der vielleicht am kaltblütigsten an die Sache heranging, konnte sich dem Einfluss dieser Auseinandersetzung nicht entziehen. Es waren immer die gleichen Stufen, in denen sich das Drama entwickelte:

Zuerst war da nur ein Tasten, ein vages Herumspielen mit dem Gedanken an die Unsterblichkeit, durchtränkt von der Furcht vor den unheimlichen Wirkungen des Aktivators. Dann wurden die Gedanken entschlossener, richteten sich in immer stärkerem Maß auf den Aktivator. Die Gier nach der Unsterblichkeit bekam die Oberhand, und nach der Gier kam der Hass, als das stärkste aller Gefühle. Mit aller Kraft hatte Skloth-Bar seinen Hass auf den Aktivator konzentriert, den Hass auf alles, was ihm im Wege war – und das war in diesem Fall der heimtückische Mechanismus, der den Aktivator fast wertlos machte.

Skloth-Bar spürte, wie der Widerstand schlagartig nachließ.

Er fing sich ab und öffnete wieder die Augen. Es war jedes Mal das gleiche. Er machte es genau wie die anderen, er atmete erleichtert auf, lächelte ein wenig und wischte sich den Schweiß von der Stirn. Viele der Älteren zeigten nach einer solchen Sitzung alle Zeichen der Erschöpfung, ausgenommen die Aktivatorträger. Ihnen schien die ungeheure Strapaze der äußersten mentalen Konzentration nichts auszumachen, und diese offen zur Schau getragene Stärke, Ruhe und Sicherheit fachte den Besitztrieb der anderen jedes Mal wieder an und steigerte ihn bis an die Grenze der Besessenheit.

»Benth-Jap!«, sagte Kalder-Dhan, mehr nicht.

Der Angesprochene nickte nur, griff nach dem Aktivator und hängte ihn um. Skloth-Bar kannte den Mann, er leitete den Tempel auf der Kristallwelt Arkon I. Die Hände des alten Mannes hatten gezittert, als er nach dem Aktivator gegriffen hatte. Skloth-Bar hatte genau aufgepasst. Er tippte darauf, dass in diesem Fall der Träger des Aktivators ausscheiden würde.

»Lumpen!«, sagte Benth-Jap plötzlich. »Niedrige, gemeine Schufte!«

Kalder-Dhan runzelte die Stirn. Skloth-Bar stutzte.

»Ihr wartet doch nur darauf, dass mein Aktivator – hört ihr? Mein Aktivator mich um den Verstand bringt. Gebt es doch zu, ihr niederträchtigen Hunde. Erschlagen sollte man euch. Geschmeiß seid ihr, Auswurf.«

Während die anderen noch ziemlich verwunderte Gesichter machten, begriff Skloth-Bar, dass sich dieser Aktivator auf diese Art und Weise bemerkbar machte. Er trieb seinen Träger dazu, offen und ehrlich seine Meinung zu sagen, ohne Rücksicht auf die Reaktion der Zuhörer.

»Und du, Kalder-Dhan, du bist der Anführer dieser Bande von Halunken. Nimmst du wirklich an, dass auch nur einer von uns dir glaubt, die Hoheit selbst habe mit dir gesprochen, der Große Báalol selbst sei dir erschienen?«

Skloth-Bars Gesicht gefror zu einer Maske. Anders konnte er den Reiz nicht unterdrücken, der ihn zu einem Gelächter anstachelte, das in dieser Runde auf glatten Selbstmord hinauslief. In seinem Drang, die reine Wahrheit zu sagen, gab der alte Priester offen zu, dass er tatsächlich an den Hohen Báalol glaubte, so wie seine Gläubigen, das primitive Volk. Skloth-Bar fand dies hochgradig erheiternd. Von einem Mann, der den Tempel auf Arkon I leitete – und der sogenannte Kristalltempel war einer der großen, politisch ungeheuer wichtigen Tempel –, hätte man annehmen sollen, dass er den Humbug längst durchschaut hatte. Unvorstellbar, ein gläubiger Priester des Báalol!

Erst als Benth-Jap plötzlich aufstand, zu Kalder-Dhan hinüberging und ihm ins Gesicht spie, begriffen auch die anderen Teilnehmer der Versammlung, dass Benth-Jap unter dem Einfluss des Aktivators handelte.

»Konzentration!«, befahl Kalder-Dhan.

Skloth-Bar zögerte einen Augenblick lang. Nach der ungeheuerlichen Beleidigung von Benth-Jap hatte Skloth-Bar fest damit gerechnet, dass Kalder-Dhan den Beleidiger auf der Stelle töten würde. Dass Benth-Jap sein Leben verspielt hatte, sah Skloth-Bar als feststehende Tatsache an, dafür war er lange genug Mitglied der Sekte.

Dann erst begriff Skloth-Bar den Schachzug des Vorsitzenden. Kalder-Dhan fasste nämlich Benth-Jap bei der Hand und zog ihn auf den Sitz neben sich.

Skloth-Bar schloss halb die Augen. Ausnahmsweise schaltete er sich nicht in den Parablock ein. Und richtig, Kalder-Dhan handelte so, wie Skloth-Bar es sich vorgestellt hatte. Während die anderen sich auf den Block konzentrierten, drückte er Benth-Jap freundlich die Hand, aber sorgfältig so, dass niemand die beiläufige Bewegung sehen konnte. Und niemandem, Skloth-Bar ausgenommen, fiel auch auf, dass Kalder-Dhan vor diesem Händedruck an seinem schweren Siegelring herumgespielt hatte.

Zwischen den Wimpern hindurch sah Skloth-Bar, wie Benth-Jap leise zusammenzuckte, sich dann aber sofort wieder beruhigte. So hätte sich jeder verhalten, der plötzlich einen feinen Schmerz verspürt – von einem kleinen Insekt oder einer winzigen giftbeschmierten Nadel an einem schweren Siegelring.

Skloth-Bar schaltete sich hastig in den Block ein, und er kam gerade noch zurecht, den Widerstand schwinden zu fühlen. Plötzlich setzte der Aktivator den drängenden Impulsen nichts mehr entgegen. Die geballten Blockimpulse stießen ins Leere.

Jetzt durfte Skloth-Bar die Augen öffnen, ohne sich damit verdächtig zu machen. Benth-Jap hing förmlich in seinem Sessel. Das Gift hatte rasch gewirkt, stellte Skloth-Bar fest. Er wunderte sich nicht darüber, dass ein Vorsitzender einer solchen Versammlung auch über hochwirksame Gifte verfügte und sie auch nach eigenem Gutdünken verwendete. Dergleichen erschien ihm selbstverständlich.

Dann aber geschah etwas, das Skloth-Bar für alles andere als selbstverständlich hielt.

Benth-Jap war tot, er musste es sein. Skloth-Bar hielt es für selbstverständlich, dass Kalder-Dhan ein Gift verwendet hatte, dass blitzschnell wirkte und dem Opfer keine Zeit zu einer Gegenwehr ließ.

Benth-Jap musste tot sein, das ließ sich an den Fingern einer Hand ausrechnen.

Aber Tote konnten nicht plötzlich die Augen öffnen und ihren Mörder ansehen. Sie konnten auch nicht die Hand heben, mit dem Finger auf den Täter zeigen und laut sagen:

»Mörder!«

Kalder-Dhan wurde weiß im Gesicht, dann sackte er in seinem Sessel zusammen.

Ohne sich um den wütenden Blick Benth-Japs zu kümmern, eilte Skloth-Bar zu dem Vorsitzenden hinüber.

Er brauchte nur die Hand auszustrecken, um Gewissheit zu haben.

Langsam richtete sich Skloth-Bar auf.

Tonlos gab er bekannt: »Kalder-Dhan ist tot!«

Es war ein wunderschöner Traum, sogar in Farbe, und Bully weigerte sich, aus diesem Traum aufzuwachen. Aber die Sonne kitzelte in seiner Nase, und dieser Reiz erwies sich schließlich als stärker. Die Traumbilder verblassten, und langsam wurde sich Reginald Bull bewusst, dass er nicht in seinem bequemen Bett lag, sondern auf einem harten, unebenen Untergrund, dass die Luft entschieden zu warm war für ein voll klimatisiertes Schlafzimmer. Reginald Bull war zwar kein träger Mensch, aber bei Weitem nicht so reaktionsschnell wie beispielsweise Perry Rhodan, den man einen Sofortumschalter genannt hatte, weil er sich in Gedankenschnelle auf veränderte Sachverhalte umzustellen vermochte.

Wenn ihn wie in diesem Fall nichts zur Eile drängte, brauchte Bully geraume Zeit, bis er sich mit der Wirklichkeit des Wachzustands vertraut gemacht hatte. Langsam dämmerte ihm, dass er sich auf einem fremden Planeten befand und dass er dort notgelandet war und dass er nicht allein war …

Bei dieser Erinnerung angelangt, schrak Reginald Bull auf.

Gwendolin! Er hatte das Mädchen völlig vergessen. Er war eingeschlafen, obwohl er hatte wachen wollen. Das Schlafbedürfnis war stärker gewesen als seine Vorsicht. Wo war das Mädchen?

Reginald Bull atmete erleichtert auf, als er drei Meter von ihm entfernt einen roten Fleck auf dem moosbedeckten Boden bemerkte. Gwendolin schlief noch, und nach den heftigen Augenbewegungen zu schließen, träumte sie auch. Bully lächelte. Wovon mochte ein achtjähriges Mädchen in dieser Lage träumen?

Bully beschloss, Gwen später danach zu fragen. Zuerst wollte er für ein Frühstück sorgen. In der Nähe floss, wie er aus dem Plätschern folgerte, ein Bach. Wasser war also vorhanden, und die noch fehlenden Bestandteile eines Frühstücks schleppte Bully in seinem Gepäck mit: löslichen Kaffee, Trockenmilch, Eier und Schinken, in konzentrierter Form. Man brauchte nur Wasser zuzugeben, um die Konzentrate genießbar zu machen. Als letzte Rettung steckten auch noch etliche Nahrungskonzentratwürfel im Gepäck, die aus arkonidischer Produktion stammten. Sie waren zwar noch nahrhafter als die irdische Trockennahrung, aber ihr Geschmack ließ stark zu wünschen übrig.

Der Kaffee war genau das, wonach Reginald Bull in diesem Augenblick begehrte. Erleichtert stellte er fest, dass das Feuer noch nicht erloschen war. Demnach war er erst zum Ende der Wache hin eingeschlafen.

Bully legte Holz nach und holte dann im Kochgeschirr Wasser

vom Bach. Eine halbe Stunde später war das Frühstück komplett. Über das Lager zog ein Duft nach Kaffee, und dieser Geruch ließ Bullys Stimmung außerordentlich optimistisch werden. Er fasste nach Gwendolins Schultern.

»Aufwachen, Kleines«, rief er gedämpft.

Gwendolin war fast schlagartig hellwach. Sie öffnete die Augen, zwinkerte einige Male und fragte dann: »Ist jetzt Zeit für meine Wache?«

»Nicht nötig«, antwortete Bully lächelnd. »Komm, ich habe schon Frühstück gemacht!«

»Fein«, murmelte Gwen. Als wohlerzogenes Mädchen ging sie erst zum Bach und wusch sich, bevor sie sich neben Bully hockte und nach einer Dose mit Nüssen griff.

»Was machen wir heute?«, erkundigte sie sich mit vollem Mund.

»Marschieren«, gab Bully bekannt. Das Mädchen tat ihm leid, aber es gab keine andere Möglichkeit. »Wir müssen marschieren, und zwar sehr lange.«

»Das gefällt mir gar nicht«, verriet Gwen. Wie sie es fertigbrachte, den kochend heißen Kaffee zu trinken, ohne dabei zu schlürfen oder sich die Lippen zu verbrennen, war Bully ein Rätsel. »Können wir nichts anderes tun?«

»Nein«, sagte Bully entschieden. »Wir müssen eine Station erreichen und uns dort ein neues Schiff besorgen. Andernfalls müssten wir hier den Rest unseres Lebens verbringen.«

»Mich würde das nicht stören«, verriet Gwendolin. »Bleiben wir doch hier.«

»Dann wären wir aber ganz allein auf dieser Welt«, erinnerte sie Bully. »Nur du und ich, und das würde doch sehr bald langweilig.«

»Wieso?«, wunderte sich Gwen. »Ich könnte doch mit den anderen Onkels spielen.«

Bully erstarrte. Sehr vorsichtig setzte er die Kaffeetasse ab.

»Was für Onkels?«, erkundigte er sich, während sich seine Nackenhaare sträubten.

»Die da!«

Gwendolin deutete mit dem Finger auf etwas hinter Bullys Rücken. Langsam drehte sich Bully herum.

Es waren sieben. Sieben Männer, halb nackt, braun gebrannt und mit langen Speeren bewaffnet, deren Spitzen in der Sonne glänzten. Sie standen am Rand der kleinen Lichtung und sahen den beiden Erdmenschen beim Frühstück zu. Ihre Gesichter verrieten Neugierde.

Bully sah die Köpfe und wusste sofort, woran er war. Das weiße Haar und die roten Augen verrieten genug. Es handelte sich um Arkoniden, genauer gesagt um Arkonabkömmlinge. Ob sie die Nachfahren früher Kolonisten oder aber von notgelandeten Raumfahrern waren, ließ sich nicht feststellen. In jedem Fall aber waren sie unter das Niveau ihrer Vorväter zurückgefallen.

Bully hob die Hand zum Gruß.

»Kommt näher«, sagte er auf Arkonidisch, der Verkehrssprache in diesem Teil der Milchstraße.

Aus den Augenwinkeln heraus schielte er nach seiner Waffe. Sie lag weit entfernt, zu weit, als dass er sie mit einem Griff hätte erreichen können. Und die Besucher machten nicht den Eindruck, als würden sie lange fackeln, wenn Bully sich einen Fehler erlaubte.

Einer der Männer, der sich von den anderen durch einen besonders hübschen, gefärbten Lendenschurz unterschied, erwiderte Bullys Gruß.

»Sei willkommen, Fremdling«, sagte er mit tiefer Stimme. Er sprach ein altes arkonidisches Idiom, das Bully nur mit Mühe verstand. Aber immerhin, eine Verständigung war möglich.

Die Männer kamen näher und hockten sich neben das Feuer. Ihre Waffen hielten sie griffbereit: langschneidige Schwerter mit kunstvoll verzierten Scheiden aus Hartholz, kurze Dolche mit scharfgeschliffener Klinge, dazu die Speere, deren Spitzen Widerhaken trugen. Zwei der sieben Männer trugen Bögen und Pfeile, und alle hatten am Gürtel Steine und eine kleine Schleuder hängen. Offenbar waren diese Arkonabkömmlinge nicht degeneriert, sondern im Gegenteil höchst kriegerisch.

Scheinbar gleichgültig nahm Bully einen Schluck aus seiner Tasse, dann gab er den Becher mit Kaffee weiter. Der Anführer des kleinen Trupps sah Bully zweifelnd an, zögerte einen Augenblick, dann setzte er den Becher an die Lippen. Schlürfend nahm er einen Schluck, dann gab er den Becher zurück. Sein Gesichtsausdruck verriet nicht, wie ihm der Kaffee geschmeckt hatte. Gwendolin hatte unbefangen ebenfalls von ihrem Kaffee angeboten.

»Wer bist du, und was willst du auf dem Gebiet der Thankher?«, fragte der Anführer.

»Reginald Bull«, stellte sich Bully vor, dann deutete er auf das Mädchen. »Gwendolin.«

Der Anführer nickte eifrig, zum Zeichen, dass er verstanden hatte.

»Horp«, stellte er sich selbst vor, und dann nannte er noch die Namen seiner Gefährten.

»Was wollt ihr bei uns?«, fragte er dann. »Dies ist unser Land.«

»Wir suchen einen Ort«, verriet Bully. Er überlegte sich hastig, in welchem Verhältnis die Eingeborenen zu den Antis stehen mochten, die Arcomurth beherrschten. »Ich suche einen Tempel des Hohen Báalol!«

Der Anführer sah ihn verwundert an.

»Hier gibt es keinen solchen Tempel«, sagte er abwehrend. »Wer hat dir gesagt, dass es auf dem Gebiet der Than-kher einen Tempel dieses Gottes gebe?«

Bully deutete nach oben.

»Ich habe es bei der Landung gesehen«, erklärte er. »Aus der Luft.«

Horp zog die Brauen zusammen, und seine Männer griffen ihre Waffen fester.

»Du hast das Land gesehen, wie ein Vogel es sehen kann, wenn er sich in die Lüfte schwingt?«

»Sicher«, verriet Bully. »Als wir mit unserem Raumschiff zur Landung ansetzten …«

Weiter kam er nicht. Horp kam blitzschnell auf die Füße und richtete seinen Speer auf Bullys Kehle.

»Das lügst du!«, schrie er erregt. Seine Gefährten hatten ebenfalls nach ihren Waffen gegriffen.

»Der Häuptling wird bestimmen, was mit euch geschehen soll. Vorwärts!«

»Aber …«, setzte Bully an.

Er wollte wenigstens das Gepäck retten. Er würde das Gepäck auf dem Weitermarsch brauchen, vor allem die Waffen. Aber die Than-kher kümmerten sich nicht um Bullys Protest.

Horp bewegte seinen Speer etwas weiter nach vorn, und die bronzene Spitze berührte Bullys Kehlkopfknorpel. Gegen diese Aufforderung gab es keinen Widerspruch. Bully stand langsam auf. Die Speere der Than-kher besaßen unterarmlange Spitzen, und die Kanten der Speerblätter waren scharfgeschliffen. Mit diesen Speeren konnte man werfen, aber ebenso gut auch stechen und zuschlagen.

Wie Schlachtvieh trieben die Than-kher ihre beiden Gefangenen vor sich her. Auf Bully zielte stets eine Speerspitze, während sich die Eingeborenen bei Gwendolin weniger Mühe gaben. Als Bully losmarschierte, war Gwen einfach gefolgt. Sie trällerte ein Liedchen ohne Worte, betrachtete immer wieder Pflanzen am Wegrand oder seltene Käfer, die auf den Bäumen herumkrabbelten, und die Than-kher hinderten sie nicht. Bully konnte erkennen, dass die Eingeborenen von Gwens rotem Haar förmlich verzückt waren. Immer wieder streckte einer der Than-kher eine Hand nach dem Haar aus, aber keiner wagte es, Gwen zu berühren. Stets zuckte die Hand wieder zurück.

Gwen bemerkte davon nicht viel, sie war zu sehr damit beschäftigt, sich mit allem zu befreunden, was am Wegrand wuchs und kroch. Besonders die dicken Käfer mit den metallisch schimmernden Flügeln hatten es ihr angetan. Ihre Begeisterung erlosch erst, als einer der Than-kher nach einem besonders fetten Käfer griff, ihn aufhob und mit routinierten Bewegungen zum Mund führte. Ein Biss, ein zweiter, und der Käfer war verschwunden.

Bully pries sein Schicksal, das ihn mit einem unempfindlichen Magen ausgestattet hatte, anderenfalls hätte er sich jetzt übergeben müssen. Gwendolin war dem Vorgang mit weit aufgerissenen Augen gefolgt. Sie war anscheinend zu dem Schluss gekommen, dass ein halb nackter Wilder, der einfach lebende Käfer hinunterschlang, wahrscheinlich auch keine Hemmungen kennen würde, zu kleinen Mädchen garstig zu sein; daher unterdrückte sie den Protest, der ihr im Gesicht geschrieben stand.

»Wie weit müssen wir noch gehen?«, fragte sie schließlich Reginald Bull.

Der zuckte mit den Schultern. »Ich weiß es nicht«, gestand er. »Da musst du schon diese Männer fragen. Sie haben uns sozusagen eingeladen.«

»Das ist aber nett, nicht wahr?«, meinte Gwen fröhlich.

»Sehr nett«, murmelte Bully.

Aus dem anschwellenden Lärmpegel folgerte er, dass sich der kleine Trupp dem Lager oder Dorf der Than-kher näherte. Er hatte sich nicht geirrt.

Als Erstes sah er die Hütten, sauber aus Holz und Schilf gebaut. Dann die Menschen, die die Siedlung erfüllten, Männer, Frauen, Kinder und einige Dutzend halb verhungerter hundeähnlicher Tiere. In weitem Bogen zog sich das Dorf am Ufer eines Sees entlang und ließ zwischen der ersten Häuserreihe und dem See einen breiten Streifen Land frei. Feiner, weißkörniger Sand bedeckte den Uferstreifen, und nur an einer Stelle wurde dieses Weiß unterbrochen.

An einer Stelle war der Boden schwarz. An diesem Ort ragte ein steinerner Koloss aus dem Boden, eine riesige annähernd menschenähnliche Gestalt aus schwarzem Gestein. Das Gesicht des Kolosses war dem Wasser zugekehrt. Vor dem Götzen stand ein Altar, ebenfalls aus schwarzem Stein gemeißelt.

Bully brauchte nur einen Blick, um die Szenerie in sich aufzunehmen. Das Arrangement war eindeutig, und es hätte nicht des eindeutigen Geruchs bedurft, ihm klarzumachen, welche Bräuche hier galten.

Der Koloss war zweifelsohne der Gott der Than-kher, und auf dem schwarzen Altar opferten sie ihrem Götzen, und wenn Bully sich nicht sehr irrte, dann opferten sie ihm Menschen.

Und aus dem Gesichtsausdruck, den Horp und seine Freunde zur Schau trugen, ließ sich ablesen, dass die Than-kher förmlich danach brannten, jene Wesen, die behauptet hatten, aus der Luft zu kommen, schleunigst in den Himmel zurückzuschicken.

8.

Ein Gewirr von Strahlbahnen spann sich durch den Raum.

Skloth-Bar zielte sorgfältig und feuerte. Der Arm samt Waffe, der plötzlich hinter einer Säule zum Vorschein gekommen war, wurde getroffen, und der rasende Schmerz dieses Treffers trieb den Verletzten aus seinem Versteck. Noch einmal betätigte Skloth-Bar den Abzug seiner Waffe, und der Verletzte konnte keinen Schmerz mehr empfinden. Er war tot.

Skloth-Bar sah einen Robot, der sich auf das Kampffeld wagte und binnen weniger Sekunden zu einem unförmigen Schrotthaufen zusammengeschossen wurde.

In der großen Versammlungshalle war das Chaos ausgebrochen.

Es gab nur noch zwanzig lebende Báalols auf Arcomurth, und nach dem Treffer von Skloth-Bar waren es nur noch neunzehn. Jetzt gab es für jeden Überlebenden einen Aktivator, denn bisher hatte man es selbst mit vereinten Kräften nicht geschafft, den vermaledeiten Wahrheitsaktivator zu säubern. Genauer gesagt: Keiner hatte es gewagt, dieses Gerät überzustreifen. Das Risiko war allen zu groß erschienen. Bis der Aktivator störungsfrei funktionierte, hatte der Träger bereits derart viel Wahres gesagt, dass sein Kopf unrettbar verfallen war.

Neunzehn Männer gab es noch auf Arcomurth, neunzehn Aktivatorträger – bis auf einen.

Skloth-Bar hatte seinen Aktivator versteckt. Als das Gerät für ihn freigeworden war, hatte er sich höflich bedankt und den Aktivator auf dem Altar deponiert. Dass seine Gefährten ihn für übergeschnappt gehalten hatten, hatte Skloth-Bar nicht gestört. Skloth-Bar führte seinen Plan durch. Er wusste, dass er den Kampf um die Unsterblichkeit noch nicht gewonnen hatte.

Und richtig, es hatte nicht lange gedauert, da waren die alten Schwierigkeiten erneut aufgetaucht. Ein Teil der Aktivatoren hatte seine unheilbringenden Paraeigenschaften zurückbekommen, und damit war der Kampf aller gegen alle entbrannt.

Der Unterschied zu den früheren Auseinandersetzungen war einschneidend. Beim Beginn des Verfahrens hatte die Mehrzahl der Beteiligten sich ausrechnen können, dass es für sie keinen Zellaktivator geben konnte. Dann aber war diese Zahl zusammengeschrumpft. Unfälle, Selbstmord, ab und zu auch ein Mord hatten die Zahl der Anwärter auf die Unsterblichkeit systematisch verringert.

Wer zu diesem Zeitpunkt noch lebte, hatte das Gefühl bereits ausgekostet, wusste, was es hieß, den Aktivator auf der Haut getragen zu haben, seinen lebenserhaltenden Impuls gespürt zu haben. Am Ende eines Tages, in dem der Kampf um die richtige Funktion der Aktivatoren zu einer förmlichen Paraschlacht geworden war, waren alle Überlebenden völlig erschöpft gewesen – und sie hatten alle gespürt, wie schnell ein Aktivator die verbrauchten Kräfte erneuern konnte.

Waren sie vorher schon gierig gewesen, so steigerte sich diese Gier zum Wahnsinn, als die ersten Aktivatoren wieder fehlerhaft zu arbeiten begannen. Zu einer koordinierten Aktion war es nicht mehr gekommen. Niemand hatte sich darauf verlassen wollen, die betreffenden Geräte noch einmal zu säubern. Jeder hatte nur einen Gedanken gehabt: schnell einen funktionstüchtigen Aktivator in Besitz zu bekommen, gleichgültig wie.

Jetzt war der Kampf um die Aktivatoren in vollem Gang.

Skloth-Bar warf sich auf den Boden und robbte vorwärts. Ein Teil der Decke war herabgestürzt, und hinter den Trümmern war Skloth-Bar gedeckt. Er wusste, dass ihm die Auseinandersetzung aus der Hand geglitten war. Skloth-Bar hatte fest geglaubt, die Aktivatoren seien nach dem Säuberungsprozess einwandfrei. Der plötzlich aufkeimende Wahnsinn hatte auch ihn völlig überrascht.

Auf dem Rücken liegend, wechselte Skloth-Bar das Magazin seiner Waffe. Es gab genügend Waffen und Munition in der Station der Báalols, um damit einen monatelangen Kleinkrieg ausfechten zu können.

Mit einem präzisen Schuss holte Skloth-Bar einen Robot von der Decke, der eine Waffe getragen hatte. Offenbar war es einem Bruder gelungen, einige Robots für seine Zwecke umzuprogrammieren und zu bewaffnen. Künftig musste Skloth-Bar also auch auf Robots achten. Zum Glück waren die Maschinen von vorneherein zu langsam, um als Kämpfer in diesem Krieg von Wert zu sein. Die Maschine, die sich zwar recht raffiniert auf das Dach vorgearbeitet hatte, aber viel zu langsam und zu laut gewesen war, um Skloth-Bar überraschen zu können, fiel durch das Loch in der Decke auf den Boden und zerschellte dort. Das Magazin der improvisiert eingebauten Waffe ging hoch und riss den Robot in Stücke, die wie Granaten durch den Raum jaulten. Ein gellender Schrei bewies, dass mindestens einer der Splitter getroffen haben musste.

Skloth-Bar kroch weiter, aus der Versammlungshalle heraus.

Es gab für jeden, der sich am Kampf beteiligte, zwei Möglichkeiten. Entweder blieb der Betreffende auf Arcomurth, dann lief er Gefahr, von einem der Brüder getötet zu werden, die nur einen defekten Aktivator erhalten hatten. Oder aber er verließ den Planeten auf dem schnellsten Weg – dann lief er Gefahr, dass auch sein Aktivator wieder verrückt zu spielen begann. In diesem Fall hatte er sich die Möglichkeiten verscherzt, sich einen weiteren Aktivator zu verschaffen.

Skloth-Bar folgerte, dass die Mehrzahl seiner Brüder auf Arcomurth bleiben würde, jedenfalls so lange, bis sich herausgestellt hatte, welche Zellaktivatoren ihre Arbeit ohne jede Mucken und Störungen taten. Nach Skloth-Bars Schätzung würde dieser Prozess mindestens einige Wochen in Anspruch nehmen.

Skloth-Bars Plan sah vor, sich in dieser Zeit zu verstecken und einfach abzuwarten. Sein ganzer Plan basierte auf der einfachen Tatsache, dass er allein sich stark genug fühlte, noch einige Monate, nötigenfalls sogar einige Jahre warten zu können, selbst wenn er einen eigenen Aktivator in der Schublade hatte. Noch war Skloth-Bar so jung, dass er sich dieses Warten leisten konnte, vor allem aber besaß er die Geduld und die Willensstärke, die er für diesen Plan brauchte.

Einige Meter freien Schussfelds lagen zwischen den Trümmern und den ersten Sträuchern des Gartens. Skloth-Bar richtete sich halb auf. Er ahnte, dass man ihn unter Feuer nehmen würde, er kannte seine Brüder.

Er rannte los.

Skloth-Bar machte nur drei oder vier normale Laufschritte, dann warf er sich nach vorn. Diese Bewegung rettete ihm das Leben. Der Strahlschuss, der ihn voll getroffen hätte, streifte so nur seinen Rücken. Er verkohlte das Gewebe auf Skloth-Bars Rücken und ließ ihn aufschreien. Fast besinnungslos vor Schmerz ließ sich Skloth-Bar fallen und rollte sich ab. Nur halb bei Verstand nahm er wahr, dass er erneut eine Deckung gefunden hatte.

Rasender Schmerz tobte in seinen Gliedern.

Der Schuss hatte zwar hauptsächlich die Kleider zerstört, aber trotz dieser Tatsache war Skloth-Bars Rücken bald grellrot, und die Zahl der Brandblasen mehrte sich mit jeder Minute. Lebensgefährlich war die Wunde nicht, aber sie setzte Skloth-Bars Kampfkraft sehr stark herab und machte ihn zur leichten Beute.

Es gab nur eine Rettung für Skloth-Bar. Er musste sich schleunigst aus dem Kampfgebiet entfernen und in Sicherheit seine Wunden ausheilen. Dann erst konnte er zurückkehren und sich wieder in die Auseinandersetzungen einmischen.

Stöhnend vor Schmerz bewegte sich Skloth-Bar vorwärts. Aufrecht zu gehen wagte er nicht, da man ihn sonst hätte sehen können. Also robbte er sich mühsam durch das Unterholz. Zweige schrammten über seinen Rücken, und er brauchte all seine Willenskraft, um bei solchen Berührungen nicht laut zu schreien.

Meter um Meter legte Skloth-Bar zurück, und nicht ein einziges Mal stand er auf, um sich umzusehen. Er kroch um die Bäume herum, und eingedenk gerade erst gemachter Erfahrungen schnitt er langsam und umständlich jeden Zweig ab, der seinem Rücken gefährlich werden konnte. Auch bei dieser Schonung war der Schmerz kaum zu ertragen. Skloth-Bar wusste, dass er sehr bald ein schmerzstillendes Medikament brauchte. Der Kampf war so gnadenlos, dass er sich keinen Augenblick der Schwäche leisten durfte.

Als Skloth-Bars Finger sich plötzlich um etwas Metallisches krallten, wusste der Báalol endlich wieder, wo er war.

In der Nähe der Tempelgebäude gab es, sorgfältig versteckt, einen Hangar, in dem kleinere Raumfahrzeuge untergebracht waren. Die Beiboote waren nicht sehr leistungsfähig, aber sie reichten aus, ihre Passagiere bis zum nächsten Tempel des Kultes zu bringen, wo jeder Báalol sicher sein konnte, Hilfe zu finden, vor allem natürlich die Priester des Kultes.

Von den neunzehn Báalols, die möglicherweise noch lebten, konnten bestenfalls drei oder vier das Versteck kennen. Die anderen kannten nur das kleine Landefeld, eine halbe Stunde mit dem Gleiter von der Station entfernt. Dort standen die kleinen, schnellen Jachten, mit denen die einzelnen Priester Arcomurth angeflogen hatten. Es mussten zwanzig oder dreißig Jachten sein; die meisten Besucher hatten einen oder zwei Brüder mitgenommen, um eine Ansammlung von allzu vielen Schiffen im Raum um Arcomurth zu vermeiden.

Ächzend vor Schmerz wischte Skloth-Bar die Blätter fort, die über dem Eingang zum Hangar lagen. Seine Fingerspitzen fanden die quadratische Tastatur des Schlosses. Nur wer die richtige Zahlenkombination kannte, konnte das Schloss öffnen. Skloth-Bar hatte Jahre auf Arcomurth verbracht, er konnte die Kodeziffern aller Schlösser im Schlaf hersagen. Er brauchte nur wenige Sekunden, dann klappte die Tür herunter und gab den Antigravschacht frei, der in die Tiefe führte. Automatisch gingen die Lichter an.

Noch einmal strengte sich Skloth-Bar an, um sich an den Schacht heranzurobben, dann ließ er sich kopfüber hineinfallen.

Reginald Bull fühlte sich nicht sehr wohl in seiner Haut.

Immer wieder wanderten seine Augen zu der Kolossalstatue hinüber und blieben an dem Altar hängen. Der Quader war von Blut überkrustet, dessen Gestank vom Wind bis zu Bully hinübergetragen wurde.

»Puh!«, machte Gwendolin und rümpfte die Nase. »Das riecht aber übel.«

Bully konnte nichts daran ändern. Seine Bewacher stießen ihn vorwärts. Vor einer der Hütten blieben sie schließlich stehen.

Die Hütten der Than-kher standen auf Pfählen, wie viele Siedlungen überall in der Galaxis, die am Ufer eines Sees oder Meeres standen und einen Gezeitenwechsel kannten. Die Hütte, vor die man Bully geführt hatte, war eine der größten des ganzen Ortes und mit prächtigen Schnitzereien bedeckt. Wahrscheinlich wohnte hier der Häuptling der Than-kher.

Bully riss erstaunt die Augen auf, als der Häuptling auf die kleine Plattform trat, die vor dem Eingang des Hauses lag. Von dort aus sah er auf den Gefangenen herab.

Bully hatte damit gerechnet, einem großen, kraftstrotzenden Mann gegenübertreten zu müssen, oder einem jener fetten Potentaten, an denen auch die Geschichte der Erde so reich war.

Indessen war der Häuptling der Than-kher ein Männlein. Hätte er neben Bully gestanden, wäre der Häuptling bestenfalls bis zu Bullys Achsel gekommen. Dazu war er dürr, als habe er jahrelang keinen Bissen Nahrung mehr zu sich genommen. Die Haut schlotterte förmlich am Körper des ausgemergelten Häuptlings. Das Gesicht wirkte auf den ersten Blick wenig furchterregend. Der Häuptling sah einem Hauptbuchhalter aus einem Witzblatt erstaunlich ähnlich. Es fehlte ihm nur eine normale Kleidung und ein Kassenbuch, um die Karikatur komplett zu machen. Kurzsichtig war der Häuptling ebenfalls. Immer wieder zwinkerte er heftig, und das verstärkte noch den erheiternden Eindruck des Mannes.

Bully, der hinter sich die Speerspitzen seiner Bewacher wusste, hütete sich, zu lachen oder zu grinsen.

Gwendolin, begabt mit dem zielsicheren Instinkt eines Elefanten auf der Suche nach einem Porzellanladen, trompetete: »Guck mal, Onkel Bully! Der sieht aber komisch aus. Höihihi, sieht der Onkel lustig aus!«

Gelehrig wie sie war, hatte sich Gwen der arkonidischen Sprache bedient. Sie hatte mitbekommen, dass Bully sich in dieser Sprache mit den Eingeborenen verständigt hatte, und wollte nun beweisen, dass auch sie sich in mehreren Sprachen geläufig ausdrücken konnte.

»Sei still!«, zischte Bully verzweifelt, aber die Warnung half nichts.

Gwendolin bog sich förmlich vor Lachen, und damit auch ja keiner im Unklaren darüber blieb, auf wen sich das Gelächter bezog, deutete sie mit dem Zeigefinger auf den Häuptling, der inzwischen von der Plattform gestiegen war und sich vor den beiden Gefangenen aufgebaut hatte.

Der Häuptling brauchte geraume Zeit, bis er begriff, dass Gwendolin sich über ihn lustig machte. Dann aber steigerte er sich binnen weniger Augenblicke in einen Tobsuchtsanfall hinein.

Er begann zu schreien, rollte mit den Augen und ballte die Fäuste. Eine Kaskade von Wörtern ging auf Bully nieder, von denen er zwar keines verstand, deren Sinn sich aber aus der Gestik und dem Tonfall unschwer folgern ließ. Der Häuptling fluchte, schimpfte und drohte, dass seine Schläfenadern schwollen. In diesem Zustand sah er alles andere als erheiternd aus, zumal er seine Wut durch Gesten unterstrich, die für die Gefangenen unangenehme Prozeduren in Aussicht stellten.

»Es war ja nicht so gemeint«, versuchte Bully den wütenden Chef der Than-kher zu beruhigen.

Aber der Mann ließ sich nicht stören. Er setzte seinen Temperamentsausbruch fort, bis ihm buchstäblich die Luft wegblieb. Schwer atmend hörte der Häuptling auf, und nur mit den Händen versprach er Bully noch, ihm die Haare einzeln vom Kopf zu reißen.

»Ich bitte um Verzeihung«, versuchte Bully ein zweites Mal einzulenken. »Das Mädchen hat sicherlich niemanden beleidigen wollen.«

Der Häuptling machte eine wegwerfende Handbewegung.

»Schweig!«, fuhr er Bully an. »Was wollt ihr hier? Was sucht ihr beim Volk der Than-kher?«

»Wir suchen einen Tempel des Hohen Báalol«, erklärte Bully wahrheitsgemäß. »Kennt jemand einen solchen Tempel?«

Der Häuptling kniff die Augen zusammen.

»Was willst du in dem Tempel? Das Mädchen opfern?«

»Niemals«, wehrte Bully ab, und an seinem Gesichtsausdruck ließ sich deutlich erkennen, wie erschrocken er war. Unter Umständen erbot sich der Häuptling, Bully diese Arbeit abzunehmen.

»Willst du sie zum Weibe nehmen?«

»Natürlich nicht!«

Bully lief rot an, denn die Antwort auf die Frage des Häuptlings war sehr rasch gekommen, und zwar von Gwendolin.

Einige Than-kher begannen zu kichern.

»Ist sie vielleicht deine Tochter?«

Bully nickte eifrig. Das war die Rettung, glaubte er. Dass Gwen seine Tochter war, ließ sich mühelos beweisen – beide hatten rote Haare, blaue Augen und eine erkleckliche Zahl von Sommersprossen. Gwen hatte allerdings eine prachtvolle Zahnlücke im Oberkiefer.

Der Häuptling richtete sich hoch auf.

»So wisse denn, Fremder: Niemand darf unser Gebiet betreten, der nicht zu unserem Stamm gehört. Wer es dennoch tut, der wird dem Schwarzen Götzen geopfert.«

»Das wussten wir nicht«, protestierte Bully. Wenn er nur seine Waffe in Griffweite gehabt hätte.

»Das ist unerheblich«, entschied der Häuptling. »Unkenntnis schützt vor Strafe nicht!«

Hilfesuchend sah sich Bully um. Es erschien ihm fast unglaublich, dass die Than-kher ein so geringfügiges Vergehen gleich mit dem Tode bestraften. Wenn sie jeden Fremdling töteten, der sich auf ihr Gebiet verirrte, konnten sie beispielsweise niemals Handel treiben.

»Es gibt allerdings noch eine Möglichkeit, euren Tod zu vermeiden«, fuhr der Häuptling fort.

Hoffnungsvoll und misstrauisch zugleich sah Bully den schmächtigen Mann an.

»Ihr könnt Mitglieder unseres Stammes werden.«

Die Sache kam Bully nicht geheuer vor. Zuerst wurde er mit dem Tode bedroht, und wenig später trug man ihm die Ehrenmitgliedschaft des Stammes an?

»Und wie werden wir Mitglieder des ruhmreichen Volkes der Than-kher?«, erkundigte er sich skeptisch.

»Durch Heirat«, eröffnete ihm der Häuptling, dann drehte er sich herum und rief über die Schulter einen Namen:

»Cadara!«

Allein der Name erschien Bully schon unheilverkündend, aber die Frau, die wenig später erschien und sich neben dem Häuptling aufbaute, war das personifizierte Unglück. Sie war mindestens einen Kopf größer als Bully und konnte es an Beleibtheit mit dem Steinkoloss am Strand durchaus aufnehmen. Bully fühlte sich an das Auftreten seines Vaters vor einigen Tagen in der Space-Jet erinnert; jetzt fühlte er sich ähnlich in die Defensive gedrängt.

»Meine Tochter!«, verkündete der Häuptling mit sichtlichem Stolz. Sein Töchterlein hätte ihn zwischen den Fingern zermalmen können. »Wenn du sie heiratest, wirst du Mitglied unseres Volkes. Dann werden wir alle dich beschützen und dir helfen, den Tempel der Tausend Tode zu erreichen, wenn du darauf bestehst.«

Bully registrierte, dass der Häuptling mit wenigen Worten viel gesagt hatte. Die Nennung des Tempels verriet Bully, dass der Häuptling die Station der Báalols sehr wohl kannte. Der Beiname dieses Tempels aber verhieß gar nichts Gutes.

»Und sie?«, fragte Bully und wies mit einer Kopfbewegung auf Gwendolin, der der Anblick von Cadara die Sprache verschlagen hatte. Gwen hatte den Kopf auf die Seite gelegt und beäugte die Than-kher in einer Mischung von Neugierde und Furcht.

»Ich werde die kleine Göttin heiraten, vorsorglich«, sagte der Häuptling stolz.

Einige Than-kher murrten. Dass der Häuptling versuchte, seine Tochter unter die Haube zu bringen, war den Than-kher wohl normal erschienen, und dass sich dafür ein Fremder opfern musste, war ihnen wohl sehr recht. Dass aber der Vater gleichzeitig versuchte, sich die kleine Göttin zu verschaffen, erregte den Unmut der Menge.

Indes brauchte Cadara nur einmal mit den Augen zu rollen, um Ruhe in der Menge herzustellen. Schlagartig wurde Bully klar, wer in diesem Dorf das Oberkommando hatte.

Er war sich allerdings nicht ganz sicher, was ihm blühte, wenn er diesen Kuhhandel verweigerte. Vielleicht machten die Than-kher ihre Drohung wirklich wahr. Cadara schien schon von einigen Than-khern verschmäht worden zu sein, und das hatte ihr Gemüt verfinstert.

Bully überlegte fieberhaft.

Es gab eine Möglichkeit, aus dieser Falle zu entkommen. Bully wollte nicht länger Reginald Bull heißen, wenn die Verheiratung von Cadara nicht auf ein schauerliches Besäufnis des ganzen Dorfes hinauslief. Wenn er sich zurückhielt, konnte er nach dem Gelage sicherlich ohne Risiko verschwinden.

Indes hatte die Sache einen verteufelten Haken.

Arcomurth war zwar nur Eingeweihten bekannt, aber es war von Arkoniden besiedelt, und Bully wusste, dass das Arkon-Imperium alle von Arkoniden besiedelten Planeten grundsätzlich als zum Imperium gehörig betrachtete. Ohne es zu wissen, waren die Than-kher Untertanen des Imperators Gonozal VIII.

Der Haken bestand darin, dass schon vor langer Zeit zwischen dem Großen Imperium der Arkoniden und dem Solaren Imperium der Menschheit ein Vertrag geschlossen worden war, der die Verbindlichkeiten im Rechtssystem regelte. Danach waren Übereinkünfte nach Arkon-Recht für Terraner ebenso bindend wie umgekehrt. Mithin: Auch bei einer primitiven Zeremonie hier auf Arcomurth kam zwischen ihm und Cadara ein Ehevertrag zustande, der im ganzen Arkon-Imperium gültig war. *Pacta sunt servanda* hieß es im irdischen Recht; Verträge müssen eingehalten werden. Diese Ehe wäre demnach auch nach Erdrecht gültig gewesen, einschließlich sämtlicher Klauseln. Wenn die Than-kher kein Scheidungsrecht kannten, und Bully war sich sicher, dass sie derlei nicht kannten, dann war die Ehe, die ihm bevorstand, nach arkonidischem und irdischem Recht zum einen gültig und zum anderen, wegen der Besonderheiten des Arkon-Rechtssystems auch unauflöslich.

Es war eine verteufelte Zwickmühle.

Um sein Leben zu retten, hätte Bully zur Not auch des Teufels Urgroßmutter geehelicht – die er sich im Übrigen Cadara sehr ähnlich vorstellte. Gültig wäre aber auch gewesen, dass der vertrocknete Häuptling Gwendolin geheiratet hatte, und was Gwendolins Vater mit Bully anstellen würde, wenn er erfuhr, dass Bully es zugelassen hatte, dass Gwen an einen halbwilden Arkonidenhäuptling verschachert worden war, würde sich nur wenig von dem unterscheiden, was die Than-kher mit ihm anstellten, wenn er das Angebot rundheraus ablehnte.

»Darf ich mit meiner Tochter darüber sprechen?«, fragte Bully, um Zeit zu gewinnen. Er zermarterte sich förmlich das Gehirn auf der Suche nach einem praktikablen Ausweg, der nicht in den Speeren der Than-kher endete.

»Du darfst!«, verkündete der Häuptling hoheitsvoll. Seine Tochter musterte Bully mit dem Blick eines ausgehungerten Silberlöwen.

Bully lächelte gequält.

»Hör zu, Gwendolin«, sagte er auf Englisch und erklärte dem Mädchen die Zwickmühle.

»Du bist ein kluges Kind, Gwen. Wenn dir etwas einfällt, wie wir aus dieser Klemme herauskommen, dann sag es, aber sag es sehr schnell.«

Gwendolin war von dem Gehörten noch völlig benommen.

»Dieser hässliche alte Mann will mich heiraten? Ohne Kutsche? Ohne sechs weiße Pferde? Der ist ja nicht ganz richtig im Kopf!«

Das mochte zutreffen, aber Bully dankte seinem Schöpfer, dass Gwen sich der englischen Sprache bediente, die der Häuptling nicht verstehen konnte.

Gwen sah sich den Häuptling noch einmal ganz genau an. Sie legte die Stirn in Falten und ging prüfend einmal um ihn herum. Dem Häuptling kam das nicht ganz geheuer vor. Er stutzte.

»Ausgeschlossen«, sagte Gwen schließlich auf Englisch. »Ich werde dem Alten schon zeigen, was er zu erwarten hat.«

Sie lächelte den Häuptling an, und die Zahnlücke im Oberkiefer gab diesem Lächeln den Charakter des Aberwitzigen. Dann ging sie auf ihn zu, noch immer lächelnd, holte aus und trat dem Häuptling vor das Schienbein.

Zuerst riss der Häuptling nur die Augen auf, dann schrie er auf und sprang in die Höhe. Lauthals brüllend hüpfte er auf einem Fuß hin und her und rieb sich das schmerzende Schienbein. Gwen nutzte die günstige Gelegenheit und stellte dem Alten ein Bein. Sein Fluchen stoppte abrupt, weil er mit dem Gesicht im Sand landete.

»Der hat genug!«, stellte Gwen fest.

Der Höhepunkt ihres Auftritts war gekommen, als sie mit wiegenden Schritten zu ihrem Platz neben Bully zurückkehrte und sich die Hände klopfte, wie sie es in Hunderten von Videostreifen vom Helden gesehen hatte. Die Than-kher waren sichtlich beeindruckt, vor allem Cadara, die über diese Stieftochter fast in Verzückung geriet. Die Blicke, die sie Bully zuwarf, wurden noch besitzergreifender.

Langsam kam der Häuptling wieder in die Höhe. Sein Blick

pendelte zwischen der schmelzend lächelnden Cadara und Gwen hin und her. Gwen hatte die Hände in die Hüften gestemmt und sah den Alten herausfordernd an.

»Du kannst deine Tochter behalten«, beeilte sich der Häuptling zu sagen. Er sprach undeutlich, weil er noch Sand im Mund hatte. »Ich verzichte auf sie. Und du, Fremder, willst du meine Tochter zur Frau haben?«

»Sag ja!«, flüsterte Gwen und stieß Bully in die Rippen. »Auf normalem Wege bekommst du doch sonst nie eine Frau.«

»Ja!«, sagte Bully zähneknirschend. Es blieb ihm nichts anderes, er musste in den saueren Apfel beißen.

Gwen kicherte leise, und Cadara begann zu lächeln, dass selbst einem Überschweren angst und bange geworden wäre.

»Mein Sohn!«, seufzte der Häuptling beglückt. »Mein Sohn!«

Gwen kicherte, und die Than-kher schrien ihre Begeisterung hinaus.

Ein aufmerksamer Beobachter hätte aus der Luft ein befremdliches Bild gesehen. Einen Kreis von lachenden, singenden Menschen, einen verzückt umherhüpfenden alten Häuptling, eine verklärt lächelnde Braut, eine Stieftochter in spe, die sich vor Lachen auf dem Boden rollte, und einen Bräutigam, der an einen Todeskandidaten kurz vor der Exekution erinnerte.

9.

Noch einmal zählte Skloth-Bar die Aktivatoren. Es waren acht.

Dazu kam noch der neunte, der unheilvolle Wahrheitsaktivator. Skloth-Bar würde sich hüten, das Gerät umzulegen.

Die acht Aktivatoren lagen auf dem Boden des Hangars. Dort lagen außerdem vier schrottreife Beiboote und sieben Tote. Nacheinander waren die Brüder in die Falle getappt. Skloth-Bar hatte nur zu warten brauchen, bis sie kamen. Dann hatte er sie nacheinander ausgeschaltet.

Skloth-Bar grinste, als er die reglosen Körper auf dem Boden sah. Offenbar hatte außer ihm keiner das Wichtigste überhaupt bemerkt: Einen Aktivator zu besitzen, war gut und verschaffte Macht. Aber es gab dazu noch eine Steigerung: Wer Aktivatoren zu vergeben hatte, besaß eine Machtfülle, die nicht mehr zu übertreffen war.

Das hatten die anderen offenbar nicht begriffen, und darum waren sie auch sehr erstaunt gewesen, als sie aus dem Hinterhalt angesprungen worden waren. Skloth-Bar hatte die Aktivatoren nicht durch unkontrolliertes Schießen gefährden wollen, darum hatte er andere Waffen benutzt. Zweien seiner Brüder hatte er die Kehle durchschnitten, den anderen hatte ein wuchtiger Hieb mit einer Keule die Hirnschale zertrümmert. Skloth-Bar hatte die Waffe von einem Eingeborenen bekommen, eine vorzügliche Waffe, wenn es darauf ankam, lautlos zu töten.

»Ihr Narren!«, sagte Skloth-Bar kopfschüttelnd. »Ihr armen Narren!«

Er fasste den ersten Toten an den Füßen und zerrte ihn fort. Falls noch ein Bruder das Versteck der Beiboote kannte, durfte er beim Betreten des Hangars nicht über eine Leiche stolpern. Der Hangar hatte insgesamt fünf Eingänge für Personen, dazu kam die große Öffnung, durch die Beiboote den Hangar verließen. Fünf Eingänge zu bewachen, war eine nicht sehr einfache Aufgabe, aber Skloth-Bar hatte sich einen Trick einfallen lassen.

Acht kleine Beiboote hatten in dem Hangar gestanden, acht funktionsfähige Boote. Davon hatte Skloth-Bar fünf zerschossen. Vier Beiboote waren auf den ersten Blick als Wracks zu erkennen, beim fünften gab es noch Hoffnung – und das hatte einen Grund.

Die Wracks standen so, dass jeder, der den Hangar betrat, sofort auf ein Wrack stieß. Die Entdeckung, dass die wertvollen Beiboote zerstört waren, würde nach der Einschätzung Skloth-Bars eine ganz bestimmte Schockreaktion auslösen. Der Besucher würde, angesichts der Möglichkeit, für alle Zeiten auf dem Planeten bleiben zu müssen, sofort nach einem noch intakten Boot suchen. Dabei musste der Bruder unweigerlich auf das nur teilbeschädigte fünfte Boot stoßen.

Skloth-Bar kannte seine Brüder. Von plötzlicher Angst gepackt, würde der Besucher nicht weitergehen und dabei eines der drei funktionstüchtigen Boote sehen. Wie von unsichtbaren Fäden gelenkt würde der Bruder festzustellen versuchen, wie beschädigt das fünfte Beiboot war – und dabei Skloth-Bar in die Arme laufen. Er brauchte dann nur noch zuzuschlagen.

Das hatte sich Skloth-Bar ausgedacht, und der Trick hatte funktioniert. Im Stillen hatte sich Skloth-Bar amüsiert. Eigentlich war es völlig unlogisch, sich um das defekte Boot zu kümmern, da noch drei intakte Boote zur Verfügung standen. Hätte es sich um Menschen gehandelt, wäre die Reaktion erklärlich gewesen – um die Toten brauchte man sich nicht mehr zu kümmern, die Lebenden waren unversehrt, also beschäftigte sich jeder zwangsläufig zunächst einmal mit dem Verletzten. Bei den Booten verhielten sich die Báalols ebenso. Skloth-Bar konnte sich über diesen Automatismus nur freuen, er arbeitete ihm in die Hände.

Acht Aktivatoren, dazu noch der vertrackte neunte. Fürs Erste mehr als genug, dachte Skloth-Bar. Aber er wusste, dass er auch die anderen Aktivatoren haben musste. Erst wenn er, Skloth-Bar, alleiniger Besitzer aller Zellaktivatoren war, erst dann war seine Macht vollständig. Dann konnte niemand außer ihm für treue Dienste und entsprechende Skrupellosigkeit dem Betreffenden das ewige Leben versprechen.

Mit einem solchen Faustpfand musste es sogar möglich sein, die größten Feinde der Báalols auszuschalten – Perry Rhodan und Atlan. Bei einem echten Zellaktivator als Belohnung würde sich bestimmt ein Mörder finden lassen, der diese Personen aus dem Weg schaffte. Ja, mehr noch, es war sogar möglich, den Führungskreis beider Imperien zu sprengen. Welcher Regierungschef konnte noch der Loyalität seiner Kabinettsmitglieder sicher sein, wenn als Preis für Hochverrat ein Zellaktivator ausgesetzt war?

Aus einem Fach, das hauptsächlich Gerümpel und Kleinteile enthielt, brachte er ein Stück Draht zutage, an dem er die acht Aktivatoren auffädelte. Dann zögerte Skloth-Bar.

Sollte er sich eines der Geräte umhängen? War der Kampf um die Kontrolle der Aktivatorfunktionen bereits entschieden?

Plötzlich begann Skloth-Bar zu lachen.

Genaugenommen gab es überhaupt keine Gefahr. Die Aktivatoren sandten Zellschwingungsstrahlen aus, was immer sich auch hinter diesem Wort verbergen mochte. Diese Zellschwingungen bewirkten den kraftspendenden und lebenserhaltenden Effekt. Gleichzeitig gaben die Aktivatoren aber auch, und das war das Heimtückische an ihnen, Parawellen aus, die den Träger oder seine Umgebung um den Verstand brachten. Wenn nun Skloth-Bar mehrere Aktivatoren gleichzeitig trug, dann mussten diese Parawellen sich zwangsläufig überlagern. Diese Interferenz musste aus den Paraimpulsen, denen sich auch ein so starker Mentalist wie Skloth-Bar nicht zu widersetzen vermochte, ein Sammelsurium machen, das niemandem mehr schaden konnte. Die Parabefehle mussten sich gegenseitig neutralisieren.

Skloth-Bar zögerte noch ein wenig, dann griff er zu. Mit einem Schwung griff er nach den acht Ketten, und zwei Sekunden später stießen die acht Aktivatoren an seiner Brust klickend aneinander.

Skloth-Bar holte tief Luft.

Er fühlte Feuerströme durch seine Adern rasen. Sein Körper schien vor Kraft bersten zu wollen.

Probeweise konzentrierte sich Skloth-Bar auf seine Parafähigkeiten, und nach einer Sekunde wusste er, dass er allein einen Parablock herstellen konnte, der alles übertraf, was jemals ein Báalol hatte erzeugen können. Nicht einmal das Kollektiv der Versammlung hätte einen derart starken Block erzeugen können.

»Macht«, murmelte Skloth-Bar; er fühlte sich wie berauscht. »Macht, unglaubliche Macht. Niemand wird mir widerstehen können!«

Er suchte nach den mentalen Impulsen der verbliebenen Brüder, und nach kurzer Zeit fand er sie auch.

Auf der Paraebene tobte ein Kampf, wie er noch nie ausgetragen worden war.

Aus den Impulsen, die er auffing, folgerte Skloth-Bar, dass nur noch zwei seiner Brüder lebten. Und beide waren auf den gleichen Gedanken gekommen wie er selbst. Offensichtlich trug einer fünf, der andere sechs Aktivatoren, und beide benutzten sie die Geräte dazu, ihre mentalen Kräfte bis an die Grenze des Möglichen aufzuladen.

Skloth-Bar kicherte leise.

Er brauchte jetzt nur aufzupassen. Es galt, den Schwächeren der beiden Kämpfer herauszufinden, vor allem seinen Standort. War dies geschehen, brauchte sich Skloth-Bar nur noch in der Nähe des Betreffenden auf die Lauer zu legen. Ein kurzer, aber heftiger Paraimpuls würde die beinahe ausgeglichene Schlacht zwischen den beiden Kontrahenten rasch beenden.

Danach …

Skloth-Bar brauchte dann nur noch die Aktivatoren des Toten aufzuheben und sich anzuhängen. Einem Todesimpuls, der von dreizehn oder vierzehn Zellaktivatoren verstärkt wurde, konnte kein Block widerstehen, selbst wenn dieser Block ebenfalls von Zellaktivatoren gestützt wurde.

Skloth-Bar war sehr mit sich und der Entwicklung der Dinge zufrieden, als er sich aus dem Hangar entfernte.

Niedergeschlagen hockte Bully auf dem Ufersand und starrte die hässliche Fratze des Schwarzen Götzen an. Fast hätte er lieber den Steinklotz geheiratet.

Die Feier näherte sich langsam dem feierlichen Augenblick, da Bully sein Jawort geben würde. Cadara mochte darin den schönsten Augenblick ihres Lebens erblicken, Bully sah darin nur eine rechtlich wirksame Willenserklärung, die zum Abschluss eines ebenso rechtswirksamen Ehevertrags führte. Die Vollstreckung eines Todesurteils konnte nicht endgültiger sein als dieser Vertrag. Bully hatte sich informiert. Die Than-kher kannten kein Scheidungsrecht. Wenn Bully an diesem Abend *ja* sagte, würde er für den Rest seines Lebens wahrscheinlich nicht mehr viel mehr als *ja* zu sagen haben.

»Freust du dich nicht, Onkel Bully?«

»In Maßen, Kleines«, gab Bully zurück.

Die Than-kher näherten sich einem Zustand, der nur als kollektive Euphorie zu bezeichnen war. Auch dafür hatte Bully den Grund ermitteln können. Es war Vorschrift, dass niemand bei den Than-kher heiraten durfte, wenn nicht zuvor die heiratsfähige Tochter des Häuptlings einen Mann gefunden hatte. So erklärte sich die Tatsache, dass es im Dorf keine Kinder zwischen einem und acht Jahren gab.

Von der Aussicht, demnächst heiraten zu dürfen, restlos begeistert, hatten sich die Than-kher über ihre Schnapsvorräte hergemacht. Sie tranken ein Gebräu, das Bully, der wirklich allerhand gewohnt war, den Schweiß auf die Stirn getrieben hatte. Flusssäure konnte nicht ätzender sein als dieser Schnaps, von dem die Than-kher unglaubliche Mengen vertrugen.

Während Bully am Ufer hockte und trübsinnig aufs Wasser hinausschaute – offiziell meditierte er und sammelte Kräfte – begannen die Than-kher ein Tanzfest, das in der Geschichte ihres Volkes ohne Beispiel war. Seit Stunden schon schlugen die Männer die Trommeln und bliesen die Frauen auf ihren Flöten, dazwischen fiedelten einige ältere Männer auf Instrumenten, deren Klang markerschütternd war. Was sich hinter Bully abspielte, dem nur Gwendolin Gesellschaft leistete, war ein Inferno aus Alkohol, schauerlicher Musik und Bewegungsabläufen, die Bully niemals zuvor gesehen hatte. Er zweifelte sogar, ob er überhaupt die Muskeln hatte, die man zu derartigen Verrenkungen brauchte.

»Warum siehst du so finster drein?«, wollte Gwen wissen. »Willst du die Tante nicht heiraten?«

»Nein!«, fauchte Bully, der sich darüber ärgerte, dass Gwen zwar ohne Schwierigkeiten Worte wie Hexabutazykloid über die Lippen brachte, aber immer wieder in ihre Babysprache verfiel und von Onkeln und Tanten redete. »Nein, ich will die Tante nicht heiraten!«

»Sag es ihr«, forderte Gwen ihn auf. »Ich habe dem Onkel Häuptling ja auch gesagt, dass ich ihn nicht will.«

Die Vorstellung, was seine Braut mit ihm veranstalten würde, wenn er sie nach Gwendolins Vorbild vors Schienbein treten würde, ließ ihn erschauern. Zudem war es inzwischen zu spät für eine Flucht geworden. Der See war etliche Kilometer breit, viel zu breit, um ihn durchschwimmen zu können. Zudem hätte Bully nicht gewusst, welche Richtung er einschlagen musste – der See stand mit dem offenen Meer in Verbindung, und wenn Bully blindlings losschwamm …

Hinter ihm versperrten die Than-kher den Fluchtweg. Zudem hatte Bully herausbekommen, dass der gesuchte Tempel der Antis auf der anderen Seite des Sees lag. Eine Flucht in den Dschungel zurück hätten alle Hoffnungen, die Aktivatoren doch noch finden zu können, zunichte gemacht. Die Than-kher, die seine Pläne kannten, hätten ihm den Weg abgeschnitten – und ein Umweg hätte ihn mehr Zeit gekostet, als er noch zur Verfügung hatte.

Hinter seinem Rücken wurde die Musik schwächer – wenn man das Heulen, Schreien, Pfeifen, Rasseln und Tuten mit den unermüdlichen Trommelschlägen dazwischen als Musik bezeichnen wollte.

»Sie kommen«, verkündete Gwendolin.

Sie kamen tatsächlich. Der Häuptling allen voran, neben ihm, stolz und vor gewalttätiger Zuneigung fast platzend, kam seine Tochter näher. Dahinter schlossen die Reihen der männlichen Than-kher auf, die Gesichter von Schadenfreude geprägt. Lediglich bei einigen Frauen konnte Bully Anzeichen von Mitleid entdecken. Die meisten Than-kher hatten brennende Fackeln in den Händen. Sie bildeten einen Halbkreis um Bully, die Braut und den Brautvater. Der Häuptling sah sich vorsichtig nach Gwen um und wirkte erst etwas ruhiger, als er das Mädchen bei dreien seiner Krieger gut und sicher aufgehoben wusste.

»Freunde«, begann er seine Ansprache. »Mitbürger, lieber Bräutigam ...«

Die Rede nahm ihren Anfang, aber kein Ende. Der Alte sprach und sprach. Er erzählte vom Alter und dem hohen Rang seiner Familie, von den heiligen Traditionen, von Moral und vom guten Lebenswandel. Er ermahnte Bully, sein Weib nicht zu prügeln – was Bully nie gewagt hätte, aus Angst um das eigene Leben – und empfahl der Tochter, deren Gesicht von Schminkfett glänzte, ihren geliebten Gatten niemals alleinzulassen – und eben diese Vorstellung war es, die Bully Angstschauer bescherte.

Zehn Minuten vergingen, eine Viertelstunde, eine halbe Stunde – der Alte redete weiter. Es kam Bully vor, als mache er eine Art Kreuzfahrt durch das Konversationslexikon von Arcomurth. Sein künftiger Schwiegervater kam von einem Gegenstand auf den anderen, aber er fand kein Ende. Im Alter, so drohte er Bully an, werde er zu seinen Kindern ziehen und dort die letzten sorgenfreien Tage seines Erdendaseins verbringen, eine Vorstellung, die Bully buchstäblich den Atem verschlug.

Als – wider Erwarten – der Häuptling seine Rede beendete, tat er es nicht, weil ihm der Redestoff ausgegangen wäre. Im Gegenteil, er holte gerade zu einem längeren Exkurs über die Sippe seiner Frau aus, als ein Blitz die Nacht zerriss. Die Than-kher standen erst wie festgewurzelt, dann aber kam Leben in sie. Ein Aufschrei gellte aus über hundert Kehlen, und dann flüchteten die verängstigten Menschen in alle Himmelsrichtungen. Nur Bully und Gwen blieben zurück.

Bully wusste sehr bald, was passiert war.

Das Licht hatte seine Quelle dort, wo nach den Erzählungen des Häuptlings der Tempel der Tausend Tode zu finden war, und auch über die Art dieser Lichtquelle konnte es keinen Zweifel geben. Der Feuerball, der Rauchpilz, der in die Höhe jagte, von den Höllengluten am Boden gespenstisch erleuchtet – das deutete auf eine atomare Explosion hin. Da das Dosimeter an Bullys linkem Handgelenk, Bestandteil des Kombigeräts, das alle Raumfahrer üblicherweise trugen, keinerlei Strahlenbelastung anzeigte, schloss Bully auf eine Kernverschmelzung.

Noch während er diese Überlegungen anstellte, begann auch Bully zu laufen. Gwen hatte er mit einem harten Griff herangerissen und auf den Arm genommen. Bully wusste, dass er um sein Leben rannte. Der Kernpunkt der Explosion war nahe.

Zuerst kam nach der Lichtflut des Blitzes der Luftdruck. Er riss Bully von den Beinen und wirbelte ihn wie ein welkes Blatt im Herbststurm durch die Luft. Sich mehrfach überschlagend, kam Bully auf dem Boden auf; eine Hüttenwand beendete seinen Rutsch. Gwendolin in seinen Armen wimmerte leise, von Angst und Schrecken erfüllt.

Dann kam das Wasser.

Wie eine schwarze Wand brach die Flut über den beiden Menschen zusammen und begrub sie unter sich. Bully spürte, wie er gegen die Wand des Hauses geworfen wurde, und fast glaubte er, das Brechen seiner Knochen hören zu können. Wieder wurde er herumgewirbelt, als das Haus unter dem Ansturm der Flut zusammenbrach. Ein Balken stürzte auf Bully herab und lähmte ihm die Schulter, als er gerade einmal den Kopf herausstrecken und Luft schnappen konnte.

Dann ging das Wasser zurück, und Bully musste alle Kräfte seines schmerzenden, geschundenen Körpers aufbieten, um nicht mitgerissen zu werden. Als er endlich festen Boden unter den Füßen und an den Wangen kühle Abendluft fühlte, war er dem Zusammenbruch nahe.

»Gwen«, keuchte er völlig erschöpft. »Kleines!«

Gwen brachte nur ein schwaches Lächeln zuwege. Sie hustete und spuckte Wasser aus. Nach einigen Minuten konnte sie auch wieder sprechen.

»Was war das?«, fragte sie leise. »Der Weltuntergang?«

»Noch nicht«, kommentierte Bully. »Aber es war nahe dran.«

Er entdeckte einen Schemen auf dem Sand. Irgendein dunkler, großer Körper lag auf dem dunklen Sand.

Neugierig ging Bully hinüber.

Es war ein Boot. Kein primitiver Einbaum, wie es bei den Than-kher zu vermuten gewesen wäre. Nein, es handelte sich um ein modernes Boot mit einem Rumpf aus glasfaserverstärktem Kunststoff und einem Staustrahltriebwerk, das noch arbeitete. Das Boot lag kieloben auf dem Sand, daher produzierte das Triebwerk nur einen Luftstrahl.

»Hilf mir!«, bat Bully, und Gwendolin kam herangewankt. Die Haare klebten ihr am Kopf, ihr Kleid bestand nur noch aus Fetzen, aber sie brachte ein Lächeln fertig. Bei einem Zusammenstoß hatte sie die restlichen Schneidezähne im Oberkiefer eingebüßt, und das machte ihr Lächeln etwas befremdlich.

»Du musst einen roten Knopf finden«, erklärte Bully. »Wenn du ihn hast, dann musst du den Knopf drücken!«

Er packte zu und straffte die Muskeln. Zentimeterweise hob er das Boot seitlich an, bis eine Lücke entstand, durch die Gwendolin schlüpfen konnte.

Das Mädchen war gelenkig wie ein Aal. Gwen glitt unter die Schale und schaltete den Motor aus. Jetzt erst konnte Bully richtig zupacken. Mit gewaltiger Kraftanstrengung wuchtete er das Boot in die richtige Lage.

»Ich fürchte«, sagte Gwendolin leise, »dieser Onkel ist ein bisschen tot.«

Daran konnte es keinen Zweifel geben. In der Brust klaffte eine Wunde, und die Augen des Mannes waren gebrochen. Es war kein Anblick für ein kleines Mädchen, aber das ließ sich nun nicht mehr ändern.

Wichtiger noch als der Tote selbst war das, was er bei sich trug. An der Hüfte hing ein Thermostrahler, und um den Hals trug der Tote einen Zellaktivator. Bully war zu angeschlagen, um sich über die Paradoxie dieses Anblicks klar zu werden – ein Toter, der am Hals den Garanten der Unsterblichkeit trug.

Als Erstes griff Bully nach der Waffe des Toten. Der Mann hatte einige Male damit gefeuert, aber das Magazin war noch gut gefüllt.

Dann nahm Bully dem Toten den Zellaktivator ab. Nachdenklich wog er das Gerät in der Hand.

Er brauchte sich den Aktivator nur umzuhängen, dann war er ebenso unsterblich wie Perry Rhodan und Atlan. Niemals wieder würde er bangen müssen, ob es rechtzeitig gelang, Wanderer zu finden, bevor der letzte Zeitpunkt für die lebenserhaltende Zelldusche verstrichen war. Ein Zellaktivator machte den Träger von dieser Prozedur unabhängig. Unabhängig war ein Aktivatorträger auch vom guten Willen Perry Rhodans. Er allein hatte von ES das Recht zugestanden bekommen, zu entscheiden, wer in den Genuss der Zelldusche kommen sollte. Bis jetzt hatte es nie Zweifel gegeben, dass zu diesem bevorzugten Personenkreis auch Reginald Bull gehörte. Was aber, wenn Perry Rhodan nicht länger für Bully die Zelldusche gewähren konnte?

Bully brauchte sich den Aktivator nur umzuhängen, dann war auch dieses Problem für alle Zeit gelöst.

Die Angelegenheit hatte nur einen Haken. Perrys Aktivator und der von Atlan konnten nur von Perry oder Atlan getragen werden. Thomas Cardif, der sich Perrys Aktivator erschlichen hatte, war an den Folgen der sogenannten Kontraindikation gestorben. Bei dem Aktivator, den Bully in der Hand hielt, konnte das nicht passieren. Wer immer ihn trug, Mensch oder Außerirdischer – jeder erhielt vom Aktivator die lebenserhaltenden Impulse. Das Gerät stellte sich stets auf den jeweiligen Träger ein.

Eine einmal erhaltene Zelldusche konnte Reginald Bull niemand abnehmen, wohl aber einen Zellaktivator. Im Grunde genommen lebte er mit einem derartigen Aktivator gefährlicher als früher. Zu all den verschrobenen Motiven, aus denen heraus Attentate auf ihn denkbar waren, kam nun noch ein neues Motiv hinzu – die Gier nach dem Aktivator. Wie wenig der Besitz des Aktivators allein half, zeigte der Tote. Er hatte die Unsterblichkeit in der Hand gehalten, nun war er tot, offenkundig ermordet worden. Bully vermutete, dass der Schwerverletzte versucht hatte, sich in Sicherheit zu bringen, und dabei auf dem See gestorben war. Führerlos war das Boot weitergerast, bis es in der Nähe der Than-kher-Siedlung von der Flut erfasst worden war, die die Explosion ausgelöst hatte.

Bully wusste, dass die Than-kher sich nicht für alle Zeiten im Wald verbergen würden. Die Zeit, in der er noch fliehen konnte, war knapp bemessen.

Bully steckte den Aktivator in eine Hosentasche.

»Hilf mir«, bat er noch einmal. »Wir müssen das Boot zum Wasser schaffen!«

Mit vereinten Kräften brauchten sie nur wenige Minuten für diese Arbeit. Bully dachte noch daran, aus einer der halbzerstörten Hütten der Than-kher Wasserschläuche zu besorgen, denn das Brackwasser des Sees konnte man nicht trinken. Dann konnte die Fahrt beginnen.

Als der Motor aufheulte, erschienen die Than-kher wieder auf der Bildfläche. Sie entdeckten, dass Bully flüchten wollte, und sie nahmen sofort die Verfolgung auf. Bully senkte das bewegliche Staustrahltriebwerk. Sobald der Motor unter Wasser war, setzte sich das Boot mit einem Ruck in Bewegung. Mit langsam größer werdender Geschwindigkeit jagte das Boot dem jenseitigen Ufer entgegen. Dass er niemals zurückkehren durfte, war für Bully klar. Er konnte noch sehen, wie die Than-kher ihre wendigen Einbäume zu Wasser brachten.

Voraus lag der Tempel der Tausend Tode und der neunzehnfachen Unsterblichkeit.

Das Boot raste in die Dunkelheit.

10.

Skloth-Bar wusste, dass der Erfolg zum Greifen nahe war.

Vor wenigen Sekunden erst hatte er den letzten Schrei gehört, den der vorletzte seiner Gegenspieler ausgestoßen hatte.

Nunphal hatte der Priester geheißen, Oberpriester des Kultes auf Zalit, ein Mann mit beachtlichen Parafähigkeiten. Aber sein Block war, trotz aller Verstärkung durch fünf Zellaktivatoren, nicht stark genug gewesen, den überfallartigen Angriff zu verkraften, zu dem Skloth-Bar in einem Augenblick angesetzt hatte, in dem Nunphal schon geglaubt hatte, seinen Gegner fast bezwungen zu haben. Jetzt war Nunphal tot, seine Impulse waren verstummt.

Der letzte Gegner, den Skloth-Bar noch auszuschalten hatte, war Ajat Hiddy. Zurzeit war er fast ohne Besinnung, so sehr hatte die Schlacht gegen Nunphal ihn angestrengt. Nunphal und Ajat Hiddy waren die größten Parabegabungen, die sich in den Reihen der Báalols finden ließen.

Skloth-Bar wusste das. Er wusste, dass er allein gegen keinen dieser Männer etwas ausrichten konnte. Seine einzige Chance hatte darin bestanden, sehr lange Zeit unsichtbar im Hintergrund zu bleiben und abzuwarten, dass sich Nunphal und Hiddy gegenseitig bekriegten und so sehr schwächten, dass Skloth-Bar eine Chance hatte.

Skloth-Bar lag am Rand des verwüsteten Raumhafens. Kurz bevor er gestorben war, hatte Nunphal völlig den Verstand verloren. Wild um sich schießend, war er auf das Landefeld gerannt, und mit der künstlich hochgepeitschten Parabegabung hatte er aus den Schüssen Energiebälle geformt und sie nach Ajat Hiddy geschleudert. Mit schreckgeweiteten Augen hatte Skloth-Bar das Schlachten verfolgt.

In einer gigantischen Explosion, die Skloth-Bars Körperschutzschirm fast hatte zusammenbrechen lassen, waren alle Jachten in die Luft geflogen. Als Nunphal endlich zusammenbrach, gab es nur noch eine Möglichkeit, den Planeten zu verlassen – die drei Boote im versteckten Hangar. Ajat Hiddy wusste nichts von den Booten, da war sich Skloth-Bar sicher. Aber es würde sicherlich Mittel und Wege geben, diese Information herauszubekommen, wenn Hiddy in der sich abzeichnenden Auseinandersetzung die Oberhand behalten sollte.

Beide Parteien waren sich über ihre Lage im Klaren. Halb ohnmächtig und völlig erschöpft, aber dennoch geistig aufnahmefähig, hatte Ajat Hiddy mitbekommen, wie sich eine neue Kraft in den Kampf einschaltete. Während Hiddy nahezu kampfunfähig war, hatte sich der Unbekannte auf Nunphal konzentriert, und der war nach der stundenlangen Auseinandersetzung auf Paraebene nicht mehr in der Lage gewesen, sich wirkungsvoll gegen den überfallartigen Angriff zur Wehr zu setzen. Nach minutenlangem Widerstand war Nunphal gestorben.

Die Art, in der dieser Kampf entschieden worden war, gab Ajat Hiddy die ersten Hinweise auf den möglichen Täter. Die Konstruktion des Überfalls, die Vorbereitung wie die Ausführung, das zeigte ziemlich deutlich die Handschrift von Skloth-Bar.

Ajat Hiddy wusste, dass er auf Paraebene Skloth-Bar überlegen war, aber nun stand fest, dass Skloth-Bar über mehr Aktivatoren verfügte als Hiddy, und das machte den Vorteil mehr als wett. Hiddy war zudem erschöpft, während sich Skloth-Bar aus den Kämpfen weitgehend herausgehalten hatte. Dass Skloth-Bar schwer angeschlagen war und seine Rückenhaut in Fetzen herunterhing, konnte Hiddy nicht wissen.

Während sich Ajat Hiddy überlegte, wie er den ersten zu erwartenden Angriff von Skloth-Bar parieren sollte, lag dieser am Raumhafen und stand vorsichtig auf. Bei jeder Bewegung schmerzte der Rücken, und diesen Schmerz musste Skloth-Bar vollkommen unterdrücken, wenn er Hiddy nicht einen wertvollen Hinweis geben wollte.

Humpelnd überquerte Skloth-Bar den Platz. Er hatte bis in die frühen Morgenstunden warten müssen. Vorher war der Boden von den Explosionen zu heiß gewesen, als dass man darauf hätte gehen können, und selbst jetzt sah Skloth-Bar sich gezwungen, ein schwaches, wärmeisolierendes Feld aufzubauen, das seine Füße vor Verbrennungen schützte.

Die Zellaktivatoren waren unbeschädigt. Von Nunphal konnte man das nicht sagen. Er war auf die Größe eines kleinen Kindes zusammengeschrumpft und schwarz, so sehr hatte die Hitze seiner Leiche zugesetzt. Vorsichtig tastete Skloth-Bar nach den Zellaktivatoren. Eigentlich hätte das Metall noch sehr heiß sein müssen, aber dem war nicht so. Skloth-Bar brauchte nur zuzugreifen. Er hängte sich die Aktivatoren um.

Dreizehn Aktivatoren trug er jetzt, und das war eine erhebliche Last. Sie wurde allerdings dadurch kompensiert, dass die Aktivatoren den Kräfteverschleiß sofort aufhoben. Ein Aktivator, der Wahrheitsaktivator, wie Skloth-Bar ihn getauft hatte, steckte in seiner Hosentasche, es blieben also noch die fünf Aktivatoren, die Ajat Hiddy trug.

Skloth-Bar war also nach der Zahl der Aktivatoren mehr als doppelt überlegen, aber er war viel zu gerissen, um sich einer solchen Täuschung hinzugeben. Entscheidend war weniger, um wie viel die mentalen Kräfte eines Aktivatorträgers gesteigert wurden – wichtig waren diese Kräfte selbst, und da war Ajat Hiddy eindeutig überlegen. Skloth-Bar wusste das und stellte es in Rechnung.

Jetzt, da dreizehn Aktivatoren daran arbeiteten, ihn kräftig zu machen, ging seine Genesung rasch voran. Skloth-Bar glaubte fast, sehen zu können, wie die Haut auf seinem Rücken erneuert wurde. Wesentlich für ihn war, dass die Schmerzen mehr und mehr verschwanden. Sie störten seine Konzentration.

Skloth-Bar lächelte verhalten.

Ajat Hiddy rechnete vermutlich mit einem Angriff auf Paraebene, aber er sollte sich täuschen. Skloth-Bar war fest entschlossen, diese Auseinandersetzung handgreiflich zu beenden. Ein

Messer im Rücken war mindestens so wirksam wie ein Paraimpuls, der einige Kubikzentimeter Hirn buchstäblich kochen ließ, und körperlich war der Überlegene Skloth-Bar. Ajat Hiddy war ein alter Mann, von Gicht geplagt und nahezu unbeweglich.

Skloth-Bar machte sich auf den Weg.

Noch immer etwas humpelnd und ab und zu leise stöhnend vor Schmerz kehrte er in den Tempelbezirk zurück. Irgendwo in den Ruinen, denn mehr war von der Anlage nach dem tagelangen Gemetzel nicht geblieben, musste Ajat Hiddy stecken, vermutlich gut getarnt. Anders konnte sich Skloth-Bar nicht erklären, wie der halblahme Hiddy die letzten Tage überstanden haben konnte.

Der Wald zwischen dem Landefeld und dem Tempelbezirk war nicht mehr. Über der gesamten Anlage lag dichter, ätzender Qualm. »Ich werde den Tempel neu aufbauen«, murmelte Skloth-Bar. »Er wird mir geweiht werden, mir werden die Eingeborenen opfern, mir allein. Und mir wird eines Tages auch der Robotregent von Arkon untertan sein. Mir! Ich werde der Mächtigste sein, und wer mir zu widersprechen wagt, wird es mit dem Leben büßen!«

In einer Pfütze konnte er sein Spiegelbild sehen, und er grinste sich siegessicher an, obwohl er im ersten Augenblick erschrocken war. Seine Augen lagen tief in den Höhlen, die Haare waren strähnig. Sein Gesicht war völlig verdreckt, die Hände mit Blut beschmiert. Seine Kleidung hatte unter den Dornen gelitten und unter den scharfen Kanten der Trümmer.

Aber dieser Anblick konnte die Zuversicht in Skloth-Bar nicht erschüttern. Er wusste, dass er ganz dicht am Ziel stand.

Vorsichtshalber prüfte Skloth-Bar seine Waffen. Die Magazine der beiden Handwaffen waren nahezu leer. Sich so an Ajat Hiddy heranzuwagen, wäre blanker Selbstmord gewesen.

Skloth-Bar wusste nur einen Platz, an dem er ohne Gefahr frische Magazine bekommen konnte, und darum kehrte er so schnell wie möglich in den Hangar zurück. Er brauchte dafür fast eine halbe Stunde. Noch immer machte ihm sein Rücken zu schaffen.

Vorsichtig schwebte er im Antigravschacht hinab. Im Hangar war es leer, die Stille wurde nur vom Knistern kleiner Brände unterbrochen, die bei der Zerstörung der fünf Beiboote entstanden waren. In einem der unbeschädigten Boote suchte Skloth-Bar nach frischen Magazinen. Er fand sie und lud seine Waffen nach, dann stieg er wieder aus dem Beiboot. Mit einem entschlossenen Gesichtsausdruck machte er sich auf den Weg, um den letzten seiner Gegner zu erledigen, der ihn noch von der alleinigen Macht trennte.

Eisiger Schrecken durchfuhr ihn, als er plötzlich eine Stimme hörte:

»Lass die Waffen fallen, Skloth-Bar, oder ich drücke sofort ab. Ich habe deinen Rücken genau im Visier.«

Skloth-Bar wurde blass. Er wusste, dass Hiddy seinen Körperschutz ebenso nullifizieren konnte, wie er den des Gegners. Er hatte völlig übersehen, dass einige Zellaktivatoren auf die gichtigen Gelenke von Ajat Hiddy den gleichen Einfluss haben mussten wie auf seinen verletzten Rücken. Hiddy war kein Krüppel mehr. Und er hatte Hiddys Kenntnisse falsch eingeschätzt. Hiddy hatte den Hangar gekannt. Psychologisch geschickt hatte er Skloth-Bar in aller Ruhe den Hangar betreten lassen. Erst als sich Skloth-Bar mit den frischgeladenen Waffen in der Hand völlig sicher gefühlt hatte, hatte sich Ajat Hiddy bemerkbar gemacht. Nach Skloth-Bars Ansicht hatte allerdings auch Hiddy einen Fehler gemacht. Er hätte an Hiddys Stelle sofort tödlich zugeschlagen.

»Dreh dich langsam um!«, forderte Hiddy ihn auf.

Skloth-Bar folgte der Aufforderung.

»Du warst recht geschickt, Skloth-Bar«, sagte Ajat Hiddy. Der klobige Blaster sah wunderlich in der Hand des zierlichen weißhaarigen Mannes aus. Aber Skloth-Bar wusste, dass dieser Anblick täuschte. Trotz seines sanftmütigen Äußeren war Hiddy so leichtfertig zu einem Mord bereit wie nur irgendeiner im Führungskreis des Báalol-Kults.

»Ich hätte dich verschont, Skloth-Bar«, sagte Hiddy freundlich. »Aber mir ist gerade noch rechtzeitig eingefallen, wie raffiniert du deine Pläne in Szene gesetzt hast. Du warst mit der Unsterblichkeit allein nicht zufrieden, und ich sehe dir an, dass du es niemals ertragen wirst, andere Unsterbliche neben dir zu wissen. Lass deine Aktivatoren fallen!«

Zeitlupenhaft langsam nahm Skloth-Bar den ersten Aktivator in die Hand, und in diesem Augenblick schlug er zu.

Es war ein Angriff, der seine Energie nicht zuletzt aus der Todesangst bezog, die Skloth-Bar erfüllte. Das war Ajat Hiddys Fehler. Er hatte die Parakräfte seines Gegners völlig richtig eingeschätzt, auch den Verstärkereffekt der Zellaktivatoren. Unterschätzt hatte Ajat Hiddy die Verzweiflung, die Skloth-Bars letzte Kräfte mobilisierte.

Ajat Hiddy zuckte zusammen und griff sich an den Hals. Skloth-Bar verzichtete auf alle Mätzchen, er versuchte nur, telekinetisch die Halsschlagader von Ajat Hiddy zusammenzudrücken. Gelang ihm das, wurde Hiddy in Sekundenfrist bewusstlos, und der Rest des Kampfes war nebensächlich. Hiddy setzte sich gegen diesen Angriff zur Wehr, er blockte Skloth-Bars mörderischen Impuls ab.

Zwischen den beiden Kämpfern entstand in der Luft ein bläuliches Flimmern. Dort prallten die von den Aktivatoren verstärkten Paraenergien aufeinander, und so groß und gewaltig waren die Energien, die bei diesem Kampf freigesetzt wurden, dass es zu Erscheinungen kam, die noch kein Báalol jemals gesehen hatte. Hin und her wogte der Kampf, und lange Zeit schien eine Entscheidung zweifelhaft. Dann aber mobilisierte Skloth-Bar noch einmal alle Kräfte. Erbarmungslos schnürte er die Kehle von Ajat Hiddy zu. Hiddy stieß ein dumpfes Gurgeln aus, seine Glieder verkrampften sich.

Der Schuss aus Hiddys Blaster, Produkt der Verkrampfung

und nicht gezielt, traf Skloth-Bar in den Magen, und in dem Augenblick, in dem der wahnsinnige Schmerz ihm die Besinnung raubte, wusste Skloth-Bar, dass er an dieser Verletzung sterben würde, und diese Tatsache überraschte ihn.

Es knirschte leise, als das Boot auf dem Ufer auflief. Bully stellte den Motor ab und sprang aus der offenen Schale. Er war müde und unterkühlt. Die Nacht auf dem See war ziemlich anstrengend gewesen. Gwendolin zitterte am ganzen Leibe und hatte blaue Lippen.

»Bald haben wir es geschafft, Kleines!«, versuchte Bully das Mädchen aufzumuntern.

Gwendolin versuchte ein Lächeln, das ihr kläglich misslang. Bully musste sie aus dem Boot heben, so schwach war das Mädchen. Im Stillen hatte Bully während dieser Nacht dem Fiktivwesen von Wanderer sämtliche Höllenqualen an den Hals gewünscht, dass ES sich geweigert hatte, das Mädchen einstweilen bei sich aufzunehmen.

»Es wird bald wärmer werden«, versprach Bully und deutete auf die Sonne, die am Himmel in die Höhe stieg.

Gwendolin nickte schwach.

Bully nahm sie auf die Arme und setzte sich in Bewegung. Voraus lagen die Trümmer eines größeren Gebäudes. Im ersten Augenblick dachte Bully, es handle sich um historische Ruinen, aber als er die Brandspuren sah, ahnte er, was sich abgespielt hatte. Er suchte einen sichtgeschützten Platz aus, auf dem Gwendolin bald von der Sonne beschienen wurde.

»Bleib hier und warte auf mich«, befahl Bully. »Ich komme bald und hole dich ab. Und dann besorge ich auch ein Schiff, das uns nach Hause bringt.«

»Hoffentlich«, murmelte Gwendolin kaum hörbar. Bully hatte den fürchterlichen Verdacht, das Mädchen könnte sich in der Kühle der Nacht eine Lungenentzündung geholt haben. Wie sollte Bully so Gwendolins Vater unter die Augen treten?

Dann machte sich Bully auf die Suche.

Die Logik sagte ihm, dass es vermutlich nur noch einen Anti gab. Die anderen hatten einander im Kampf um die Aktivatoren getötet. Anders konnte er sich die beklemmende Stille nicht erklären, die über dem Ruinenfeld lag. Ab und zu stolperte Bully über einen Leichnam. Die Spuren eines mörderischen Kampfes waren nicht zu übersehen.

Und irgendwo in diesem Durcheinander lauerte ein Báalol-Priester, der über Dutzende von Toten hinweg die Unsterblichkeit erlangen wollte.

Als Ajat Hiddy zu sich kam, war Skloth-Bar bereits tot. Sein Gesicht zeigte einen Ausdruck maßloser Überraschung.

Ajat Hiddy schüttelte sich, um die Benommenheit loszuwerden, dann grinste er. Selbst dreizehn Aktivatoren hatten Skloth-Bar nicht geholfen. Nutzlos hingen die Geräte an seinem Hals.

Ajat Hiddy stutzte.

Er selbst trug fünf Zellaktivatoren, Skloth-Bar trug, wie Hiddy rasch nachzählte, dreizehn Aktivatoren.

»Zwei fehlen«, murmelte Ajat Hiddy.

Damit hatte er nicht gerechnet. Hiddy hatte gehofft, dass der Kampf nun ein Ende hatte, dass er sich endlich seiner relativen Unsterblichkeit erfreuen konnte. Wo mochte der Jemand sein, der die fehlenden Aktivatoren besaß? Waren nicht alle Brüder des Kultes tot, er allein ausgenommen? Sollte einer es geschafft haben, alle anderen zu täuschen und seinen Tod nur vorzuspielen? Waren es vielleicht gar zwei, die sich ihm noch in den Weg stellen konnten?

Hiddy begann sich erneut zu fürchten. Er war skrupellos wie nur irgendeiner, aber er hatte auch Angst um das eigene Leben, und jetzt mehr als je zuvor.

Dann hörte Ajat Hiddy Schritte. Irgendjemand näherte sich dem Hangar. Der Fremde musste vom Seeufer kommen. Nur aus dieser Richtung führte ein Gang in die Hangarhalle, deren

Boden derartige Schrittgeräusche hervorbrachte. Hiddy zog sich in Deckung zurück.

Ein Mann kam vorsichtig in die Halle. Der Mann war untersetzt, sogar ein wenig dick. Er trug kurz geschnittene rote Haare, und das allein hätte ausgereicht, ihn als Terraner kenntlich zu machen.

Und dann sah Ajat Hiddy das Kettchen, das aus der Hosentasche des Mannes baumelte. Der Rothaarige besaß einen Zellaktivator, den neunzehnten – und er trug ihn nicht.

Hiddy glaubte zu träumen. Was war das für ein Mann, dass er seinen Zellaktivator einfach in die Hosentasche steckte? Wer ging so leichtfertig mit dem ewigen Leben um?

»Bleib stehen!«, forderte Ajat Hiddy den Mann auf.

Der Rothaarige stoppte, als sei er gegen eine Mauer gerannt. Ohne besondere Aufforderung hob er die Hände.

Bully glaubte, seinen Augen nicht mehr trauen zu dürfen. Aus einem Versteck näherte sich ihm ein alter Mann, ein Bilderbuchgreis, weißhaarig, gebrechlich, mit freundlichem Gesicht. Aber dieser Alte schleppte an seinem Hals ein Bündel von achtzehn Zellaktivatoren mit sich herum, und in der Hand hielt der Alte einen entsicherten Strahler. Die klobige Waffe sah in der zierlichen Greisenhand sehr merkwürdig aus, aber das nahm ihr nichts von der Gefährlichkeit.

»Den Aktivator her!«, forderte der Alte. Bully holte das Gerät aus der Hosentasche und rollte es über den Boden auf den Alten zu. Während sich der Anti bückte, um den Aktivator aufzuheben, zielte die Mündung des Strahlers weiterhin auf Bulls Magengrube.

»Wo ist der andere?«

»Der andere was?«

»Aktivator!«, fauchte der Alte. Er hatte sich den neunzehnten Aktivator umgehängt. Wäre die Waffe in der Hand des Greises nicht gewesen, Bully hätte lauthals losgelacht.

»Ich habe ihn nicht«, sagte Bull. »Versuchen Sie es doch einmal mit diesem dort. Ebenfalls in der Hosentasche.«

Jetzt erst, nach diesem Hinweis des Fremden, sah Ajat Hiddy den letzten Aktivator in Skloth-Bars Tasche. Wahrscheinlich war es der letzte Aktivator, den Skloth-Bar gefunden hatte.

Der Alte ging zu der Leiche hinüber und nahm auch diesen Aktivator an sich. Bully wartete vergeblich darauf, dass sich der Alte eine Blöße gab, als er sich den zwanzigsten Aktivator umhängte. Der Alte passte auf, niemals geriet die Waffe aus dem Ziel.

Es war der zwanzigste Aktivator, der letzte. Der Spaß, der in dieses Gerät eingebaut war, bestand darin, dass er dem Träger die Wahrheit zeigte, die objektive unverfälschte Wahrheit. In den früheren Fällen hatte der Träger die Heimtücke und Niedertracht seiner Gegenüber und Gefährten durchschaut, oder der Träger hatte sich frei und wahrheitsgemäß zu bestimmten Problemen geäußert.

Auch diesmal verfehlte der Aktivator, der niemals von diesem eingebauten Fehler befreit worden war, seine Wirkung nicht. Wieder zeigte er dem Träger die Wahrheit – die Wahrheit über sich selbst.

Und diese Wahrheit war nicht schön, und die anderen neunzehn Aktivatoren, an denen so viel Blut klebte, verstärkten die Impulse noch.

Ajat Hiddy erfuhr die Wahrheit über sich selbst, und da er sie nicht ertragen konnte, tötete er sich.

Epilog

Der Gleiter hielt vor der Haustür, und Bully zückte das Portemonnaie, um den Fahrer zu bezahlen. Neben ihm rutschte Gwendolin Nuthar aufgeregt auf dem Polster hin und her. Vor knapp einer Stunde war Bully mit einer funkelnagelneuen Space-Jet auf dem Raumhafen von Terrania gelandet. Die Space-Jet war ein Geschenk von ES an Bully, zum Ausgleich für die zwanzig Zellaktivatoren, die Bully abgeliefert hatte. Auf dem Flug nach Wanderer hatte sich Bully überlegt, ob er die Aktivatoren nicht besser behalten sollte oder nicht. Er hatte das Problem dadurch gelöst, dass er ES um die Erlaubnis gebeten hatte, die Aktivatoren mitzunehmen. ES hatte diese Erlaubnis verweigert, und Bully hatte die Unsterblichkeit an den Unsterblichen zurückgegeben.

»Bekomme ich ein Eis?«, erkundigte sich Gwen, während Bully zahlte und der Fahrer sein Gefährt wendete.

»Du bekommst dein Eis«, versprach Bully. Er öffnete die Tür. Offiziell war er knapp zehn Stunden unterwegs gewesen, ebenfalls eine kleine Aufmerksamkeit des Fiktivwesens.

»Wann bekomme ich das Eis?«, wollte Gwendolin nun wissen. Offenbar hatte das Mädchen sehr schlechte Erfahrungen gemacht, was Erwachsene und ihre Versprechungen betraf.

»Gleich«, beteuerte Bully. »In wenigen Minuten!«

Leise fiel hinter ihm die Tür ins Schloss. Die angenehme Kühle des voll klimatisierten Hauses nahm Reginald Bull auf.

»Endlich wieder daheim«, murmelte er. Er brauchte nur einige Schritte zu machen, um das Wohnzimmer zu erreichen. Aber bevor er sich einen eiskalten Drink mixte, dachte Bully an Gwen. Aus der Küche holte er eine Portion Eiskrem, füllte sie in eine Glasschale und servierte sie zusammen mit einer Packung Keksen der strahlenden Gwendolin, die sofort damit begann, das Eis gleichmäßig zu verteilen: siebzig Prozent in ihren Magen, dreißig Prozent für die Polstermöbel.

Bully sah eine Weile grimmig grinsend zu, dann ging er zur Hausbar hinüber. Er wollte gerade nach einer Flasche greifen, als sich der Türsummer meldete.

»Herein!«, rief Bully und griff nach dem Whisky.

Der Klang seiner Stimme genügte, um die Tür aufspringen zu lassen. Bully gab einige Eiswürfel in ein Glas und goss vorsichtig den Whisky nach. So gut wie der Whisky, den er auf Wanderer getrunken hatte, war dieser nicht.

»Hallo, Onkel Bully!«, hörte Reginald Bull eine wohlvertraute Stimme in seinem Rücken sagen. »Da bin ich, kann es losgehen?«

Bully fuhr herum.

Auf der Schwelle zum Wohnraum stand Gwendolin, frisch frisiert, hübsch gekleidet und im Mund eine Zahnklammer, die drei Nummern zu groß zu sein schien.

Bully ließ das Glas fallen.

Jetzt begriff er, wer ihn bei seinem Abenteuer auf Arcomurth begleitet hatte.

Unwillkürlich sah er sich nach der falschen Gwendolin um, aber ES hatte es vorgezogen, sich stillschweigend abzusetzen. Bully fühlte Wut und Entsetzen gleichermaßen in sich aufsteigen.

Wie durch dichten Nebel hörte er Gwendolin sagen: »Wie steht es, brechen wir jetzt gleich auf. Aber Onkel Bully, warum siehst du mich denn so finster an. Und was willst du mit dem Eiskübel? Onkel Bully!«

Reginald Bull ließ den Eiskübel fallen und plumpste in einen seiner Sessel.

»O nein!«, seufzte er und gab sich geschlagen.

»Komm, Mädchen, wir gehen. Ja, wir gehen auch in den Zoo, wo die Affen sind, die den Onkel Bully so hübsch nachmachen können. Ja, und du bekommst auch ein Eis.«

Und dann sagte Bully ganz leise, und nur für ES bestimmt: »Verfluchte Unsterblichkeit!«

Und ES kicherte leise dazu, nur für Bully hörbar.

Im Sommer 2011 überlegten wir uns einmal wieder (»wir« sind Bettina Lang, Klaus N. Frick und ich), wie wir die neuen Planetenromane weiterführen könnten. Bislang hatten wir den Schwerpunkt auf Romane gelegt, die zwar im Perryversum angesiedelt waren, aber keine große Kenntnis der Serie voraussetzten.

Gleichzeitig äußerten die Leser ihre Wünsche, insbesondere im Forum und auf Facebook. Auf der Liste dieser Wünsche stand Peter Terrids »Schmied der Unsterblichkeit« (ehemals als Taschenbuch 288 erschienen) ganz oben. Der Roman stammte von einem beliebten Autor, hatte ein von den Lesern als wichtig empfundenes Thema – und war antiquarisch nur sehr teuer verfügbar.

Der Nachteil war, dass der Roman in seiner Schilderung der Vergabe der Zellaktivatoren der Meister der Insel der Serie widersprach (oder, chronologisch gesehen, die Serie widersprach dem »Schmied«). »Also«, sprach ich, »sollten wir dem Roman vielleicht ein Nachwort beigeben, damit die Leser die Hintergründe der Widersprüche verstehen. Ich schreibe das auch gerne.« Bettina und Klaus waren ebenfalls der Ansicht, dass ich das gerne schreiben würde, und so erschien im November 2011 in Band 15 zum ersten Mal ein Nachwort in den neuen Planetenromanen.

Bei den nächsten beiden Bänden wurde ein Nachwort ebenfalls sinnvoll: Band 16 war eine Art Zusammenschau, wie die ATLAN-Serie nach deren Band 850 weitergegangen wäre. Das erforderte einiges an Hintergründen, da wir davon ausgehen mussten, dass weitaus weniger Leser mit ATLAN vertraut waren als mit PERRY RHODAN. Nummer 17 stammte von Robert Feldhoff, da bot es sich an, ihn noch einmal zu ehren.

Bei Band 18 (Hubert Haensels »Tariga sehen und sterben«) hielt ich die Notwendigkeit von Nachwörtern für erledigt und gab ohne ein solches ab. Kurz darauf meldete sich Sabine Kropp und meinte: »Die Leser mögen deine Nachworte. Wir erklären die jetzt zur Institution. Schreibst du mir noch schnell eins?«

Also schrieb ich. So wurde die Tradition des Nachwortes etabliert.

Und nun also wieder ein Terrid. Der ist an allem schuld. Also zumindest an den Nachworten.

Informationen zum Leben von Peter Terrid (eigentlich Wolfpeter Ritter) haben wir in Band 19, »Das Aralon-Komplott«, gegeben; im »Schmied« war dafür einfach kein Platz mehr. (Da gefällt mir die heutige Aufteilung mit zwei Romanen pro Band besser: Ich kann beispielsweise im ersten Band den Lebenslauf bringen und dann im zweiten auf Aspekte der Romane eingehen.)

In Band 23 unserer Reihe (»Expedition der Todgeweihten«), unserem bis zu dieser Veröffentlichung letzten Terrid-Nachdruck, sind wir ausführlich auf die beiden Themenkomplexe eingegangen, die für »Unsterblichkeit x 20« charakteristisch sind: Peter Terrids Neigung, mit seinen Taschenbüchern Lücken innerhalb der Heftromanserie zu schließen, sowie seine Beschäftigung mit dem Komplex der Unsterblichkeit, die sich in diversen seiner Romane nachlesen lässt.

So auch hier.

Schauen wir uns die Ausgangslage an, also die Handlung der PERRY RHODAN-Serie im Spätherbst 1963 (entsprechend dem Handlungsjahr 2103 n. Chr.).

Die Menschheit befindet sich in einer Auseinandersetzung mit den Akonen und den Antis. Auf deren Seite hat sich Thomas Cardif geschlagen, der Sohn von Perry Rhodan und Thora. Er hat seinen Eltern nie verziehen, dass sie ihn ohne Kenntnis seiner Herkunft aufwachsen lassen haben. Cardif war bereits im Zyklus »Atlan und Arkon« augenfällig geworden, als er gegen seinen Vater opponierte und sich mit fiesen Springern zusammentat.

Thomas Cardif tauchte zum ersten Mal im Dezember 1962 in Band 67 auf: »Zwischenspiel auf Siliko V« von Kurt Brand. Brand sah sich wohl als »Ziehvater« der Figur und hatte Pläne, sie zu einem komplexen, ambivalenten Charakter auszubauen. Daraus wurde aber nichts – Rhodans Sohn wurde schnell zum eher platten Schurken. Michael Nagula berichtet auf Seite 110 des ersten Bandes von »PERRY RHODAN – Die Chronik« zu diesem Thema:

»Kurt Brand, der Cardif nach Scheers Exposé in die Serie einführte und ihn hauptsächlich schilderte, hatte andere Erwartungen in diese Figur gesetzt. Noch in der Achtzigerjahren erklärte er, dass er mit ihrer Entwicklung sehr unzufrieden gewesen sei. ›Während ich im Urlaub war, hat man mir Rhodans ersten Sohn zum Verbrecher gemacht, das hat mir bis heute nicht geschmeckt, das sollte er nicht werden.‹«

Was wurde er denn?

In Kürze: In Band 97 (»Preis der Macht« von Kurt Brand) erhält Cardif durch einen Hypnoblock eine falsche Identität. In dieser Rolle gerät er in die Fänge der Antis, die erkannt haben, um wen es sich wirklich handelt. Im Auftrag der Antis entwickelt Cardif, der sich seiner wirklichen Identität noch nicht bewusst ist, das Rauschgift »Liquitiv«. Als die Terraner auf ihn aufmerksam werden und es zu ersten Auseinandersetzungen kommt, sprengen die Antis den Hypnoblock, und Cardifs Hass kehrt mit seinen Erinnerungen zurück. Damit sind wir im Jahr 2103.

Cardif lockt seinen Vater zum Planeten Okúl, auf dem er den Grundstoff des Liquitiv entdeckt hat. Hier setzt er Rhodan mithilfe der Antis gefangen und übernimmt dessen Persönlichkeit. Seine Gehirnimpulse werden mit technischen Mitteln von denen des übernommenen Gehirninhaltes gleichsam umschlossen, sodass Telepathen die falsche Identität nicht erkennen können; dies geschieht in Heft 111, »Unter falscher Flagge« von Clark Darlton.

Aufgrund seiner verblüffenden Ähnlichkeit mit Rhodan übernimmt Cardif in den Folgebänden dessen Rolle. Er führt somit die Staatsgeschäfte und schiebt politische und strategische Schnitzer sowie seine geringfügig geänderte Gehirnfrequenz auf die erlittenen Qualen während der Gefangenschaft durch die Antis. Dessen ungeachtet betreibt er langfristig den Untergang des Solaren Imperiums durch die Übergabe von Schlüsselpositionen an die Springer, hinter denen letztlich die Antis stehen.

Die Antis fordern von ihm zudem, ES dazu zu veranlassen, ihnen zwanzig Zellaktivatoren zu überlassen. Diese erhält er auf Wanderer, zusammen mit einem für sich selbst geforderten, der laut ES auf die Individualschwingungen von Perry Rhodan abgestimmt ist. Natürlich stört sich Cardif an dieser verhüllten Warnung nicht, und ebenso natürlich endet das böse, da Cardif eben nicht Rhodan ist und ES sich nicht täuschen lässt. Der Aktivator bewirkt eine explosive Zellteilung, die Cardif aufschwemmen lässt. Trotzdem spielt er seine Rolle weiter und bringt das Imperium an den Rand des Abgrunds. Schließlich durchschaut Atlan ihn und besiegt ihn mit Guckys Hilfe.

Cardif flieht zur Anti-Hauptwelt Trakarat, auf der Perry Rhodan gefangen gehalten wird. Bei der Gegenüberstellung der beiden löst sich der Zellaktivator aus Cardifs aufgeblähtem Körper und geht auf Perry Rhodan über. Thomas Cardif stirbt am 23. Oktober 2103 im Alter von 83 Jahren.

Der vorliegende Roman greift ein Element jener Epoche der Rhodan-Historie auf: die zwanzig Zellaktivatoren der Antis. Selbstverständlich funktionieren diese nicht, wie sie sollen, und Kurt Mahr hat in Band 113 (»Die Wunderblume von Utik«) viel Spaß damit, die Auswirkungen der Geräte am Beispiel des Anti-Hohepriesters Kalál zu zeigen. Diesen hält man für eine wunderschöne, zerbrechliche, wohlduftende Blume, der man die größtmögliche Sorgfalt angedeihen lassen muss, damit sie nicht zugrunde geht.

Kalál selbst wird dies bald klar: »Selbst dort, wo der Hohe Báalol residierte, gab es nicht nur Priester, sondern auch eine ganze Menge völlig normaler Menschen. Und sobald er sich in ihre Nähe wagte, würden sie hinter ihm dreinzulaufen beginnen, um ihn zu beschnüffeln und mit Wasser oder Düngemitteln zu überschütten.«

Nach diesem Roman verschwinden die Anti-Aktivatoren aus der Handlung der Heftromanserie. Die Folgebände kümmern sich um den Höhepunkt der Handlung um Thomas Cardif, die Exposés gehen offenbar davon aus, dass dem Leser klar ist, dass diese Zellaktivatoren nur eine vorübergehende Erscheinung sind, die sich gleichsam von selbst regelt.

Erst in »Unsterblichkeit x 20« erfahren wir, dass dem nicht so gewesen ist. Nike Quinto, der Chef der in den beiden Vorbänden besprochenen Abteilung III, sieht diese Aktivatoren als ernstes Problem an: »Die Abteilung III ist hoffnungslos überlastet, Sir. Ich kann vielleicht die Spur eines Aktivators aufnehmen – nicht aber die von zwanzig. Das ist ausgeschlossen.«

Und so muss Bully selbst ran, nachdem ihm auch noch Atlan abgesagt hat. Perry Rhodan muss noch geschont werden.

Zum Abschluss: Peter Terrid war immer recht gründlich, wenn es um das Vernetzen seiner Romane mit dem etablierten Perryversum ging. Im vorliegenden Roman sehen wir dies nicht zuletzt an dieser Stelle, die nicht für alle Leser verständlich sein mag:

»›Dir wünsche ich viel Vergnügen auf Zalit. Es gibt dort …‹

›… ich weiß, reizende Mädchen. Mir sind deine einschlägigen Erfahrungen bekannt, Bully!‹

Reginald Bull knirschte leise mit den Zähnen. Er mochte es gar nicht, wenn man ihn an jenen Abend erinnerte, an dem er sich von als Mädchen verkleideten Robotern hatte verwirren lassen.«

Dies bezieht sich auf einen Roman vom Juni 1962: »Der Partner des Giganten« von Clark Darlton (Band 41). Im Auftrag des Robotregenten sind die Terraner im Jahre 1984 auf Zalit unterwegs, um eine Verschwörung gegen Arkon aufzudecken. Der an der Revolte beteiligte Zarlt lässt Rhodan und seine Leute während einer Feierlichkeit von Robotern überwältigen, die als hübsche junge Frauen getarnt sind, was Bully seitdem außerordentlich peinlich ist.

Auch Bullys Daumenwunde hat einen in der Serie nachweisbaren Hintergrund: In Band 83 (»Hallo Topsid, bitte melden!« von Kurt Brand) schneidet sich Bully drei Minuten vor dem Jahreswechsel von 2043 zu 2044 versehentlich in den linken Daumen, als ein als unzerstörbar geltender Cognacschwenker dann doch zu Bruch geht. Er hält dies für ein schlechtes Omen, und die Geschehnisse jenes Jahres scheinen ihm recht zu geben.

Auf den Planeten Veevee letztlich spielt ES ganz am Ende des erwähnten Bandes 113 im Gespräch mit Homunk an: »Sieh mal, dort auf Veevee zum Beispiel … da erhebt sich ein Hohepriester des Báaolol-Kults und predigt die brüderliche Zusammenarbeit mit Terra. Ich wette, damit wird er seine Leute ganz gehörig durcheinanderbringen …!«

Und so haben wir den Anschluss zu den Geschehnissen des hier vorliegenden Romans.

Rainer Nagel

Peter Terrid

Aufstand der Posbis

Alarm für die Galaxis – der Krieg der Roboter droht

Freunde der Menschheit?

Im Jahre 2112 n. Chr. trafen die Terraner zum ersten Mal auf einen unbekannten, offensichtlich robotischen Gegner, der ihnen dank der Transformkanone waffentechnisch weit überlegen war und sich durch die Frage »Seid ihr wahres Leben?« ankündigte. Da die Menschen diese Frage nicht beantworten konnten, griffen die bizarr aussehenden, würfelförmigen Einheiten der Fremden wahllos Raumschiffe, Stationen und Siedlungen an. Es kam zu schweren Kampfhandlungen, doch letztlich half Perry Rhodan dem vermeintlichen Gegner bei der Zerstörung der Hassschaltung in der Hyperinpotronik auf der Hundertsonnenwelt.

Zugleich unterstützten die Roboter den Terraner im Kampf gegen die Laurins, zu denen sie in Jahrtausende alter Feindschaft standen – man nimmt allgemein an, dass diese erste Begegnung auf dem Höhepunkt des letzten Krieges zwischen den Robotern und den Laurins stattfand.

Die positronisch-biologischen Roboter (schnell als »Posbis« abgekürzt) wurden nach einem 2114 nur mündlich geschlossenen Freundschafts- und Beistandsbündnis zwischen Zentralplasma und Terranern zu den treuesten Verbündeten des Solaren Imperiums. An ihrer Vertragstreue tauchten nie Zweifel auf. Mit Posbis bemannte Raumschiffe griffen oft in Raumschlachten der Terraner ein, da sie der Meinung waren und sind, das Leben eines Menschen sei wertvoller als die Existenz eines Posbis.

Bis zum September des Jahres 2402 waren die Terraner um Perry Rhodan hauptsächlich auf die Informationen der Posbis angewiesen, was deren Vergangenheit angeht. Erst dann kamen Besatzungsmitglieder der CREST auf dem Planeten Destroy in Andro-Beta dem Ursprung der Laurins und damit auch dem der Posbis auf die Spur. Zu diesem Zeitpunkt hatten die Terraner längst die Transformkanone übernommen, die ihnen die militärische Vorherrschaft in der Milchstraße sicherte, und Einheiten der Posbis unterstützten die Solare Flotte bei ihrem Vorstoß in Richtung Andromeda.

Es zeigte sich, dass die Meister der Insel einen Einfluss auf die Entstehungsgeschichte der Posbis hatten und dass die Urzelle, aus der später das Zentralplasma der Hundertsonnenwelt entstehen sollte, ihren Ursprung auf dem Planeten Rando-1 in Andromeda hatte. Das Wachstum des Urplasma wurde gezielt durch eine Robotstation der MdI beeinflusst, die sich im Felsenkern des Planeten befand. Regelmäßig erschienen Beauftragte der Meister, um Plasma zu »ernten«.

Die Laurins zwangen das Urplasma dazu, biologisches Plasma aus seiner Substanz zu liefern, und die Robotiker des Planeten Mechanica im Halo der Milchstraße mussten damit hochwertige positronisch-biologische Roboter herstellen. Daraus entstanden durch immerwährende Teilung das Zentralplasma der Hundertsonnenwelt und die Plasmazusätze der Posbis.

Als Gucky und Icho Tolot die Kontrollstation der Meister der Insel im Felsenkern von Rando-1 zerstörten, lösten sie eine Sicherheitsschaltung aus. Am 18. Oktober 2402 wurde Rando-1 von ferngelenkten Kernbomben zerstört.

Der Einfluss der MdI auf die Posbis schien damit gebrochen – aber war er dies wirklich? Bis zur endgültigen Niederlage der Meister durch den Tod von Faktor I, Mirona Thetin, am 24. Februar 2406 konnte sich dessen niemand sicher sein …

(Aus: Hoschpians unautorisierte Chronik der Milchstraße; Abschnitt HHUA.III.12.4: Der Andromeda-Feldzug)

1.

Er war allein.

Der Freund, der ihn begleitet hatte, war tot. Die Explosion hatte ihm einen Metallbolzen in den Schädel gejagt. Er hatte nicht leiden müssen; seinen Tod konnte er nicht gespürt haben.

Allein.

Das hieß:

Festgeschnallt auf einem schmalen Sitz, vor sich ein Instrumentenbrett, das zu nichts mehr zu gebrauchen war. Im Nacken ein toter Freund, dahinter die energieerzeugenden Anlagen des kleinen Raumflugkörpers. Die Lebenserhaltungssysteme – welch eine Ironie! – arbeiteten einwandfrei und zuverlässig. Die Lufterneuerungsanlage arbeitete, die Regeneration des Wassers funktionierte, und an Bord gab es genug Nahrungsmittel, um das unvermeidliche Ende sehr lange hinauszögern zu können.

Wenn der Pilot des kleinen Raumflugkörpers Glück hatte, wurde er in dieser Zeit des Wartens wahnsinnig. Das würde das Ende erleichtern.

In Griffweite war der Verschluss der Kabine. Ein Handgriff konnte ausreichen. Das Kabinendach würde sich öffnen, schlagartig musste dann die Luft aus dem kleinen Raumflugkörper entweichen.

Ein schneller Tod; wahrscheinlich würde er nach spätestens zwei Minuten das Bewusstsein verlieren.

Aber bis dahin würde er auch wissen, was es hieß, wenn das Blut buchstäblich in den Adern kochte. Er hatte einmal – im Training – einen Testfall von explosiver Dekompression erlebt. Sie machten das mit jedem Piloten; die Männer sollten wissen, mit welchen Gefahren sie umzugehen hatten. Der Tod durch explosive Dekompression kam schnell – aber er war unerhört qualvoll.

Auf der anderen Seite der Sichtscheibe war das Nichts, das absolute Nichts. Es gab eine Handvoll Atome alle paar astronomischen Einheiten im Kubik. Mehr nicht.

Es waren Sterne zu sehen, nicht sehr viele, denn der kleine Flugkörper bewegte sich im Leerraum zwischen zwei Galaxien, einer kleinen und einer sehr großen.

Diese Sterne waren Lichtjahre entfernt, Dutzende von Lichtjahren. Aus der Sicht des Piloten hätten sie ebenso gut Megaparsek entfernt sein können, für ihn war der Unterschied unwichtig geworden.

Der Körper bewegte sich mit hoher Geschwindigkeit durch den Raum. Die Katastrophe war kurz nach dem Wiedereintritt in den Normalraum eingetreten. Irgendwo zwischen dem Kalup und dem Sitz des Kopiloten musste es gekracht haben. Vermutlich die Projektoren für die Antigravfelder. Dafür sprach auch, dass der Pilot nur noch von seinen Gurten am Sitz gehalten wurde. Ansonsten war er schwerelos.

Der Pilot spürte, wie sich die Angst in ihm auszubreiten begann. Es war ein entsetzliches Gefühl. Er kannte nur ein Gefühl, ein Erlebnis – und das nicht aus Erfahrung, sondern nur aus der Literatur und seiner Fantasie –, das diesem gleichkam. Es war die Erfahrung, lebendig begraben zu werden. Aufzuwachen in einem Sarg, ohne die geringste Chance, ohne Hilfsmittel.

Dort draußen war das Nichts, der freie Weltraum. Durch diesen Raum trieb die Moskito-Jet.

Es war ein neues Modell, gerade erst geliefert. Das Beste, was irdische Werkstätten jemals in dieser Größenordnung hergestellt hatten. Sechsundzwanzig Meter lang war der Raumjäger – und überlichtschnell!

Der Pilot lachte, als er daran dachte.

Überlichtschnell!

Der Kalup in Kompaktbauweise, der diesen überlichtschnellen Flug durch den Linearraum ermöglichen sollte, hatte nur noch Schrottwert. Und bei der Explosion war auch die Antenne für überlichtschnellen Funk zerstört worden. Was aus den Lautsprechern kam, war nur das stete Rauschen, das man überall im Weltraum empfangen konnte.

Mehrere Lichtjahre lagen zwischen der defekten Moskito-Jet und dem Trägerschiff. Ob man ihn an Bord der DHC bereits vermisst hatte? DHC stand für DOM HELDER CAMARRA.

Wahrscheinlich nicht. Der Übungsflug sollte laut Plan noch länger als eine Stunde dauern, und es kam immer wieder vor, dass eine Hyperfunkverbindung kurzfristig zusammenbrach.

Wenn überhaupt, dann würde die Suche erst in zwei bis drei Stunden beginnen.

Er wusste, dass man ihn nicht finden konnte. Dafür war die Moskito-Jet nicht groß genug. Und Möglichkeiten, sich bemerkbar zu machen, hatte er nicht mehr.

»Langsam«, murmelte der Pilot plötzlich.

Er erschrak fast, als er seine eigene Stimme hörte.

Der Pilot konnte weder aus eigener Kraft zum Mutterschiff zurückkehren, noch konnte er eine Funkverbindung zur DHC herstellen. Der Moskito war stumm und flügellahm – aber er hatte noch seinen Stachel. Es war ein sehr wirkungsvoller Stachel – und ein sehr lauter dazu.

Im Bug des kleinen Zweimannjägers befand sich eine Waffe, um die Terraner von ihren Feinden lebhaft beneidet wurden. Erst seit neuester Zeit war es möglich, in die Zweimannjäger der Solaren Flotte ein verkleinertes Exemplar dieser Waffe einzubauen.

Der Blick des Piloten heftete sich auf die Bedienung der kleinen Transformkanone.

Verglichen mit den Geschützen der großen Ultraschlachtschiffe war diese Transformkanone nicht mehr als eine Knallbüchse. Aber die Knallbüchse machte bei jedem Schuss einen Lärm von 20 Gigatonnen. Ein Teil dieser gewaltigen Energie tobte sich im 5-D-Bereich aus, störte also den Hyperfunk.

20 Gigatonnen, das war mehr als genug Lärm auf der Funkebene, um einen Bordfunker der DHC aufzuwecken. Wenn so nahe an einem Schlachtschiff der Solaren Flotte jemand mit Atombomben dieses Kalibers herumspielte, dann musste die

DHC sich die Angelegenheit einmal ansehen. Und mit den Mitteln an Bord der DOM HELDER CAMARRA musste sich die Explosion so genau anpeilen lassen, dass sich – bildlich gesprochen – der Pilot durch Rufen hätte bemerkbar machen können, wenn das Schlachtschiff in diesem Raumbezirk auftauchte.

Der Pilot holte tief Luft. Er hätte vor Freude fast geweint, dass ihm diese Idee gekommen war.

Dann aber stellten sich die ersten Zweifel ein.

Nicht, dass der Plan, die Transformkanone als Notsignalgeber einzusetzen schlecht gewesen wäre. Im Gegenteil: Eine derartige Explosion war so auffällig, dass sich aller Voraussicht nach nicht nur die Besatzung der DOM HELDER CAMARRA dafür interessieren würde.

Der Pilot stieß einen leisen Fluch aus.

Seine Moskito-Jet trieb im Raum zwischen zwei Galaxien, zwischen Andro-Beta und dem eigentlichen Andromeda-Nebel. Der Raum in der Nähe des Wracks mochte leer aussehen, aber der Pilot wusste, dass es in dieser Schwärze Feinde in unvorstellbarer Zahl geben konnte. Noch waren die Herren von Andromeda nicht geschlagen. Im Gegenteil – vor einigen Tagen hatte die Schreckensbotschaft die Runde gemacht, der Chef sei mit seinem Flaggschiff spurlos verschwunden. Spurlos – und das bei einem Ultraschlachtschiff von 2500 Metern Durchmesser. Gegner, die solche Kunststücke zuwege brachten, konnte man nicht als geschlagen bezeichnen.

Nervös trommelte der Pilot mit den Spitzen der behandschuhten Rechten auf dem Instrumentenpaneel einen Marsch.

Er steckte in einer ekligen Zwickmühle.

Jählings war die Hoffnung auf Rettung zerstoben. Er hatte gewusst, als er sich zur Flotte gemeldet hatte, dass ihn dieser Entschluss in Lebensgefahr brachte. Man wurde dafür bezahlt in der Flotte, dass man ein größeres Risiko einging als der Normalbürger. Der Tod war das eigentliche Berufsrisiko, wenn man sich meldete.

Aber warum ein solcher Tod? Warum so schäbig, so elend? Er hatte gehofft, wenn es ihn erwischte, dann in einer Schlacht. Ein rascher Lichtblitz, den er selbst nicht einmal mehr kommen sah; der Tod im nicht mehr messbaren Bruchteil einer Sekunde – so wie Dasher gestorben war, so schnell, so leicht.

Aber das hier? Das war etwas anderes, das war langsam, qualvoll, entsetzlich.

Wenn er die Transformkanone betätigte, würde die DOM HELDER CAMARRA kommen, früher oder später. Dann war er mit Sicherheit gerettet.

Aber er gab gleichzeitig auch ein Signal für den Gegner. Und es war sehr wohl möglich, dass dieser Gegner entschieden schneller auf den Plan trat als die erhofften Retter.

Was dann? Der Moskito war eine Neukonstruktion. Ein Zweimannjäger mit eigenem Kalup, eigenem HÜ-Schirm, eigener Transformkanone. Wenn dies alles dem Gegner in die Hände fiel …

Der Pilot biss sich auf die Lippen.

Er hatte keine Lust zu sterben, nicht jetzt, nicht so. Sich selbst zu töten, verboten ihm die Prinzipien seiner Religion.

Der Pilot sprach ein kurzes Gebet.

Als er fertig war, begann er zu lächeln.

Dann lachte er, laut und lange. Befreiend.

Natürlich, dass er daran nicht gedacht hatte …

Wenn die Gegner Rhodan und sein Flaggschiff erwischt hatten, dann hatten sie auch die 500 Moskito-Jets, die zur Ausrüstung der CREST III gehörten. Unter diesen Umständen war es völlig belanglos, ob dem Gegner ein Jäger mehr oder weniger in die Hände fiel.

Zwei Minuten später bildete sich in beträchtlicher Entfernung von dem steuerlos dahintreibenden Jäger ein heller Punkt, der rasch anschwoll und zu einem grellen Feuerball wuchs.

Die Bombe hatte programmgemäß gezündet, das Signal war gegeben.

Jetzt hieß es warten.

Warten darauf, wer dieses Signal als Erster hörte, verstand und nachschauen kam.

Er erwachte übergangslos.

Er wusste selbst nicht, was ihn geweckt hatte, denn es war nach wie vor sehr still in der Kabine der Moskito-Jet.

Verwirrt sah der Pilot um sich.

Noch war er allein in diesem Bereich des Weltraums, mit einem defekten Schiff und einem toten Navigator hinter sich. Der Pilot sah auf die Uhr.

Seit er die Transformkanone betätigt hatte, waren vier Stunden vergangen. Verwunderlich war das nicht. An Bord der DOM HELDER CAMARRA mussten die Impulse, die von der Gigatonnen-Bombe ausgegangen waren, erst einmal analysiert werden. Danach musste der Kommandant die Entscheidung treffen.

War die Entscheidung gefallen, musste der Kommandant abwarten, bis sämtliche Moskito-Jets angerufen und zur Rückkehr aufgefordert waren. Auch das kostete Zeit. Erst wenn alle Jets in den Hangars waren, konnte die DHC losfliegen – und je mehr Zeit sie sich dabei ließ, desto besser war das aus der Sicht des Piloten. Denn *eine* Moskito-Jet würde nicht in den Hangar zurückkehren. Der Pilot war gespannt, wie lange man auf ihn und seine Rückkehr warten würde.

Vier Stunden, das schien ihm durchaus angemessen zu sein.

Der Energietaster schlug an.

Im Leerraum spielte sich irgendetwas ab, das von dem Taster angemessen wurde.

Der Pilot rieb sich unwillkürlich über die Augen. Er glaubte, nicht richtig zu sehen. Wahrscheinlich war es die Abgeschiedenheit, dass er zu halluzinieren begonnen hatte.

Wenn er sich nicht täuschte, dann entstand in Flugrichtung des Jägerwracks ein Gebilde im Leerraum, das sich am besten als rotleuchtender Ring beschreiben ließ, zuerst fadendünn und kaum erkennbar, dann dicker werdend, heller und größer.

Der Pilot kniff sich in den Arm. Er träumte nicht.

»Allmächtiger!«, stöhnte er auf.

Der Ring schwoll an, bis er eine Größe erreicht hatte, die der Pilot auf knapp eine Million Kilometer schätzte. Im Innern dieses Ringes entstanden und vergingen schemenhafte Gebilde, ein violettes Fluten und Wallen, das sich begrifflich nicht besser erfassen ließ.

Und dann schoss aus der Mitte dieses Ringes ein Körper hervor. Ein Raumschiff, ein Kugelraumer, wie auf den Tastern deutlich zu erkennen war.

Der Pilot begann zu grinsen, dann zu lachen.

Er lachte noch, als ein harter Schlag das kleine Schiff traf und ihn im Bruchteil einer Sekunde besinnungslos werden ließ.

Der Jäger stand im Hangar. Er sah ziemlich übel aus, nicht mehr zu reparieren. Den toten Kopiloten hatte man aus seinem Sitz gehoben und zur Obduktion fortgeschafft.

Güran Hundry, Ertruser und Kommandant der DOM HELDER CAMARRA, stand im Hangar und sah sich das Wrack an.

Hundry trug wie immer einen Helm. Nicht dass er sich geniert hätte, sein markantes Gesicht zu zeigen oder den prachtvoll sandfarbenen Sichelkamm seines Haupthaares. Der Helm hatte den Vorteil, dass Güran Hundry in seinem Innern normal sprechen konnte, ohne dass sämtliche Terraner in seiner Nähe neue Trommelfelle brauchten.

»Wer ist der Pilot?«

»Sertao J. Brewter«, antwortete der Angesprochene. Er kommandierte das Moskito-Geschwader. »Ein guter, fähiger Pilot.«

»Hmmm«, machte Hundry. Er besah sich das Wrack aus der Höhe von fast drei Metern. Hundry war selbst für einen Ertruser sehr groß.

»Nach unseren ersten Ermittlungen ist etwas im Bereich der

Antigravprojektion explodiert. Dabei wurde der Kopilot getötet. Die Leiche war schon starr, als wir sie fanden.«

»Hmmm«, machte Hundry. Diesmal klang das Hmmm nicht fragend, sondern zustimmend und zugleich auffordernd.

»Brewter muss dann eine Zeit lang gewartet haben, bis er auf die Idee kam, eine Transformbombe zu zünden. Kein schlechter Einfall, wenn Sie mich fragen.«

»Hmm«, machte Hundry abweisend.

»Als wir ihn fanden, muss Brewter seit fast einem Tag in diesem Raumbezirk herumgetrieben sein. Er war am Ende seiner Kräfte, daher wurde er wahrscheinlich auch bewusstlos, als wir ihn mit dem Traktorstrahl einfingen.«

»Ein Tag«, überlegte Hundry halblaut. »Schicken Sie den Mann in meine Kabine, sobald er wieder zu sich gekommen ist.«

Hundry wandte sich ab und verließ den Hangar. Die DOM HELDER CAMARRA befand sich im Rückflug an die Position, an der sie das Training der Moskito-Piloten hatten abbrechen müssen, um nach der Ursache eines Hypersignals zu fahnden, das die Experten als 5-D-Streustrahlung einer Atomexplosion im Gigatonnenbereich gedeutet hatten. Die Experten hatten recht behalten.

Langsam ging der Kommandant durch die Gänge der DOM HELDER CAMARRA.

Für ihn war die Angelegenheit mit der Bergung des Wracks und der rechtzeitigen Rettung des Piloten keineswegs erledigt. Die strategische Lage war alles andere als rosig.

Im Bereich der Andro-Beta-Galaxis herrschte eine wahre Kirchhofsruhe. Was sich in Andro-Alpha abspielte, musste erst noch ausgekundschaftet werden – keine leichte Aufgabe, denn aus den Maahks war nur sehr schwer etwas herauszuholen.

Und zu allem Überfluss kursierte in Flottenkreisen die ungeheuerliche Botschaft, Perry Rhodan selbst sei mitsamt seinem Flaggschiff spurlos verschwunden.

Einstweilen handelte es sich noch um ein Gerücht, das in dieser Form kursierte. Nur einige wenige wussten Genaueres, und zu diesen wenigen zählte auch der Kommandant der DOM HELDER CAMARRA.

Im Gegensatz zu den ihm unterstellten 5000 Männern und Frauen an Bord des Ultraschlachtschiffs – des vierten, das nach Rhodans CREST III fertiggestellt worden war – *wusste* Güran Hundry, dass Rhodan verschwunden war. Verschwunden mitsamt der CREST III, ihren sechzig Transformkanonen, ihren 500 Moskito-Jets, ihren 50 Korvetten – einem militärischen Machtfaktor allererster Güte. Hundry konnte sich kein militärisches Instrument vorstellen, das es mit einem Ultraschlachtschiff aufnehmen konnte – und doch schien es solche Instrumente zu geben. Das Verschwinden der CREST III war der mehr als deutliche Beweis dafür.

Seit dem 26. April 2404 fehlte jede Spur von Rhodan und der CREST III. Unter diesen Umständen galt es auf der Hut zu sein. Der Mythos der Unübertrefflichkeit der terranischen Ultraschlachtschiffe war seitdem in Frage gestellt, und das betraf auch die DOM HELDER CAMARRA.

Güran Hundry suchte seine Kabine auf, um dort zu überlegen, was nun zu tun sei. Was sollte er mit Brewter anfangen? Was war überhaupt in den langen Stunden seit der Havarie des kleinen Zweimannjägers geschehen? An Sabotage glaubte Hundry nicht, der Unfall sah sehr echt aus. Letzten Aufschluss darüber würde die Obduktion des toten Navigators bringen.

Der Türsummer schlug an.

»Herein!«

Hundry hatte, wie immer, wenn er allein war, den Helm abgenommen. Seine Aufforderung war vermutlich im ganzen Schiff gehört worden.

»Sergeant Sertao Brewter!«, meldete sich der Eintretende.

»Nehmen Sie Platz«, forderte Hundry ihn auf.

Brewter war Mitte Zwanzig, dunkelhaarig, dunkeläugig, hatte eine braune Haut und einen schlanken, muskulösen Körper. Die

Uniform stand ihm. Ein Frauentyp, diagnostizierte Hundry – natürlich nur für irdische Frauen. Auf Ertrus hätte es Brewter bestenfalls zum Kindergartencasanova gebracht – selbst ein Teenager ertrusischen Ausmaßes hätte ihn mühelos verprügeln können.

Brewter bewegte sich mit der ruhigen Selbstsicherheit eines Mannes, der auch vor einem hohen Vorgesetzten keinerlei Furcht empfand – ein Charakterzug, der Hundry sofort angenehm auffiel.

»Berichten Sie, Sergeant!«, befahl Hundry. Er ging zu der kleinen Bar hinüber, zog eine Karaffe aus der Kühlung und hielt sie fragend in die Höhe. Brewter schüttelte ablehnend den Kopf, Hundry ließ die Flasche wieder verschwinden. Bei dem Erfrischungsgetränk nickte Brewter.

Er berichtete in der gebotenen Kürze, was vorgefallen war. Irgendein Aggregat der Moskito-Jet war so funktionsgestört gewesen, dass es regelrecht explodiert war. Dadurch war der Jäger so schwer beschädigt worden, dass eine Rückkehr aus eigener Kraft nicht mehr möglich gewesen war. Brewters Begleiter war bei der Explosion getötet worden; außerdem war auch das Hyperfunkgerät ausgefallen.

»Daraufhin verfeuerte ich einen Schuss aus meiner Transformkanone«, erklärte Brewter. Ohne seinen Bericht zu unterbrechen, nahm er das gefüllte Glas in Empfang und bedankte sich mit einem Kopfnicken.

»Den Rest kennen Sie, Sir. Die DHC kam und holte mich ab. Das ist alles, was ich weiß.«

»Sie waren, als wir Sie fanden, besinnungslos. Erklärung?«

Brewter zögerte einen Augenblick.

»Ich glaube, es war eine Ohnmacht, Sir«, sagte er dann. »Das Warten auf die DHC fiel mir so schwer, dass ich darüber fast wahnsinnig wurde vor Angst. Wahrscheinlich verlor ich deshalb das Bewusstsein.«

Hundry nickte langsam. Das war eine plausible Erklärung. Immerhin hatte Sergeant Brewter mehr als fünfzehn Stunden lang hilflos in dem Wrack gesteckt. Mit einem Toten im Nacken, von allem und jedem abgeschnitten, dazu in einer Umgebung, die menschliche Gedanken niemals auch nur näherungsweise ausloten konnten – unter diesen speziellen Umständen wäre auch der Gemütszustand härterer Männer gefährdet gewesen.

»Zweierlei, Sergeant«, sagte Hundry zögernd. »Erstens: Wissen Sie, was ein Multiduplikator ist? Zweitens: Kennen Sie den entscheidenden Vorteil Ihrer Moskito-Jet?«

»Von einem Multiplikator …«

»Multiduplikator!«

»Ich habe davon reden hören, Sir. Gerüchte, aber nichts Genaues.«

»Es handelt sich um eine Waffe der MdI«, erklärte Hundry gelassen. Auf Knopfdruck lieferte die Bar einen neuen Vier-Liter-Krug Fruchtsaft. »Mit diesem Gerät lassen sich Gegenstände und Lebewesen vervielfältigen, und zwar derart perfekt, dass eine Unterscheidung selbst für Experten praktisch ausgeschlossen ist. Wäre ich eine solche Kopie, Duplo genannt, könnte nicht einmal meine Frau einen Unterschied finden.«

Brewter schwieg einen Augenblick lang. Nicht weil er sich mit dem Duplikator beschäftigte, sondern vielmehr, um die Tatsache zu verdauen, dass Hundry verheiratet war. Sich ein weibliches Wesen vorzustellen, das zu diesem Drei-Meter-Menschen mit entsprechend breiten Schultern »Schnuckiputz« oder ähnlichen Unfug sagte, überforderte Brewters Fantasie.

»Das zweite ist der Umstand, dass der Pilot einer Moskito-Jet von einem HÜ-Schirmfeld geschützt wird. Wenn man die wenigen Waffen einsetzt, mit denen man dieses Feld knacken kann, bleibt in aller Regel weder etwas vom HÜ-Feld noch von dem solcherart geschützten Piloten übrig. Die Besatzung einer Moskito-Jet kann man also praktisch nicht gefangen nehmen.«

»Und folglich auch nicht …«

»Multiduplizieren«, half Hundry aus. »Die MdI kopieren natürlich nicht so, dass sie die Zahl ihrer Feinde vermehren. Die Duplos sind natürlich loyale Helfer des Gegners.«

Brewter setzte das leere Glas ab. Sein Mund wurde trocken.

»Ich verstehe, Sir«, sagte er leise. »Sie befürchten …«

Hundry nickte.

»Ich befürchte, dass Sie ein solcher Duplo sind«, sagte er leise. Für Brewter hörte es sich dennoch an wie Trompetenstöße bei einer öffentlichen Hinrichtung.

»Angesichts meiner Verantwortung für dieses Schiff …«, begann Hundry; er verabscheute sich selbst in diesem Augenblick, aber es blieb ihm tatsächlich keine andere Wahl.

»Sir!«

Hundry zog die Brauen in die Höhe.

»Ist es möglich, mich mit einer Psycho-Haube zu prüfen?«, fragte Brewter. »Völlig freiwillig natürlich, Sir. Wissen Sie, ich möchte gerne an Bord bleiben. Bitte, schicken Sie mich nicht zurück.«

Hundry presste die Kiefern zusammen und begann in seiner Kabine auf und ab zu laufen.

»Glauben Sie, der Gesetzgeber gibt jedem hergelaufenen Schlachtschiffkommandanten das Recht, mit einer Apparatur herumzuspielen, die das gesamte Denken und Fühlen eines Menschen erforschen kann? Das würde gegen die Menschenrechte verstoßen.«

»Ich sagte freiwillig, Sir!«

»Das ändert nichts«, knurrte Hundry. »Dazu habe ich keine Vollmacht und auch nicht die leiseste Lust. Ich bin mit diesem riesigen Schiff hauptsächlich hier, um die Gedankenfreiheit für alle Bewohner unserer Galaxis schützen zu helfen. Ich will und werde das, was ich im großen Rahmen verteidigen will, nicht privat mit Füßen treten.«

»Ein Kompromissvorschlag, Sir. Sie brauchen gar nicht in meinen Gedanken herumschnüffeln. Ich setze mich freiwillig unter die Haube, und Sie stellen mir nur ein oder zwei klare Fragen, die ich wegen der Haube ehrlich beantworten muss. Beispielsweise, ob ich ein Duplo bin. Oder ob die MdI mich so behandelt oder manipuliert haben, dass ich zum Verräter an meinem Volk werden könnte. Mehr nicht. Das müsste doch genügen, Sir! Sie hätten die Sicherheit, keinen heimlichen Feind im Schiff zu haben – und ich müsste nicht zurückfliegen, noch dazu mit dem Makel behaftet, dass ich vielleicht doch … Sie verstehen?«

Hundry nickte.

»Sergeant Brewter«, sagte er eindringlich. »Sie kennen die Risiken, die mit einer solchen Befragung in jedem Fall verbunden sein können? Auch bei sorgfältiger Anwendung könnten Schäden auftreten.«

»Das Risiko gehe ich ein, Sir!«

Hundry zögerte noch einen Augenblick, dann nickte er bedächtig.

»Erinnern Sie sich daran«, sagte er, als er die Tür öffnete. »Es war Ihr freier Wille, Ihr Entschluss.«

»Das weiß ich«, sagte Brewter. »Und vielen Dank auch, Sir!«

»Fertig, Kommandant!«

Der Mediziner, der die Psycho-Haube bediente, trat zurück.

Hundry hatte ein ekliges Gefühl in der Magengegend. Dies alles passte ihm überhaupt nicht in den Kram.

Sergeant Sertao J. Brewter saß mit glasigen Augen unter einer Konstruktion aus Metall, Glas und Drähten, die verblüffend an die Apparaturen antiker Folterkammern erinnerte. Die Psycho-Haube war eingeschaltet. Der Mann darunter war zu keinem eigenständigen Gedanken mehr fähig. Er musste tun, was ihm gesagt wurde – ob es sich darum handelte, Befehle auszuführen, oder darum, Informationen preiszugeben.

»Wenn Sie mich hören und verstehen können, Sergeant Brewter, dann sagen Sie ja!«

»Ja!«, antwortete Brewter sofort. Er sagte es tonlos, wie ein Automat.

Ein grauenvoller Tonfall, dachte Hundry. Er wandte sich an den Wissenschaftler. »Er kann jetzt nicht mehr lügen, nicht wahr?«

»Richtig, Kommandant. Er muss jetzt die Wahrheit sagen. Wir haben eine ganz behutsame, oberflächliche Kontrolle vorgenommen – er ist nirgendwo hypnotisch blockiert, das steht fest.«

»Brewter, sind Sie ein Duplo?«

»Nein, Sir!«

»Wurden Sie von den MdI gefangen genommen, Brewter?«

»Nein, Sir!«

Hundry leckte sich die Lippen.

»Wurden Sie in irgendeiner Form beeinflusst, zum Verräter an der Menschheit zu werden?«

»Nein, Sir.«

Hundry seufzte erleichtert auf. Damit war der Fall gelöst. Er wollte gerade den Befehl geben, Brewter loszubinden, als dieser laut und deutlich pfiff. Die Art des Pfiffes und die Art des dazu produzierten Lächelns ließen keinen Zweifel zu, wie dieser Pfiff gemeint war. Was Hundry bis ins Mark erschreckte, war der Umstand, dass es im Raum keine Frau gab, auf die sich dieser typische Pfiff beziehen konnte.

»Machen Sie ihn los!«, brüllte Hundry aufgeregt. Er vergaß, dass er seinen Helm nicht trug. Der Mediziner stöhnte auf, wurde weiß im Gesicht und griff sich mit beiden Händen an die Ohren.

Hundry fackelte nicht länger. Er machte einen Schritt, stand vor dem Untersuchungsstuhl, tat einen Griff und hielt die Kabel der Haube in der Hand. Dass ihm kleinere Entladungen entgegensprühten, nahm er nicht wahr.

Mit wenigen kraftvollen Griffen hatte Hundry den Sergeanten bald befreit. Brewter sah ihn an, als wäre er volltrunken.

Aus dem Nachbarraum hatte man den Vorfall beobachten können. Zwei Ärzte eilten herüber und kümmerten sich um den lallenden Brewter.

Nach einer halben Stunde stand das Ergebnis der Untersuchung fest. Sergeant Sertao J. Brewter hatte zwar keinen großen Schaden bei dem Verhör erlitten, aber seine Hirnsubstanz war doch derartig belastet worden, dass er vorerst zu keiner Art von Dienst zu verwenden war.

Bereits am nächsten Morgen – Bordzeit – wurde der Rückflug des Sergeanten in die heimatliche Galaxis in die Wege geleitet.

2.

»Sie sind sehr klug«, sagte der Akone freundlich. Er lächelte gewinnend.

»Danke«, sagte der Agent der GA.

»Und Sie sind sehr schön«, fuhr der Akone fort. Er verstärkte sein Lächeln.

»Nochmals Dank«, sagte der Agent der Galaktischen Abwehr. »Diesmal allerdings für die Reihenfolge, nicht für das Kompliment selbst. Sie sind übrigens sehr geschickt, muss ich zugeben.«

Der Akone deutete eine höfliche Verbeugung an.

Hadassah bat Giora nahm einen Schluck aus dem Glas, das vor ihr auf der Platte des steinernen Tisches stand. Der Fruchtsaft – ein wenig mit *Ssagis* von Shand'ong aromatisiert – tat ihr gut. Über Tell Maryee brütete die Sonne an diesem Tag mit besonderer Intensität.

Auf der Straße vor dem kleinen Gartenlokal drängten sich die Bewohner der Stadt in ihren malerischen Gewändern. Ihnen schien die Temperatur wenig auszumachen. Über der Straße lag die Hitze, vermischt mit den Gerüchen der Kashba.

»Je mehr Frauen der Terraner ich kennenlerne«, sagte der Akone, »um so mehr lerne ich sie schätzen. Und ganz besonders schätze ich Sie, Djehan.«

Hadassah lächelte zurückhaltend.

»Sie sind ein Schmeichler, Kiyther Nuroler, Mitglied des Hohen Rates von Akon. Sie staunen, dass ich Ihren wahren Namen kenne? Ich weiß noch mehr, Kiyther Nuroler.«

Der Akone hörte nicht auf zu lächeln. Er war jung, sonnenverbrannt, sehr gut gewachsen, intelligent und sehr zuversichtlich. Letzteres ohne Grund.

»Ich weiß, dass Sie gestern dreitausend schwere Impulskanonen verkauft haben – an die Gataser, wie üblich.«

Hadassah bat Giora, die sich auf dem Planeten Berengar Djehan al Kahir nannte, nahm wieder einen Schluck Fruchtsaft.

»Wenn Sie die Frauen der Terraner so schätzen«, setzte sie ihre Rede fort, »warum verkaufen Sie dann Waffen an deren erklärte Feinde?«

Nuroler lächelte und wiegte den Kopf.

»Man muss leben«, philosophierte er. »Von irgendetwas muss ich schließlich die Schätze bezahlen, die ich Ihnen zu Füßen legen möchte.«

Hadassahs Stimme bekam einen Unterton, der einiges von der Härte verriet, die sie zur Spitzenagentin der Galaktischen Abwehr gemacht hatte.

»Was Sie noch nicht wissen, ist die Tatsache, dass vor zwei Stunden Ihr geheimes Waffenlager von uns angezündet worden ist. Aus Ihrem Handel mit den Blues wird also nichts.«

Noch immer lächelte der Akone, aber seine Haut schien ein wenig heller zu werden.

»Dieser Schlag trifft um so härter«, fuhr Hadassah lächelnd fort, »da Sie bereits die Bezahlung in Form von seltenen Schwingquarzen bekommen und – was noch viel schlimmer ist – bereits abtransportiert haben. Die Blues werden Ihnen das sehr übel nehmen.«

Das Gesicht des Akonen hatte unterdessen eine wächserne Farbe bekommen.

»Ich kann Ihnen diesen Coup – der Ihrer Intelligenz mehr schmeichelt, als ich es könnte – nicht übel nehmen. Er steigerte nur meine Empfindung für Sie, Djehan.«

»Ich weiß«, sagte Hadassah. Sie lächelte schmelzend.

»Ich weiß, welche Empfindungen Sie hegen«, sagte sie freundlich. »Als Erstes würden Sie gerne mit mir schlafen, weil Sie glauben, dass das Ihr angeschlagenes Selbstwertgefühl wieder heben würde. Und morgen früh würden Sie liebend gerne mir höchstpersönlich die Gurgel durchschneiden, weil das Ihren brennenden Rachedurst stillen würde. Denn Sie wissen so gut wie ich, dass die Blues Sie töten werden.«

»Jeder muss einmal sterben«, sagte der Akone beherrscht; es

war nicht ganz klar, auf wessen Tod er sich in diesem Augenblick bezog.

»Leider wird aus diesem Arrangement nichts werden«, plauderte Hadassah.

»Ach?«, sagte der Akone. Unter der Tischplatte hielt er seine Waffe auf Hadassah gerichtet. »Und warum nicht?«

»Weil die Blues Ihnen zuvorkommen werden«, erwiderte Hadassah. Sie lächelte diesmal etwas traurig. »Schade, dass Sie ein solcher Lump sind, Kiyther. Sie hätten mir wirklich gefallen können. Leider bleibt dazu keine Zeit mehr.«

Sie machte eine Bewegung mit dem Kopf, die auf jemanden hinter dem Rücken des Akonen zielte. Selbstverständlich war Kiyther Nuroler viel zu gewitzt, diesen dummen Trick ernst zu nehmen. Erst als hinter seinem Rücken eine fiepsige Stimme sagte: »Gepriesen sei die siebenhälsige Gottheit der schnellen Rache!«, da wusste Kiyther Nuroler, dass die Terranerin ihn nicht getäuscht hatte.

Er fuhr herum und stieß einen Schrei aus. Zum einen, weil ihm die Handkante der Terranerin auf das Handgelenk mit der Waffe krachte, dass er den Strahler fallen lassen musste, zum anderen, weil ihm im gleichen Augenblick das Messer des vordersten Blues in den Brustkorb glitt.

Hadassah bat Giora wartete noch einen Augenblick, bis sie sicher war, dass Kiyther Nuroler tatsächlich und unwiderruflich starb, dann öffnete sie den Mund und begann laut zu schreien.

»Ich bin jetzt noch halb heiser von dem Kreischen«, sagte sie vier Stunden später.

Auf Schleichwegen – wie üblich – hatte sie den Palast des terranischen Botschafters aufgesucht.

Der Resident saß ihr gegenüber. Er hatte eine gewisse Ähnlichkeit mit seinem Vorgesetzten Allan D. Mercant. Auch er sah eher nach einem leutseligen Vereinskassierer aus als nach dem Chef einer Truppe von Spitzenagenten.

Hadassah zündete sich eine Zigarette an.

Sie hatte gewusst, dass die Blues Jagd auf den Akonen machen würden. Seinen Tod hätte sie nur verhindern können, hätte sie ihn verschleppt. Aber der Akone kannte die erbarmungslosen Spielregeln, nach denen solche und ähnliche Geschäfte betrieben wurden. Hadassah hasste Blutvergießen, sie selbst verabscheute es, wenn in diesem Gewerbe gemordet wurde – aber sie konnte es nicht verhindern. Was tröstete, war lediglich der Umstand, dass ein Toter an dieser Front tausend Tote an anderen Fronten aufwog.

»Brauchen Sie Urlaub?«, fragte der Resident. Seinen wirklichen Namen kannte auf Berengar nur der Botschafter des Solaren Imperiums.

Hadassah schüttelte den Kopf.

»Einstweilen nicht«, sagte sie halblaut und blies einen Rauchkringel in die Luft. »Nicht jetzt, wo der Chef verschwunden ist. Gibt es Nachrichten aus Andromeda?«

Der Resident schüttelte den Kopf.

»Kein Bit«, sagte er seufzend. »Sie wollen also weitermachen? Sind Sie auch sicher, dass man sie nicht als GA-Agentin identifiziert hat?«

»Ich bin sicher«, sagte Hadassah. »Ich habe so laut und durchdringend gekreischt wie drei dumme Gänschen, das müsste eigentlich ausreichen, jedermann von meiner Dummheit und angeblich typischen Weiblichkeit zu überzeugen.«

Der Resident konnte sich ein Lächeln nicht verkneifen. Er war alt genug, um Hadassahs Großvater sein zu können – und dem entsprach auch ein wenig das Verhältnis der beiden zueinander.

»Um auf Ihre Weiblichkeit aufmerksam zu machen, müssen Sie nicht notwendigerweise schreien«, sagte der Resident. Von ihm ließ sich Hadassah besonders gern Komplimente machen.

Sie war fast dreißig, schlank und wohlgewachsen. Was die meisten Männer an ihr besonders faszinierte, war der Kontrast zwischen ihren temperamentvoll roten Haaren und den wie verschleiert wirkenden grünlichen Augen. In der Kartei der Galaktischen Abwehr wurde sie unter dem Kennnamen »La chatte« geführt. Der Name passte. Auch ihre Bewegungen hatten etwas Katzenhaftes.

»Was gibt es zu tun?«, fragte Hadassah nach einer kurzen Pause, in der sie ihre Zigarette ausdrückte.

»Hm«, machte der Resident. »Zu tun gibt es wahrlich genug. Haben Sie einen speziellen Wunsch?«

Hadassah zögerte.

Der Resident hatte mehr als nur recht. Auf dem Planeten Berengar gab es entschieden mehr zu tun, als der Galaktischen Abwehr lieb sein konnte.

Auf Berengar traf sich, was sich sonst auf keiner Welt treffen konnte. Springer feilschten mit Akonen, Antis brachten gemeinsam mit abtrünnigen Aras Drogen in den Handel. Es wurde geraubt und gemordet, spioniert und verraten. In den Kneipen und Spelunken wechselten Drogen, Mädchen und Waffen die Besitzer, manchmal drei- bis viermal in einer Nacht. Niemand regte sich auf, wenn er vor der Tür einen Toten fand, niemand forschte nach, wer Bomben warf, Gift verstreute oder wilde Tiere auf seine Gegner hetzte.

Und Tell Maryee, die Hauptstadt des Planeten, war das Zentrum dieser Aktivitäten. In dieser Stadt konnte man binnen vierundzwanzig Stunden gegen alle göttlichen und menschlichen Gebote und Gesetze verstoßen und bereits am nächsten Morgen begraben und vergessen sein. Es gab kein Laster, dem man in dieser Stadt nicht frönen konnte, keinen noch so ausgefallenen Wunsch, der nicht früher oder später Erfüllung finden konnte. Es gab Stimmen, die allen Ernstes behaupteten, Berengar sei auf dem besten Wege, selbst Lepso den Rang abzulaufen – und das war etwas, was man normalerweise für schlechterdings unmöglich hielt.

Der große, entscheidende Unterschied zwischen Lepso und Berengar war der Umstand, dass sich die Galaktische Abwehr auf Lepso stets erst einschleichen musste. Auf Berengar hatte die GA von Anfang an ihre Hände im Spiel gehabt. Hier war es nur nötig, ab und zu die Ausfälle zu ersetzen.

Hadassah bat Giora war der Ersatz für einen Agenten, der die Unvorsichtigkeit begangen hatte, einem Blue eine Suppenkelle als Geschenk anzubieten. Diese Gabe war für einen Blue – der Schädelform wegen auch Tellerkopf geheißen – derart beleidigend, dass auch der Zustand der beispiellosen Volltrunkenheit den Beleidiger nicht vor der Rache des Blues hatte retten können. Hadassah hatte, bevor man sie nach Berengar in Marsch gesetzt hatte, die Tatortfotos gesehen. Sie wusste daher, was man mit ihrem Vorgänger gemacht hatte.

In der Regel überlebte ein Agent auf Berengar nur die ersten drei Einsätze. Es war üblich geworden, die Leute danach abzuziehen. Hadassah war seit einem knappen Jahr auf dem Planeten stationiert, und der Akone war ihr dritter Einsatzgegner gewesen. Sie war – rein statistisch – nun reif, entweder für den Austausch oder für ein extrem unangenehmes Schicksal, dessen Einzelheiten sie sich wohlweislich gar nicht erst auszumalen versucht hatte.

»Ich möchte mir die neue Spelunke näher ansehen«, sagte Hadassah nach einigem Nachdenken. »Der Wirt soll ein Ertruser sein.«

»Jorans Taverne?«

Hadassah nickte.

»Einverstanden«, sagte der Resident. »Sehen Sie sich dort um, aber passen Sie auf sich auf. Wir würden Sie nur ungern von unserer Gehaltsliste streichen.«

»Ich werde aufpassen«, versprach Hadassah.

Jorans Taverne lag auf einem Hügel am Rand der Stadt, in Sichtweite des Raumhafens, was bedeutete, dass sich dort vornehmlich Schmuggler treffen würden, sofern man auf Berengar überhaupt von Schmuggel reden konnte. Der große Vorzug des Planeten in der Sicht der galaktischen Unterwelt war die Tatsache, dass es auf Berengar praktisch kein Gesetz gab, gegen das man verstoßen konnte. Die Eingeborenen von Berengar hatten den Eindringlingen nichts entgegenzusetzen gehabt. Es waren unbeschwert fröhliche Humanoiden, die nur zwei Leidenschaften kannten – die Kopfjagd und den Alkohol. Auf beiden Gebieten leisteten sie Außerordentliches.

Hadassah sah sich daher auf ihrer Fahrt vor. Die beiden Sänftenträger kannte sie seit Langem, daher war sie vor den beiden sicher. Die Berengaresen warfen zwar ab und zu begehrliche Blicke auf Hadassahs Kopf, aber sie wussten genau, dass die Frau von einem der größten Kämpfer des Planeten geschützt wurde.

Lokandyr hielt seine braune Hand über Hadassah, und dieser Mann hatte eine derart große und bunte Sammlung von Schädeln vorzuweisen, dass selbst den Eingeborenen ab und zu das Grausen ankam. Bei einer so erlesenen Sammlung konnte es den beiden Sänftenträgern nämlich passieren, dass sie zwar, wenn sie sich an Hadassah vergriffen, von Lokandyr dafür getötet würden, dass Lokandyr aber keine Lust hatte, ihre beiden Schädel seiner exquisiten Sammlung einzuverleiben, sondern einfach auf den Müll warf. Das wäre für einen Berengaresen eine unerhörte Demütigung gewesen.

Die nackten Füße der Träger patschten auf dem heißen Fels. Der Weg zur Taverne hinauf war weit und beschwerlich, aber Hadassah pflegte so reichlich zu zahlen, dass die Träger den schweren Dienst willig versahen.

An einer Biegung des Weges warf Hadassah einen Blick auf die Stadt. Die Dächer von Tell Maryee glänzten im Licht der untergehenden Sonne. Die meisten Bewohner hatte ihre Häuser mit Sonnenkollektoren bedeckt, die die Energie für die Kühlanlagen lieferten.

Die Dunstwolke über der Stadt war fast zu sehen, so dicht war sie. Schwach klang, vom Wind herübergetragen, das Jammern der Bocksflöten. Es gab einen Leichenzug in Tell Maryee – vermutlich handelte es sich um den toten Akonen – und die Musik, die die Eingeborenen bei solchen Anlässen zu erzeugen pflegten, war beeindruckend scheußlich. Die Tränen der Passanten jedenfalls waren echt – der jaulende, nervenzerreibende Lärm der Bocksflöten ließ jeden bedauern, dass es wieder zu einem Todesfall gekommen war.

»Langsam«, bestimmte Hadassah. »Ich will nicht mit schwitzenden Trägern ankommen.«

Die beiden Sänftenträger setzten das Tragegestell ab und verschnauften. Einer griff in seinen Lendenschurz und brachte eine große Gemüsezwiebel zum Vorschein, die er mit hörbarem Behagen verzehrte. Sein Gefährte schielte noch einmal zu Hadassahs Haarpracht zurück, seufzte dann und machte sich an die Arbeit, sein Messer zu schärfen. Die meisten Bewohner von Berengar schärften ihre Messer, wenn sie nichts Dringlicheres zu tun hatten. Es waren armlange Messer, stark gekrümmt, fast sichelförmig. Geübte Kopfjäger trennten mit nur einem beinahe beiläufig geführten Hieb das Haupt vom Rumpf.

Hadassah sah wieder zur Stadt hinunter. Der Schwarm Geierhühner in der klaren Luft zeichnete am Himmel den Weg des Leichenzuges nach. Die Geierhühner warteten darauf, dass der Leichnam ihnen zum Fraß überlassen wurde – bis auf den Kopf, der feierlich bestattet wurde.

»Kennt ihr beide die Taverne?«, fragte Hadassah ihre Träger. Sie hatten den hauchdünnen Vorhang ein wenig zur Seite geschoben.

»Sicher, Madam«, sagte der ältere der beiden Träger, ein hagerer Mann mit zwei fingerbreiten Narben am faltigen Hals. An der linken Hand fehlte ihm ein Finger, also war er einmal verwitwet.

»Ein gutes Haus, Madam. Kalte Getränke und viele schöne Köpfe, sehr schöne Köpfe, fast so schön …«

Der Jüngere gab seinem Gefährten einen Tritt. Es war ungehörig, jemandem zu sagen, er habe einen schönen Kopf, wenn man nicht ernsthaft daran dachte, ihm den Kopf abzuschneiden. Da Hadassah unter hohem Schutz stand, war die Rede des alten Mannes eine plumpe, unziemliche Schmeichelei.

»Wer verkehrt dort?«, erkundigte sich Hadassah weiter.

Sie ließ dabei den Weg nie aus den Augen, und der Paralysator an ihrer rechten Hüfte war schussbereit. Es gab Berengaresen, die nichts lieber getan hätten, als Hadassah feierlich den Kopf abzuschneiden, um so zwei Köpfe mit einem Schlag zu erbeuten – zum einen den der Frau, zum anderen den ihres Beschützers. Der Berengarese, der diese beiden Exemplare hätte vorweisen können … der Großadministrator wäre eine unbedeutende Person gewesen, verglichen mit dem Ruhm dieses Sammlers.

Aber in dieser Stunde machte niemand Anstalten, Hadassah mit Anträgen zu behelligen.

»Menschen«, sagte der Ältere geringschätzig. »Auch Springer, Aras und Blues, vor allem aber Menschen.«

Die Berengaresen, Abkömmlinge einer vor Jahrzehntausenden verschollenen Expedition der Arkoniden, waren auf Terraner nicht sehr gut zu sprechen. Die Terraner waren die Einzigen, die immer wieder abfällige Kommentare über das Brauchtum der Berengaresen hören ließen. Und in der ganzen Geschichte hatte es noch keinen Terraner gegeben, der die Ehre hätte würdigen können, von einem Berengaresen kopflos gemacht zu werden. Die Terraner verstanden halt nichts von Kultur und Sport – sie rannten lieber hinter luftgefüllten Hautkugeln her oder sammelten bedrucktes Papier.

»Weiter!«, bestimmte Hadassah.

Die Träger packten zu und legten sich die Tragestangen wieder auf die Schultern. Die Berengaresen waren im Schnitt fast zweieinhalb Meter groß, aber außerordentlich dürr. Ihre hervorstechende Eigenschaft war Zähigkeit. Noch nie hatte Hadassah einen Sänftenträger gesehen, der zugegeben hätte, dass seine Last zu schwer für ihn sei.

Die beiden Träger setzten ihren Weg fort. Sie schlugen einen lockeren Trab ein, bei dem Hadassah trotz der Polsterung ein wenig durchgeschüttelt wurde.

Nach einigen Minuten kam die Taverne in Sicht.

Es war ein langgestreckter Bau aus geschlämmten Lehmziegeln. Weiß leuchtete die Fassade zu Hadassah herüber. Erst beim Näherkommen wurde deutlich, dass der Besitzer des Hauses andere Körperformen haben musste als die meisten seiner Gäste. Die Türen waren nicht nur viel höher, als es für Terraner nötig gewesen wäre, sie waren auch sehr breit ausgefallen. Der Haupteingang aus dunklem Holz jedenfalls erinnerte von den Abmessungen her sehr stark an ein Scheunentor.

»Absetzen«, befahl Hadassah, als die Sänfte das Haus erreicht hatte.

Die Träger hielten an. Hadassah bezahlte sie mit je zwei Messern in Gold. Das war großzügig. Bronzemesser wären schäbig, Silberklingen hingegen üblich gewesen. Die beiden Träger bedankten sich überschwänglich, dann machten sie sich auf den Rückweg nach Tell Maryee.

»Herzlich willkommen!«

Hadassah war viel zu gut geschult, um sich von diesem Psychomanöver irritieren zu lassen. Sie erschrak zwar heftig, und das auch deutlich sichtbar, aber sie verzichtete darauf, zur Waffe zu greifen. Es wäre eine überflüssige Bewegung gewesen – wenn es ihr ans Leben gehen sollte, hätte man sie vorher nicht angesprochen.

»Donnerwetter!«, staunte Hadassah. »Ich habe schon ziemlich viele Männer gesehen, aber so viel Mann auf einmal … Sie sind der Inhaber?«

»Joran«, bestätigte der Riese. Er war Ertruser, und er war zudem für einen Ertruser ziemlich groß ausgefallen. »Stets zu Ihren Diensten, Miss …«

»Djehan«, stellte Hadassah vor. »Djehan al Kahir.«

»Das klingt irdisch. Sie sind Terranerin?«

»Allerdings.«

Hadassah nahm sich Zeit, diesen Mann genau anzusehen.

Joran war fast drei Meter groß, und er war dieser Größe entsprechend breitschultrig, wie es sich für einen umweltangepassten Menschen vom Planeten Ertrus gehörte. Wie alle männlichen Ertruser hatte er eine sandfarbene Haut, und auf dem Kopf trug er – auch dies Tradition auf Ertrus – eine Irokesenlocke. Der Schädel allerdings, der am Ende des zu einem bodenlangen Zopf geflochtenen Skalps baumelte, war ein Zugeständnis an die Eingeborenen von Berengar. Das Jagdmesser im Gürtel Jorans hätte Hadassah wahrscheinlich nicht einmal fortschleifen, geschweige denn tragen können.

»Fertig mit der Musterung?«

Hadassah lachte.

»Entschuldigen Sie«, bat sie. »Aber ich habe noch nie einen leib …«

Joran begann zu lachen. Es klang wie eine Gewitterimitation.

»Ich bin der Leibhaftige«, kicherte er. »Sehr gut gesagt.«

Er trat einen Schritt zur Seite, lud Hadassah mit einer erstaunlich gewandten Handbewegung ein, sein Lokal zu betreten.

Hadassah dankte mit einem Nicken und trat ein.

Der erste Eindruck war überaus angenehm. Es war kühl in der Taverne, eine Wohltat angesichts der brütenden Hitze, die über dem Land lag. Im Hintergrund sah sie ein steinernes Becken, aus dem Wasser sprudelte. Joran hatte sein Lokal genau über einer Quelle bauen lassen.

Hadassah war sofort alarmiert.

Zur Ausbildung bei der Galaktischen Abwehr gehörte auch eine intensive psychologische Schulung. Daher wusste Hadassah sofort, dass der Brunnen nicht zufällig angelegt worden war. Das Plätschern des Wassers hatte vielmehr die klar erkennbare Aufgabe, die Gäste durstig zu machen – falls das in diesem Landstrich überhaupt nötig war.

Offenbar kannte Joran jenen Leitspruch der Werbeindustrie, der seit dem 20. Jahrhundert bekannt war: Verkauf nicht das

Steak, verkauf das Brutzeln. Es war dies nichts anderes als die Ausdehnung geschickter Werbemaßnahmen auf den Bereich des Unterbewusstseins. Wer sich in einem so gefährlichen Winkel der Galaxis, wie es Berengar war, solcher Mittel bediente, war als potenzieller Gegner ernst zu nehmen.

»Hübsch«, sagte Hadassah. »Wirklich hübsch.«

»Nicht wahr?«, erwiderte der Ertruser stolz. »Es ist allerdings ein kleiner Psychotrick dabei. Das Plätschern soll den Durst der Gäste anheizen.«

Bei Hadassah wirkte der kleine Kunstgriff bereits.

»Was darf es sein?«, fragte Joran, der Hadassah nicht aus den Augen gelassen hatte.

»Fruchtsaft«, antwortete Hadassah schnell. »Mit viel Eis und einem winzigen Spritzer …«

»Ssagis von Shand'ong«, unterbrach Joran. »Ich weiß.«

»Woher?«

Joran zuckte mit den Schultern.

»Ich habe mich erkundigt«, gab er zu. »Sie sind eine stadtbekannte Persönlichkeit. Männer umschwirren Sie – wenn ich Sie als Stammgast werben kann, habe ich gleichzeitig ein Dutzend anderer Dauergäste gewonnen.«

Er verschwand in einem Nachbarraum.

Hadassah sah sich in der Taverne um. Was sie sah, gefiel ihr. Es gab viel natürliches Material in diesen Räumen. Holz, Leder, Hanfstricke, Natursteine. Im Raum lag ein kräftiger Harzgeruch, dazu kam eine rauchige Komponente, die offenbar von dem großen offenen Feuerplatz stammte. Über dem Kamin hing das Wappen der »Chaine des Rôtisseurs«, der Vereinigung der Spießbräter, gegründet im Jahre 1248 vom französischen König Ludwig dem Heiligen. In einer Gangsterspelunke auf Berengar nahm sich das Wappen etwas merkwürdig aus.

Joran kehrte mit einem gefüllten Krug zurück, außerdem standen zwei Gläser auf dem Tablett.

»Der erste Drink geht auf mich«, sagte er. Hadassah merkte,

wie sehr er seine Stimme dämpfte, um ihre Trommelfelle nicht zu lädieren. »Sie sind nämlich mein erster Gast.«

»Hoffentlich der erste in einer langen Reihe«, gab Hadassah zurück.

Genießerisch probierte sie den Fruchtsaft. Dass sie dabei versuchte, irgendwelche Drogen herauszuschmecken, konnte Joran nicht auffallen. Das Getränk schmeckte nach jener Sorte Maracujas, die auf Berengar gezüchtet wurde, und nach ein wenig Ssagis.

»Sehr gut«, lobte Hadassah ehrlich. »Sie verstehen Ihr Handwerk.«

»Dank«, gab Joran zurück.

Wenn er saß, wirkte er nicht mehr ganz so hünenhaft, aber noch immer sehr groß. Jedes Mal, wenn er sich setzte, polterte der Schädel an seinem Schopf auf die hölzernen Dielen. Es war der Kopf eines jungen Mädchens mit schwarzen Haaren. Er war wie üblich beim Präparieren stark geschrumpft, ohne dabei aber die charakteristischen Gesichtszüge verloren zu haben. Das Mädchen hatte stark geschielt und ein reparaturbedürftiges Gebiss gehabt, das ihrem Gesicht etwas von einem Nager gegeben hatte. Der Schrumpfkopf jedenfalls sah eher erheiternd als furchterregend aus.

Hadassah deutete auf Jorans Haarschmuck.

»Echt?«, fragte sie.

Joran machte ein beleidigtes Gesicht.

»Wo denken Sie hin«, empörte er sich, sehr leise allerdings, »natürlich echt.«

Hadassah schluckte.

»Ach so«, meinte Joran. »Sie meinen den Kopf? Der ist natürlich eine Imitation.«

Er grinste bösartig.

»Wenigstens hoffe ich das«, fügte er hinzu.

Er stand auf. Auf der Schwelle waren weitere Gäste aufgetaucht. Es war ein Brautpaar von Terra, zwei junge Leute, die ihr

Reiseziel durch zufälliges Blättern in einem astronomischen Handbuch erwählt hatten und nun ihre Flitterwochen ausgerechnet auf Berengar verbrachten. Bei dem Gedanken, ein Lebensbündnis ausgerechnet auf dieser Welt zu beginnen, überliefen Hadassah Schauder. Die beiden konnten froh sein, wenn sie den Urlaub lebend überstanden. Er hatte einen Vollbart, der ihm bis auf den Bauch herabhing; sie hatte ihr hellblondes Haar noch länger wachsen lassen. Beim Anblick solcher Schädel lief jedem männlichen Bewohner Berengars das Wasser im Munde zusammen.

Wie jedes Mal, wenn sie solche Gedanken überfielen, konnte sich Hadassah eines leisen Fröstelns nicht erwehren. Es war erschreckend, wie rasch sie sich angepasst hatte, wie rasch sie die Gewohnheiten der Eingeborenen zu tolerieren gelernt hatte.

Langsam füllte sich Jorans Taverne. Während sich die Gäste um die hölzernen Tische scharten, jagte Joran mit ohrenbetäubend lauter Stimme und einem Sturzbach höchst bemerkenswerter Flüche sein Eingeborenenpersonal durch die Räume.

Die beiden Träger behielten recht. Es kamen hauptsächlich Terraner, ein Menschenschlag, der auf Hadassah mindestens so exotisch wirkte wie die Eingeborenen. Wenn sich Erdgeborene nach Berengar verirrten, dann waren sie bürgerlichen Maßstäben längst entrückt, sei es durch kriminelle Veranlagung, sei es aus anderen Gründen. Nach Berengar kamen nur Randfiguren der menschlichen Gesellschaft. Trinker, die in jeder Kneipe der Galaxis Lokalverbot hatten, lichtscheues Gesindel. Schwerverbrecher, Berufsspieler, Spione, Nachrichtenhändler und solche, die es werden wollten, entlaufene Jugendliche wie das Brautpaar, Gestrandete, Haltlose – Berengar war ein Schuttplatz für menschliches Gerümpel.

Und doch war dies nur die eine Seite dieses Planeten. Nur extreme Schicksale führten einen Menschen nach Berengar, und hier erfüllten sich extreme Schicksale. Zu der Symphonie, die Berengar hieß, gehörte Flötenklang ebenso wie Trommelschlag.

Hier begannen Romanzen und nahmen blutige Rachen ihr schreckliches Ende.

Hadassah nippte ab und zu an ihrem Drink, rauchte zwei Zigaretten in zwei Stunden und musterte die Gäste – ein Sport, dem sich die meisten Besucher hingaben. Jorans Taverne versprach *in* zu werden, und für Hadassah konnte es nur von Nutzen sein, wenn sie rechtzeitig zu dem Personenkreis gehörte, der in dem Lokal den Ton angab.

»Gefällt es Ihnen?«

Joran hatte sich wieder zu Hadassah gesetzt. Er machte ein zufriedenes Gesicht.

»Es ist angenehm«, sagte Hadassah. »Ich trinke auf Ihr Wohl. *Le Chajim!*«

»Le Chajim«, wiederholte Joran und hob sein Glas. Er wirkte ein wenig verblüfft; mit dem geröchelten *Ch* hatte er ziemliche Schwierigkeiten.

»Ein Trinkspruch meines Volkes«, sagte Hadassah lächelnd. »Er bedeutet so viel wie *zum* Leben!«

»Ein schöner Spruch«, sagte Joran.

»Nicht wahr?«, sagte eine andere Stimme, hoch und bösartig kichernd.

Hadassah brauchte sich nicht umzudrehen.

Lokandyr.

3.

Lokandyr, der Mann von Berengar, Besitzer der größten Craniothek des Planeten.

Klein war Lokandyr, auffallend klein für einen Eingeborenen. Er maß nur knapp zwei Meter, und er war auch entschieden zu breitschultrig ausgefallen, um eine – nach den Maßstäben Berengars – ansehnliche Figur zu haben.

Interessant und höchst begehrt allerdings war sein Kopf. Ein haarloses Etwas, das mit sonnenverbrannter dunkelbrauner Haut bedeckt war, nicht unähnlich einem Ei aus Blech, mit dem lange Zeit Fußball oder Rugby gespielt worden war. Lokandyrs Schädel wies Einbuchtungen, Beulen, Verwachsungen auf, die sein Haupt zum begehrtesten des ganzen Planeten gemacht hatten. Die Nase, schmalrückig wie ein Messer, zeigte korkenzieherähnliche Windungen, die Lippen waren meist zu einem satanischen Grinsen hochgezogen und entblößten so ein windschiefes Paar lückenhafter Zahnreihen, vom Tabak schwärzlichbraun verfärbt. Das linke Ohr hing seit einigen Jahren nur noch an einem fingerdicken Fleischstrang und baumelte schreckerregend im Wind. Das rechte Auge fehlte und war durch einen schwarzen Schmuckstein mit aufgemalter weißer Pupille ersetzt worden.

Gekleidet war Lokandyr wie immer – den Unterleib in ein schmuddeliges Tuch gehüllt, einem Haderlumpen ähnlicher als einem Kleidungsstück, ansonsten war Lokandyr nackt. Das ermöglichte es jedem, einen Blick auf die dürren, stark gekrümmten Beine zu werfen und ausgiebig die Wölbung eines Schmerbauchs zu betrachten, der zu dem Schluss verleiten konnte, der Träger dieser Leibeswölbung sei eine unglaublich hässliche, aber nichtsdestotrotz schwangere Frau.

An einem breiten Lederriemen trug Lokandyr sein Schwert über der Schulter, ein wahres Monstrum an Waffe, mit einer Klinge, deren Schärfe legendär war.

»Heiliger Skalp!«, entfuhr es Joran, als er den Eingeborenen sah. Lokandyr produzierte sein freundlichstes Lächeln – eine schauerliche Grimasse, die Haluter hätte erbleichen lassen.

»Wenn ich vorstellen darf«, sagte Hadassah. »Lokandyr – Joran.«

Lokandyrs Blick auf den Schädel an Jorans Haar verriet Geringschätzung. Er als unbestritten größter praktizierender Craniologe hatte die Imitation auf den ersten Blick erkannt.

Die Art, in der er allerdings Jorans Kopf musterte, hatte etwas unverkennbar Schwärmerisches. Hadassah fühlte sich an einen Philatelisten beim Anblick eines gerade erworbenen Sachsen-Dreiers erinnert.

»Schön«, murmelte Lokandyr. »Wirklich schön.«

Joran war erst kurze Zeit auf Berengar ansässig, aber er begriff sofort, was dieses Lob bedeutete. Es gab ihm zu verstehen, dass Lokandyr an einem Zweikampf interessiert war, bei dem der Sieger Haupt und Leben verlor. Es galt allerdings für Ausländer nicht als ehrenrührig, solche Angebote grundsätzlich abzulehnen.

Joran stand auf und reckte sich.

»Darf ich?«, fragte er und beantwortete die Frage, indem er mit der linken Hand Lokandyr an der Schulter packte und mit der Rechten das Schwert aus der Scheide zog. Lokandyr ertrug den Griff des Ertrusers ohne Klagen, obwohl Jorans Hand die Kraft einer Stahlklammer hatte. Fasziniert sah er zu, wie Joran das Schwert, mit dem Lokandyr so viele hübsche Schädel seiner Sammlung einverleibt hatte, zu verbiegen begann.

Nach einiger Zeit war Joran gezwungen, die zweite Hand zu Hilfe zu nehmen. Vor einer Schar entgeisterter Gäste bog er das mehr als einhundertfünfzig Zentimeter lange Schwert zu einem Ring. Zerbrechen konnte er den hochelastischen Spezialstahl allerdings nicht.

Ein metallisches Schwirren erklang, als Joran die Waffe zurückschnellen ließ. Dabei pfiff die Klinge durch die Luft und zerschnitt eine brennende Kerze so schnell und glatt, dass nicht nur die beiden Teile aufeinander stehen blieben – die Flamme hatte nicht einmal gezittert.

»Beachtlich«, murmelte Lokandyr. Umständlich steckte er sein Schwert in die lederne Scheide zurück. Es klapperte vernehmlich, als er sich zu Hadassah an den Tisch setzte.

»Schönste aller Terranerinnen«, sagte Lokandyr mit seiner unverwechselbaren Stimme, die seinem Äußeren an Scheußlichkeit in nichts nachstand. »Zählt dieser schönköpfige Schwertverbieger zu deinen Freunden?«

»Er könnte es werden«, sagte Hadassah diplomatisch.

Joran sah den neuen Gast lange Zeit sehr gründlich an, dann begann er breit zu grinsen. Er stand auf, und nach kurzer Zeit kehrte er mit einem Fladenbrot und einem kleinen hölzernen Napf voll Salz zurück. Er bot Lokandyr davon an.

Der Mann von Berengar zögerte einen Augenblick lang, dann brach er ein Stück von dem Fladen los, tauchte es in den Salznapf und steckte es sich in den Mund. Er hatte einige Mühe mit seinem Gebiss den Brocken zu kauen, aber es gelang ihm.

Hadassah war erleichtert. Der Ertruser war ihr sympathisch, und sie kannte Lokandyr sehr gut. Wer einen Zweikampf dieser beiden überlebt hätte, konnte sie nicht einmal schätzen, geschweige denn exakt vorhersagen. Nun, da Lokandyr Brot und Salz aus Jorans Hand empfangen hatte, war ein bewaffneter Streit zwischen den beiden nicht mehr möglich.

Joran gab der Bedienung mit Handzeichen zu verstehen, den Krug aufzufüllen.

Die Aufmerksamkeit der anderen Gäste, die sich minutenlang ausschließlich auf Lokandyr und Joran konzentriert hatte, schwächte sich ab. Das in allen Tavernen übliche Hintergrundmurmeln vieler Stimmen wurde wieder hörbar.

Hadassah lehnte sich ein wenig in ihrem Sessel zurück. Sie genoss die malerische Farbenvielfalt in der Taverne. Joran hatte es verstanden, sein Lokal ausgesprochen behaglich zu gestalten. Hadassah nahm sich vor, häufiger hier einzukehren.

»Was gibt es Neues?«, fragte sie Lokandyr, mehr beiläufig als wirklich interessiert. Bis aus Jorans Taverne ein Treffpunkt mit festgelegtem Charakter wurde, mussten ohnehin noch einige Monate vergehen. Angesichts der vielen Terraner unter den Gästen tippte Hadassah auf Rauschgifthandel und organisiertes Glücksspiel als künftige Spezialität von Jorans Taverne. Eine Kneipe, in der es nicht ein ganz bestimmtes Publikum gab, hätte auf Berengar keine Zukunft gehabt.

Leicht amüsiert stellte sie fest, dass ihre beiden Freunde offenbar ähnlichen Gedankengängen folgten. Während Lokandyr – zumindest mit Blicken – seinem Hobby frönte, musterte Joran kritisch die Schar seiner Gäste. Bislang war noch keine große Gemeinsamkeit zu erkennen.

»Nichts Besonderes dabei«, sagte Lokandyr unwillig, als er seine Musterung beendet hatte. Hadassah produzierte ein Lächeln.

Ganz genau wusste sie immer noch nicht, warum sich Lokandyr dazu entschlossen hatte, sie mit seinem Schutz auszuzeichnen – einem Schutz, der wahrscheinlich der Hauptgrund dafür war, dass sie überhaupt noch lebte. Aber Lokandyrs Beweggründe ließen sich einfach nicht ermitteln. Der Craniophile war eine Persönlichkeit, die sich selbst für die Verhältnisse Berengars rätselhaft gab.

Ein neuer Gast erschien auf der Schwelle.

Ein Mann, der Hadassah sofort gefiel – und nicht nur ihr.

Der neue Gast war ziemlich jung, Mitte Zwanzig etwa. Er hatte dunkle Augen und Haare, und seine Haut war von der Sonne stark gebräunt. Schlank war der Mann und hochgewachsen – ein gut aussehender Mann, nach dem Maßstab der Erdgeborenen.

Gekleidet war der Fremde in die für Berengar typische Tracht, weiße wallende Gewänder, die den Körper nicht beengten und vor allem jedem Windhauch erlaubten, bis auf die Haut zu dringen. Kühlung, das war das Prinzip, nach dem auf Berengar Kleidung entworfen worden war.

Auffällig war der Gürtel des Mannes, eine Lederarbeit aus dem

Norden, geradezu unvorstellbar kostbar. Die Nordleute galten selbst den Einwohnern von Tell Maryee als Wilde, und das hieß bei dem Menschenschlag, der die Stadt bevölkerte, einiges.

An den Fingern trug der Fremde einige auffällige Ringe, im Gürtel stak neben einem nagelneuen Kopfschwert ein Dolch mit einer wunderbaren Einlegearbeit im Griff.

Der Mann blieb stehen, sobald er über die Schwelle getreten war. Er sah sich um, schien etwas Bestimmtes zu suchen. Als sein Blick auf Joran fiel, erhellten sich seine Züge. Langsam schritt er durch das Lokal und näherte sich dem Tisch, an dem Hadassah, Lokandyr und Joran saßen.

Der Mann gefiel Hadassah, aber sie war zu gewitzigt, um sich von solchen ersten Eindrücken überrumpeln zu lassen. Auch der Akone hatte ihr anfänglich gefallen.

»Sie sind der Wirt?«, fragte der Gast. Er hatte eine freundliche, warme Stimme, einen volltönenden Bariton.

Joran nickte. »Was kann ich für Sie tun?«

Der Fremde lächelte. Einen Namen nannte er nicht.

»Ich brauche Hilfe«, sagte er zögernd. »Die Angelegenheit ist aber ein wenig … sagen wir knifflig. Zu heikel, um sie in aller Öffentlichkeit zu besprechen.«

Joran zog die Brauen in die Höhe. Lokandyr, der sich den Schädel des Gastes genau angesehen hatte, machte eine wegwerfende Handbewegung, die besagte, dass er weit bessere Stücke in seiner Craniothek wusste.

»Ich habe keine Geheimnisse vor meinen Freunden«, sagte Joran. »Entweder reden Sie offen – oder Sie versuchen Ihr Glück anderswo.«

Der junge Mann lächelte säuerlich. »Das habe ich schon versucht«, gab er zu.

»Sie sind Beau LeGrew«, sagte Lokandyr. »Ich habe von Ihnen gehört.«

»Gutes?«

Lokandyr grinste. »Einiges«, sagte er.

Zu Joran gewandt, fuhr er fort: »Unser Freund will eine Schiffspassage buchen.«

»Das sollte ihm nicht schwerfallen«, warf Hadassah ein. Sie sah LeGrew mit erkennbarem Wohlwollen an. »Oder sind Sie pleite? Vielleicht sollten Sie sich an die Botschaft wenden.«

Beau LeGrew leckte sich die Lippen. Aus der Nähe betrachtet, machte er einen sehr nervösen Eindruck. Er wirkte gehetzt, als sei ihm jemand auf den Fersen.

»Darf ich mich setzen?«

»Nur zu«, ermunterte ihn Joran. »Was wollen Sie trinken?«

»Nichts«, wehrte LeGrew ab. Er zog mit dem Fuß einen Stuhl heran und setzte sich.

»Geld habe ich«, sagte er halblaut. »Ein finanzielles Problem habe ich nicht.«

Joran sagte nichts. Lokandyr zog einen kleinen Schleifstein aus dem Lendenschurz und begann seinen Dolch zu schärfen.

»Ich habe ein ganz spezielles Ziel«, fuhr LeGrew fort.

Am Tisch blieb es weiterhin ruhig. Die anderen Gäste kümmerten sich nicht um das Gespräch. Hadassah registrierte dies alles mit größter Aufmerksamkeit.

»Wohin soll es denn gehen?«, fragte Joran verwundert. »Auf Berengar finden Sie alles – hier können Sie sogar einen Flug nach Gatas buchen, wenn Sie unbedingt wollen.«

»Die Blues reizen mich nicht«, erwiderte LeGrew mit schiefem Lächeln. »Ich will … zur Hundertsonnenwelt.«

Diese Eröffnung kam auch für Hadassah völlig überraschend.

Die Hundertsonnenwelt, Heimat der Posbis, der positronisch-biologischen Roboter, von der Erde 289.412 Lichtjahre entfernt, tief im Interkosmos stehend, eine waffenstarrende Festung, die ihresgleichen in der Galaxis suchte – das war die Hundertsonnenwelt. Sie wurde so genannt, weil sie von zweihundert künstlichen atomaren Sonnen umgeben wurde, die dafür sorgten, dass es auf dieser Welt niemals Nacht wurde. Das Zentralplasma brauchte viel Licht und viel Wärme, um zusammen mit der Hyperinpotronik das Millionenheer von Posbis steuern zu können.

Die Hundertsonnenwelt, Heimatplanet der Fragmentraumer; sie war vermutlich das *Innere,* das die Posbis zu schützen und zu retten programmiert waren.

Auf der Hundertsonnenwelt lebten seit dem Jahre 2114, in dem zwischen dem Plasma und den Terranern unter Perry Rhodans Führung ein mündlicher Freundschaftsvertrag geschlossen worden war, einige hundert Männer und Frauen, Wissenschaftler zumeist. Sie waren damit beschäftigt, den Vorsprung aufzuarbeiten, den die Posbis im Bau von perfekten Robotern erreicht hatten.

Was wollte Beau LeGrew ausgerechnet auf der Hundertsonnenwelt? Dass die Absichten des jungen Mannes unlauter waren, lag auf der Hand. Es gab keinen anständigen Menschen auf Berengar. Wen es hierher verschlug, der hatte mehr oder weniger Dreck am Stecken, war verrückt oder kriminell. Und LeGrew machte da sicherlich keine Ausnahme.

Was also wollte der Mann?

Waffen verschieben? Spionieren?

Es gab gewisse Delikte, die sich beim Umgang mit Posbis von selbst verboten. Roboter – selbst solche, die dank eines Plasmazusatzes über ein Gefühlsleben verfügten – waren weder mit Mädchen noch mit Schnaps zu ködern, sie spielten nicht und wurden nicht rauschgiftsüchtig. Und im Unterschied zu ihren rein organischen Zeitgenossen waren die Posbis unbedingt ehrlich. Der Vertrag zwischen den Terranern und den Posbis war nichts weiter als ein Freundschaftsversprechen, das das Zentralplasma und Perry Rhodan einander gegeben hatten, und wenn an dieser Abmachung jemals Zweifel aufgekommen waren, dann nur, weil nicht alle Terraner unbedingt ehrlich waren. An der Vertragstreue der Posbis waren nie auch nur die kleinsten Zweifel aufgetaucht. Waffengeschäfte waren also mit den Posbis nicht zu machen.

»Sind Sie verrückt?«, entfuhr es Hadassah unwillkürlich.

Beau LeGrew lächelte verständnisvoll.

»In gewisser Weise – ja«, gab er zu. »Ich habe gewettet, sehr hoch gewettet. Darum muss ich unbedingt die Hundertsonnenwelt erreichen. Es ist für mich fast lebenswichtig.«

»Lieber Freund«, sagte Joran, nachdem er sich von der ersten Verblüffung erholt hatte. »Ich mache Ihnen einen Vorschlag. Verlieren Sie die Wette, lassen Sie sich für verrückt erklären und verbringen Sie ihre restlichen Tage in einer Heilanstalt. Das wird besser sein für alle Beteiligten.«

Beau LeGrew biss sich auf die Lippen.

»Sie sind meine letzte Chance«, sagte er zögernd. »Ich zahle gut, sehr gut sogar.«

Joran konnte sich ein Lachen nicht verkneifen. Hadassah lächelte fast mitleidig.

Der Plan des jungen Mannes war völlig absurd. Niemand konnte das besser beurteilen als Hadassah.

Zunächst einmal waren die Koordinaten der Hundertsonnenwelt geheim. Zwar gab es Mittel und Wege, an diese Informationen heranzukommen, aber auch das war keineswegs einfach.

Des weiteren brauchte LeGrew ein Schiff, das in der Lage war, die ungeheure Entfernung zwischen Berengar und irgendeiner Welt innerhalb der Milchstraße und der Hundertsonnenwelt zu überwinden. Mehr als eine Viertelmillion Lichtjahre – und das ohne einen Stützpunkt. Trat während des Fluges ein Defekt auf, waren Schiff und Besatzung verloren. Hadassah wusste zwar, dass die Posbis einige geheime Stützpunkte im Leerraum zwischen den Galaxien besaßen – Frago war eine dieser Welten, Everblack eine andere –, aber diese Welten zu finden, ohne ihre exakten Koordinaten zu kennen, war praktisch ausgeschlossen.

Das entscheidende Hemmnis aber war die Hundertsonnenwelt selbst. Dort konnte nicht einfach jeder landen, der Lust dazu verspürte. Die Posbis waren zwar mit den Terranern befreundet, aber diese Freundschaft ging nicht so weit, dass man

Vergnügungsreisen zur Zentralwelt der positronisch-biologischen Roboter hätte unternehmen können.

Beau LeGrew musste verrückt sein, an eine solche Expedition auch nur zu denken. Seine Chancen waren praktisch gleich Null.

»Man könnte«, sagte LeGrew irritiert, »Papiere fälschen. Ich habe gehört, dass man falsche Ausweise auf Berengar bekommen kann. Darum bin ich hier.«

Er machte einen ziemlich hilflosen Eindruck. LeGrew wirkte wie ein junger Mann aus gutem Hause, der viele schlechte Romane gelesen hatte und sich plötzlich in der Zwangslage befand, tatsächlich mit Gangstern Kontakt aufzunehmen. Sein Auftreten war beinahe lächerlich zu nennen.

»Fahren Sie zurück«, empfahl Hadassah. »Verlieren Sie Ihre Wette. Gewinnen können Sie nämlich nicht.«

»Man hat mir gesagt«, beharrte LeGrew, »hier auf Berengar könne man alles bekommen, wirklich alles.«

Lokandyr bedachte den jungen Mann mit einem schauerlichen Lächeln.

»Man kann hier auch alles verlieren«, sagte er freundlich. Er fuhr fort, seinen Dolch zu schärfen. »Unter anderem das Leben.«

»Dieses Risiko gehe ich ein.«

Hadassah wurde stutzig.

Der junge Mann war sehr hartnäckig. Erfolglos, aber hartnäckig. Dafür sprach, dass er seine ziemlich tapsigen Bemühungen sogar auf ein Lokal ausdehnte, das überhaupt noch keinen festen Kundenkreis hatte.

»Haben Sie es schon bei Öftyr versucht?«, fragte Lokandyr.

Öftyr war ein Mädchenhändler, geschäftlich ein Schlitzohr der übelsten Sorte, privat ein reizender Unither. Öftyr stand in dem Ruf, vieles möglich machen zu können. Hadassah hätte es dort versucht, wäre sie in LeGrews Lage gewesen.

»Natürlich«, sagte LeGrew. »Er hat mich ,rausgeworden.«

»Kein Wunder«, bemerkte Hadassah. »Ich würde Sie ebenfalls aus dem Lokal werfen lassen – in Ihrem eigenen Interesse.«

LeGrew leckte sich die Lippen.

»Mein Leben hängt davon ab«, sagte er leise.

Hadassah zuckte mit den Schultern. Wessen Leben hing nicht von irgendetwas ab? Sie hatte schon zweimal einige Mühe gehabt, sich aus den Klauen von Mädchenhändlern zu befreien, und das ohne dabei zu verraten, dass sie GA-Agentin war.

Allerdings war jetzt klar, was LeGrew nach Berengar verschlagen hatte. Man konnte dem jungen Mann die Verzweiflung ansehen. Er tat Hadassah ein wenig leid.

Sie ließ sich aber von diesem Gefühl keineswegs in ihrer steten Wachsamkeit beeinträchtigen. Unaufmerksamkeit konnte auf Berengar sehr schnell lebensgefährlich werden.

Hadassah griff in ihre kleine Handtasche. Sie wollte sich eine Zigarette anzünden, aber das Feuerzeug fiel ihr aus der Hand. LeGrew fing es geschickt auf, gab ihr Feuer und ließ das Feuerzeug wieder in Hadassahs Handtasche fallen.

»Also«, sagte Joran, »ich kann Ihnen nicht helfen, Mister. Ich kann einfach nicht, selbst wenn ich wollte.«

»Ich hingegen könnte Ihre Probleme lösen«, bemerkte Lokandyr liebenswürdig und mit einem bezeichnenden Blick auf sein Schwert. »Mit einem Schlag, sozusagen.«

Bei diesem ein wenig bluttriefenden Scherz verzog LeGrew keine Miene.

»Versuchen Sie es!«, bat er Joran. »Wie gesagt, ich zahle sehr großzügig. Geld spielt keine Rolle.«

Zu ihrem eigenen Erstaunen hörte sich Hadassah sagen: »Kommen Sie morgen wieder her. Ich will sehen, was ich für Sie tun kann.«

»Du bist von Sinnen«, schimpfte Lokandyr, als LeGrew gegangen war. »Völlig verrückt. Wie willst du diesem Narren helfen?«

Hadassah lächelte den Craniophilen an.

»Nicht ich werde helfen«, sagte sie freundlich. »Du wirst helfen, Lokandyr.«

Jorans Blick wanderte von Hadassah zu Lokandyr und wieder zurück. Ein stärkerer Kontrast war kaum vorstellbar – eine wirklich schöne junge Frau und ein Eingeborener, der so hässlich war, dass ihm sein Spiegelbild Albträume bescheren konnte.

»Der Tag ist verflucht, an dem wir uns trafen«, murmelte Lokandyr. »Wie stellst du dir das vor?«

»Besuche Ughan, den Springerpatriarchen«, schlug Hadassah vor.

»Oh nein!«, stöhnte Lokandyr auf. Hadassah lächelte mitfühlend.

»Frage ihn, ob er den Auftrag übernehmen will«, fuhr Hadassah fort. »Und ich werde zusehen, ob ich einen guten Fälscher finden kann. Die Sache reizt mich.«

Jorans Mund war verwundert geöffnet. Als er ihn geräuschvoll wieder schloss, hörte es sich wie ein Pistolenschuss an.

»Miss«, stotterte er. »Wollen Sie damit andeuten, dass Sie mit solchen Verbrechern umgehen?«

Hadassah zog die Brauen in die Höhe.

»Was glauben Sie, wo Sie sind?«, fragte sie verblüfft. »Auf Berengar ist jeder ein Verbrecher, mehr oder weniger.«

»Ich nicht«, behauptete Joran.

»Und was hat Sie ausgerechnet nach Berengar verschlagen?«

Joran lief rot an, und Hadassah hatte alle Mühe, nicht laut herauszuplatzen. Der riesige Ertruser wand sich verlegen auf seinem Sitz. Das Holz des Möbels ächzte und kreischte unter der Belastung.

»Liebeskummer?«, fragte Hadassah mitfühlend.

Joran nickte nur.

Lokandyr beendete das Messerschärfen und starrte Joran entgeistert an. Dann schüttelte er den Kopf. »Terraner!«, murmelte er geringschätzig.

Hadassah verzichtete darauf, in den Ertruser zu dringen. Die Sache war ihm wohl zu peinlich.

»Sie sollten sich ein anderes Ziel aussuchen«, empfahl sie dem

Riesen. »Berengar ist nicht der richtige Planet für Sie. Sentimentale Ertruser sind das letzte, was wir hier brauchen.«

Joran sah sie von der Seite an. Sein Blick hatte etwas Skeptisches.

»Und weswegen sind Sie nach Berengar gekommen?«, fragte er misstrauisch. »Haben Sie Ihren Gatten vergiftet?«

Hadassah lächelte zurückhaltend.

»Erdrosselt«, verbesserte sie sanft. »Ich verabschiede mich fürs Erste. Morgen finde ich mich wieder ein.«

Joran sah ihr entgeistert nach.

»Stimmt das?«, fragte er Lokandyr, als Hadassah das Lokal verlassen hatte.

Lokandyr zuckte mit den Schultern.

»Was weiß ich?«, fragte er desinteressiert. »Ich war nicht mit ihr verheiratet.«

Joran brachte nur noch ein Kopfschütteln zuwege. »Eine unglaubliche Frau«, murmelte er.

Lokandyr nickte versonnen.

»Das stimmt«, sagte er verträumt. »Sie ist wirklich sehr bemerkenswert.«

»Und sehr schön«, setzte Joran hinzu und wurde wieder rot.

»Auch das«, gab Lokandyr zu. Er warf einen Solar auf den hölzernen Tisch. »Aber sie selbst ist nichts im Vergleich zu ihrer Craniothek … Sie hat Köpfe, mein Lieber, Köpfe …«

Joran wurde mulmig, als er Lokandyrs verzücktes Gesicht sah, und er wusste nicht, ob das von Lokandyrs Anblick herrührte oder von seiner Fantasie, die ihm eine Hadassah zeigte, die vergnügt pfeifend eine Galerie von Schrumpfköpfen abstaubte.

Der Resident schob das Metallfeuerzeug über die Tischplatte. Hadassah polierte den Körper mit den glatten Flächen kurz und ließ ihn dann in ihrer Handtasche verschwinden.

»Sind die Abdrücke dieses Mannes registriert?«, fragte sie.

»Sie sind«, erklärte der Resident. »Die Sache, in die Sie da hineingeraten sind, beginnt reichlich mysteriös zu werden.«

Hadassah zündete sich mit dem Duplikat des Feuerzeugs eine Zigarette an. Das blank polierte Exemplar benutzte sie nur, wenn sie ein paar exakte, unverwischte Fingerabdrücke brauchte.

»Darf ich Einzelheiten wissen?«

»Er heißt natürlich nicht Beau LeGrew«, erklärte der Resident nach kurzem Zögern. »Sein wirklicher Name ist Sertao J. Brewter.«

»LeGrew gefiel mir besser«, sagte Hadassah. Der Resident ging nicht darauf ein.

»Brewter war bis vor einigen Wochen Angehöriger der Solaren Flotte«, fuhr der Resident fort.

Hadassah wurde hellhörig.

»Bis vor einigen Wochen?«

»Er war mit einer nagelneuen Moskito-Jet ein paar Stunden lang verschwunden. Das wäre nicht weiter aufregend – aber die Sache hat sich unglücklicherweise im Leerraum zwischen Andro-Beta und dem eigentlichen Andromedanebel zugetragen.«

»Ein Duplo?«

»Das ist es«, sagte der Resident. »Das ist der Haken bei der Sache. Brewter wurde, nachdem man ihn aufgefischt hatte, auf eigenen Wunsch einem Verhör unter der Psycho-Haube unterzogen. Dabei kam heraus, dass er kein Duplo war – und ein handfester Neuroschock, der ihm einen sofortigen Heimaturlaub eintrug. Auf der Erde hat Brewter dann um seine Entlassung gebeten.«

Hadassah verzog das Gesicht. »Auffällig, sehr auffällig«, stellte sie fest.

»Richtig«, gab ihr Vorgesetzter zu. »Nur hat Brewter dem Flottenkommandanten einen Kuhhandel vorgeschlagen. Er verzichtete für alle Zeit auf Schadenersatz wegen des Neuroschocks – und die Flotte ließ ihn alsbald laufen. Brewter wurde entlassen und tauchte unter.«

»Und jetzt ist er auf Berengar und will zur Hundertsonnenwelt«, ergänzte Hadassah. »Ich will Elsbeth heißen, wenn an der Sache nicht etwas faul ist.«

»Auch ein Risiko«, sagte der Resident lächelnd. »Werden Sie sich weiter um ihn kümmern?«

Hadassah nickte entschlossen. »Ist Brewter reich?«

»Vermögend kann er jedenfalls nicht sein«, antwortete der Resident. »Wenn er, wie Sie aussagen, jetzt mit Solarscheinen nur so um sich wirft, dann hat er sich diese Beträge jedenfalls nicht redlich verdient.«

Eine kurze Pause entstand.

»Und Sie wollen diesen Mann wirklich zur Hundertsonnenwelt fliegen lassen?«

Hadassah lächelte, als sie antwortete: »Mehr noch. Ich werde ihn dorthin begleiten.«

4.

»Ich sage das nur ungern, aber du musst übergeschnappt sein!«

Hadassah zuckte nur mit den Schultern. Lokandyrs Kommentar traf sie nicht.

»Diese Sache reizt mich eben«, versuchte sie dennoch zu erklären. »Ich würde gern wissen, ob es tatsächlich möglich ist, einen solchen Plan durchzuführen.«

»Lokandyr hat recht«, warf Joran ein. Er und der Craniophile hatten die Zeit zwischen Hadassahs Besuchen in Jorans Taverne dazu benutzt, einander kennenzulernen. Sie waren zu dem Ergebnis gekommen, dass sie sich gegenseitig mochten und das nicht zuletzt der gemeinschaftlichen Leistung wegen, die sie im Leeren von Flaschen erreicht hatten. Die Batterie von leeren Flaschen auf der Theke war deutlicher Beweis dafür, wie gut die beiden Männer sich verstanden.

»Die Sache ist viel zu gefährlich«, versuchte Joran Hadassah zu warnen. »Die Posbis werden euch abschießen, noch bevor ihr den Planeten überhaupt erreicht habt. Und ich traue diesem LeGrew nicht. Er ist mir zu glatt, zu geschmeidig, zu reich.«

»Seit wann mag ein Wirt keine reiche Kundschaft mehr?«, fragte Hadassah spöttisch. Sie rümpfte ein wenig die Nase. Der Schnapsgeruch, den die beiden Männer verströmten, war sehr dicht.

»Du weißt genau, was wir meinen«, sagte Lokandyr langsam. Seine Zunge war sehr schwer, außerdem hatte er mit seinen Zahnlücken zu kämpfen, die seiner Sprache viel an Deutlichkeit nahmen.

»Hört mir einmal zu, ihr beiden Supermänner«, sagte Hadassah. »Ich habe mir vorgenommen, etwas zu erleben. Deshalb bin ich nach Berengar gekommen. Inzwischen hat Berengar für mich stark an Reiz verloren, also sehe ich mich nach einer neuen Beschäftigung um. Ich werde LeGrew helfen, die Hundertsonnenwelt zu erreichen, basta!«

Lokandyr hob die Hand.

»Das können wir nicht zulassen«, verkündete er feierlich. Die Feierlichkeit wurde indes arg durch sein Lallen beeinträchtigt. »Wir haben daher beschlossen, dass wir dich begleiten werden, wohin du dich auch wenden magst.«

»Wir?«

»Mein Freund Joran und ich«, behauptete Lokandyr. »Du weißt, dass ich meine Versprechungen zu halten pflege.«

Joran nickte nur. Dabei berührte sein Kinn die Tischplatte aus Marmor, die sofort einen Sprung bekam.

»Jawoll«, sagte er. Er grinste Hadassah verwegen an. »Wir werden dich begleiten, zur Tausend …«

»Hundert«, verbesserte Hadassah sanft. »Ich finde euren Eifer rührend, aber ich kann mir durchaus selbst helfen.«

»Ha!«, machte Joran. Die wenigen Gäste in seiner Taverne zuckten zusammen. Ein Ertruser war kein Lebewesen, mit dem man spaßen konnte, und Joran war ein sehr großer Ertruser. Die meisten Gäste hatten noch nie einen sehr großen, sehr wütenden und sehr betrunkenen Ertruser gesehen, und sie legten auch keinen Wert auf diesen Anblick – ebenso wenig wie Hadassah, die aus Jorans äthanolgetränkter Stimme sofort den gereizten Unterton heraushörte. Wenn sie den beiden Männer jetzt widersprach … es war nicht auszudenken.

»Einverstanden«, sagte Hadassah schnell. »Aber Freunde … wollt ihr euch nicht erst ein wenig ausruhen?«

Lokandyr schüttelte den hässlichen Kopf, dass sein Ohr wild umherflog.

»Ich habe meinem Freund versprochen, ihm meine Sammlung zu zeigen«, erklärte Lokandyr. Liebevoll streichelte er den Griff seines Jagdschwerts.

»Vielleicht«, ließ sich Joran vernehmen, »vielleicht fange ich auch an zu sammeln.«

»Köpfe?«, fragte Hadassah erschüttert.

Joran kicherte und Lokandyr fiel ein; es hörte sich beängstigend irre an.

»Jedenfalls keine Bierdeckel«, verkündete er.

Zusammen standen die beiden Männer auf, zusammen machten sie vollendete Verbeugungen vor Hadassah, zusammen machten sie zwei, drei Schritte – und fielen zusammen auf die hölzernen Dielen. Der Alkohol war letztlich doch Sieger geblieben.

Hadassah winkte die Bedienung herbei.

»Schafft sie fort«, bestimmte sie. »Und lasst sie schlafen, bis sie wieder vollkommen nüchtern sind.«

Das Personal – überwiegend Berengaresen – hatte allerhand zu tun, die beiden Schläfer fortzuschaffen. Vor allem ihr Arbeitgeber war ausgesprochen unhandlich und sperrig. Zwei Männer packten ihn an den Beinen und schleiften ihn über die hölzernen Dielen. Der Schrumpfkopf an Jorans Skalplocke polterte über das Holz und schielte sinnverwirrend zur Decke hinauf.

Hadassah setzte sich wieder an ihren Tisch. Sie wartete auf Brewter – oder LeGrew, wie er sich auf Berengar nannte. Die Koordinaten der Hundertsonnenwelt zu besorgen, war für sie ein Leichtes, und mithilfe der Galaktischen Abwehr musste es auch möglich sein, die Sperren zu passieren, die die Hundertsonnenwelt umgaben.

Dazu musste Hadassah aber gute Gründe vorweisen können. Und sie hatte noch immer nicht die leiseste Ahnung, was LeGrew eigentlich auf der Welt der Posbis wollte. Nach allem, was Hadassah über die Posbis wusste, konnte man sie weder täuschen noch überreden. Ihre Freundschaft mit den Terranern war unerschütterlich, und was bei rein organischen Lebewesen vielleicht noch denkbar war, ließ sich bei den exakt logisch denkenden Posbis nicht erreichen. Sie waren in keiner Weise beeinflussbar.

Hadassah bestellte sich einen starken Kaffee. Sie steckte sich eine Zigarette an und wartete.

Die Entscheidung würde ihr nicht leicht fallen. In dem Augenblick, in dem sie mit LeGrew losflog, war ihre Stellung auf Berengar aussichtslos geworden. Offiziell galt sie als lebenslustige

Witwe, deren Gatte unter etwas mysteriösen Umständen das Zeitliche gesegnet hatte. Aber diese Scheinidentität ließ sich nicht unbegrenzt aufrechterhalten. Sie hatte bereits mit dem Gedanken kokettiert, selbst ein Lokal zu eröffnen.

Hadassah lächelte.

Natürlich, das war die Lösung. Sie ließ die Verbindung, die sie aufgebaut hatte, spielen und verschaffte dem verrückten Terraner, wonach sein Herz begehrte. Da LeGrew mit dem Geld nur so um sich warf, konnte bei diesem Handel genug für Hadassah abfallen, um ihren Wunsch erfüllbar werden zu lassen. Auf diese Weise konnte sie zwei Fliegen …

Die Klappe betrat in diesem Augenblick den Raum. Beau LeGrew erschien auf der Schwelle, sah sich kurz um und steuerte dann auf Hadassahs Tisch zu. Er grüßte freundlich.

»Haben Sie etwas erreichen können?«, fragte er hastig, sobald er sich gesetzt und ebenfalls einen Kaffee bestellt hatte.

Hadassah wiegte den Kopf.

»Es gibt Möglichkeiten«, sagte sie zurückhaltend. »Wollen Sie mir nicht erzählen, was Sie bei den Posbis wollen?«

LeGrew schüttelte den Kopf.

»Ausgeschlossen«, wehrte er ab. »Ich kann zahlen, aber ich werde niemandem etwas erzählen. Was haben Sie erreicht?«

Hadassah machte ein ernstes, geschäftsmäßiges Gesicht.

»Ich kann Ihnen besorgen, a) einen kompletten Satz Personalpapiere und b) eine Besuchserlaubnis für die Hundertsonnenwelt. Die Fleppen werden fünf Riesen ausmachen, für die Landeerlaubnis werden Sie einhundert Riesen auf den Tisch legen müssen.«

LeGrew war tatsächlich noch nicht lange auf Berengar. Eine junge Frau, die sich solcher Sprachformen bediente, verblüffte ihn sichtlich.

»Fünftausend Solar«, murmelte er nachdenklich.

»Für die Personalpapiere«, erinnerte ihn Hadassah. »Die Erlaubnis ist teurer.«

»Hunderttausend Solar sind viel Geld«, behauptete LeGrew; Hadassah lächelte geringschätzig. »Warum so teuer?«

Hadassah hatte ihre Lektionen gelernt. Man lebte nicht sehr lange auf Berengar, wenn man sich dem Milieu nicht anpasste. Hadassah kannte sich in den Geschäften aus, die in Tell Maryee und in anderen Orten auf Berengar getätigt wurden.

»Personalpapiere gibt es so viele, wie es Personen gibt«, erklärte sie. Sie drückte die Zigarette aus. »Landeerlaubnisscheine für die Hundertsonnenwelt hingegen sind außerordentlich selten. Und was selten ist, ist auch teuer.«

»Eine seltene Erlaubnis, die obendrein noch billig wäre, hätte einen weit höheren Seltenheitswert. Ihre Logik stimmt nicht ganz.«

»Mag sein. Wollen Sie zahlen?«

LeGrew leckte sich die Lippen.

»Hunderttausend«, sagte er zögernd, »sind auch für mich kein Trinkgeld. Wer garantiert mir, dass mich die Kanonen der Hundertsonnenwelt nicht beschießen?«

»Niemand«, sagte Hadassah.

»Und ohne Schiff nützt mir auch eine gefälschte Landeerlaubnis wenig.«

»Auch da weiß ich einen Rat.«

»Wie gut sind die Fälschungen?«

»Perfekt«, erwiderte Hadassah. »Wenn wir Sie künftig Perry Rhodan nennen, können Sie sich mit diesem Namen überall vorstellen, ohne dass man Ihnen das Gegenteil beweisen könnte.«

Hadassahs Versprechen war nicht ganz aus der Luft gegriffen. Die Galaktische Abwehr verfügte selbstverständlich über austauschbare Personalpapiere, die so echt wie Originale waren. Sie stammten schließlich aus der gleichen Druckerei.

»Trotzdem …«, begann LeGrew.

»Ja oder nein?«

Hadassahs Stimme war kalt und geschäftsmäßig. Sie verriet, dass sie keine weiteren Redereien dulden würde. LeGrew musste sich entscheiden, und Hadassah hoffte, dass er mit einhunderttausend Solar für eine Landeerlaubnis beweisen würde, wie wichtig ihm die Landung auf der Hundertsonnenwelt war.

»Einverstanden«, sagte LeGrew.

Hadassah lächelte zurückhaltend, dann kramte sie aus ihrer Handtasche zwei Dokumente hervor, die ihren Inhaber als Professor Doktor Pharyn Gendar auswiesen, seines Zeichen Robotiker und Schüler des beinahe legendären Van Moders.

»Fünftausend«, sagte Hadassah sanft.

LeGrew schob ein Banknotenbündel über den Tisch.

Hadassah brauchte nur einen Griff, um zu wissen, ob die Scheine echt waren. Das Geld war kalt, buchstäblich kalt. Hadassah wusste, dass die Temperatur bei drei Grad Celsius lag. Terras kühle Währung war in der Galaxis nicht zu verkennen.

»Warum haben Sie aus mir einen Robotiker gemacht?«

Blitzartig begann Hadassah zu kombinieren. LeGrews Frage konnte eigentlich nur bedeuten, dass er selbst kein Robotfachmann war – und das machte seinen Drang zur Heimatwelt der Posbis noch unerklärlicher. Was hatte der Mann auf der Hundertsonnenwelt zu suchen?

»Sie werden fachliches Interesse vortäuschen müssen«, klärte sie LeGrew auf. »Die Hundertsonnenwelt ist etwas anderes als Zirkon. Touristen sind dort nicht erwünscht. Nur als Robotiker können Sie sich dort einigermaßen frei bewegen.«

LeGrew nickte anerkennend.

»Aber ich verstehe nichts von Robotik«, sagte er dann. »Wird das nicht auffallen?«

Hadassah war verwirrt. Wieso war *sie* jetzt plötzlich in die Rolle versetzt, dieses Wahnsinnsunternehmen voranzutreiben?

»Erstens werden Sie sich von jetzt an in Lehrbücher der Robotik vertiefen müssen. Das ist jetzt wichtiger für Sie als beispielsweise mein Knie.«

LeGrew zog seine Hand zurück, als habe er sich verbrannt. Hadassahs Stimme war um etliche Grade kühler gewesen als das Luurs-Metall in terranischen Banknoten.

»Außerdem gelten Sie als Schüler des Robotikers Van Moders – und dieser Mann war so absonderlich, dass man Ihnen als seinem Schüler alles nachsehen wird, auch wenn Sie tagelang den Mund nicht aufmachen.«

»Sehr gut ausgedacht«, murmelte LeGrew beeindruckt. »Sie machen so etwas nicht zum ersten Mal?«

»Ich lebe davon«, konterte Hadassah – wahrheitsgemäß. »Wie sieht es mit dem restlichen Geld aus?«

»Ich kann die Summe besorgen«, versprach LeGrew. »Aber zunächst einmal brauche ich ein Schiff.«

Hadassah überlegte kurz. Joran und Lokandyr schliefen ihren Rausch aus, waren also nicht als Begleitschutz zu gebrauchen. Bis sie wieder zu sich kamen, würden noch einige Stunden vergehen. Vor allem Lokandyr vertrug Alkohol nur schlecht. Was der Ertruser zu verkraften vermochte, hatte Hadassah noch nicht herausfinden können.

»Können Sie mit Waffen umgehen?«, fragte sie.

LeGrew wiegte den Kopf.

»Ein wenig«, antwortete er. »Ich trage einen Thermostrahler mit mir, und ein Messer.«

»Das kann reichen«, sagte Hadassah freundlich. »Gehen wir.«

Sie verstaute die fünftausend Solar in ihrer Handtasche und stand auf. Auf dem Tisch ließ sie einen Solar für den Kaffee zurück.

Einige der terranischen Gäste starrten zu ihr herüber. Hadassah trug ein Wickelkleid aus hellschimmernder Seide, das ihre figürlichen Vorzüge unterstrich und viel Bein zeigte. LeGrew hatte sich ganz in Weiß gekleidet – Schuhe, Strümpfe, Hose und Hemd, alles strahlte wie die sprichwörtliche Waschmittelreklame. Der Thermostrahler in der dunkelbraunen Lederhalfter an LeGrews Hüfte sah eher dramatisch als gefährlich aus. Hadassah trug in ihrer Handtasche einige Kleinigkeiten zur Selbstverteidigung mit sich. Thermostrahler, ein kleines, zierliches Modell für Damen, mit Perlmuttgriffschalen, dazu einige winzige Tränengasgranaten. Das waren ihre offiziellen Waffen. Inoffiziell waren die Thermitladung, die Narkobomben und Hadassahs Hände und Füße.

LeGrew ging voran. Hadassah zog sich ein Tuch über den Kopf, als sie ins Freie trat. Es versprach ein heißer Tag zu werden.

LeGrew hatte einen Mietgleiter in der Nähe des Lokals geparkt. Hadassah zögerte einen Augenblick, bevor sie einstieg. Sie sagte sich, dass LeGrew einen Ruf als geldprotzender Narr hatte. Solange er nicht als gefährlich galt, würde man ihm keine Sprengladung unter den Sitz praktizieren – hoffte Hadassah, als sie sich auf den Sitz des Beifahrers setzte.

»Nach Tell Maryee«, bestimmte Hadassah.

LeGrew ließ den Motor anlaufen, der Gleiter hob ab. Wie alle moderneren Geräte auf Berengar hatte auch der Gleiter einen sehr weiten Weg hinter sich und vermutlich eine turbulente Geschichte erlebt, bevor er auf Berengar gelandet war. Der Motor gab Geräusche von sich, wie sie die Ingenieure des Herstellers wahrscheinlich nie gehört hatten. Da das Fahrzeug offen war, konnte sich der Geruch nach schmorenden Isolierungen nicht bemerkbar machen.

LeGrew fuhr, wie es sich für einen jungen Mann gehörte, der ein erstklassiger Pilot einer Moskito-Jet gewesen war. Diesen Teil seiner eigentlichen Identität konnte er offenbar nicht verleugnen. Er legte ein Höllentempo vor, trieb den Gleiter zu extremen Fahrmanövern und blieb dabei erstaunlich ruhig. An Hadassah schien er nicht zu denken. Er war voll auf die Fahrt konzentriert.

Noch nie hatte Hadassah die Strecke bis zur Stadt so schnell zurückgelegt, und noch nie hatte sie sich dabei so wohl gefühlt. Als der Gleiter am Stadtrand sein Tempo stark verlangsamte, drehte LeGrew sich zu Hadassah herum. Er lächelte strahlend.

Hadassah lächelte zurück.

Die Wetten standen zehn oder mehr zu eins, dass LeGrew ein

Verbrecher war oder aber auf dem Wege war, ein Verbrecher zu werden. Hadassah ärgerte sich ein wenig über sich selbst. Der Mann gefiel ihr. LeGrew konnte sehr sympathisch sein. Das machte Hadassahs Aufgabe keineswegs leichter.

Wenn LeGrew auf der Hundertsonnenwelt Sabotage verüben oder spionieren wollte, war es Hadassahs Aufgabe, LeGrew dem Richter zuzuführen.

»Wohin jetzt?«

LeGrew lächelte breit. Der Fahrtwind hatte seine Haare durcheinandergewirbelt. In jungenhafter Unbekümmertheit versuchte er die Frisur mit den Fingern wieder zu ordnen.

»In die Kashba«, sagte Hadassah. Sie lehnte sich im Sitz zurück.

In der Stadt konnten sich Gleiter günstigstenfalls mit der Geschwindigkeit eines Läufers bewegen. In der Regel kam man nur im Schritttempo vorwärts.

LeGrew nahm sich Zeit. Nach Hadassahs Angaben steuerte er den Gleiter durch das Gewirr von Gassen, die teilweise so eng waren, dass sich die Passanten in Häusereingänge drücken mussten, damit das Fahrzeug passieren konnte.

Es gab nichts, was es in der Kashba von Tell Maryee nicht zu kaufen gab. Der starke Geruch nach exotischen Gewürzen lag in der Luft; es roch nach geschmolzenem Fett, nach Zwiebeln und Knoblauch, nach sehr schlechtem und sehr gutem Tabak, nach Parfüms, die ebenso sündhaft wie teuer waren.

Hadassah zog den Geruch mit Behagen ein. Die Buntheit und Vielfalt der Kashba war ein Teil ihres Lebens geworden.

»Kaufen, Mister?«

Ein Junge war neben dem Gleiter aufgetaucht, trabte neben ihm her. Der Junge mochte sechzehn Jahre alt sein. Er hielt LeGrew ein Messer vors Gesicht, eine billige Importware, notdürftig auf berengarisch frisiert.

»Kein Bedarf«, wehrte LeGrew ab. Es war schwierig, mit dem Jungen zu reden und ihn dabei nicht zu überfahren.

»Wein, Mister? Guter, starker Wein, gut um …«

Der Seitenblick des Jungen auf Hadassah war an Deutlichkeit nicht zu überbieten.

»Verschwinde!«

»Was denn, Mister? Nicht kaufen? Vielleicht Mädchen? Mein Bruder hat ein großes Lager. Oder lieber verkaufen? Ich kann viertausend geben für die Frau.«

»Verschwinde«, brüllte LeGrew, der einige Schwierigkeiten hatte, sich mit dem Gedanken vertraut zu machen, dass in dieser Stadt sechzehnjährige Knaben sich bereits als Mädchenhändler versuchten.

Hadassah löste das Problem für ihren Begleiter, und sie löste es auf eine Weise, die ebenso typisch war für Berengar wie der Knabe. Sie spielte demonstrativ mit einem Amulett, das sie am Hals trug.

Der Junge sah unwillkürlich hin, erkannte das Zeichen von Lokandyr und wurde kreideweiß. Mit einem Satz suchte er das Weite und war drei Sekunden später verschwunden. Das Angebot für Hadassah hätte ausgereicht, Lokandyr dazu zu bringen, dem Jungen den Kopf vor die Füße zu legen. Der Junge hätte mindesten zehntausend bieten müssen.

»Nach rechts«, bestimmte Hadassah.

Gehorsam lenkte LeGrew den Gleiter um eine Ecke. Aus einem Haus erklang wütendes Keifen und Kindergeschrei. Aus weit geöffneten Fenstern dröhnte die Konfektionsmusik auf die Straße, die vom großen Sender der Stadt ausgestrahlt wurde – rund um die Uhr.

»Hier können wir den Gleiter stehenlassen«, sagte Hadassah.

LeGrew hielt an.

Das Fahrzeug stand vor der Straßenfront eines vier Stockwerke hohen Gebäudes, einem der wenigen in diesem Bereich von Tell Maryee. Der Putz war noch fast weiß, und nur an wenigen Stellen hatten Kinder – an der Höhe der Schrift zu erkennen – ihre Kenntnisse und Einsichten über zwischenmenschliche Beziehungen im Putz verewigt.

»Wer lebt hier?«, fragte LeGrew.

Hadassah lächelte.

»Ein Freund«, sagte sie. »Ein Freund, der nichts unversucht lassen wird, uns um jeden Soli zu betrügen, den wir haben. Ein charmantes Schlitzohr, ein liebenswürdiger Schurke – mit einem Wort – Ughan, der Springer!«

Der Torklopfer bestand aus Luurs-Metall, ein kleiner Hinweis darauf, über welche finanziellen Mittel der Besitzer verfügte. Zwar war nur der Knauf mit diesem sehr seltenen Metall überzogen, aber das nahm dem Hinweis nichts von seiner Deutlichkeit.

Ein weithin hörbarer Beckenschlag folgte dem trockenen Klopfen, mit dem Hadassah den Knauf gegen das Holz der Tür schlagen ließ. Es vergingen nur wenige Augenblicke, dann wurde ein Flügel des breiten Tores geöffnet.

Eine junge Frau erschien im Eingang, eine junge Arkonidin, am weißen Haar und den albinotischen Augen leicht zu erkennen. Ein Hinweis mehr auf den Charakter des Springerpatriarchen. Die Springer stammten von den Arkoniden ab, waren aber von den Herrschern des Arkon-Imperiums stets unterdrückt worden. Auf irdische Verhältnisse umgerechnet, hätte Ughans Geste bedeutet, dass ein Gutsbesitzer der Stauferzeit seine Tür von einer Mongolenprinzessin öffnen ließ.

Das Mädchen starrte Hadassah geistesabwesend an. Es handelte sich demnach um eine Alt-Arkonidin, deren Degeneration in der Galaxis schon sprichwörtlich geworden war.

»Melde deinem Herrn, dass Djehan al Kahir ihn zu sprechen wünscht.«

Die Arkonidin warf noch einen Blick auf LeGrew, der entschieden mehr Interesse verriet, dann trat sie zur Seite.

Hadassah atmete zuerst einmal tief ein. Die Luft im Haus war angenehm kühl, vor allem aber frei von dem Chaos von Gerüchen, das sich auf den Gassen der Kashba austobte.

LeGrew sah sich als Erstes um. »Der Hausherr scheint nicht unvermögend zu sein«, stellte er fest.

Unvermögend war ein glatter Euphemismus. Ughan war der reichste Mann auf Berengar, und es gab hier ziemlich viele reiche Leute. Erfolgreiche Verbrecher pflegten in aller Regel vermögend zu sein.

Für Ughan, den Springerpatriarchen, sprach, dass er – von dem protzigen Türklopfer einmal abgesehen – seinen Reichtum nicht zur Schau stellte. Die Hinweise auf die Vermögenslage des Besitzers waren zwar eindeutig, aber ziemlich dezent. Man musste Kenner sein, um die beiden Gemälde von Corot einschätzen zu können. Der terranische Maler Corot hatte nachweislich zu seinen Lebzeiten höchstens dreitausend Gemälde fertiggestellt. Aber schon einhundert Jahre nach seinem Tod hatten in irdischen Museen und Sammlungen mehr als fünftausend Corots mit Echtheitszertifikat gehangen. Von den beiden Gemälden in der Eingangshalle wusste Hadassah, dass es an ihrer Echtheit keinen Zweifel geben konnte.

»Geliebte Freundin!«

Ughan erschien auf der Bildfläche.

Er war rothaarig und klein, rosig, rund und liebenswürdig. Ein sympathischer Fettkloß auf Beinen. Er trug ein langes Brokatgewand, auf dem Kopf einen schreiend bunten Seidenturban, und an seiner Hüfte baumelte ein sehr bescheidenes Jagdschwert. Die Silbereinlagearbeit des Griffes allerdings war ein Vermögen wert. Vom Köpfeabschneiden und -sammeln hielt der Springer nicht viel. Wenn, dann sammelte er gedruckte Köpfe. Eine besondere Schwäche hatte er für den Kopf Perry Rhodans, der auf den Solar-Scheinen zu finden war.

»Ich freue mich unendlich, Sie wieder bei mir willkommen heißen zu dürfen.«

Ughan streckte die runden Arme aus, umarmte Hadassah und drückte ihr einen Kuss auf die Wange. Der Überschwang war echt. Ughan mochte Hadassah sehr. Bisher war niemand aufgetreten, der ihm genug geboten hätte – sonst hätte er sie wahrscheinlich von seinen Helfern entführen und in irgendeinen Harem verschleppen lassen. Für Geld tat Ughan alles. Von seinen privaten Empfindungen ließ er nur die Preisschwelle bewegen, oberhalb deren er jeden ohne Wimpernzucken verriet.

»Tretet ein«, sagte Ughan liebenswürdig. Mit einem Blick hatte er LeGrew taxiert.

Auf diesen Augenblick hatte Hadassah gewartet. Der Springer täuschte sich nie. Er wusste instinktsicher nach einem Blick, was er von seinem Gegenüber zu halten hatte. Im Falle von Beau LeGrew war das nicht viel.

Ughan watschelte auf goldbestickten Pantoffeln voran.

Irgendwie erinnerte er Hadassah immer wieder an die Bilderbuchsultane irdischer Märchen. Er hatte einige ausgesprochen orientalische Allüren. Beispielsweise eine Schwäche für Seide und Elfenbein, für Perlen und Ebenholz. Das waren die vorherrschenden Materialien in dem Zimmer, in dem Ughan seine Gäste empfing. Er deutete auf die breiten Sitzkissen. Hadassah nahm lächelnd Platz.

Im Raum hing ein feiner Hauch von verbranntem Harz, dazu kam ein dezentes Parfüm. Ughan nannte eine Zahl bemerkenswert attraktiver Frauen sein eigen. Nur zu gern hätte er die Galerie um Hadassah erweitert.

»Tee? Kaffee? Rosenwasser?«

Nach einigen Minuten kehrte eine Sklavin – ein junges Aramädchen – mit dem Kaffee zurück.

»Was, meine Teure, kann ich für Sie tun? Wollen Sie mir mitteilen, dass die Phase Ihrer bemerkenswerten Sprödigkeit beendet ist?«

»Machen Sie sich keine Hoffnungen«, wehrte Hadassah ab. »Ich möchte Ihnen Beau LeGrew vorstellen.«

LeGrew deutete im Sitzen eine Verbeugung an. Ughan musterte ihn noch einmal mit breitem Lächeln.

»Gefällt er Ihnen?«

»Hm«, machte Ughan. »Das hängt vom Verwendungszweck ab, meine Liebe. Für schwere Arbeiten scheint er mir ein wenig zu mager. Für einen Sekretär ist er zu dumm, für einen Assistenten nicht alt genug. Wo haben Sie ihn her? Beim Spiel gewonnen? Ich habe Ihnen Hunderte von Malen gesagt, dass Sie nicht das Recht haben, an Glücksspielen teilzunehmen. Eine Frau, die wie Sie schon bei der Geburt mit Glück überhäuft wurde, kann am Spieltisch nur noch verlieren.«

Hadassah musste lachen.

LeGrew machte ein verwirrtes Gesicht. Die Sprache des Springers behagte ihm nicht.

»Ich habe ihn weder gewonnen noch gekauft. Er ist ein Freund von mir.«

Ughans Gesicht zeigte eine Verwunderung, die in dieser Deutlichkeit schon an Beleidigung grenzte.

»Wir haben ein kleines Problem«, fuhr Hadassah fort.

Ughan winkte ab. »Sie täuschen mich«, sagte er und nahm einen Schluck Kaffee. »Mit kleinen Problemen würden Sie mich nie behelligen. Was kann ich für Sie tun? Benötigen Sie einen Planeten? Ich habe da eine entzückende kleine Welt an der Hand, wie geschaffen für … Freunde.«

Pause und Blick und die Aussprache des Wortes Freunde ergaben zusammen genug Gift, um selbst sanftere Gemüter als Beau LeGrew wütend zu machen. Nur Hadassahs Hand, die sein Gelenk mit erstaunlicher Kraft umklammert hielt, hinderte den jungen Mann daran, die Bosheiten des fetten Springers zu erwidern.

»Ein Mond? Nein? Suchen Sie vielleicht eine Frau für Ihren Freund? Ich wüsste da eine zauberhafte Überschwere, höchstens vier Zentner, also sehr grazil. Genau das richtige für Ihren Freund.«

»Ughan«, sagte Hadassah lachend. »Unterdrücken Sie Ihre völlig unangebrachte Eifersucht. Sie missdeuten den Sachverhalt.«

»Ach?«, machte der Springer.

»Es ist so«, sagte LeGrew. »Leider.«

Ughan lachte, weil LeGrew plötzlich rot wurde, während Hadassah keinerlei Reaktion zeigte.

»Wir brauchen ein Schiff, mein Freund«, sagte Hadassah. »Ein großes, schnelles Schiff mit einer besonders großen Reichweite.«

Ughan zog eine Braue in die Höhe.

»Wovor wollen Sie weglaufen?«, erkundigte er sich. »Ich wüsste nicht, dass es auf diesem Planeten eine Gefahr gäbe, vor der ich Sie nicht zu bewahren vermöchte – ausgenommen, dass Sie meinen Reizen erliegen.«

»Es gibt größere Risiken«, sagte LeGrew bissig. »Hagelschlag beispielsweise.«

Einen Augenblick lang blieb Ughan völlig ruhig sitzen. Über Tell Maryee war seit sieben Jahren kein Regen mehr gefallen. Das Wort Hagelschlag war im Vokabular der Eingeborenen überhaupt nicht enthalten.

Ughan kniff ein Auge zusammen und musterte LeGrew sekundenlang, dann begann der Springer breit zu grinsen, und wenig später wurde seine Gestalt von förmlichen Lachkrämpfen geschüttelt. Wie alle Springer hatte Ughan sehr viel Sinn für gekonnte Bosheit, auch wenn diese Spitze in sein Fleisch geriet.

»Sehr gut«, kicherte er und wischte sich die Lachtränen aus den Augen. »Wirklich sehr gut. Hagelschlag, das muss ich mir merken.«

Hadassah war erleichtert. Wenn Ughan hasste, kannte sein Hass keine Grenze mehr. Sein Feind zu sein, war gleichbedeutend mit einem Todesurteil – und Todesurteile wurden auf Berengar rasch und unnachsichtig vollstreckt.

»Wir brauchen ein Schiff mit sehr großer Reichweite«, setzte Hadassah das Gespräch fort.

»Wohin soll es denn gehen, liebe Freundin? Nach Arkon? Nach Terra? Zu den Blues? Mittsommernacht auf Gatas, es soll dort sehr munter zugehen, hörte ich? Oder vielleicht die Posbis? Ein Ausflug zur Hundertsonnen …«

Ughan brachte das letzte Wort nicht mehr über die Lippen.

Hadassahs freundlichem Lächeln entnahm er, dass er mit seiner letzten Vermutung ins Schwarze getroffen hatte.

»Oh nein!«, stöhnte er auf. »Nicht das, nicht mit mir.«

5.

»Ich will tatsächlich zur Hundertsonnenwelt«, wiederholte Hadassah. »Einem Mann mit Ihren Beziehungen sollte es doch möglich sein, ein Schiff zu finden, das dafür geeignet ist.«

Ughan rannte im Zimmer auf und ab. Es war ein eher erheiternder Anblick. Er hatte den Turban zurückgeschoben, um sich an der Stirn kratzen zu können. Die lästigen kleinen Pantoffel lagen in einer Ecke.

»Natürlich habe ich auch ein Schiff, das für diese weite Reise zu gebrauchen ist«, überlegte der Springer laut. »Ich habe sogar zwei derartige Schiffe.«

Er drehte sich um und sah LeGrew herausfordernd an. »Teure Schiffe sind das, sehr teure und kostbare Schiffe.«

Wortlos zückte LeGrew sein Scheckbuch. Die Handlung war eine Dummheit. So durfte man mit Ughan nicht umgehen.

»Und dann die Leute«, überlegte der Springer. Er schien LeGrews Reaktion überhaupt nicht bemerkt zu haben. »So ein Schiff braucht Besatzung, und diese Leute wollen ebenfalls bezahlt werden.«

»Ich finde es wirklich rührend«, warf Hadassah ein, »wie viel Sorgen Sie sich um uns machen.«

»Um Sie? Ich mache mir Sorgen um meine Schiffe und meine Männer. Entweder nehmen wir die UGHATZ III, das ist meine Jacht. Dann brauchen wir nur einen Piloten. Oder die UGHATZ XLII, aber das Schiff hat vierundachtzig Mann Besatzung.«

»Ich ziehe das kleine Schiff vor«, sagte LeGrew schnell.

Ughan zog eine Braue in die Höhe. »Können Sie mit einer schnellen Jacht umgehen?«

LeGrew nickte lächelnd. »Ich glaube schon«, sagte er freundlich.

»Und wer garantiert mir, dass die Sache gut geht?«, fragte Ughan. »Wer haftet, falls das Schiff zerstört wird und mein Vermögen im Interkosmos verweht? Wer haftet dafür?«

»Ich werde mitfliegen«, sagte Hadassah.

Ughan blieb stehen, als sei er gegen eine Mauer geprallt.

»Und Lokandyr und ein gewisser Joran werden ebenfalls mitfliegen!«

»Seid ihr allesamt verrückt geworden?«, heulte der Springer auf. Er riss sich den Turban vom Kopf und schleuderte ihn zu den Pantoffeln.

»Was soll aus mir werden?«, keifte er los. »Was habe ich noch vom Leben, wenn ihr bei diesem Selbstmordplan scheitert? Wie stehe ich dann da – ruiniert, ohne Freund, ohne Weib …«

Hadassah kicherte. Es gehörte zu Ughans Eigenart, seine Heiratsanträge nicht nur gut zu verkleiden, sondern auch an den unmöglichsten Stellen anzubringen.

»Du wirst andere Schiffe haben«, versuchte Hadassah ihn zu beruhigen. »Es bleiben dir genug Freunde und mehr als genug Frauen.«

»Freunde hat man nie genug«, konterte der Springer schnell. »Ich gebe euch ein Schiff, aber nur unter gewissen Bedingungen.«

»Ich höre«, sagte LeGrew. Ihm war entgangen, dass das Gespräch völlig an ihm vorbeilief. Ughan nahm nur Hadassah ernst.

»Ich begleite euch«, verkündete Ughan.

»Nein!«

Beau LeGrews Stimme verriet aufkeimende Wut.

»Was ich brauche, sind ein Schiff zur Hundertsonnenwelt und die nötigen Papiere. Die Dokumente habe ich, und ein Schiff werde ich auch finden. Ich werde aber nicht mit einer ganzen Heerschar auf Reisen gehen. Weder mit diesem Riesen von Ertrus noch mit dem Scheusal von Berengar. Ich habe auch keine Lust, mit einem parfümierten Springer durch den Weltraum zu reisen, und …«

»Ja?«

LeGrew zog es vor, Hadassahs knappe Frage nicht zu beantworten.

»Über den Preis reden wir, wenn wir das Unternehmen hinter uns gebracht haben«, schlug Ughan vor. Er lächelte verheißungsvoll. »Es muss dabei ja nicht unbedingt über Geld geredet werden.«

Hadassah erwiderte das Lächeln.

»Wenn Sie sich mit einem Blumenstrauß zufriedengeben, soll es mir recht sein«, konterte sie trocken. »Beau, was sagen Sie?«

Der junge Mann zuckte mit den Schultern.

»Was soll ich sagen?«, fragte er bissig zurück. »Ist das vielleicht meine Expedition zur Hundertsonnenwelt?«

Hadassah musste lachen.

»Aber ich erkläre mich einverstanden«, sagte LeGrew dann und fiel in das Gelächter ein.

Ughan musterte ihn kalt. Es war offensichtlich, dass der Springerpatriarch von dem jungen Mann nicht sehr angetan war.

»Wann soll der Flug beginnen?«

»So bald wie möglich«, beantwortete LeGrew die Frage des Springers. »Ich möchte die Sache schnell hinter mich bringen.«

Ughan nickte langsam. Er wandte den Blick nicht von LeGrew.

»Erwarten Sie mich morgen am Raumhafen«, sagte er. »In der Mittagszeit. Ich habe vor dem Start noch einiges zu erledigen.«

»Ein merkwürdiger Bursche, finden Sie nicht auch?«

LeGrew wiegte den Kopf. Mit der linken Hand versuchte er seine Augen vor der Sonne zu schützen.

»Merkwürdig ist er«, stimmte LeGrew zu. »Und er mag mich überhaupt nicht.«

»Da irren Sie sich«, behauptete Hadassah, obwohl sie wusste, dass dies eine Lüge war. Sie beschloss, auf der Hut zu sein. »Ughan ist ein wenig sonderbar, aber grundsätzlich freundlich und hilfsbereit.«

»Wenn man ihm genug für seine Freundlichkeit zahlt«, ergänzte LeGrew.

Sie gingen zu ihrem Gleiter. Nach der Kühle des Wohnhauses

von Patriarch Ughan wirkte die Hitze in den Gassen von Tell Maryee wie ein Faustschlag. Wer diesen abrupten Klimawechsel nicht gewohnt war, konnte seinen Kreislauf in kurzer Zeit bis an den Rand des Zusammenbruchs bringen. Hadassah hatte sich an Berengar und seine Besonderheiten gewöhnt. Erstaunlich war, wie gut der ungeübte LeGrew mit den Anpassungsschwierigkeiten fertig wurde. Wahrscheinlich, so sagte sich Hadassah, lag das an dem gründlichen und nicht zimperlichen Training, das Brewter hatte durchstehen müssen, um überhaupt als Moskito-Jet-Pilot akzeptiert zu werden.

»Wann werden Sie mir verraten, was Sie bei den Posbis wollen?«

»Frühestens auf der Hundertsonnenwelt«, sagte LeGrew ohne Zögern. »Frühestens, wohlgemerkt.«

Hadassah überlegte sich, ob sie es dabei belassen sollte. Sie konnte mitfliegen, beobachten und abwarten, was LeGrew unternehmen würde, hatte er sein Ziel erst einmal erreicht. Auf der anderen Seite konnte sie sich vielleicht die Mühe einer Reise sparen, wenn sie bereits auf Berengar die Beweise für ein Verbrechen aufspürte, ein Verbrechen, das LeGrew begangen hatte oder erst begehen wollte. Hadassah war sich da nicht ganz sicher.

Auf der anderen Seite …

Wenn sie LeGrew ansah, der auf dem Pilotensitz Platz genommen hatte und nun geschickt durch das Treiben von Tell Maryee steuerte, erschien es Hadassah irgendwie merkwürdig, dass dieser recht sympathische junge Mann etwas gegen das Solare Imperium im Schilde führen sollte. Es kam ihr unwahrscheinlich vor. LeGrew – oder Brewter – war nicht der Typ, der Hochverrat beging, Geheimnisse ausspionierte oder Attentate plante.

Hadassah verließ sich in Zweifelsfällen wie diesem auf ihr Gefühl. Diesem Instinkt hatte sie es nicht zuletzt zu verdanken, wenn sie immer noch lebte – trotz aller Gefahren, die schon für eine normale Frau auf Berengar kaum zu ertragen waren und die sich anhäuften, wenn diese Frau zusätzlich noch im blutigen Handwerk der Geheimdienste mitarbeitete.

Dieses Gefühl sagte Hadassah, dass sie neben einem sympathischen jungen Mann saß, dem sie eigentlich hätte vertrauen können.

Es war aber gerade dieses Missverhältnis zwischen ihrem Gefühl und den Daten, die über Brewter/LeGrew bereits vorlagen, das sie misstrauisch stimmte, misstrauisch nicht nur gegenüber LeGrew, sondern auch besonders ihrem sonst so sicheren Gefühl gegenüber. Sie war ein wenig verwirrt.

»Haben Sie bestimmte Pläne, wie wir die nächsten Stunden verbringen sollen?«

Hadassah dachte nach.

Sie hatte sich, gerade als LeGrew zu sprechen begann, vorgenommen, das Zimmer des Mannes zu durchsuchen. Dazu war zweierlei vonnöten – sie musste seine Unterkunft in Erfahrung bringen, und sie musste erreichen, dass LeGrew seine Wohnung einige Zeit lang nicht betrat. Jetzt suchte sie nach einem Mittel, das ihre Pläne begünstigte.

»Wollen wir schwimmen gehen?«

»Schwimmen? Hier?«

Hadassah lachte unterdrückt.

»Das Meer ist nur eine Wegstunde mit dem Gleiter entfernt«, verriet sie ihrem Begleiter. »Es ist nicht sehr tief, auch nicht sehr kühl, aber man kann darin schwimmen. Wir müssten vorher nur Badekleidung besorgen – die Fischer am Strand sind ein wenig rückständig.«

LeGrew reagierte, wie Hadassah sich gewünscht hatte. Er fuhr sich mit der freien Hand über die Stirn, um sich die schweißverklebten Haare aus dem Gesichtsfeld zu schieben. Seine Stirn war mit Schweiß bedeckt, und nach dieser spontanen Geste war die Entscheidung gefallen.

»Einverstanden«, sagte LeGrew.

Er lenkte den Gleiter zunächst zur Hauptstraße, einem besonders breit angelegten Boulevard. Er unterschied sich von den Gassen nur hinsichtlich seiner Breite und dem durch den Verkehr aufgewirbelten Staub. Es gab in Tell Maryee alles, was das Herz begehren konnte – das meiste davon war aber gut getarnt. Offiziell wirkte Berengar wie eine heruntergekommene Kolonialwelt mit starkem Wüstencharakter.

Der Reichtum der Berengaresen beschränkte sich auf den Privatbereich. Es gab teure Paläste, aber keinen Sprengwagen, der den Staub der Hauptstraße hätte befeuchten können. Es gab in den Privathäusern Silberarbeiten, die in der gesamten Galaxis ihresgleichen suchten – aber es gab niemanden, der ein paar Arbeiter zusammengetrommelt hätte, um mit einem sehr geringen Kostenaufwand die Hauptstraße pflastern zu lassen.

Von der Stauballee aus – so nannten Gäste die Hauptstraße – fand LeGrew den Weg ohne Hadassahs Hilfe. LeGrew hatte sich ein kleines Hotel in der Nähe der terranischen Botschaft ausgesucht. Es war ein sauberes, ordentliches Hotel, lag preislich über dem Durchschnitt und war nur einige Häuserblocks von Hadassahs Wohnung entfernt.

Hadassah wartete in der Halle auf ihren Begleiter. Sie nutzte die Zeit, um sich Einzelheiten einzuprägen. Sie musste in der Nacht ohne langes Suchen den Weg finden.

LeGrew kehrte nach einigen Minuten zurück. Danach fuhr er Hadassah zu ihrer Wohnung.

»Sehr hübsch«, sagte er anerkennend.

»Mir gefällt es«, antwortete Hadassah. Sie suchte in ihrem Kleiderschrank nach einem Badeanzug. Währenddessen sah sich LeGrew in ihrer Wohnung um.

Hadassah hatte ziemlich viel Zeit gebraucht, bis sie diese Unterkunft gefunden hatte, ein Sechs-Zimmer-Appartement, das früher von einem Angestellten der Arkon-Botschaft bewohnt worden war. Und es hatte die junge Frau auch sehr viel Mühe und Zeit gekostet, dieses Appartement nach ihrem Geschmack einzurichten.

LeGrew mischte sich an der kleinen Bar einen Drink. Hadassah sah ihm beiläufig dabei zu. Ihr fiel auf, dass LeGrew nicht viel von Alkohol zu halten schien, angesichts der Trinkfestigkeit der meisten Flottenangehörigen eine seltene Ausnahme.

»Wie lange leben Sie schon auf diesem Planeten?«, wollte LeGrew wissen. Er hatte sich einen Cocktail aus Gemüsesaft und Milch gemixt, ein höchst eigentümliches Gebräu, das ihm aber sehr gut zu schmecken schien.

»Ein Jahr ungefähr«, antwortete Hadassah, während sie sich umzog. Über dem Badeanzug trug sie einen Poncho aus bedruckter Seide. »Es gefällt mir hier.«

LeGrew zog eine Braue in die Höhe, dann zuckte er mit den Schultern. Die Geschmäcker waren halt verschieden, besagte die Geste. Hadassah konnte sie beim Betreten des Wohnraumes sehen. LeGrew nippte nachdenklich an seinem Drink, während er Hadassahs Musiksammlung musterte. Es handelte sich in der Mehrzahl um Barockmusik und Klassiker. Eine kleine Kollektion befasste sich mit moderner Unterhaltungsmusik, darunter Folklore von Berengar. Es handelte sich allerdings nur um ein Band – die Eingeborenenmusik verband musikalische Einfallslosigkeit mit einer nervenzerfetzenden Art der Instrumentierung. Hadassah pflegte diese Musik laufen zu lassen, wenn sie hartnäckige Gäste aus ihrer Wohnung komplimentieren wollte.

»Fertig«, verkündete Hadassah, nachdem sie einen Teil des Kühlschrankinhalts in eine Kühltasche umgeladen hatte.

Höflich nahm LeGrew ihr die schwere Tasche ab und schleppte sie hinunter. Hadassah nutzte die Gelegenheit, sich hinter das Steuer ihres Gleiters zu setzen.

Ihr Fahrstil entsprach einer Kreuzung zwischen Selbstmord und Treibjagd; jeder, der sie kommen sah, suchte unwillkürlich das Weite und tat gut daran. Hadassah, für schnelles Fahren in Tell Maryee berüchtigt, übertraf sich bei dieser Fahrt selbst. Sie raste durch die Innenstadt, als würde sie von der Polizei gejagt, die es auf Berengar praktisch nicht gab.

LeGrew auf dem Sitz des Beifahrers hatte zwar alle Mühe, die Tasche nicht zu verlieren – Hadassahs Fahrstil aber schien ihn eher zu amüsieren. Er war wirklich außerordentlich nervenstark, musste Hadassah zugeben. Er war der erste Begleiter, der bei dieser Art Darbietung nicht mit der Wimper zuckte. Beau LeGrew schien keine Angst zu kennen.

Nach einer Viertelstunde Fahrt hatte Hadassah die Stadt hinter sich gelassen. Auf dem breiten Sandweg, der von Tell Maryee zur Bucht von Moidem-Saad führte, gab es keinerlei Geschwindigkeitsbeschränkungen. Das Auge stieß, wohin es auch blickte, überall auf das gleiche Bild. Wüste, Sand, Felsen, hitzeflirrende Luft – mehr gab es nicht zu sehen. Staubsäulen in Fahrtrichtung bewiesen, dass Hadassah nicht den einzigen Gleiter auf dieser Strecke fuhr.

»Ziemlich eintönig«, murmelte LeGrew.

»Sie sollten sich einmal näher mit der Wüste befassen«, schlug Hadassah vor. »Ein Freund von mir ist Biologe. Sie würden staunen, wüssten Sie, wie viel Leben es in dieser Landschaft des Todes noch gibt. Im Frühjahr, wenn der morgendliche Tau reichlich fällt, ist das ganze Land ein einziger Blumenteppich, allerdings nur am frühen Morgen. Mittags ist der ganze Zauber schon wieder verschwunden.«

»Jedenfalls möchte ich in dieser Landschaft nicht notlanden müssen«, erklärte LeGrew.

»Mussten Sie schon einmal notlanden?«

Wenn Hadassah geglaubt hatte, mit einer raschen, unverfänglichen Frage LeGrew verwirren zu können, sah sie sich getäuscht.

LeGrew zuckte keineswegs zusammen. Ruhig sagte er: »Bislang noch nicht. Auf der anderen Seite kann man, wenn man bösartig sein will, praktisch jede Landung auf diesem Planeten als eine Art Absturz werten, eine mehr gesellschaftliche Notlandung. Nicht wahr?«

»Ansichtssache«, wehrte Hadassah die Frage nach ihrer Art Landung auf Berengar ab.

Auf dem freien Land, wo es keine Häuser zu umkurven, keine Gleiter zu schneiden, keine Hühner zu hetzen gab, fuhr Hadassah ein wenig manierlicher, aber dennoch immer noch sehr schnell.

Über der Wüste flirrte die Luft. Phantombilder tauchten über dem rostigen Rot des Wüstensandes auf. Hadassah kannte diese Erscheinungen. Für sie war eine Fata Morgana so normal wie der Sonnenuntergang. Auf Beau LeGrew, der erst seit kurzer Zeit auf Berengar lebte, wirkten die Luftspiegelungen faszinierend.

Dank der Spiegelungen konnte Hadassah den Strand bereits sehen, als sie noch einige Kilometer davon entfernt war. Der Strand war ziemlich leer. Die Eingeborenen waren wasserscheu, eine vergleichsweise normale Haltung für Bewohner einer so trockenen Welt. Größere Wasseransammlungen liebten sie nicht.

Hadassah hatte daher keinerlei Mühe, einen angenehmen Platz zu finden, wo sie den Gleiter abstellen konnte. LeGrew klappte den großen Sonnenschirm auf, den Hadassah auf dem Rücksitz des Gleiter liegen hatte.

Die eiskalte Limonade schmeckte hervorragend. Hadassah streckte sich auf der Decke aus, blinzelte träge und starrte auf das mäßig bewegte Wasser hinaus. LeGrew suchte auf dem Radio einen Kanal nach seinem Geschmack. Hadassah war ziemlich verblüfft, als sie feststellte, dass Beau LeGrew offenbar moderne Musik bevorzugte. Für Hadassah war diese Art Musik nichts weiter als eine Abfolge übler Geräusche. Wenn man ein paar Thermoschüsse auf einen alten Gleitermotor abgab und ihn dann startete, produzierte der Motor ähnliche Geräusche wie die Symphoniker des arkonidischen Vereins der Musikfreunde.

»Ich wüsste gerne«, sagte LeGrew, nachdem er sich ebenfalls auf der Decke ausgestreckt hatte, »wie eine Frau wie Sie ausgerechnet zu einem Bekannten wie Lokandyr kommt. Dieser Bursche sieht scheußlich aus.«

»Und er ist der größte Kopfjäger auf diesem Planeten«, ergänzte Hadassah ungerührt. »Wobei anzumerken ist, dass nirgendwo in der Galaxis so leidenschaftliche Kopfjäger an der Arbeit sind wie auf Berengar.«

»Und Sie fühlen sich hier wohl?«

Hadassah zuckte die Schultern. Sie schob die Träger des Badeanzugs ein wenig zur Seite.

»Menschen sind flexibel«, sagte sie träge. »Menschen passen sich allem und jedem an. Warum nicht auch diesem Planeten. Außerdem – hinter meinem Kopf ist niemand her.«

»Hinter dem Kopf nicht«, sagte LeGrew und lächelte.

Die Nacht war wolkenlos. Nächte auf Berengar waren fast immer wolkenlos. Dazu schienen zwei Monde. Hadassah hatte also genügend Sicht.

Sie trug einen sehr engen Anzug aus dunklem Stoff, das Gesicht wurde bis auf die Augen von einer dunklen Seidenmaske bedeckt. Die junge Frau bewegte sich fast geräuschlos.

Auf den Gassen war es still geworden. Turbulent ging es um diese Zeit – Mitternacht war seit drei Stunden vorbei – nur noch im Bereich unmittelbar in der Nähe der Hauptstraße zu, dort, wo eine Spielhölle neben der nächsten stand, wo es Dutzende von Bordellen, Kneipen, Hotels gab. Die Eingeborenen schliefen in der Regel, aktive Kopfjäger ausgenommen. Für Leben sorgten die Zugereisten.

Irgendwo im Bereich der Hauptstraße starb in diesen Stunden ein Mensch, irgendwo wurden Waffen verschoben, wechselte Rauschgift den Besitzer, wurde ein Dutzend Mädchen von einem Händler verschachert. Die wenigen guten Seiten des Lebens auf Berengar verschwanden bei Einbruch der Nacht. Die Dunkelheit lieferte die Kulissen für Mord und Totschlag, für Verbrechen und Unmoral.

Hadassah huschte über die Straße.

Ein Betrunkener kam die Straße entlanggewankt, in jeder der beiden Hosentaschen eine gefüllte Flasche, eine dritte in der Hand. Er zog geräuschvoll vorbei, ohne Hadassah zu sehen.

Die junge Frau bewegte sich vorsichtig. Die Nacht barg Gefahren auf Berengar.

Hadassah aber kannte sich aus im Gewirr der Straßen, Gassen und Stiegen. Geschickt vermied sie es, irgendjemandem zu begegnen. Sie trug keine Waffe, von ihren Händen und Füßen einmal abgesehen, und das war, wenn ein entsprechendes Hirn dazu gehörte, Waffe genug.

Sie brauchte nur wenig Zeit, um von ihrer Wohnung das Haus zu erreichen, in dem LeGrew wohnte. Der junge Mann schlief in Hadassahs Bett, und die junge Frau war sich sicher, dass er tief schlafen würde und so leicht nicht zu wecken war.

Mit einer Gewandtheit, die ihrem Spitznamen alle Ehre machte, turnte Hadassah an der brüchigen Mauer in die Höhe. Von der Krone der Mauer aus stieg sie auf den nächstgelegenen Balkon, von dort aus ging es weiter in die Höhe.

Es war auf Berengar üblich, die Fenster nachts offen zu lassen. Die Kühle der Nacht tat nach der Tageshitze gut. Auch LeGrews Fenster stand offen. Hadassah zögerte einen Augenblick lang, dann stieg sie durch die Öffnung.

Lautlos landete sie auf dem Boden des Zimmers. Niemand schien sie bemerkt zu haben, und eine Alarmanlage gab es offenbar nicht.

Hadassah zögerte einen Augenblick, dann griff sie an den Gürtel. Sie trug einen kleinen Handscheinwerfer. Das Klicken, mit dem Hadassah das Gerät einschaltete, war das lauteste Geräusch, das sie bei ihrem Vorstoß bis zu diesem Augenblick hervorgerufen hatte.

Typisch Mann, dachte Hadassah, während sie den Strahl des Scheinwerfers durchs Zimmer wandern ließ.

Auf einen Mann als Bewohner wiesen die Kleider hin, die teils über einem Stuhl hingen, teils aus einem Koffer quollen, der unter dem Bett stand. Beweis für einen männlichen Bewohner war außerdem die Enthaarungscreme, die auf dem Regal über dem Handwaschbecken zu sehen war.

Hadassah sah sich um, mit der Schnelligkeit und Gründlichkeit, die sie ihrer Schulung verdankte. Sorgfältig achtete sie darauf, dass jeder einzelne Gegenstand, den sie berührte, wieder sorgfältig auf den Platz gesetzt wurde, an dem er gestanden hatte.

»Nichts«, murmelte Hadassah.

Sie war ein wenig enttäuscht. Es gab keinen Hinweis auf irgendwelche bösen Pläne des jungen Mannes, der in ihrem Bett schlief. Es gab nichts, das seiner Scheinidentität widersprochen hätte, keinen Hinweis, kein Zeichen, nichts, das hätte Verdacht erregen können.

Und was noch erstaunlicher war: Außer einem vergleichsweise normalen Thermostrahler hatte Hadassah nicht eine einzige Waffe gefunden. Es gab auch keinen Sprengstoff, es gab keine versteckten Kameras, keine Bandgeräte, die so klein waren, dass man sie in einem Zigarettenfilter hätte unterbringen können, keine versteckten Mikrofone. Das Zimmer war wanzenfrei, das gleiche galt für die anderen Räume.

Es war wirklich verblüffend.

Kein Rauschgift, keine pornografischen Magazine, kein Alkohol – der junge Beau LeGrew schien ein Moralist zu sein. In der ganzen Wohnung gab es nichts, was ungesetzlich oder unmoralisch gewesen wäre.

»Kaum zu glauben«, murmelte Hadassah. Gewohnheitsmäßig bewegte sie sich so, dass sie von der Straße aus nicht zu sehen war.

Ein junger Mann ohne Laster? Was hatte er dann auf Berengar zu suchen? Hier landeten keine anständigen Zeitgenossen. Nicht einmal die Mitarbeiter der Botschaft des Solaren Imperiums waren in diesem Sinne wohlanständig. Dafür war die Gesellschaft auf Berengar zu korrupt, zu unmoralisch.

Möglich, dass es in Tell Maryee eine Handvoll Menschen gab, die in ihrer Heimat nicht steckbrieflich gesucht wurden, aber dann handelte es sich mit Sicherheit um die Bediensteten der auf Berengar akkreditierten Botschafter.

Und ausgerechnet in diesem Sündenbabel sollte sich ein junger Mann mit einer einigermaßen verwirrenden Vergangenheit als Saubermann profilieren wollen?

Hadassah schüttelte den Kopf.

Irgendetwas stimmte nicht, sie hatte aber nicht einmal den Ansatz für einen Verdacht. Es stand fest, dass Sertao J. Brewter der bürgerliche Name des Mannes war. Die Papiere, die er verwendet hatte, waren also falsch – aber was hieß das schon auf einer Welt wie Berengar? LeGrews finanzielle Manipulationen waren ebenfalls unsauber, aber auch das war nicht weiter aufregend.

Hadassah ärgerte sich.

Sie verdross nicht, dass sie sich die Nächte um die Ohren schlagen musste, während sich LeGrew in ihrem behaglichen Bett ausbreiten konnte. Hadassah ärgerte sich, dass sie bei ihren Nachforschungen nicht einen Schritt weitergekommen war. Sie wusste über LeGrew nicht mehr als das, was er selbst von sich erzählt hatte, und die wenigen Informationen, die die Botschaft geliefert hatte.

Hadassah trat ans Fenster.

Ebenso gewandt, wie sie die Wohnung erstiegen hatte, kletterte sie wieder zurück.

Als sie den Boden erreicht hatte – durch die Sohlen ihrer dünnen Leinenschuhe konnte sie die Unregelmäßigkeiten der Straße genau fühlen –, sah sie in der Nähe, nur wenige hundert Meter entfernt, eine Gestalt, die sich näherte. Dem Format nach zu schließen, handelte es sich um einen Ertruser.

Es gab nicht sehr viele Ertruser auf Berengar.

Geistesgegenwärtig drückte sich Hadassah in einen Hauseingang.

Der Mann musste über die Straße gehen. Für Klettertouren über die Dächer war er zu schwer ausgefallen.

Hadassah schüttelte verwundert den Kopf, als sie den Mann erkannte.

Es war Joran, der Besitzer der Taverne, leicht an der langen

Skalplocke zu erkennen, die er sich über die Schulter gelegt hatte. So verhinderte er, dass der Schrumpfkopf am Ende des Zopfes über die Straße schleifte.

Hadassah sah mit steigender Verwunderung, wie Joran offenbar auf Wache zog. Der Hüne stellte sich in einen Winkel, in dem er so leicht nicht zu sehen war und von dem aus er LeGrews Wohnung gut im Auge behalten konnte. Hadassah wartete einige Minuten, dann machte sie sich auf den Rückweg. Jorans Verhalten war so eindeutig gewesen, dass es nicht lohnte, abzuwarten, was er in den nächsten Stunden unternehmen würde.

Der Umweg, den Hadassah einschlagen musste, um Joran nicht in die Arme zu laufen, brachte es mit sich, dass Hadassah sich auch ihrer Unterkunft auf einem anderen als dem normalen Weg näherte.

Auch vor ihrer Wohnung war eine Art Posten aufgezogen. Auf sein langes Jagdschwert gestützt, stand Lokandyr in einem Winkel und beobachtete Hadassahs Wohnung.

Die Frau hätte sich gern näher mit dieser ungewollten Dienstleistung befasst, aber sie entschied sich, dieses Problem vorerst zu vertagen. Auf der Rückseite ihres Hauses turnte sie in ihre Wohnung zurück.

Als Erstes sah sie nach Beau. Der junge Mann lag im Bett und schlief. Hadassah sah ihn einen Augenblick lang kopfschüttelnd an, dann wurde ihr schmerzlich bewusst, dass sie unglaublich müde war. Rasch zog sie sich aus, schlüpfte unter die Bettdecke und war wenig später fest eingeschlafen.

6.

Das erste, was Hadassah am nächsten Morgen nach dem Erwachen tat, war, nach dem Wächter der Nacht zu sehen. Lokandyr war verschwunden, aber Hadassah konnte im Boden deutlich die kleine Vertiefung sehen, die das Jagdschwert des Berengaresen hinterlassen hatte. Sie lächelte ein wenig. Aus dem Verhalten von Lokandyr und Joran wurde sie nicht recht klug – war dieses Aufpassen in der Nacht ein Freundschaftsbeweis? Oder steckte mehr dahinter?

Hadassah ließ Beau noch etwas schlafen.

Sie duschte ausgiebig, dann machte sie das Frühstück fertig. Es gab auf Berengar alles zu kaufen, was Terraner üblicherweise benötigten. Dies war eines der Mysterien, die den Kosmos erfüllten – wie sich beispielsweise eine Packung altmodischer Rasierklingen *made on Terra* in einen Kramladen auf Berengar verirren konnte. Und doch gab es die Klingen, und der Händler hatte nicht nur frische Peran-Früchte anzubieten, er führte auch Brotpackungen, die auf Terra versiegelt worden waren. Der Inhalt war daher stets frisch. Dazu gab es Mehrfruchtmarmelade von Zirkon, diverse Würste von Ertrus – nichts fehlte, was nach Hadassahs Geschmack zu einem echten Frühstück gehörte. Das schloss erstklassigen Kaffee ein, die Morgenzeitungen und weichgekochte Eier. In den Video-Filmen pflegten die Helden in den Weiten des Kosmos stets Pillen und Nährgallerten zu verzehren. Auf die Idee, dass sich die Gewohnheiten aus vielen Jahrhunderten fortsetzen konnten, schien keiner der Drehbuchautoren gekommen zu sein.

Hadassah bereitete alles sorgsam vor, dann erst weckte sie Beau. Der junge Mann war sofort hellwach, und er wusste auch sofort, wo er sich befand. Er lächelte breit.

»Frühstück am Bett?«

»So bin ich es gewöhnt«, sagte Hadassah.

Sie stellte das Tablett ab, nahm den Guten-Morgen-Kuss in

Empfang, der für ihren Geschmack etwas zu flüchtig ausfiel, dann goss sie den Kaffee ein.

Beau LeGrew gehörte zu den Menschen, die ihr Frühstücksei und das dazu passende Blutbad in der Boulevardzeitung schweigend genießen. Das Frühstück verlief daher ziemlich einsilbig.

Hadassah war das nur recht.

Sie hoffte, der Flug zur Hundertsonnenwelt würde endlich Klärung bringen, Klärung auch für ihren Gefühlszwiespalt. Dass sie LeGrew in ihre Wohnung mitgenommen hatte, war nicht nur der branchenübliche Trick gewesen, mit dem weibliche Agenten männliche Opfer einzuwickeln versuchten. Der Mann war ihr tatsächlich sehr sympathisch. Das änderte aber nichts an den bekannten Tatsachen, die Beau LeGrew zu einem geheimnisvollen, gefährlich erscheinenden Menschen machten.

Ab und zu sah Hadassah auf die Uhr. Ughan war als Mann großer Pünktlichkeit bekannt, und Hadassah wollte es sich mit dem Springerpatriarchen nicht verderben. Bis zur Mittagszeit aber blieb nicht mehr allzu viel Zeit.

Hadassah beendete ihr Frühstück als Erste. LeGrew vertiefte sich in einen bluttriefenden Bericht über eine abgestürzte Bergsteigerinnenseilschaft.

Während Hadassah mit der Schnelligkeit und Umsicht, die fast alle ihrer Handlungen auszeichneten, das Gepäck zusammenstellte, stand Beau LeGrew laut und entsetzlich falsch singend unter der Dusche.

Hadassah schaffte es gerade noch, ihn rechtzeitig zu seiner Wohnung zurückzubringen, dass er sein Gepäck besorgen konnte. Während sie im Gleiter wartete, hielt sie Ausschau nach Joran. Auch der Ertruser hatte seine Wache beendet.

Beau brauchte zehn Minuten, ziemlich genau die Zeitspanne, die nötig war, alle Kleidungsstücke aus den Schränken zu reißen und in den Koffer zu stopfen.

Zum Glück waren die Zeitbegriffe auf Berengar innerhalb gewisser Grenzen dehnbar. Mittagszeit, das umschloss eine halbe

Stunde, und Hadassah schaffte es gerade noch, am Ende dieser Zeitspanne den Gleiter am Fuß des Kontrollturms zum Stillstand zu bringen.

Zehn Schiffe standen auf dem kleinen Raumhafen, vier kleinere Frachter im Format einer Korvette, dazu sechs Privatjachten. Das Fahrzeug, das Ughan sein Eigen nannte, war in diesem Fahrzeugpark unschwer zu erkennen.

LeGrew zeigte sich trotz seiner Berengar-Erfahrung erstaunt, als er die UGHATZ III sah.

Springerschiffe waren in aller Regel walzenförmig, das galt auch für die UGHATZ III. Sie war etwa vierzig Meter lang und knapp zehn Meter dick.

Die UGHATZ III war ein rostbraunes Gebilde, einem Wrack ähnlicher als einem Schiff. Fast glaubte Hadassah sehen zu können, wie der stetige Wüstenwind winzige Wirbel von Rostpartikeln auf der Oberfläche tanzen ließ. Ein Sturm könnte, so dachte sie, das Wrack bis auf die Spanten hinunterfeilen.

Das eigentliche Wunder an diesem Schiff bestand nicht darin, dass es noch nicht in sich zusammengefallen war. Wunderbar konnte man auch nicht die Frechheit nennen, mit der Ughan diesen Spitzenkandidaten für die Shredder-Anlage als Jacht bezeichnete. Das eigentliche Wunder bestand darin, dass Ughan es fertiggebracht hatte, das Schiff auf einer so trockenen Welt wie Berengar überhaupt derart verrosten zu lassen – einmal abgesehen von dem Geheimnis, wo in der Galaxis er einen Unternehmer gefunden haben mochte, der Schiffszellen aus rostendem Stahl baute. 99 Prozent der Werften bauten aus erstklassigem Terkonit oder Arkonit, in jedem Fall mit nichtrostenden Stählen. Aber das …?

LeGrew schluckte.

»Da … da … damit sollen wir starten?«

»Hast du vielleicht Angst?«

»Was soll ich auf diese Frage antworten?«, fauchte LeGrew zurück. »Hast du etwa keine Angst, mit diesem Wrack zu fliegen?«

Hadassah zuckte nur mit den Schultern. Wer auf Berengar lebte, gewöhnte sich das Staunen und Wundern rasch ab. Es gab hier vieles, das auf anderen Planeten undenkbar gewesen wäre.

Dass es sich bei dem Rosthaufen tatsächlich um das Schiff handelte, mit dem Hadassah und LeGrew fliegen sollten, ging aus der Tatsache hervor, dass alle anderen Schiffe auf dem Landefeld Nummern und Namen trugen. Nur bei diesem einen Schiff fehlte jegliche Kennzeichnung.

Es konnte keinen Zweifel geben. Der Rosthaufen war die UGHATZ III, ein Schiff, das der Springerpatriarch als Jacht bezeichnet hatte.

Hadassah nahm ihren Koffer vom Rücksitz und marschierte los. LeGrew zögerte noch einen Augenblick lang, dann seufzte er und machte sich ebenfalls auf den Weg.

Der Marsch zu UGHATZ III hinüber war albtraumhaft. Nicht nur, dass beide ihre schweren Koffer zu schleppen hatten, die nach je hundert Metern um ein Kilo schwerer zu werden schienen. Dazu kam die Hitze, die über der freien Fläche brütete, und das Landefeld selbst war heiß wie eine gerade abgeschaltete Herdplatte. Und zu allem Überfluss schälten sich im Näherkommen Einzelheiten an der UGHATZ III heraus, die alle Befürchtungen und Ängste nur noch steigerten.

Da war die Schleuse, die schief in ihren Halterungen hing. Da war die Antenne für den Normalfunk, die traurig am Schiff herabhing wie ein nasser Zweig. Da waren die Landestützen, deren Teller in einer grünlich schillernden Flüssigkeit standen. Wer sich ein wenig mit Raumschiffen auskannte, wusste sofort, dass es sich bei den Lachen nur um ausgelaufene Hydraulikflüssigkeit handeln konnte.

»Allmächtiger!«, ächzte LeGrew, als er endlich bei dem Schiff angelangt war.

Er wagte nicht, die Außenhaut der UGHATZ III anzufassen. Die Hülle sah so schreckerregend aus, dass zu befürchten stand, er werde mit einem Handgriff die Haut durchstoßen. Zudem stand über den Schründen und Klüften der zernarbten Außenhaut des Schiffes ein fahles grünblaues Feuer, vermutlich handelte es sich um elektrische Ladungen, die irgendwie im Schiffsinnern abhanden gekommen sein mussten und sich nun auf der Hülle tummelten, bedrohlich knisterten und einen deutlich bemerkbaren Ozongeruch verbreiteten.

»Tretet ein, Freunde«, sagte eine liebenswürdige Stimme. In der Schleuse war Ughan aufgetaucht, rund, rosig und wohlriechend. »Willkommen an Bord meiner Jacht.«

LeGrew bedachte ihn mit einem wütenden Blick.

»Keinen Fuß setze ich auf diesen Seelenverkäufer!«, begehrte er auf.

»Dann bleiben Sie halt draußen«, sagte der Springerpatriarch ungerührt. »Djehan al Kahir, liebste Freundin meiner Einsamkeit – tretet näher.«

Das Lächeln des rundlichen Springers war so falsch wie seine Zähne. Ughan nannte einen bemerkenswert großen Harem sein eigen, und er gebot über eine keineswegs kleine Sippe. Die Ughan hatten sich von jeher durch gleichermaßen gutentwickelte Verschlagenheit wie durch Geburtenfreudigkeit ihrer Weiber ausgezeichnet. Ughan brachte, wenn es nottat, allein aus den Reihen seiner Sippe eine kriegsstarke Division auf die Beine.

Beau LeGrew zögerte noch einen Augenblick, dann machte er zwei Schritte. Er baute sich vor Ughan auf.

»Dies ist kein Schiff«, behauptete er wahrheitsgemäß. »Dies ist ein Wrack, ein Schrotthaufen. Dieser verlauste, heruntergekommene Kahn wird sich keine Handbreit vom Boden erheben, und das ist gut so. Dann können wir nämlich wenigstens nicht abstürzen.«

Ughan hatte geschwiegen. In seinem rosigen Gesicht, das so merkwürdig mit seinen feuerroten Haaren kontrastierte, bewegte sich kein Muskel.

Mit einer leisen, sanften Stimme, deren Gefährlichkeit dennoch nicht zu überhören war, antwortete Ughan: »Sie haben mein Schiff gechartert, junger Mann, und Sie haben mein Schiff betreten.«

LeGrew sah auf seine Füße. Er stand auf dem Boden des Schiffes, auf dem Stahl der UGHATZ III.

»Und von diesem Augenblick an«, fuhr Ughan fort, »sind Sie Passagier dieses Schiffes, ob Sie es nun gechartert haben oder nicht. Und ich bin Eigner und Kapitän dieses Schiffes. Wissen Sie, was das bedeutet?«

LeGrew presste die Kiefer zusammen.

»Auf den Schiffen der Terraner ist der Kapitän *master next God,* so heißt es doch, nicht wahr? Bei uns Springern gelten ähnliche Bräuche, und wenn Sie noch einmal wagen, mir zu widersprechen, dann lasse ich Sie im Konverter verschwinden.«

Ughans Stimme war nicht um ein Dezibel lauter geworden, während LeGrew bei dieser unverhüllten Warnung kleiner geworden zu sein schien.

»Sie werden zugeben müssen«, wandte sich Hadassah an den Springer, »dass die UGHATZ III nicht gerade vertrauenerweckend aussieht.«

Ughan grinste. »Was auf Berengar sieht schon vertrauenerweckend aus, Sie natürlich ausgenommen? Treten Sie ein.«

Höflich wich er zur Seite und gab den Weg frei. Mit verbissenem Gesicht schritt LeGrew, schwer an seinem Gepäck schleppend, an dem Springerpatriarchen vorbei. Hadassah folgte ihm lächelnd.

Das Schiffsinnere bot – Hadassah hatte schon beim ersten Anblick der UGHATZ III damit gerechnet – einen ganz anderen Eindruck. Von Rost konnte keine Rede sein, Verfall, Zerstörung, Hinfälligkeit – nichts dergleichen war zu erkennen. Im Innern entsprach das Schiff zum einen dem modernsten Stand der Technologie, zum anderen – ebenso unverkennbar – dem Geschmack des Springerpatriarchen.

Die Luft war erfüllt von Gerüchen, die Hadassah an ihre Heimat auf der Erde erinnerten – schwere, süßliche Aromen. Harze, Myrrhe, Weihrauch. Aus einem Raum erklang Musik, die in die gleiche Stilrichtung wies. Ughan selbst bot an diesem Tag einen normalen Anblick. Er trug die übliche Kombination, die Raumfahrer seit der Frühzeit des Arkon-Imperiums zu tragen pflegten. An dieser Montur, die sich durch Vakuumfestigkeit, hohe Elastizität und sehr viele Taschen auszeichnete, hatte sich im Lauf vieler Jahrtausende der Raumfahrtgeschichte nicht viel geändert. Perfekte Lösungen konnten nicht verbessert werden.

Ughan geleitete Hadassah zu ihrer Kabine.

Von den knapp vierzig Metern Länge des Schiffes entfiel die Hälfte auf Laderäume und den Maschinenpark. Der Rest stand der Besatzung zur Verfügung. Es gab vier Decks, die das Schiff in vier gleichhohe Etagen aufteilten. Während zwei dieser Etagen hauptsächlich von Leitungen und Röhren ausgefüllt wurden, blieben zwei der Flächen zur Benutzung frei. Das ergab eine Wohnfläche von mehr als vierhundert Quadratmetern, also mehr als genug, selbst für gehobene Ansprüche.

Ughan wollte, wie er lautstark verkündete, das Schiff selbst fliegen. Damit stand die Kopfstärke der Besatzung fest – ein Springer, ein Ertruser, ein Berengarese, ein männlicher, ein weiblicher Terraner, eine ziemlich bunte Mischung.

Hadassah wurde eine besonders große Kabine zugewiesen. Einige Kleinigkeiten, die den Robotern beim Aufräumen entgangen waren, bewiesen der scharfäugigen Hadassah, dass hier früher eine der Sklavinnen oder Gemahlinnen des Springers einquartiert gewesen war. Hadassah störte das nicht. Sie wusste, dass sich Ughan niemals aufdringlich verhalten würde.

»Es gefällt mir«, sagte Hadassah, nachdem sie sich umgesehen hatte.

Ughan lächelte zufrieden und rieb sich die dicken Finger, an denen ein Dutzend kostbarer Ringe glänzte.

»Ich bin sicher«, setzte Hadassah ihre Rede fort und sah den Springer dabei lächelnd an, »Sie werden es fertigbringen, meinen Freund Beau in meiner unmittelbaren Nähe einzuquartieren.«

In Ughans Gesicht zuckte kein Muskel. Er nickte nur. LeGrew konnte es sich nicht verkneifen, ihn hämisch anzugrinsen. Ughan reagierte darauf, indem er eine Braue in die Höhe zog, eine Geste voller Verachtung. Der Springer hasste den Terraner.

Dass sich Joran an Bord aufhielt, war nicht zu verkennen. Von dem Augenblick an, da sein Fuß zum ersten Mal den Stahl des Schiffes berührte, teilte sich jede seiner Bewegungen der gesamten Besatzung mit. Seine Schritte ließen die ganze Konstruktion erzittern.

Als Letzter erschien Lokandyr. Er sah ziemlich übernächtigt aus, während man Joran nichts von der Nachtwache ansah. Der Kopfjäger hatte schwer an einigen unförmigen Gepäckstücken zu tragen. Was er da transportierte, blieb sein Geheimnis.

Kleidung konnte sich darin nicht befinden. Lokandyr wechselte seinen Lendenschurz jährlich, und *Funsher,* das große Fest der Craniophilen, lag noch in weiter Zukunft. Sein Jagdschwert trug er wie immer über der Schulter. Und anderes Gepäck brauchte Lokandyr eigentlich nicht.

Hadassah, die die Bräuche auf Berengar kannte, hütete sich, eine unangebrachte Frage zu stellen. Ihr fiel nur auf, dass Lokandyrs Gepäck einen ziemlich deutlichen Geruch nach Formaldehyd verbreitete, der sich allerdings gegen die Düfte nicht durchsetzen konnte, mit denen Ughan die Luft an Bord anreichern ließ.

Ughan wartete noch einige Augenblicke, bis sich die gesamte Besatzung in der Zentrale eingefunden hatte.

Dann erst ließ er sich von der Hafenbehörde die Startfreigabe erteilen.

Hadassah entging nicht, dass Beaus Gesicht einen Ausdruck gespannter Erwartung annahm, als Ughan die Maschinen der Jacht anlaufen ließ. Was an Geräuschen von der Schallisolierung nicht unterdrückt werden konnte, hörte sich keineswegs nach Schrottreife an. Im Gegenteil. Hadassah kannte sich auf diesem Gebiet nicht sehr gut aus, aber auch sie glaubte förmlich hören zu können, dass die Aggregate an Bord der UGHATZ III mehr als zwei Kaliber zu groß für dieses Schiff waren.

In Ughans Gesicht zeigte sich keine Reaktion. Er startete mit würgenden, stotternden Triebwerken, durchbrach noch kurz über dem Landefeld die Schallmauer und ließ die wüsten Beschimpfungen des Hafenleiters über sich ergehen, ohne mit der Wimper zu zucken.

Die UGHATZ III gewann an Höhe.

Aus den Augenwinkeln heraus sah Hadassah, wie Beau LeGrew die Zentrale verließ. Er kehrte zurück, als Ughans verrottet aussehende Privatjacht gerade die Grenzzone durchflog. Es war dies der Bereich, in dem sich ein antriebsloser Flugkörper nicht in seiner Kreisbahn halten konnte.

Sobald die UGHATZ III den freien Raum erreicht hatte, schob der Springer den Fahrthebel auf Vollschub. Eine vorprogrammierte Lochkarte schrieb dem Autopiloten den Kurs bis zum Erreichen der Eintrittsgeschwindigkeit vor.

Zufrieden wandte sich Ughan zu seinen Passagieren um. Sein Gesicht strahlte Wohlwollen aus, das aber sofort verschwand, als die scharfe Stimme von Beau LeGrew erklang.

»Können Sie mir erklären, wie Sie zu einem Kalup modernster Bauart kommen? Zu einem Kalup, wie er vor wenigen Jahren erst für die Solare Flotte entworfen und gebaut wurde?«

Ughan zuckte gleichmütig mit den Schultern.

»Natürlich«, sagte er und machte eine wegwerfende Geste. »Beziehungen, lieber Freund. Es gibt keinen Energieschirm, den man nicht früher oder später mit einem goldbeladenen Esel durchqueren könnte.«

Hadassah lächelte verhalten. Philipp von Mazedonien, König und Vater Alexanders des Großen, hatte sich zwar etwas anders ausgedrückt – er hatte von Stadtmauern gesprochen –, aber das nahm dem abgewandelten Zitat nichts von seiner Richtigkeit.

»Das ist Verrat«, empörte sich LeGrew. »Dafür ...«

»Ja?«

Gerade noch rechtzeitig unterbrach sich LeGrew. Er lief rot an. Ihm war eingefallen, dass er selbst ebenfalls einige Gesetze übertreten hatte. Dafür hätte auch er viele Jahre hinter Gittern verbringen können …

Hadassah stand auf und verließ die Zentrale. Die Schwingungen des Bodens verrieten ihr, dass Joran ihr folgte. Lokandyr schloss sich der kleinen Truppe an.

Es gab keine Riegel, keine Schlösser, die Hadassah aufhielten. Niemand stellte sich ihr in den Weg, als sie das Schiff entlangging und die Maschinenräume aufsuchte.

Sie brauchte nur einen Knopf zu betätigen, um das schwere Schott auffahren zu lassen. Schlagartig vergrößerte sich der Maschinenlärm.

Hadassah blieb stehen.

Mochte die UGHATZ III von außen wie ein Wrack aussehen, mochte sie im Innern ein Spiegelbild des mehr als merkwürdigen Charakters ihres Besitzers sein – hier, im Maschinenraum, gab es nur einen Eindruck: kalte, nüchterne Zweckmäßigkeit. Und selbst ein technischer Laie wie Hadassah bemerkte nach dem ersten, flüchtigen Rundblick, dass in diesem Maschinenpark das Modernste vom Modernen zu finden war.

»Donnerwetter«, staunte Joran laut. Seine Stimme übertönte mühelos den Lärm der Maschinen.

»Dein … Freund … hat recht«, sagte der Ertruser. »Ich kenne mich ein wenig aus. Das ist tatsächlich ein hochmoderner Kalup. Ich wette, dass es in der gesamten Handelsflotte des Solaren Imperiums nur ein oder zwei Dutzend Schiffe gibt, die über so moderne, leistungsfähige Maschinen verfügen.«

Hadassah achtete gar nicht auf seinen technischen Kommentar. Das merkliche Zögern des Ertrusers bei dem Wort Freund – hatte er Liebhaber sagen wollen? Wahrscheinlich. Aber woher wusste Joran, wo und mit wem Hadassah die Nacht verbracht hatte? Er hatte doch vor Beaus Hotel gestanden? Hatte Lokandyr …?

Aber was ging den Berengaresen Hadassahs Liebesleben an? Und wie kam der Craniophile dazu, darüber zu reden?

»Was Sie nicht sagen«, murmelte Hadassah irritiert. Sie bemerkte nicht, dass sie Joran wieder siezte.

»Ich möchte wissen, wie der Springer an diese Maschinen gekommen ist«, sagte der Ertruser, ohne auf Hadassahs Bemerkungen einzugehen. »Das sind zwar nicht die allerletzten Neuentwicklungen aber … ich kann mir nicht vorstellen, dass solche Maschinen einfach so zu kaufen sind, noch dazu von einem reichlich obskuren Springerpatriarchen.«

»Genau das sage ich auch«, behauptete LeGrew. Er war unbemerkt gefolgt und nun neben Hadassah aufgetaucht. »Ich traue diesem Burschen nicht.«

»Aber er traut dir«, gab Hadassah zurück.

Sie wandte sich um und verließ den Maschinenraum. Die Zweifel, die sie minutenlang gehabt hatte, waren verflogen. Jetzt war sie sich sicher, dass man mit diesem Schiff tatsächlich die ungeheure Entfernung zwischen Berengar und der Hundertsonnenwelt würde zurücklegen können, mehr als 300.000 Lichtjahre.

Gewiss, es gab größere Entfernungen. So wurden beispielsweise die beiden Galaxien, zwischen denen die Welt der Posbis stand, durch mehr als eine Million Lichtjahre voneinander getrennt, und bislang hatten es nur sehr wenige Schiffe geschafft, solche Entfernungen zurückzulegen. Aber für ein normales Raumschiff waren auch dreihunderttausend Lichtjahre eine außerordentliche Entfernung, und das galt in ganz besonderem Maße für die in der Regel kleinen Jachten von Privatleuten.

UGHATZ III hatte der Besitzer das Schiff genannt. Hadassah wusste nicht, was der Name besagte. Sie hoffte aber, dass er ihr Glück brachte. Glück, das wusste Hadassah, würde sie brauchen.

In zwei Linearetappen, die die Leistungsfähigkeit der Kalups deutlich unter Beweis stellten, brachte die UGHATZ III die

Strecke von Berengar bis in den Sternhaufen M 13 hinter sich. Sobald das Schiff im Herrschaftsbereich des Arkon-Imperiums angelangt war, war eine der größten Gefahren für die Besatzung überstanden – die Gefahr nämlich, dass sich herumstreifende Blues-Piraten für das kleine Schiff und seine Besatzung interessierten.

In der Eastside der Galaxis war es seit dem Zusammenbruch des Gataser-Imperiums immer noch nicht ruhig geworden. In grauenvollen Bruderkriegen zerfleischten sich die Völker der Blues gegenseitig – was sie aber nicht daran hinderte, im ehemaligen Herrschaftsbereich der Gataser nach Herzenslust Raumpiraterie zu betreiben. Terranische Schiffe ließen sie meist ungeschoren. Selbst der dümmste Blueskapitän wusste, dass er einen Drachen am Schwanz kitzelte, wenn er ein Terra-Schiff attackierte. Aber eine kleine walzenförmige Jacht …? Gab es da nicht eine wohlgefüllte Unterstützungskasse der Springer, dazu bestimmt, Lösegelder und Entschädigungen zu zahlen? Selbst ein so verlottert aussehendes Schiff wie die UGHATZ III war unter diesem Gesichtspunkt von einem gewissen Wert.

In den Kugelhaufen M 13 wagten sich die Blues allerdings nicht mehr. Bei ihrem letzten größeren Auftreten in diesem Bereich der Galaxis hatten sie noch die Kraft besessen, Arkon III zu zerstören. Das hatten die Arkon-Völker den Blues nicht vergessen. Der Rachefeldzug der Springer, Überschweren, Aras und wie die Völker des Arkon-Imperiums hießen, er hatte dem Blues-Imperium den letzten Schlag versetzt, der es völlig hatte auseinanderbrechen lassen. Seither tauchten Bluesschiffe nur selten in M 13 auf.

Mit zwei weiteren Linearetappen legte die UGHATZ III die Strecke zwischen Arkon und dem Rand der Galaxis zurück. Es war ein beklemmendes Gefühl, sehen zu müssen, wie die Sternenpopulation vor dem Bug immer geringer wurde, wie das glitzernde Band der Spiralarme zerfaserte, die Sterne an dem mit millionenfacher Lichtgeschwindigkeit durch das All rasenden

Schiff vorbeizogen, ohne durch neue Sterne ersetzt zu werden. Immer dünner wurde das Gefunkel vor dem Bug, immer stärker, deutlicher, drohender die Schwärze des absoluten Nichts. Irgendwo in dieser Finsternis lag die Hundertsonnenwelt, lagen Frago und Everblack. Jetzt waren sie nicht zu sehen, nicht zu orten. Man konnte nicht einmal ahnen, wo diese Planeten durch den Raum trieben. Vielleicht gab es Hunderte von Stützpunktwelten wie Frago und Everblack. Das wahre Machtpotenzial der Posbis hatte man nie ausgelotet. Möglich war, dass im Interkosmos Zehntausende von Fragmentraumern stationiert waren.

Üblicherweise wurden die ungefügen Raumschiffe der Posbis als Fragmentraumer bezeichnet. Der Name passte – die Schiffe sahen tatsächlich wie ein Trümmerstück aus einer Explosion aus, verdreht, verbogen, verkantet, wirr, undurchschaubar – und das alles ins Riesenhafte vergrößert. Der Einfachheit halber wurden diese Schiffe einfach BOX genannt und durchnummeriert. Und üblicherweise war die Zahl vierstellig.

Nach der fünften Linearetappe war der Rand der Galaxis durchflogen. Über Normaloptiken war die Galaxis nur als heller Fleck zu erkennen. Erst die leistungsstarken Fernrohre holten das Bild nahe genug heran, um es wieder in Einzelsterne und Sternhaufen auflösen zu können.

Hadassah fröstelte, als sie zum ersten Mal auf den Panoramabildschirm der Zentrale sah – und dort nichts sah. Nichts außer einem hellen Schemen, dem niemand auf den ersten Blick ansah, dass dies alles war, was an Licht von einer Galaxis verblieb, wenn man sich fünfzigtausend Lichtjahre von ihr entfernte.

Hadassah schauderte, als sie den Fleck sah. Es war ein Fleck unter vielen, eine Galaxis unter vielen. Die Astronomen, die mit Lichtjahrmillionen und Myriaden von Sternen so leicht umzugehen wussten, hatten in ihren Büchern Haufen benachbarter Galaxien unter dem Begriff *Cluster* zusammengefasst. Beim Anblick der Milchstraße wurde Hadassah klar, wie viel Vermessenheit darin steckte.

Größenordnungen wie diese sprengten das menschliche Vorstellungsvermögen.

Eine Million Millimeter ergab einen Kilometer. Eine Million Kilometer war astronomisch belanglos. Bei einer Million Millionen Kilometer kam man an den Wert Lichtjahr heran, und zwischen den beiden Galaxien gab es eine Distanz von mehr als einer Million Lichtjahre. Mit solchen Werten konnte man nur noch rechnen, vorstellen konnte man sich diese Dimension nicht. Und doch waren die beiden Nachbargalaxien nur Stäubchen auf dem schwarzen, lichtleeren Hintergrund der Unendlichkeit. Es gab Millionen von Galaxien, jede in der Größenordnung des Andromedanebels.

Irgendwo zwischen zwei Stäubchen im Universum trieb ein Staubkorn, das Hundertsonnenwelt genannt wurde. Und ein Etwas, staubkorngroß im Vergleich zu diesem Planeten, schickte sich an, den Abgrund zu überbrücken, der die Hundertsonnenwelt von der Milchstraße trennte.

Es war Wahnwitz, dachte Hadassah. Dieser Gedanke hämmerte in ihr, während Ughan mit größter Gleichgültigkeit die sechste Linearetappe einleitete. Dieser Gedanke beschäftigte Hadassah, während sie sich unruhig auf ihrem Bett herumwälzte. Sie fand keinen Schlaf, nicht in der sechsten, auch nicht während der siebten, der achten, der neunten Linearetappe.

Plötzlich, zum ersten Mal, seit sie ein Raumschiff betreten hatte, wurde Hadassah von Angstgefühlen heimgesucht.

Plötzlich war ihr klar geworden, wie dünn und zerbrechlich die Hülle der UGHATZ III war, wie weit entfernt die Galaxis war. Wenn es einen Unfall gab, eine Havarie …

Niemand würde die Hilferufe hören, die der kleine Sender ausstrahlen konnte. Es war ein Flug, der nur zwei denkbare Endpunkte kannte – voller Erfolg oder vollständige Niederlage. Entweder kam die UGHATZ III an, oder sie blieb für alle Zeiten verschollen.

7.

Lokandyr, der Craniophile, stand, auf sein Schwert gestützt, in der Zentrale der UGHATZ III und sah mit steinernem Gesicht auf den Panoramabildschirm. Zu sehen war dort – nichts.

»Die Koordinaten stimmen«, behauptete Ughan. Zum ersten Mal sah Hadassah den Springer nervös. »Es sind die richtigen Koordinaten.«

»Dann muss die Hundertsonnenwelt sich davongemacht haben«, höhnte Beau LeGrew.

Auf dem Bildschirm war nichts zu erkennen. Nur Schwärze, Dunkelheit, Finsternis. Die Lichtleere des Interkosmos. Von der Hundertsonnenwelt fehlte jede Spur. Sie war weder zu sehen, noch konnten Materie- und Energietaster sie ausmachen.

Hadassah spürte, wie etwas sehr Kaltes an ihrem Rücken in die Höhe kroch. Sie ahnte, dass zwar der Kalup der UGHATZ III leistungsfähig genug war, das Boot zur Galaxis zurückzubringen – dass aber für den Rückflug die Stützmassenvorräte nicht ausreichen würden.

»Wir müssen die Heimat der Posbis finden«, sagte Joran laut; für ihn mochte es ein Flüstern sein. »Wir müssen einfach.«

Ughan leckte sich nervös die Lippen. Ein rascher Blick streifte Hadassah.

Die Frau wusste, wie dieser Blick gemeint war. Sie hatte die Koordinaten besorgt, sie hatte auch die gefälschten Papiere beschafft.

Hadassah zuckte nur mit den Schultern. Was hätte sie anderes tun sollen? Die Daten stammten von der Galaktischen Abwehr, und wenn die Männer und Frauen der GA nicht wussten, wo die Hundertsonnenwelt stand, dann konnten es nicht einmal die Posbis selber wissen. Die Koordinaten mussten stimmen, es gab gar keine andere Möglichkeit.

Es durfte keine andere Möglichkeit geben.

»Natürlich können sich Maschinen irren«, sagte Ughan. »Abweichungen sind überall möglich, und in einem Raumbezirk, in dem gleichsam die einzelnen Atome Namen tragen, weil sie so selten sind, ist die Navigation natürlich besonders schwierig.«

»Dann suchen wir nach dem Planeten«, schlug LeGrew vor.

Hadassah sah ihn nachdenklich an. Mit jeder Linearetappe war LeGrew nervöser geworden. Seine Bewegungen hatten etwas Hektisches bekommen, er gestikulierte stärker als früher, und auch seine Sprache verriet steigende Erregung.

»Das können wir tun«, sagte Ughan. Er lehnte sich etwas in seinem Sessel zurück. »Es ist nur eine Frage des Verbrauchs an Stützmasse.«

Er sah langsam von einem seiner Passagiere zum anderen.

»Wenn wir bei dieser Suche eine Strecke von mehr als zehntausend Lichtjahren zurücklegen«, sagte der Springer bedächtig, »dann werden wir selbst mit dem letzten Krümel Stützmasse nicht mehr so nahe an unsere Galaxis herankommen können, dass wir Hilfe herbeifunken können. Unser Sender ist für knapp zwanzigtausend Lichtjahre gut. Darüber hinaus ist er nur dann zu hören, wenn eine absolut erstklassige Mannschaft eine der größten Antennen der Galaxis auf uns richtet. Präziser gesagt – man wird uns nur dann empfangen können, wenn man auf Arkon oder Terra speziell nach uns sucht.«

Hadassah war einen Augenblick lang verwirrt. Etwas in der Stimme des Springers hatte sie irritiert.

Auf der anderen Seite war sie erleichtert. Die Galaktische Abwehr wusste selbstverständlich, dass eine ihrer Agentinnen an Bord eines sehr kleinen Raumschiffes zur Hundertsonnenwelt unterwegs war. Man würde also nach dem kleinen Schiff suchen, nicht ununterbrochen, aber jedenfalls intensiv genug, um einen Funkspruch aus der Anlage der UGHATZ III auffangen zu können.

Das wusste Hadassah bat Giora, aber sonst niemand an Bord.

Für die anderen sah der Sachverhalt erheblich anders aus. Für sie hieß die Alternative: Hundertsonnenwelt oder Tod. Und dieser Tod war alles andere als leicht. Es gab sehr viel Nahrung an Bord, viel Wasser, ausreichend Luft und Energie. Monatelang konnte das kleine Schiff antriebslos auf den unerreichbar fernen Rand der heimatlichen Milchstraße zudriften. Monate, in denen die Mannschaft mit dem beginnenden Wahnsinn zu kämpfen haben würde – bis endlich das letzte Leben an Bord erloschen war. Das Schiff würde den Rand der Galaxis früher oder später erreichen – mit einer Besatzung aus Leichen.

»Wir versuchen es.«

Dass LeGrew auf seinem Plan beharren würde, hatte Hadassah nicht anders vermutet.

»Meinetwegen.«

Das war der Ertruser. Hadassah war ein wenig verwundert, sagte aber nichts. Lokandyr zuckte mit den mageren Schultern. Sein Blick hing am Hals von LeGrew und sprach Bände. Wenigstens LeGrew würde einen leichten schnellen Tod durch das Jagdschwert des Berengaresen finden, wenn der Versuch fehlschlug.

Mit einer Stimme, deren Gelassenheit sie selbst erstaunte, sagte Hadassah: »Suchen wir nach der Hundertsonnenwelt.«

Ughan sah sich um, blickte jedem seiner Passagiere ins Gesicht.

»Terraner«, sagte er schließlich achselzuckend, als erkläre das alles.

Er wandte sich wieder den Instrumenten zu. Die UGHATZ III nahm Fahrt auf.

»Kennen Sie die Cimarosas?«

Joran verneinte.

»Ihnen gehört eine Art Handelsimperium auf der Erde. Eine der einflussreichsten Familien überhaupt. Ich bin mit einem Cimarosa zur Schule gegangen.«

Beau LeGrew machte eine kleine Pause.

Seit zwei Tagen suchte die Gruppe nach der Hundertsonnenwelt. Die Stützmassenvorräte schmolzen zusammen. Längst war die Zehntausend-Lichtjahre-Grenze überschritten.

Und ausgerechnet diesen unpassendsten aller unpassenden Augenblicke hatte sich LeGrew ausgesucht, seinen Begleitern zu erklären, warum sie in den sicheren Tod flogen.

»Ich heiße eigentlich gar nicht LeGrew«, sagte der junge Mann. »In Wirklichkeit heiße ich Brewter, Sertao J. Brewter. Ich war Sergeant in der Flotte und wurde aus Gesundheitsgründen aus Andromeda nach Hause geschickt.«

Hadassah hatte Mühe, sich zu beruhigen. Ihr dämmerte, dass sie einen Fehler gemacht hatte, einen mörderischen Fehler.

»Auf der Erde«, berichtete Brewter weiter, »traf ich meinen alten Schulfreund dann wieder. An diesem Abend floss der Alkohol reichlich.«

Brewter sah seine Begleiter traurig an.

»Ich habe mich geschämt«, sagte er leise. »Er war reich, erfolgreich, er hatte alles, was er wollte. Ich habe in dieser Nacht fürchterlich geprahlt und gleichzeitig versucht, ihn herabzusetzen. Das ganze Theater gipfelte in meiner Behauptung, mit Geld – genug Geld – sei einem Mann fast alles möglich. Als Beispiel nannte ich dabei die Hundertsonnenwelt.«

Eine kleine Pause entstand.

»Cimarosa lachte«, fuhr Brewter fort. »Und er wettete mit mir, dass ich nicht in der Lage wäre, die Hundertsonnenwelt zu erreichen – selbst wenn er sämtliche Kosten trüge.«

»Und Sie haben die Wette angenommen«, sagte Joran.

Der Ertruser saß auf dem Boden von Hadassahs Kabine, mit untergeschlagenen Beinen. Er stand nicht einmal auf, als er den rechten Arm ausstreckte, Brewter zu fassen bekam und mit einem Ruck zu sich herüberzog. Hilflos im Griff des Ertrusers sah Brewter Joran an. Die Gesichter waren keine Handbreite voneinander entfernt.

»Wollen Sie damit sagen, Sie terranischer Winzling«, zischte Joran, »dass Sie uns tatsächlich wegen einer Wette in Lebensgefahr gebracht haben? Dass wir auf dem Altar Ihrer Eitelkeit geopfert werden?«

Im Griff des Ertrusers brachte Brewter nicht einmal ein Schulterzucken zuwege. Er lief langsam rot an.

Joran hatte ihn nicht am Hals gepackt – das hätte Brewter nicht eine Sekunde überlebt – er hielt ihn an seiner Jacke, die er bei seinem Griff zusammengezogen hatte, dass Brewter keine Luft mehr bekam.

»Lass ihn los, Joran«, bat Hadassah. »Wenn du ihn umbringst, ändert das nichts.«

Sie fühlte eine maßlose Enttäuschung.

Merkwürdig – der geheimnisvolle LeGrew hatte ihr gefallen, auch wenn er ein Verbrecher zu sein schien. Sertao Brewter war für sie bedeutungslos, ein oberflächlicher Schwätzer, der sich selbst und seine Begleiter in Teufels Küche gebracht hatte – und das alles nur, weil er seine alkoholisierte Zunge nicht hatte zügeln können. Auf dem Altar der Prunksucht eines betrunkenen Angebers geopfert zu werden – das war wahrlich nicht der Tod, nach dem es Hadassah verlangte. Dass sie bei diesem Unternehmen ihr Leben aufs Spiel setzte, hatte sie gewusst – aber sie hatte nicht ahnen können, was für eine Lappalie der Auslöser dieser Expedition sein würde.

»Tut mir leid«, sagte Brewter kläglich. »Wirklich, es tut mir leid. Ich wünschte …«

»Halt den Mund!«

Lokandyrs Stimme klang verächtlich. Unter normalen Umständen hätte er Brewter den Kopf vor die Füße gelegt. Auch seine Stimme verriet Betroffenheit. Ein derart unrühmlicher Tod, wie er dem Craniophilen jetzt bevorstand, würde alle Erfolge seines Lebens zunichtemachen. Was zählte die schönste Craniothek, wenn der Besitzer jämmerlich erstickte oder verhungerte, und das noch dazu aus so minderem Anlass?

»He, ihr da unten!«

Das war Ughan, der sich an dem Gespräch nicht beteiligt hatte. Als Kapitän war er über die Nöte seiner Passagiere erhaben. Springer waren in aller Regel keine Feiglinge, aber Ughan hatte in den letzten Stunden eine Ruhe und Kaltblütigkeit bewiesen, die außerordentlich war.

»Was gibt es?«, fragte Joran zurück.

»Würde einer von euch sich nach vorn in die Zentrale bemühen?«, erklang Ughans Stimme. »Dieser Bursche scheint mir kein Wort zu glauben.«

»Was für ein Bursche?«, fragte Hadassah verwirrt zurück.

»Na, der terranische Oberst. Der Kommandant von dem Wachkreuzer.«

Joran ließ Brewter los. Der junge Mann, im Gesicht rot wie ein gesottener Krebs, fiel zurück.

»Wachschiff?«, wiederholte er mit blödem Grinsen. »Wachschiff!«

Hadassah musste sich am Rand des Instrumentenpults festhalten. Der Wechsel ihrer Gemütslage war zu heftig, und er war vor allem zu schnell gekommen. Es war ein Wachschiff, was sie auf dem Bildschirm sah, und die Rangabzeichen des Offiziers auf dem Interkom-Schirm bewiesen, dass es sich um einen Obersten handelte.

Mit ihrem letzten kurzen Linearmanöver war die UGHATZ III genau im Raumbezirk der Hundertsonnenwelt herausgekommen.

Im Hintergrund des Bildschirms war der Zentralplanet der Posbis zu erkennen.

Dieser Kranz von zweihundert atomaren Kunstsonnen war einmalig im bekannten Universum. Es gab ihn nur hier, nur als Beleuchtung und Wärmequelle für die danach benannte Hundertsonnenwelt. Beim Großangriff der Laurins im Jahre 2114 waren viele der Sonnen zerstört worden. Jetzt war der Gürtel aus Kunstsonnen längst wieder komplett.

»Was haben Sie hier zu suchen?«, fragte der Oberst, ein großgewachsener Farbiger. »Wissen Sie nicht, dass dieser Bereich militärisches Sperrgebiet ist? Und wie sind Sie überhaupt an die Koordinaten dieser Welt gekommen?«

»Darf ich Ihre Fragen nacheinander beantworten, Oberst?«

Der Offizier schien Hadassah erst jetzt zu bemerken. Hadassah hingegen fiel auf den ersten Blick auf, dass nicht nur die Transformkanonen des Kreuzers auf die UGHATZ III gerichtet waren. Im Hintergrund hingen bewegungslos zwei Fragmentraumer im All, und die Posbi-Gunner zielten vermutlich ebenfalls auf die UGHATZ III.

»Ziemlich viel Aufwand für unser kleines Schiff«, bemerkte Hadassah.

»Das überlassen Sie uns«, bellte der Offizier zurück. »Ich lasse Ihr Schiff an Bord nehmen. Versuchen Sie keine Flucht, Sie würden nicht weit kommen.«

»Sie scheinen sehr viel Angst vor uns zu haben, Oberst«, konnte sich Hadassah nicht verkneifen zu sagen.

Der Oberst antwortete nicht, aber er machte ein überaus grimmiges Gesicht.

»Wie haben Sie das gemacht, Ughan?«, fragte Hadassah, während sich die UGHATZ III zu bewegen begann, diesmal nicht aus eigener Kraft, sondern unter der Wirkung eines Traktorstrahlers.

Der Springer lächelte geheimnisvoll. »Zufall«, sagte er und breitete die Arme aus. »Purer Zufall.«

Hadassah wusste nicht recht, ob sie dieser Angabe trauen sollte. Aus den Augenwinkel heraus konnte sie sehen, dass Brewter ziemlich nervös geworden war. Ihn aufzufordern, sich zusammenzureißen, war zu spät. Die Interkomverbindung stand noch, und irgendjemand an Bord des Kreuzers würde sicherlich abhören, was auf diesem Kanal gesprochen wurde.

Langsam glitt die UGHATZ III auf den Kreuzer zu. Er trug den Namen MENKE LAAS.

»Ich hoffe, dass Ihre Arbeiten Erfolg haben werden, Professor Gendar«, sagte Hadassah laut.

»Sicher«, antwortete Brewter gedankenlos. »Ich bin ganz sicher.«

Hadassah stutzte.

In diesem Augenblick wusste sie, dass sie sich nicht geirrt hatte. Irgendetwas stimmte nicht mit diesem Mann. Pharyn Gendar, das war der Name auf Brewters gefälschten Personalpapieren. An Bord war dieser Name nicht ein einziges Mal ausgesprochen worden. Genaugenommen war der Name Gendar nur ein einziges Mal gefallen – bei der Übergabe der gefälschten Papiere.

Und an diesen Namen hatte sich Brewter erinnert, ohne Zögern, fast beiläufig, geistesabwesend. Hadassah kannte sich in ihrem Metier aus. So verhielt sich kein Normalbürger, der in eine fremde Haut geschlüpft war. So verhielten sich nicht einmal versierte Agenten. Jeder, selbst der geschickteste, brauchte eine Sekunde des Zögerns, bis er richtig reagieren konnte. Hadassah war sich ihrer Sache sicher.

Sertao J. Brewter war kein Normalbürger. Er war auch kein Agent.

Aber was dann stellte er dar?

Vorerst gab es keine Antwort auf diese Frage, so brennend sie auch war. Die UGHATZ III hatte unterdessen die Schleuse der MENKE LAAS erreicht und schwebte unter der Wirkung des Traktorstrahls langsam auf die Position zu. Die Jacht des Springerpatriarchen wurde erwartet. Durch die Scheiben der Zentrale konnte Hadassah den Oberst sehen, begleitet von einem Kommando grimmig dreinblickender Soldaten und einer Abordnung der Posbis, die in dieser Umgebung wie ein deplacierter Schrotthaufen wirkten. Da die Posbis ihre Roboter nur nach logischen, nicht aber nach ästhetischen Gesichtspunkten zu konstruieren pflegten, war in die Gestalt der positronisch-biologischen Roboter ebenso wenig ein Sinn hineinzuinterpretieren wie in ihre Raumschiffe.

Hadassah warf einen Blick auf Brewter. Der junge Mann zeigte sich leidlich ruhig, aber es war nicht zu übersehen, dass er eine hochgradige Erregung mühsam niederkämpfte. Hadassah war gespannt, wie er sich halten würde.

Ein leiser Ruck ging durch die UGHATZ III, als sie auf dem Boden der Schleuse aufsetzte. Der Mann am Projektor des Traktorstrahls war ein Könner, er hatte die Jacht nicht nur sehr präzise, sondern auch überaus behutsam abgesetzt.

»Schleuse öffnen«, erklang die Stimme des Obersten. »Kommen Sie heraus, und vergessen Sie ihre Papiere nicht.«

Ughan leckte sich die Lippen und warf einen scheelen Blick auf Hadassah. Sie hatte die Papiere besorgt. Jetzt musste sich herausstellen, was die Fälschungen taugten. Brewter galt als der Wissenschaftler, dem die ganze Reise gewidmet war. Hadassah stellte seine Assistentin dar, Ughan war der Pilot des Schiffes, und Joran und Lokandyr wurden in den Unterlagen als Besatzungsmitglieder geführt. Hadassah hatte keine Angst vor einer Kontrolle. Sie wusste, dass die Papiere jeder Überprüfung standhalten würden.

Ughan öffnete die Mannschleuse und ging voran. Hadassah folgte ihm auf den Fersen.

Als sie den Boden der MENKE LAAS betrat, war das Erste, was sie zu sehen bekam, die Mündung eines Impulsstrahlers. Sie zog eine Braue in die Höhe – sehr gekonnt, sie hatte das vor dem Spiegel lange geübt –, sagte aber nichts.

Brewters Augen hatten einen fiebrigen Glanz. Er beherrschte sich nur mühsam. Sein Blick klebte förmlich an den Posbis, bei denen nicht zu erkennen war, was Vorder- und was Rückseite war; eindeutig war an den Metallgebilden nur die Richtung, in der ihre grotesk verdrehten Waffenarme zielten – auf die Passagiere der UGHATZ III.

Hadassah trat zu dem Oberst und drückte ihm die Ausweise in die fordernd geöffnete Hand. Der Posten neben dem Offizier musterte mit der gleichen Aufmerksamkeit, mit der der Oberst die Dokumente betrachtete, Hadassahs Figur. Seinem Grinsen nach zu schließen hatte Hadassah diese zweite Prüfung bestanden.

»Die Papiere scheinen echt zu sein«, knurrte der Oberst.

»Scheinen?«

»Ich werde sie auf der Hundertsonnenwelt noch einmal überprüfen lassen«, beantwortete der Oberst Hadassahs Frage. Um Brewter schien er sich nicht kümmern zu wollen. Auf der anderen Seite kümmerte sich Brewter auch nicht um den Oberst – er hatte nur Augen für die Posbis. Sein Blick war fast noch entrückter als der des Postens, der Hadassah taxierte.

»Sehr liebenswürdig sind sie nicht«, stellte Hadassah fest.

Der Oberst zuckte mit den Schultern.

»Das liegt nicht an mir«, behauptete er. Seine Stimme bekam einen Tonfall, der wenigstens ein bisschen Freundlichkeit durchschimmern ließ. »Sie wissen ja, was in der Galaxis los ist. Und in Andromeda. Da gilt es auf der Hut zu sein. Warum haben Sie ausgerechnet dieses Schiff genommen? Sie mussten sich doch sagen, dass ein Springerkapitän in einem militärischen Sperrgebiet des Solaren Imperiums nicht gern gesehen wird.«

»Erstens sind wir mit Ughan befreundet«, antwortete Hadassah ruhig. »Und zweitens war dies die schnellste und billigste Verbindung.«

»Aber auch die riskanteste«, sagte der Posten neben dem Oberst. Seine Stimme verriet, dass er es sehr bedauert hätte, wäre Hadassah etwas zugestoßen.

»Das Risiko mussten wir eingehen. Wie sieht es aus? Können wir nun auf der Hundertsonnenwelt landen?«

»Ich werde sie dorthin bringen«, versprach der Oberst. Die Papiere behielt er in der Hand. »Verzeihen Sie mein Misstrauen, aber ich muss so handeln. Es gibt immer wieder Agenten, die das Geheimnis der Transformkanone ausgerechnet hier erbeuten wollen.«

Hadassah nickte verständnisvoll. Von allen militärischen Geheimnissen waren die Konstruktionsunterlagen der Transformkanone der größte Schatz, den es zu erbeuten gab. Die Feinde der Terraner – deren es wahrlich genug gab – hätten Tausende von Agenten geopfert, um an diese Geheimnisse herankommen zu können.

»Der Professor wird sich auf der Hundertsonnenwelt frei bewegen können, und das gilt auch für Sie. Aber die Besatzung der …«

»UGHATZ III«, half der Springer aus.

»… UGHATZ III wird sich nur in einem dafür vorgesehenen Sperrgebiet frei bewegen dürfen.«

»Ich habe nicht vor, mit einem Posbi anzubandeln«, murmelte Joran in einer für ihn typischen Lautstärke.

Lokandyr sagte nichts. Er war damit beschäftigt – Hadassah kannte diesen Blick – Köpfe zu mustern. Mit den Terranern war er bald fertig. Da schien ihm nur der schwarze Kopf des Obersten interessant genug. Was ihn aber sichtlich faszinierte, war die Anatomie der Posbis. So etwas von Schädel hatte der Craniophile noch nie gesehen.

»Ich hoffe, die Betten sind gut«, erklärte der Springer. Er zog ein Taschentuch hervor und betupfte sich die Nase. In dem riesenhaften Hangar breitete sich ein deutlicher Duft nach einem sehr teuren Parfüm aus.

»Sagen Sie, Professor, was genau wollen Sie eigentlich auf der Hundertsonnenwelt studieren?«, fragte der Oberst.

Hadassah bemerkte sofort, dass dies eine Falle war. Der Oberst verstand vermutlich genug von Robotik, um Brewter ein wenig auf den Zahn fühlen zu können.

Der junge Mann spielte seine Rolle meisterhaft. Er schrak zusammen, als wäre er gerade aus einem Traum erwacht, grinste den Oberst blöde an und zwinkerte.

»Hä?«, machte er. »Ach so, meine Forschungen. Ich interessiere mich vor allem für die hypertoyktische Verzahnung. Verstehen Sie etwas davon?«

Der Oberst lächelte niederträchtig. »Ein wenig.«

»Sehen Sie …«

Hadassah traute ihren Ohren nicht. Der vermeintliche Professor überschüttete den Oberst mit einem Fachkauderwelsch, das für normale Ohren völlig unverständlich war. Nach einer Kaskade von Worten, in der es von Diotopen, DNS, semimolekularen Strukturen und ähnlichen Dingen wimmelte, gab auch der Oberst klein bei.

»Genug«, bat er.

Brewter bedachte ihn mit einem Blick, der Erstaunen, Misstrauen und eine Spur Verachtung verriet. Er spielte den Van Moders-Schüler perfekt. Der Blick des Obersts verriet den Widerwillen des Laien gegenüber einer allzu deutlich zur Schau gestellten Spezialbildung.

Hadassah bedachte den Oberst mit einem mitfühlenden Lächeln. »Und das werde ich monatelang ertragen müssen«, seufzte sie.

»Meines Mitgefühls können Sie sicher sein«, sagte der Oberst. Nach dieser Kostprobe hatte er es eilig, das Verhör zu beenden. Hastig stiefelte er davon.

Hadassah lächelte vergnügt. Dieser Teil des Spiels war gewonnen.

»Es sind genau zweihundert Stück«, sagte der Leutnant.

Er hieß Gallagher und hatte es fertiggebracht, vom Oberst als Begleitkommando für den Professor abgestellt zu werden. Dass sich der junge Mann nicht für einen geistesabwesenden Robotik-Professor interessierte, lag auf der Hand.

Hadassah legte eine Hand an die Stirn, um nicht geblendet zu werden. »Es ist ziemlich warm«, stellte sie fest.

»Dreiundzwanzig Grad«, bestätigte der Leutnant. »Das ist die Temperatur, bei dem sich das Plasma am wohlsten fühlt.«

Er deutete auf einen Turm, der einen halben Kilometer entfernt war.

»Dort wird das Zeug gelagert«, verriet er. »An sich ist das Plasma nicht intelligent, aber in einer Zusammenballung von mehreren hunderttausend Tonnen ist es sogar hochintelligent. Dazu noch die Riesenpositronik, die mit dem Plasma hypertoyktisch verzahnt ist …«

Er bemerkte Hadassahs Blick und unterbrach sich.

»Ich vergaß, dass Sie davon etwas verstehen. Mir ist diese ganze Apparatur ein wenig unheimlich. Es ist ein komisches Gefühl, hier zu leben.«

»Das glaube ich«, murmelte Joran. Der Ertruser war sichtlich beeindruckt.

Er hatte auf der Heimatwelt der biologisch-positronischen Roboter einen anderen Anblick erwartet. Joran hatte mit riesigen Industrieanlagen gerechnet, mit einer kahlen Oberfläche und Millionen Tonnen Metall.

Zum Teil hatte er damit sogar recht.

Es gab Millionen Tonnen Stahl auf der Hundertsonnenwelt. Es gab Festungsanlagen in einer Größenordnung, die alles Vorstellungsvermögen überstieg. Geschütze, die turmdicke Strahlen verfeuerten, Landeplätze für Tausende von Fragmentraumern.

Aber es fand sich auch viel Grün auf der Hundertsonnenwelt, es gab Blumen in großen Gärten, Bäume, deren Blätter sich im Wind bewegten – es gab nicht nur eine rechnende, kalkulierende, logische Positronik auf der Hundertsonnenwelt.

Es gab auch das Plasma, das fühlen konnte. Es war das Plasma, das den Pakt mit den Terranern geschlossen hatte. Begriffe wie Freundschaft, Zuverlässigkeit, Treue waren im Plasma verankert, und dieses Plasma brauchte, um leben zu können, auch schöne Dinge.

»Ich zeige Ihnen gern einmal einen solchen Plasmabehälter«, versprach der Leutnant.

Brewter schien förmlich durch ihn hindurchzusehen.

Seit dem Augenblick, da die kleine Gruppe den Boden der Hundertsonnenwelt betreten hatte, bewegte sich Brewter wie ein Träumer. Er murmelte Unverständliches, ging völlig geistesabwesend durch die Anlagen der Terraner-Station und war kaum ansprechbar.

»Ich bitte darum«, sagte er jetzt liebenswürdig, aber immer noch ein wenig geistesabwesend.

Der Leutnant ging voran.

Der Boden, auf dem er ging, war betoniert. Seine Stiefel machten ein hartes, knallendes Geräusch bei jedem Schritt. In einigen Kilometern Entfernung stieg ein Fragmentraumer langsam in die Höhe, mit unbekanntem Ziel und unbekanntem Auftrag. Es gab zwar einen Friedens- und Freundschaftsvertrag zwischen Terranern und Posbis, aber trotz dieses Vertrages wussten die Terraner immer noch nicht alles über ihre merkwürdigen Freunde. Im Grunde war in der Beziehung zwischen Posbis und Terranern nur eines klar und eindeutig, und das war die beispiellose Vertragstreue der Posbis.

Der Leutnant öffnete mit einer Handbewegung ein Schott, das geräuschlos nach unten glitt und im Boden versank.

Der Leutnant ließ höflich Hadassah als Erste eintreten.

Im Innern des Turmes war es hell, sehr hell sogar. Das Plasma brauchte viel Licht, um sich wohlzufühlen.

»Dort drüben«, sagte der Leutnant.

Hadassah trat heran und sah auf den Tank hinab, dessen Dach von einer Glassitkuppel gebildet wurde.

»Das ist natürlich nur ein winziger Bruchteil des gesamten Plasmas«, erklärte Gallagher.

»Darf ich es einmal … anfassen?«

Der Leutnant sah Brewter sekundenlang verwundert an, dann zuckte er mit den Schultern.

»Warum nicht«, sagte er.

Während er zu einem Schaltpult ging, sah Hadassah zur Decke hinauf. Dort hingen die Leuchtkörper, befestigt an einer der zahlreichen Leitungen, die das Plasma mit der Positronik verbanden.

Hadassah hörte das leise Summen eines Elektromotors, der die Kuppel über dem Plasmatank zur Seite schob.

Und dann hörte sie eine Stimme, die nichts Menschliches mehr hatte und nichts Menschliches mehr schrie.

Durch den Raum gellte ein Schrei, der Hadassah vor Angst

und Entsetzen erstarren ließ, ein Schrei, der der Galaxis zum Albtraum geworden war:

LIEBT DAS INNERE!

RETTET DAS INNERE!

8.

LIEBT DAS INNERE!

Mit diesem Ruf waren die Posbis in die Schlacht gezogen. Dies war der Ruf, der alle Posbis alarmierte. Dies war der Befehl für jeden biologisch-positronischen Roboter: Kämpft, solange ihr noch kämpfen könnt, und wenn ihr den Feind nicht vernichten könnt, dann vernichtet euch selbst!

RETTET DAS INNERE!

Dieser Ruf galt allen Posbis, wo immer sie sich aufhielten, was immer sie taten. Mit diesem Schrei aus den Symboltransformern hatten die Posbis in der Galaxis gewütet. Angst und Schrecken war mit diesem Ruf verbunden. Wo er aus den Symboltransformern gellte, war der Tod in Reichweite.

RETTET DAS INNERE!

LIEBT DAS INNERE!

Ein Großalarm war nichts, verglichen mit diesem Ruf. Er war fürchterlich, wie die Posaunen des Jüngsten Gerichts.

Hadassah brauchte eine Sekunde, um zu begreifen, was sie hörte. Dann erst war sie in der Lage, sich herumzudrehen.

Sie sah:

Der Leutnant stand an dem Schaltpult, die Hand an einem Knopf, vor Schreck gelähmt, der Mund weit geöffnet, die Gesichtshaut weiß vor Angst, in den Augen irrlichterte das Grauen.

Lokandyr, der verwundert dreinsah und doch als Erster begriffen zu haben schien, der mit unbegreiflicher Schnelligkeit das Schwert gezogen hatte und es schwang.

Joran, der wie festgewurzelt stand. Das Gesicht des riesenhaften Mannes war eine Grimasse des Grauens. Er wusste, was er gehört hatte.

Ughan, der vor Schreck ohnmächtig geworden war und langsam zu Boden sank.

Sertao J. Brewter – Beau LeGrew – Pharyn Gendar.

Nichts davon stimmte.

Hadassah sah Plasma.

Plasma in dem großen Tank, dessen Deckel sich langsam, viel zu langsam wieder schloss.

Plasma, dort wo Brewter das Plasma im Tank berührte, wo seine Hand zu Plasma geworden war.

Plasma, das sich getarnt und verstellt hatte und jetzt die Maske fallen ließ.

Plasma – die Schultern.

Plasma – der Schädel, der sich geräuschlos vom Rumpf trennte, als Lokandyrs Jagdschwert ihn traf, über den Boden kollerte und dabei immer noch eine satanische Fratze zeigte, die sich allmählich zu einem Plasmafladen verformte.

Plasma – der Rumpf, der in sich zusammensackte. Braungrünes Plasma, das an der Wand des Tanks in die Höhe kroch, um sich mit dem Zentralplasma zu vereinigen.

Plasma – der Mann, mit dem …

Hadassah würgte. Der Ekel saß tief in ihrer Kehle. Plasma der ganze Mann.

Der Plasma-Agent.

Er hatte sein Ziel erreicht.

Sein Schrei wurde vom Echo der Turmhalle wiederholt:

LIEBT DAS INNERE!

RETTET DAS INNERE!

Hadassah brauchte eine Sekunde, um zu begreifen. Danach benötigte sie nur einige Sekundenbruchteile, um sich in Bewegung zu setzen.

Alles war jetzt zu einer Frage von Sekundenbruchteilen geworden. Hadassah ahnte nur, was sich in diesen Augenblicken abspielte, und das wenige, das sie ahnte, genügte, sie wie besessen laufen zu lassen. Sie rannte zu Ughan hinüber, der auf dem Boden lag und sich nicht rührte. Sie fasste ihn an der Schulter, hielt dann aber inne.

Eine Stimme von schneidender Schärfe sagte hinter ihr: »Keine Bewegung. Ich schieße sofort.«

Hadassah erstarrte in der Bewegung.

»Ich erkläre Sie für verhaftet, und das gilt auch für Sie, Ertruser. Hände von der Waffe.«

Sehr langsam richtete sich Hadassah auf.

Mit einem leisen Klicken schloss sich der Deckel des Plasmatanks.

Zu spät.

Von dem Plasma-Agenten war nichts mehr zu sehen. Nur das Etwas, das einmal der Kopf des Mannes Sertao J. Brewter gewesen war, lag zuckend auf dem Boden. Ein widerlicher Anblick. So scheußlich wie die Waffenmündung, die auf Hadassah gerichtet war.

Der Leutnant war blass, seine Lippen zu einem Strich zusammengepresst.

»Ich weiß nicht, wie Sie das gemacht haben«, sagte er undeutlich. »Ich weiß nicht einmal, was Sie da gemacht haben. Aber ich weiß eines – es wird Ihnen sehr, sehr leid tun.«

Er machte eine auffordernde Bewegung mit der Waffe. Hadassah hob die Hände und ging voran. Lokandyr fletschte die Zähne, dann steckte er sein Schwert in die Scheide zurück. Mit einem verächtlichen Ausdruck im Gesicht stieg er über die zuckenden Plasmareste hinweg.

Von außen kamen zwei Matten-Willys in den Raum geflossen. Sie wirkten aufgeregt.

»Was ist los?«, fragte eine Stimme, die die typische Höhe eines Willys hatte. »Was gibt es?«

Einer der beiden stürzte sich sofort auf das Plasmastück auf dem Boden und hüllte es mit seinem rötlichen Fladenkörper ein. Die Willys waren die Kindermädchen der Posbis; sie kümmerten sich vornehmlich um das Plasma. An Friedfertigkeit waren die Willys kaum zu übertreffen.

Hadassah trat hinaus ins Freie. Die Kunstsonnen schienen auf die Hundertsonnenwelt hinab. Es war ein friedliches Bild. Ein trügerisches Bild.

Von dem Dialog bekam kein Außenstehender etwas mit. Er vollzog sich auf einer Ebene, die sich dem Verständnis der Terraner entzog.

Das Plasma merkte, dass ein Stück zu seinem Körper hinzugekommen war. Sofort nahm es mit diesem Plasma Kontakt auf.

Das Zentralplasma zuckte zusammen. Buchstäblich.

Es war, als seien alle hunderttausend Tonnen gleichzeitig von einem elektrischen Schlag getroffen worden.

Erinnerungen stiegen auf. Gefühle, Bilder. Assoziationen.

Angst, Schrecken.

Das Zentralplasma war erschüttert.

Es hatte auf diesen Augenblick gehofft. Seit Jahrtausenden. Es hatte alles getan, diesen Augenblick herbeizuführen.

Das Plasma hatte Gefühle. Starke Gefühle. Es waren diese Gefühle gewesen, die die Posbis zu so gefährlichen Feinden gemacht hatten.

In diesem Augenblick befand sich das Plasma in der Lage eines Wesens, an dem sich ein Wunder vollzieht – ein Geschehen, mit dem niemand gerechnet hatte. Es war ein Ereignis, von dem das Plasma – wäre es dazu in der Lage gewesen – geträumt hätte, nach dem es sich gesehnt hatte, gesehnt in der klaren, logischen Erkenntnis, dass dieses Ereignis zwar abstrakt vorstellbar war – dass es aber nicht Realität werden konnte.

Jetzt war das Wunder geschehen.

Zum ersten Mal seit Jahrzehntausenden war der Kontakt hergestellt.

Der Kontakt zur Urzelle.

Das INNERE war wiedergefunden.

»Wer sind Sie?«

Der Oberst sah so wütend aus, wie er war. Ein halbes Dutzend

Soldaten hielt die Gefangenen in Schach – Hadassah, den Springer, den Ertruser und den Kopfjäger vom Planeten Berengar.

»Eine Agentin«, beantwortete Joran die Frage. Der Blick, mit dem er Hadassah bedachte, verriet grenzenlose Verachtung. »Hier ist mein Ausweis, Sir!«

Hadassah rührte sich nicht. Sie wusste nicht, ob sie lachen oder weinen sollte – lachen über die Komödie, die sich anbahnte. Oder weinen angesichts der Tragödie, die sich gleichermaßen abzeichnete.

Denn Hadassah wusste, was geschehen war.

»Ich bin ein Spezialist der USO«, stellte sich Joran vor. »Lordadmiral Atlan selbst hat mich beauftragt, nach Berengar zu reisen. Diese Frau war mir sehr bald verdächtig – wie gefährlich sie ist, können Sie an den perfekt gefälschten Papieren ersehen, die sich die Frau verschafft hat. Ich nehme an, dass sie im Dienst der Akonen steht.«

Der Oberst überprüfte die Dokumente des Ertrusers. Nun verstand Hadassah, warum Joran seine gerade erst eröffnete Taverne im Stich gelassen hatte, um sie begleiten zu können.

»Und Sie? Wer sind Sie? Auch ein Agent?«

Lokandyr zuckte nur mit den Schultern.

»Dumme Frage«, knurrte er. »Ich bin ein harmloser Kopfjäger, mehr nicht. Ich wollte Djehan beschützen, darum bin ich mitgeflogen.«

»Harmloser Kopfjäger«, wiederholte der Oberst grimmig. »Wir werden sehen, was davon wahr ist.«

»Ich könnte es sofort beweisen«, sagte Lokandyr mit einem hoffnungsvollen Schielen auf den schwarzen Krauskopf des Obersts.

»Ich verzichte. Heißen Sie wirklich Ughan?«

»Würden Sie sich einen solchen Namen ausdenken?«, fragte der Springer zurück. »Ich habe ein Geschäft abgeschlossen, das ist alles.«

»Und nun zu Ihnen. Wie heißen Sie nun wirklich? Djehan al

Kahir ist doch ein Deckname, nicht wahr? Geben Sie zu, dass Sie eine Agentin sind?«

»Ich gebe es zu!«, sagte Hadassah.

Der Unterkiefer des Obersts klappte herunter.

»Mein wirklicher Name ist Hadassah bat Giora, und ich bin Agentin der Galaktischen Abwehr. Tut mir leid, Herr Kollege.«

Diese Bemerkung galt Joran.

»Ich schlage vor, wir vergessen einmal, mit welchen Geschichten wir uns gegenseitig etwas vorgemacht haben. Wichtig ist jetzt, was in diesem Augenblick mit dem Plasma geschieht.«

Unmittelbar auf das Erkennen folgte der Schock.

Der Bote von der Urzelle hatte eine Botschaft zu übermitteln, eine Nachricht, die das Zentralplasma ein zweites Mal erschütterte.

Die Urzelle war tot, vernichtet, gestorben.

RANDO I, die Welt der Urzelle, existierte nicht mehr. Auf Bahnen und Wegen, die kein Techniker nachvollziehen konnte, raste die Botschaft durch das Plasma. Und von der Hundertsonnenwelt ging die Botschaft weiter.

Zu den Welten Frago und Everblack und den anderen Stützpunkten der Posbis.

Das INNERE war tot.

Überall auf der Hundertsonnenwelt stellten die Posbis ihre Arbeiten ein. Sie erstarrten, wo sie auch waren, was sie auch taten. Es war ihnen gleichgültig, ob sie beim Stillstand der mechanischen Teile kilometertief abstürzten und zerschellten, ob Plasmateile abstarben, ob Hochspannungsblitze die Roboter vernichteten.

Das INNERE war tot.

Auf Frago raste ein Fragmentraumer im antriebslosen Flug mit halber Lichtgeschwindigkeit gegen den Planeten und verging.

Was schadete es?

Das INNERE war tot.

Die Botschaft flog durch die Galaxis. Sie erreichte jeden Fragmentraumer, jeden einzelnen Posbi. Die Maschinen von der Hundertsonnenwelt erstarrten in Trauer. Die Plasmateile, die den Maschinen ein Gefühlsleben verschafften, vergingen fast vor Schmerz. Sie waren nicht mehr in der Lage, die Positroniken mit sinnvollen Impulsen zu beschicken.

Das INNERE war tot.

Es vergingen einige Stunden, in denen sich die Botschaft ausbreitete, immer weitere Kreise zog.

Dann erreichte die Nachricht das Sonnensystem.

Die Großfunkstation auf dem Mond fing sie auf, entschlüsselte sie.

Das Dechiffrieren wurde – wie viele Millionen anderer Tätigkeiten auch – von NATHAN besorgt, der Riesenpositronik auf dem Mond.

NATHAN war eine technische Meisterleistung, eine Frucht der perfekten Zusammenarbeit. Jeder am Bau Beteiligte hatte sein Bestes gegeben – die Siganesen, die Terraner – und die Posbis.

Von der Hundertsonnenwelt stammte der Plasmaanteil von NATHAN.

NATHAN trauerte.

Nachrichtenverbindungen brachen zusammen. Züge standen still, das Wetter konnte nicht mehr kontrolliert werden. Millionen Bildschirme wurden von einem Augenblick zum anderen schwarz. Millionen von Notschaltungen sprangen an.

Trotzdem brach auf der Erde das Chaos aus. Nach einer Stunde war der Zusammenbruch nahezu perfekt. Das Schlimmste war, dass niemand recht begriff, was überhaupt geschehen war. Die Solare Administration wurde mit Anfragen bombardiert, konnte aber keine vernünftige Antwort geben.

NATHAN trauerte.

Das INNERE war tot.

»Begreifen Sie doch«, sagte Hadassah erregt. »Dieser Mann war kein Mensch. Er bestand aus Plasma, aber er war eine absolut perfekte Kopie eines lebenden Menschen – eines Menschen, der als Soldat in Andromeda Dienst tat. Von dort muss also auch das Plasma stammen.«

Der Oberst trommelte nervös mit den Fingerspitzen einen harten Rhythmus auf die Tischplatte. Verzweifelt wartete er darauf, dass die Hyperfunkverbindung mit Terrania zustande kam. Dies alles ging über seine Kraft.

»Einen ersten Erfolg hat der Plasma-Agent jedenfalls schon erreicht«, stellte Joran fest. Der Ertruser stand am Fenster und sah auf die Oberfläche des Planeten hinaus. »Die Posbis streiken. Keine der Maschinen bewegt sich.«

»Aber wie ist dieser Bursche durch die Kontrolle gekommen?«, fragte der Leutnant. »Man hat ihn doch nicht einfach gehen lassen, oder?«

»Er wurde unter einer Psycho-Haube verhört«, erklärte Hadassah. Der Bildschirm war noch immer dunkel. »Wenn die Fragen geschickt gestellt werden, kann man darauf wahrheitsgemäß antworten. Hätten Sie ihn gefragt, ob er ein Duplo sei, hätte er verneint. Er war kein Duplo. Ich bin zwar sicher, dass man ihn hergestellt hat, aber er war kein Duplo. Und wenn sein Auftrag klar genug bestimmt war, hat er auch keine Pläne gegen uns Terraner geschmiedet. Brewter war eine Waffe der MdI, und eine Waffe weiß nicht, wozu sie taugt.«

»Vergiften kann diese Qualle das Plasma jedenfalls nicht«, behauptete der Oberst. »Ich weiß, dass das Plasma davor sicher ist.«

»Irgendeinen Zweck wird der Plasma-Agent jedenfalls mit seinem Wunsch verbunden haben, die Hundertsonnenwelt zu besuchen«, warf der Leutnant ein. »Und diesen Wunsch haben Sie ihm ja freundlicherweise erfüllt.«

»Sparen Sie sich Ihr Gift für bessere Gelegenheiten auf«, gab Hadassah zurück. Der Vorwurf des Leutnants schmerzte sie. Er schmerzte umso mehr, als sie sich die gleichen Vorhaltungen selbst machte. Es war ein Fehler gewesen, Brewter zur Hundertsonnenwelt reisen zu lassen, und noch stand nicht fest, wie groß dieser Fehler gewesen war. Und für Hadassah gab es noch einen weiteren Fehler, einen Fehler, der allerdings nur sie allein betraf und an den sie besser nicht dachte. Aber jedes Mal, wenn sie das Wort Plasma hörte, musste sie an die Nacht denken, die sie mit Brewter verbracht hatte.

»Die Posbis rühren sich immer noch nicht«, sagte der Leutnant. Er war sichtlich nervös. Dass alle Posbis stillstanden, war ein ungeheuerlicher Vorgang, und angesichts der Machtverhältnisse auf der Hundertsonnenwelt war diese Nervosität sehr gut zu verstehen. Es gab nur einige tausend Terraner auf der Hundertsonnenwelt, und davon war die Mehrzahl Forscher. Die militärische Macht des Menschen war verschwindend gering.

Seit der Plasma-Agent zugeschlagen hatte, galt Alarm im gesamten Bereich der Terraner-Siedlungen. Die Wissenschaftler fluchten zwar recht ausgiebig, aber sie gehorchten den Befehlen. Die Terraner sammelten sich an einem Punkt.

»Es ist ein gespenstischer Anblick«, murmelte der Leutnant. »Was sagt der Symboltransformer?«

»Immer noch das gleiche«, versetzte Joran. Er schaltete sein Gerät ein.

»Das INNERE ist tot«, erklang es aus dem kleinen Kasten, der die mathematisch-logischen Impulse der Posbis in Interkosmo übertrug. »Das INNERE ist tot.«

»Machen Sie das aus!«, fauchte der Oberst.

Joran gehorchte.

In diesem Augenblick flammte der Bildschirm auf. Das Bild war undeutlich, ein wenig verschwommen, aber es zeigte, dass die Verbindung mit Terrania zustande gekommen war – über mehr als dreihunderttausend Lichtjahre hinweg.

»Können Sie mich hören, Oberst N'daghan?«

»Ich höre und sehe Sie, Sir!«

Den Mann auf dem Bildschirm kannte Hadassah nicht. Es musste irgendein hohes Tier in der Solaren Administration sein.

»Gut«, sagte der Gesprächspartner. »Dann können Sie mir vielleicht erklären, was eigentlich vorgefallen ist. Hier auf der Erde ist der Teufel los. NATHAN streikt. Verstehen Sie? NATHAN streikt, die lunare Riesenpositronik!«

»Ich verstehe Sie gut, Sir.«

»Hoffentlich begreifen Sie auch, was das bedeutet. Wie ich schon sagte, hier ist die Hölle los. Und die Ursache muss bei Ihnen liegen, Oberst. NATHAN handelt garantiert nur auf Weisung von der Hundertsonnenwelt. Alles was wir von dem Kasten zu hören bekommen, ist ein monotones: das INNERE ist tot.«

»Mehr wissen wir auch nicht, Sir.«

Oberst N'daghan berichtete, was sich in den letzten Stunden abgespielt hatte. Sein Gesprächspartner stöhnte.

»Ich habe es geahnt«, murmelte er. »Ich habe es geahnt. Der Chef wollte die Nachricht vom Tod der Urzelle selbst überbringen.«

»Heißt das …«

Der Oberst war einen Augenblick fassungslos.

»… hat der Chef etwa die Urzelle vernichtet?«

»Wo denken Sie hin. Nein, das nicht. Aber die Vernichtungsschaltung wurde damals dummerweise von uns ausgelöst. Von Gucky und diesem schwarzen Monstrum …«

»… Icho Tolot …«

»… ist ja egal. Also diese beiden haben versehentlich die Vernichtungsschaltung ausgelöst. Aber die Schaltung stammt von den Meistern, nicht von uns. Kann man den Posbis das nicht klarmachen?«

»Ich fürchte, nein, Sir!«

»Entsetzlich. Und das bei diesem Wetter. Wir haben hier den herrlichsten Sonnenschein, aber keinen Strom für die Klimaanlage. Entsetzlich, sage ich Ihnen. Und Sie können wirklich …«

»Die Posbis hören nicht zu«, versetzte der Oberst. Angesichts des Gesprächspartners begriff Hadassah, warum der Offizier so nervös war.

»Ich kann nichts für Sie tun«, musste sich der Oberst anhören. »Reden Sie mit den Posbis und erklären Sie ihnen, dass alles ein Irrtum war, ein fürchterlicher Irrtum.«

Der Oberst lächelte dünn.

»Würden Sie das glauben?«, fragte er leise.

Langsam erholte sich das Plasma von dem Schock. Aber noch immer verharrten die Posbis in Trauer.

Die Klage des Plasmas war für Menschen nicht hörbar. Aber die Posbis hörten sie und stimmten in die Klage ein. Die Maschinen konnten nicht weinen, aber sie besaßen andere Möglichkeiten, ihre Verzweiflung auszudrücken.

Das INNERE ist tot!

Auf der Hundertsonnenwelt kippte die erste Maschine um. Die Reaktoren liefen heiß. Leitungen schmolzen, Kurzschlüsse jagten durch die Gelenke. Mit dem unhörbaren Schrei »Wir lieben das Innere!« begingen Tausende von Posbis Selbstmord. Und ihre Zahl vergrößerte sich.

Eine Welle selbstmörderischer Verzweiflung breitete sich von der Hundertsonnenwelt aus.

Das INNERE ist tot.

Trauert um das INNERE!

Folgt dem INNEREN.

»Allmächtiger!«, stöhnte der Leutnant auf. »Sehen Sie nur, Sir. Die Posbis, sie begehen Selbstmord. Zu Tausenden!«

Der Oberst stürzte an das Fenster. Er war bleich geworden.

»Unfug«, erklang es aus dem Lautsprecher. »Selbstmord von Robotern. Das gibt es nicht.«

»Heilige Galaxis«, stöhnte der Oberst bleich. »Es stimmt. Die Posbis bringen sich um.«

Hadassah presste die geballte Faust vor den Mund, um vor Entsetzen nicht laut zu schreien. Das Gesicht des Ertrusers war grau und hässlich geworden.

»Das Plasma ist verrückt geworden«, ächzte der Oberst.

Der Leutnant taumelte zurück.

An ihm vorbei sah Hadassah, wie ein turmdicker Strahl aus dem Boden stieg und in den Himmel stach. Einen Sekundenbruchteil später explodierte die erste der zweihundert Kunstsonnen.

»Das ist das Ende«, stöhnte der Leutnant.

Hadassah schüttelte den Kopf.

Mit hellseherischer Sicherheit wusste sie, dass dies noch nicht das Ende war.

Im Gegenteil.

Das Drama fing jetzt erst an.

Hadassah wartete nicht lange. Sie wusste, dass die Sekunden jetzt wertvoll waren. Es kam auf die Zeit eines Herzschlags an – eine riesige Zeitspanne für robotische Existenzen.

Hadassah verließ die Kuppel. Quer über den Platz rannte sie auf den Turm zu, der das Plasma enthielt, einen Teil davon. Sie sprang über die Wracks, stemmte sich im Laufen gegen den Sturm, der über der Hundertsonnenwelt aufzog und immer stärker wurde – stärker, weil eine Kunstsonne nach der anderen vom Plasma unter Feuer genommen wurde, weil die Waffenstrahlen der gigantischen Forts die Luft in Turbulenzen versetzte.

Hadassah rannte.

Sie erreichte den Turm. Eine Ewigkeit schien zu verstreichen, bis sich die Tür öffnete.

Der Raum war nicht leer. Einige Willys lagen flach am Boden, die Körper fahl vor Angst. Aus den Symboltransformern erklang das Wimmern und Schluchzen der Matten-Willys. Ob sie über das Schicksal der Urzelle heulten oder die eigene Zukunft bejammerten, konnte Hadassah nicht feststellen.

Wieder verstrichen die Sekunden quälend langsam, während sich der Deckel von dem Tank zur Seite bewegte.

Und dann verstummte plötzlich das Schreien und Wimmern der Willys.

Der Schrei aus den Symboltransformern änderte sich im Wortlaut, er änderte sich auch in der Intensität.

Es war der Schrei, auf den Hadassah seit Minuten wartete, der Ruf, der den letzten Akt des Dramas eröffnete, dessen Ausgang ungewiss war.

Der gleiche Schrei, der in Hadassahs Ohren gellte, wurde zur gleichen Zeit von den Hyperfunkanlagen der Posbis in die Galaxis hinausgefunkt.

Der Schrei bestand aus zwei Teilen.

Die Terraner haben das INNERE getötet!

Und dann der zweite Teil:

RÄCHT DAS INNERE.

9.

Das war die zweite Botschaft des Plasma-Agenten.

Es war keine Nachricht, keine Information, die sich zergliedern und verwerten ließ.

Was der Plasma-Agent übermittelte, war ein Gefühl.

Es war der Gefühlszustand der Urzelle, der Zustand zu einem ganz bestimmten Zeitpunkt.

Es waren die Gefühle der Urzelle, konzentriert auf den winzigen Sekundenbruchteil, in dem das Wesen von RANDO I erkannt hatte, dass die Terraner die Vernichtungsschaltung ausgelöst hatten.

In dieser Information fehlte das, was vorangegangen war – die Erkenntnis der Urzelle, dass die Terraner nicht identisch waren mit jenen, die die Urzelle seit Jahrzehntausenden marterten und peinigten. Es fehlte auch der Augenblick, der dieser Erkenntnis folgte – die Einsicht des Plasmas, dass es einen gewichtigen Unterschied gab zwischen Ursache und Schuld.

Die Terraner hatten die Vernichtungsschaltung ausgelöst.

Nur diesen einen Gedanken übermittelte der Plasma-Agent.

Nicht mehr.

Und dieses Gefühl, dieser Augenblick panischen Erschreckens war echt. Es gab in den Weiten des Alls nur ein Wesen, das diese Information überprüfen konnte.

Das Plasma ließ sich nicht täuschen. Diese Botschaft war echt. Niemand konnte die Gefühle des Plasmas verändern oder verfälschen. Die Botschaft, die der Plasma-Agent überbracht hatte, war in ihrem Kern echt. Nur das zählte.

Sofort reagierte das Plasma. Und irgendwo auf der Hundertsonnenwelt sprach eine Schaltung an, die alle Beteiligten für zerstört gehalten hatten.

Die Hassschaltung sprach an.

Rächt das INNERE!

Selbst die Posbis brauchten Zeit zum Reagieren. Hadassah hatte noch ein paar Augenblicke Zeit. Sie griff, ihren Ekel unterdrückend, in das Plasma hinein, nahm eine Handvoll heraus. Sie konnte ihre Hand gerade noch in Sicherheit bringen, bevor der Deckel – diesmal unter dem Befehl des Zentralplasmas – sich wieder schloss.

In der linken Hand hielt Hadassah einen vibrierenden, trägen Plasmaklumpen. In der Rechten trug sie den Desintegrator. Mit zwei gezielten Schüssen zerstörte sie das Schloss der Tür, das sich gleichfalls wieder geschlossen hatte.

Hadassah rannte los. Ein halbes Dutzend Willys, vor Angst ebenso erregt wie ratlos, heftete sich an ihre Fersen.

Jetzt zahlte es sich aus, dass sich die Posbis in ihrer Trauer selbst so fürchterlich dezimiert hatten. Hadassah setzte über die Wracks hinweg, die den Boden bedeckten. Sie wusste, dass sie um ihr Leben rannte.

Aus jedem Symboltransformer erklang der gleiche Befehl.

RÄCHT DAS INNERE!

Joran hielt die Tür auf, als Hadassah die Station der Terraner erreichte.An ihm vorbei stürzte Hadassah in den Raum, und das erste, was sie tat, war, zwei Schüsse auf den Bildschirm des Hyperkoms abzugeben. In grünlichen Gasschwaden verwehte das Bild des Beamten.

»Oberst«, stieß Hadassah hervor. »Sie müssen sofort jede Funkverbindung zur Erde unterbrechen.«

»Warum?«, rief der Oberst entgeistert. »Sind Sie verrückt geworden?«

Hadassah ließ den Plasmaklumpen auf den Boden fallen. Das Geräusch beim Aufprall war so hässlich wie der Klumpen selbst. Sie deutete auf die Reste des Hyperkombildschirms.

»Über den gleichen Kanal können die Posbis ihren Schiffen im Solsystem Befehle geben. Wir müssen alle Verbindungen abbrechen – dann haben die Menschen im Sonnensystem noch ein paar Stunden Zeit.«

»Die Fragmentraumer sind verschwunden«, berichtete der Leutnant. »Aber sie sind nicht gestartet. Was hat das nun wieder zu bedeuten?«

Tonlos sagte Hadassah: »Ich werde es Ihnen sagen. Die Hassschaltung arbeitet wieder und bestimmt das Zusammenwirken von Positronik und Plasma. Wissen Sie, wozu diese Schaltung noch gut ist?«

Der Leutnant zuckte mit den Schultern, während Joran blass wurde und der Oberst rückwärts in einen Sessel sank.

»Die Posbis können jetzt wieder über ihre Relativschirme verfügen«, erklärte Hadassah. »Sie können ihre Fragmentraumer jetzt wieder in der Zukunft verstecken. Damit sind sie für unsere Schiffe fast unangreifbar geworden.«

Der Leutnant schluckte.

Hadassah sah an ihm vorbei. Sie schien mit sich selbst zu sprechen, als sie erbarmungslos fortfuhr, als gelte es vordringlich, jede denkbare Illusion zu zerstören: »Ich kann mich an die alten Berichte erinnern. Damals, als Posbis und Terraner Feinde waren, damals waren Dutzende von Schiffen nötig, um einen Fragmentraumer erfolgreich bekämpfen zu können, und oft genug war nicht einmal solche Übermacht ausreichend. Und jetzt, in diesem Augenblick, stehen Hunderte und Tausende von Fragmentraumern in der Galaxis. Und dort ahnt man nicht einmal, dass die Posbis zu einem Rachefeldzug angesetzt haben.«

Sie schwieg einen Augenblick lang.

»Hören Sie auf«, sagte der Leutnant. »Um Himmels willen, hören Sie auf!«

»Und damals«, setzte Hadassah ihren Bericht fort, »waren die Terraner nur lästige Störenfriede. Der eigentliche Feind der Posbis – das waren damals die Laurins, die das Plasma unterdrückt hatten. Erinnern Sie sich? Jetzt wird sich der ganze unermessliche Hass der Posbis auf die Terraner konzentrieren.«

»Was wollen Sie damit sagen?«, fragte Leutnant Gallagher. »Was soll das alles?«

»Ich will Ihnen klarmachen, worum es geht. Das Plasma wird ein paar Stunden brauchen, um seine Planung für den Rachefeldzug durchkalkulieren zu können. Es wird nicht einfach blindlings losschlagen. Und es werden ein paar Stunden vergehen, bis die Posbis uns zusammengeschossen haben.

Ein paar Stunden Zeit – das ist alles, was uns bleibt.«

Hadassah schwieg. Jeder im Raum wusste, was sich nach dieser letzten Frist abspielen musste. Der Feldzug der Posbis würde die Galaxis völlig unvorbereitet treffen – und nahezu wehrlos. Vernichtet war Arkon III, das industrielle Herz des Arkon-Imperiums. Vernichtet waren die Flotten der Gataser. Im Twin-System trieben die Wracks der letzten Schlachtflotte, die Akon hatte aufstellen können.

Und die Terraner …?

Sie kämpften in Andromeda, darauf vertrauend, dass ihnen notfalls die Posbis den Rücken decken würden – den Rücken, der nun wehrlos war, ein leichtes Ziel für die vor Rache rasenden Roboter.

Und es fehlte jede Spur von der CREST III – und von Perry Rhodan.

Der Interkom summte. Der Oberst trat an das Gerät und schaltete es ein. Mit hartem Gesicht hörte er sich die Meldung an. Als er auflegte, glichen seine Lippen Strichen.

»Die Posbis greifen an«, sagte er rau. »Unsere Leute leisten Widerstand, einstweilen mit Erfolg.«

Er ging zu der Karte hinüber, die an der Rückseite des Raumes hing. Mit einem Faserschreiber zeichnete er den Verlauf der Front auf der Karte ein, die den Bereich des Stützpunkts und die nähere Umgebung darstellte.

»Diese Linie«, sagte der Oberst ruhig, »werden wir drei bis vier Stunden halten können – je nachdem, wie viel Rücksicht die Posbis bei ihren Angriffen auf ihren Maschinenpark nehmen. Wahrscheinlich werden sie uns nicht sehr intensiv attackieren.«

»Wie kommen Sie darauf?«, fragte Joran.

Der Oberst lächelte dünn und deutete mit dem Daumen in die Höhe.

»Sie brauchen nur zwei Minuten, um einen Fragmentraumer aufsteigen zu lassen. Mit einem Schuss wäre der gesamte Stützpunkt erledigt. Das haben sie bis jetzt nicht getan.«

»Wir haben also noch etwas Zeit«, sagte Hadassah.

Kalt antwortete der Oberst:

»Zum Beten wird es reichen!«

RÄCHT DAS INNERE.

Das Plasma gab den Impuls. Die hypertoyktische Verzahnung nahm diese Impulse auf, die Hassschaltung verstärkte sie. Die Hyperinpotronik, der Gigantrechner der Hundertsonnenwelt, setzte die Impulse um in Anweisungen für das Milliardenheer der biologisch-positronischen Roboter.

RÄCHT DAS INNERE!

Das Zentralplasma tobte vor Hass. Es war zu keiner anderen Gefühlsregung mehr fähig. Und es verband diesen Hass mit einem zweiten, parallelen Gefühl. So unerschütterlich treu das Plasma seinen Freunden gegenüber war, so infam verschlagen, so niederträchtig und hinterhältig konnte es seinen Feinden gegenüber sein.

Darum gab es nicht den Befehl, den Stützpunkt der Feinde mit einem Schlag auszulöschen, wozu es ohne Mühe fähig gewesen wäre. Das Plasma wusste, dass die Angst vor dem Tode stärker war als der Tod selbst – und es sah keinen Grund, den Terranern vor deren Ende dieses Gefühl zu ersparen. Im Gegenteil – das Plasma wollte die Terraner die Rache auskosten lassen.

RÄCHT DAS INNERE!

Im Schutz ihrer Relativschirme rasten die Fragmentraumer los. Sie starteten auf Frago, sie verließen Everblack. Ihre Triebwerke heulten auf der Hundertsonnenwelt auf. Ein halbes Dutzend Stützpunktwelten im Leerraum, bislang zur Untätigkeit verdammt, erwachte zu neuem, robotischem Leben.

Flotten bildeten sich. Dutzende von Schiffen glichen ihre Kurse an. Zu Hunderten rasten sie in riesigen Pulks los – Ziel: die Milchstraße.

RÄCHT DAS INNERE!

Eine Armada setzte sich in Bewegung. Die Terraner nahmen davon nichts wahr. Sie konnten nichts wahrnehmen. Nur die Hassschaltung, die Plasma und Hyperinpotronik verband, war in der Lage, die Relativschirme zu erzeugen. Beim Zusammenbruch der Hassschaltung – damals, als Posbis und Terraner Freunde geworden waren – waren die Relativschirme ausnahmslos erloschen. Man hatte sie nicht studieren können, kannte kein technisches Gegenmittel gegen diesen perfekten Schutz.

Ungehört, ungesehen, ungeortet jagte das Heer von Fragmentraumern auf die Galaxis zu.

Im Sternenmeer der Milchstraße fächerte sich die Armada auf. Tausende von Fragmentraumern bekamen neue Befehle. Sie trennten sich, flogen einzeln weiter oder in kleinen Rotten von sechs bis höchstens zwanzig Schiffen. Immer tiefer drang diese Flotte in die Milchstraße ein – in eine Milchstraße, deren Bevölkerung nichts von der Katastrophe ahnte, die sich Schritt für Schritt anbahnte.

RÄCHT DAS INNERE!

Der stärkste Pulk – vier Rotten mit insgesamt sechzig Fragmentraumern – erschien im Sonnensystem. Keine Ortung erfasste die Flotte, als sie Stellung bezog.

Vier weitere Fragmentraumer blieben an ihren Plätzen stehen und rührten sich nicht. Sie waren schon vor einigen Tagen auf der Erde, dem Mond und dem Mars gelandet, um Industriegüter an Bord zu nehmen. Während NATHAN seine Tätigkeit wieder aufnahm, rührten sich die Fragmentraumer nicht. Sie warteten auf den entscheidenden Befehl – dann erst würden sie ihre Transformbreitseiten verschießen. Was nach diesem Schlag noch von der militärischen Macht der Terraner übrig war, würden die versteckten Schiffe erledigen.

Drei Schiffe tauchten im Wega-System auf und bezogen Stellung.

Ungesehen erschienen zehn Fragmentraumer im Arkon-System und warteten dort.

Sie tauchten über Gatas auf, Berengar, Zirkon, Shand'ong und Lepso. Sie erschienen im Raumgebiet von Aralon. Ihre Transformkanonen bedrohten Trakarat so gut wie Plophos. Auf Last Hope, auf Zalit – nirgendwo wurden die Fragmentraumer bemerkt. Der Relativschirm schützte sie vor jeder Ortung. Es wäre auch niemand auf die Idee gekommen, nach ihnen zu suchen. Die Posbis waren die treuesten Freunde der Terraner, das wusste jedermann.

RÄCHT DAS INNERE!

Das war das Gebot, nach dem die Posbis handelten. Das Plasma hätte nur getobt und ein Blutbad angerichtet. Es war die Hyperinpotronik, die sämtliche Einzelheiten des perfekten Planes austüftelte und als Befehl an die Fragmentraumer weitergab.

Vier Stunden, nachdem der Schlachtruf zum ersten Mal erklungen war, hatten die ersten zehntausend Fragmentraumer ihre Operationsgebiete erreicht.

Zehntausend Fragmentraumer!

Das war mehr, als die Galaxis je gesehen hatte.

»Wir verkürzen unsere Linien«, sagte Oberst N'daghan. Mit dem Faserschreiber zeichnete er den Frontverlauf in die Karte ein.

Bis jetzt war es – ein Wunder, so schien es den Betroffenen – bei Verletzten geblieben. Die Posbis griffen nicht frontal an, sie überrannten die Stellungen der Terraner nicht einfach. Die Posbis hatten eine andere Taktik bevorzugt. Sie kesselten die Gegner ein.

Wo immer der Frontverlauf eine Zacke, eine Ausbuchtung aufwies, dort konzentrierten die Posbis ihr Feuer. Sie konzentrierten es langsam und bedächtig, zeigten ihre Übermacht – bis den Feinden nichts anderes übrig blieb, als entweder die Front zurückzunehmen oder zu sterben. Natürlich gingen die Terraner zurück.

So drängte der Angriff der Posbis die Terraner immer enger zusammen. Natürlich blieb der Sinn dieser Strategie nicht verborgen.

Der Oberst ließ seinen Leuten keine Illusion.

»Diese Bestien haben vor, ein regelrechtes Blutbad anzurichten«, sagte er, als er von Hadassah nach der Strategie der Posbis gefragt wurde. »Sie wollen uns zusammenquetschen, ganz langsam, damit das Plasma sich an unserem Ende weiden kann.«

»Glauben Sie wirklich, dass das Plasma so grausam ist?«, fragte Joran.

»Wenn Sie eine bessere Erklärung kennen, dann sagen Sie es nur«, gab der Oberst zurück. Er schaltete kurz den Symboltransformer ein.

»RÄCHT DAS INNERE«, erklang er aus dem Lautsprecher.

»Das«, sagte der Oberst und schaltete den Symboltransformer aus, »und das« – er deutete auf die Veränderung der Frontlinien – »lassen keinen anderen Schluss zu.«

»Wie viel Zeit geben Sie uns noch?«

Der Oberst beantwortete Hadassahs Frage mit einem Achselzucken.

»Ich weiß es nicht. Es wird von der Laune des Plasmas abhängen. Ich weiß nur eines – die letzten von uns werden für jede Verkürzung ihrer Leiden dankbar sein.«

Hadassah ging unruhig in dem Raum auf und ab.

»Oberst«, sagte sie plötzlich. »Was für eine Strategie hat das Plasma? Ich meine, bezogen auf das Solare Imperium, nicht auf uns.«

Der Oberst presste die Kiefer zusammen.

»Wollen Sie eine ehrliche Antwort?«

»Belügen kann ich mich selbst.«

»Die Posbis werden die Terraner vernichten«, sagte der Oberst. »Wenn die Flotte aus Andromeda zurückkommt …«

»Wenn oder falls?«

»Wenn«, sagte der Oberst. »Dann werden sie nur verwüstete Planeten vorfinden. Die Galaxis wird künftig von den Posbis beherrscht werden. Und sobald sie das erreicht haben, werden sie sich auf den Weg nach Andromeda machen, um auch die letzten Reste der Solaren Flotte vernichten zu können.«

»Halten Sie die Posbis für so stark?«

»Für stärker.«

RÄCHT DAS INNERE!

Rache, so besagte ein Sprichwort der Terraner, ist ein Gericht, das man kalt genießen sollte.

Genau das hatte das Plasma vor.

Die Posbis wussten, wo Terraner lebten. Sie wussten auch, wo es starke Kolonien der Terraner gab. Überall dort tauchten Fragmentraumer auf.

Meldungen liefen von den Schiffen zu den Einsatzzentralen zurück, wurden verarbeitet und in neue Befehle umgewandelt.

In der Nähe des Afzgot-Systems war eine Flotte der Überschweren mit Manövern beschäftigt. Die Posbis verstärkten ihre Abordnung um dreißig Fragmentraumer. Das musste ausreichen, mit den Überschweren fertig zu werden.

In jedem System, das in den Katalogen erfasst war, tauchte ein Fragmentraumer auf, sah, meldete und bezog Stellung. Wo nötig, wurde die Kampfkraft durch Entsendung einer weiteren Einheit verstärkt.

Eine Flotte von vierhundert Fragmentraumern bereitete sich darauf vor, mit einem Schlag das gesamte Transmitternetz der Akonen lahmzulegen.

Und niemand in der Galaxis wusste von der Bedrohung.

Niemand ahnte, was da heraufzog.

Der Plan der Posbis war einfach.

RÄCHT DAS INNERE!

Sie verfolgten in der Galaxis die gleiche Strategie wie auf der Hundertsonnenwelt.

Zusammendrängen, aber nicht vernichten – noch nicht. Zuerst mussten die Terraner eingekesselt werden.

Und sie sollten erfahren, was es hieß, wenn Freunde zu Verrätern wurden. Über jeder Welt, auf der Menschen und Fremdrassige lebten, würde ein Fragmentraumer auftauchen. Zehn Stunden Zeit würde das Schiff der Planetenbevölkerung lassen – zehn Stunden Zeit, um entweder alle Terraner hinauszuwerfen oder sie selbst abzuschlachten. Wo diesem Befehl nicht gefolgt wurde, würden die Transformkanonen sprechen.

Der Plan war einfach. Und er traf. Noch waren die Tage nicht vergessen, da die Posbis in der Galaxis gehaust hatten. Völker waren durcheinandergewirbelt worden wie welke Blätter im Herbststurm. Wer sich daran erinnerte, würde keinen Augenblick zögern, dem Befehl der Posbis zu gehorchen. Um den Schein zu wahren, würde man die Terraner hinauswerfen – zuerst höflich, dann rüde.

Es würde eine Armada werden, wie sie die Galaxis noch nicht erlebt hatte. Es war möglich, dass Milliarden von Terranern, zusammengepfercht in Millionen kleiner und großer Schiffe, auf der Flucht waren, auf dem Weg in das Sonnensystem. Jeden anderen Weg würden die Fragmentraumer versperren.

Und dann, wenn das Chaos im Sonnensystem tobte, wenn der Raum zwischen Sonne und Pluto erfüllt war von Schiffen jeder Art, Gattung und Herkunft, wenn die Terraner mitsamt ihrer zur Wirkungslosigkeit verurteilten Heimatflotte im Sonnensystem eingeschlossen war – dann war die Stunde der Rache gekommen.

Das Plasma konnte warten. Es fieberte vor Hass, aber es wollte seinen Hass gründlich stillen. Darum blieb es ruhig. Kein Schuss fiel, nirgendwo wurde Alarm gegeben.

Aber die Schlinge zog sich zu, fester und fester.

»Falsch«, sagte Hadassah. Sie nahm ihre Wanderung wieder aus. »Irgendetwas ist falsch an der Sache.«

»Versuche, das dem Plasma zu erklären!«, forderte Joran sie auf.

Lokandyr hatte sich auf den Boden gesetzt und schliff sein Jagdschwert. In einer Ecke lagen einige verschüchterte Willys und jammerten leise. In einem anderen Winkel des Raumes stand ein Gefäß mit dem Stück Plasma, das Hadassah besorgt hatte – in der Hoffnung, etwas mehr über den Plasma-Agenten in Erfahrung bringen zu können.

»Plasma«, murmelte Hadassah. »Plasma.«

Ughan, der Springerpatriarch, saß in einem breiten Sessel, hatte die Beine untergeschlagen und meditierte.

»Dieses Wesen, dass sich mal Brewter, mal LeGrew nannte«, murmelte Hadassah, »und in Wirklichkeit ein Plasma-Agent der MdI war – was war der Auftrag dieses Wesens?«

»Den Posbis mitzuteilen, dass wir Terraner die Urzelle vernichtet hätten.«

»Danke«, kommentierte Hadassah Jorans Einwurf. »Das hat die von den MdI vorausberechnete Folge, dass die Posbis über uns herfallen. Und damit sind wir beim eigentlichen Problem.«

Hadassah machte eine kleine Pause.

»Wie gut mögen die MdI über die Verhältnisse in unserer Milchstraße informiert sein?«

»Erstklassig«, sagte Joran. Die beiden Offiziere der Solaren Flotte nickten. »Ganz hervorragend.«

Hadassah lächelte ein wenig.

In diesem Augenblick flammte ein Bildschirm auf. Das Gerät wurde von den Posbis kontrolliert, also mussten sie die Finger im Spiel haben.

Es war das Plasma.

Es beehrte sich, den eingeschlossenen Terranern mitzuteilen, was es in der Milchstraße zu unternehmen gedachte. Es war nicht mehr als ein kurzer Trickfilm, aber genügte, um die Strategie des Plasmas deutlich zu machen. Danach wurde der Bildschirm wieder dunkel.

Hadassah war bleich geworden, das galt auch für Joran und die beiden Offiziere. Lokandyr schärfte weiterhin sein Schwert. Ughan kaute auf seiner Unterlippe.

»Das ist das Ende des Solaren Imperiums«, murmelte Gallagher mit käsigem Gesicht.

»Und der Beginn der Posbiherrschaft über die Milchstraße«, setzte Ughan den Gedankengang fort. Auch seine Gesichtsfarbe war wächsern.

Hadassah lächelte verhalten.

»Genau das meine ich«, sagte sie leise. »Ich frage mich, ob so logisch und eiskalt machtpolitisch denkende Wesen wie die MdI, auch wenn wir nicht wissen, wie sie aussehen, so dumm sein sollen, einen Gegner gegen den anderen zu tauschen.«

»Ich verstehe nicht«, sagte der Oberst.

»Es ist doch ganz einfach«, sagte Hadassah. Sie sagte es mit hörbarer Erleichterung, denn nun wusste sie, dass eine Rettung möglich war.

»Irgendwann werden die Posbis herausbekommen, was auf RANDO I wirklich vorgefallen ist. Dann werden sie ihren Hass auf die MdI konzentrieren.«

»Das wird uns nicht wieder lebendig machen«, warf Gallagher ein.

»Vor allem nutzt es den MdI nicht«, sagte Hadassah. »Aus ihrer Sicht kann es ziemlich gleichgültig sein, ob in unserer Milchstraße Posbis oder Terraner leben – beide Rassen sind als Feinde der MdI nicht zu unterschätzen.«

»Das bedeutet …«

Joran sprang auf.

»Die MdI hoffen – daraus besteht ihr ganzer Plan –, dass die Posbis den Terranern den Garaus machen. Dass in diesem Kampf die Posbis Sieger sein werden, können sich die MdI leicht ausrechnen. Es gibt daher nur eine logische Konsequenz – die MdI müssen eine Klappe für zwei verschiedene Fliegen gefunden haben. Nach dem Untergang der Terraner werden auch die Posbis dran glauben müssen. Dazu gibt es nur einen Hebel und nur einen Ansatzpunkt.«

»Das Zentralplasma!«

»Und der Plasma-Agent!«

10.

RÄCHT DAS INNERE!

Die zweite Welle der Posbis erreichte die Galaxis. Fünfzigtausend Fragmentraumer, fünfzigtausend waffenstarrende Metallgebilde, jedes einzelne ausreichend, den Bürgern einer Welt Albträume zu bereiten.

Sie standen überall, einem präzisen, perfekten Aufmarschplan gehorchend. Zu jeweils hundert Schiffen verteilten sie sich über die Galaxis, bezogen sie Warteposition.

Noch drei Stunden bis zum Zeitpunkt X.

Die letzten Stunden der Menschheit standen bevor.

RÄCHT DAS INNERE!

»Wir müssen den Trick herausfinden, mit dem die MdI sowohl die Terraner als auch die Posbis schlagen wollen«, sagte Hadassah. »Der Schlüssel dazu ist der Plasma-Agent.«

Sie deutete auf den Behälter, der die Reste des Sertao J. Brewter enthielt.

»Haben wir ein Rasterelektronenmikroskop in der Nähe?«

»Alles, was Sie brauchen«, versprach der Oberst. »Kommen Sie mit.«

Weit zu gehen brauchten die beiden Menschen nicht. Der Herrschaftsbereich der Terraner auf der Hundertsonnenwelt schrumpfte immer weiter zusammen. Der Übermacht der Posbis hatten die wenigen Menschen fast nichts entgegenzusetzen.

»Hier«, sagte der Oberst.

Hadassah lächelte dankbar.

»Ich brauche zweierlei«, sagte sie. »Zum einen Zeit, zum anderen Ihre Hilfe. Sie müssen mit Ihren Männern ein Dateneingabegerät für die Hyperinpotronik freihalten oder freikämpfen. Wir brauchen ein solches Gerät – koste es, was es wolle.«

Der Oberst nickte. »Etwas haben Sie vergessen, was sie brauchen«, sagte er rau. »Glück, viel Glück sogar.«

Dann zog sich der Oberst zurück. Hadassah sah auf ihre Uhr, seufzte leise und machte sich an die Arbeit.

Als Erstes musste das Präparat vorbereitet werden. Im Fall des Plasmas erwies sich das als vergleichsweise einfach. Sie brauchte nur eine kleine Portion davon in eine Metallröhre zu füllen und diese Röhre wiederum in einen Behälter mit flüssigem Stickstoff zu tauchen. Dieser Kälteschock ließ die Plasmaprobe blitzschnell zu einem harten Block gefrieren. Mit Greifern holte Hadassah die Probe aus dem Stickstoffbad heraus. Danach spannte sie den Block in das Mikrotom. Diese Apparatur schälte überaus exakte, vor allem aber extrem dünne Scheiben von der tiefgefrorenen Probe herab. Eines der kaum erkennbaren Scheibchen praktizierte Hadassah auf den Objektträger.

Einige Handgriffe genügten, um die Probe im Rasterelektronenmikroskop verschwinden zu lassen. Das Gerät summte leise.

In den Konstruktionsprinzipien unterschieden sich die Elektronenmikroskope von optischen Geräten vor allem durch die Wahl des informationstragenden Mediums. Da sich Licht nur bis zu einem gewissen Grad auflösen ließ, waren optische Mikroskope nur bis zur tausendfachen Vergrößerung zu gebrauchen. Hadassahs Gerät vergrößerte millionenfach.

Riesenhaft vergrößert tauchte das Bild der Probe auf einem mannsgroßen Schirm auf.

Hadassah war erleichtert, dass die Geräte noch funktionierten. Auch sie unterstanden der Kontrolle des Zentralplasmas. Allerdings schienen diese Geräte dem Plasma harmlos und ungefährlich. Nur so war der Tatbestand zu erklären, dass Hadassah am Plasma mithilfe des Plasmas Forschung betreiben konnte.

Hadassah schaltete langsam die Vergrößerung auf höhere Werte. Das Rasterelektronenmikroskop war so in der Handhabung vereinfacht worden, dass auch ein interessierter Laie damit umgehen konnte – und mehr war Hadassah nicht.

Endlich hatte sie erreicht, was sie hatte erreichen wollen. Der Bildschirm zeigte eine einzige Zelle des Plasmas. Hadassah verschob den Objektträger, bis die Elektronenoptik die Zellwand fixierte, dann vergrößerte sie weiter.

Gleichzeitig schaltete sie aus dem Speicher eine entsprechende Untersuchung früherer Proben zu.

Die Positronik fuhr jetzt automatisch an der Zellwand entlang. Die riesenhafte Vergrößerung machte es möglich, einzelne Moleküle zu erkennen. Den langwierigen Prozess, aus den Beobachtungen die genau Molekülstruktur zu rekonstruieren, übernahm wieder die Hyperinpotronik. Dass die gleiche Riesenmaschine gleichzeitig sämtliche Lebensvorgänge auf der Hundertsonnenwelt steuerte, den Angriff der Fragmentraumer auf das Solare Imperium plante und durchführte – noch einhundertzweiundfünfzig Minuten bis zum Zeitpunkt X –, dass die gleiche Hyperinpotronik für und gegen die Terraner arbeitete, zeigte lediglich, wie groß, wie gewaltig dieses Hirn war. Vermutlich hielt sich die Aufgabe, die Plasmaprobe mit früheren Proben zu vergleichen, in ihrer Bedeutung weit unterhalb der Schwelle, die die Maschine zurzeit beschäftigte.

Hadassah konnte jetzt nichts mehr tun, nur warten.

Sie wartete auf ein ganz bestimmtes Ergebnis – sie wartete auf die Rettung. Rettung für die Terraner auf der Hundertsonnenwelt, Rettung für das Solare Imperium und seine Bürger, Rettung vor dem infamen Plan der Meister der Insel.

Hadassah war sich sicher, dass das Schwert, mit dem die MdI diesen perfekten Streich durchgeführt hatten, zweischneidig war. Sie hielt es für ausgeschlossen, dass die MdI ein Posbi-Imperium anstrebten, als Ersatz für das Solare Imperium.

»Ausgeschlossen«, murmelte Hadassah.

Wenn sie einen Blick auf den Bildschirm warf, dann sah sie, wie sich die Probe langsam drehte. Gleichzeitig wurden von dem Spezialrechner Hunderttausende von Daten miteinander verglichen und durchgerechnet.

Die Minuten vergingen. Sie vergingen qualvoll langsam. Hadassah hatte genug Fantasie, um sich vorstellen zu können, wie es draußen aussah – dort, wo sich eine Handvoll Soldaten und waffenungeübte Wissenschaftler gegen ein Milliardenheer von Posbis zur Wehr setzten. Wie es in der Galaxis aussah, die nichts von dem würgenden Griff ahnte, mit dem die Posbis den Terranern den Garaus machen wollten.

Dann schlug der Rechner Alarm.

Hadassah sprang auf.

Die kleine Spezialpositronik hatte etwas entdeckt. Es gab etwas in der Zellmembran der Plasmaprobe, das sich im zum Vergleich herangezogenen Plasma früherer Untersuchungen nicht befunden hatte.

Hadassah brauchte nur einen Knopf zu drücken. Die Automatik würde die Aufgabe übernehmen, diesen Fremdkörper genauestens zu analysieren und Molekül für Molekül aufzuzeichnen.

»Geschafft«, murmelte Hadassah. »Geschafft.«

Sie sah auf ihre Uhr.

Rechnete man die Zeitspanne, die vergehen musste, bis ein Befehl von der Hundertsonnenwelt bei den Fragmentraumern in der Galaxis eintraf, dann blieb noch eine Spanne von knapp vierzig Minuten.

»Oberst!«

N'daghan drehte sich herum. Er schien um Jahre gealtert, müde, ausgelaugt und verzweifelt. Er deutete nur stumm auf die Karte.

Hadassah erschrak.

Das Areal, das von den Terranern gehalten wurde, war nur noch wenige tausend Quadratmeter groß. Es gab außerdem noch einen langen Streifen, der diesen Bereich mit einem Plasmaturmtank verband. Es war, bösartige Ironie des Zufalls, jener Turm, in dem der Plasma-Agent zugeschlagen hatte.

»Oberst, ich muss zu einem Dateneingabegerät! Ich habe etwas gefunden!«

Der Oberst sah sie aus geröteten Augen an.

»Sie werden nicht zurückkommen«, sagte er mit einem erneuten Hinweis auf die Karte. »Es ist ein Selbstmordkommando.«

»Auf diesem Planeten«, sagte Hadassah kalt, »gibt es nichts mehr, an dessen Ende nicht der Tod stünde. Wer begleitet mich?«

Lokandyr schob sich aus dem Hindergrund nach vorn. Joran hob die Hand, und zu Hadassahs Erstaunen meldete sich auch der Springer.

»Dann los«, sagte Hadassah bat Giora.

Sie brauchten zehn Minuten für den knappen Kilometer. Zehn Minuten, in denen jeder von ihnen ununterbrochen feuerte, einen Posbis nach dem anderen abschoss. Zehn Minuten, die sich zu einer Ewigkeit dehnten.

Hadassah blieb unverletzt, das gleiche galt für Lokandyr und Ughan. Joran wurde bei der Explosion eines Roboters von einem herumfliegenden Metallsplitter am rechten Arm getroffen. Da sich der Ertruser als Waffe einer Zweihand-Maschinenkanone bediente, fiel er von diesem Zeitpunkt an als Kämpfer aus.

Hadassah war völlig außer Atem, als sie endlich den Turm erreichte. Die Tür war noch von ihrem letzten Besuch her offen. Es bereitete keinerlei Schwierigkeiten, den Turm zu betreten.

Hadassah sah auf den ersten Blick, dass das Dateneingabegerät noch funktionierte. Sie griff in die Tasche und holte einen Packen Datenkarten heraus.

»Was soll das Ganze eigentlich?«, fragte Joran. Er presste mit der linken Hand seinen rechten Oberarm zusammen, um so die Blutung zum Stillstand zu bringen.

Hadassah hielt die Karten in die Höhe.

»Das«, sagte sie triumphierend, »ist der Beweis für meine These. Die Meister der Insel haben sich nicht damit zufriedengegeben, nur das Solare Imperium auszuschalten. Da ihnen an einem Posbi-Reich nicht gelegen sein konnte, haben sie auch an eine Möglichkeit gedacht, den Posbis den Garaus zu machen.«

»Und wie?«, fragte Ughan. Er schnaufte und keuchte. Dauerläufe waren nicht Sache des rundlichen Springerpatriarchen.

»Sie haben den Plasma-Agenten infiziert«, erklärte Hadassah. »In seine Zellwände war ein verstecktes Virus eingearbeitet – ein sogenanntes Slow-Virus. Erst in einigen Jahren hätte das Plasma die ersten Anzeichen dieser Infektion bemerkt – und dann wäre es zu spät gewesen. Ohne Plasma wäre auch die Hyperinpotronik keinen Soli mehr wert. Der Plan ist perfekt.«

»Und das steht auf den Karten?«

Hadassah nickte.

»Ich werde die Hyperinpotronik damit füttern«, sagte sie. »Das Giganthirn wird die Werte ganz automatisch durchrechnen – und irgendwann begreifen, dass es von den MdI hereingelegt worden ist. Damit wäre das Problem gelöst.«

»Nicht ganz, schönste aller terranischen Agentinnen!«

»Ughan!«, staunte Hadassah.

Der Springer hatte seine Waffe auf sie gerichtet.

Er lächelte traurig.

»Ich weiß nicht, ob Sie mich verstehen können, Hadassah«, sagte er halblaut. Er ließ weder Hadassah noch Joran aus den Augen. »Sehen Sie, eine der merkwürdigen Eigenschaften von euch Terranern ist es, dass einer zwar der größte Schurke der Galaxis sein kann – aber immer noch ein Terraner. Vielleicht lag es daran, dass wir Springer auf allen Gebieten zurückstecken mussten. Jetzt aber, liebste Freundin, bietet sich für einen fetten, korrupten Springer die einzigartige Möglichkeit, etwas zu tun, das ihm keinen Soli Gewinn einträgt. Merkwürdig, nicht wahr?

Aber, meine Liebe, wenn ich verhindere, dass die Posbis gewarnt werden, dann werden wir Arkoniden und Arkoniden-Abkömmlinge wieder frei sein, frei von euch Terranern und frei von den Posbis. Ich kann diese einmalige Gelegenheit für mein Volk nicht verstreichen lassen. Verstehen Sie das, Hadassah? Ich tue das wirklich nicht gern, und ich weiß auch, dass dies mein eigener Tod sein wird, aber ich muss so handeln.«

Hadassah sah, wie er die Waffe hob. Joran konnte ihr nicht mehr helfen.

»Schema Israel«, betete Hadassah, *»Adonai Alohenu Adonai Echod.«*

Der Schuss, auf den sie wartete, fiel nicht.

»Ich wusste gar nicht«, sagte der Berengarese verwundert, »dass man damit auch werfen kann.«

Er hob sein Jagdschwert auf, steckte es zurück in die Scheide und grinste Hadassah mit seinen wenigen, tabakbraunen Zähnen an.

»Nur zu, Tochter«, sagte er. »Wir haben nicht mehr viel Zeit.«

Hadassah drehte sich um, nur flüchtig sah sie in der Bewegung den kopflosen Körper des Springers. Der Kopf lag einige Schritte abseits und schien zu lächeln.

Dann steckte Hadassah die erste Datenkarte in die Eingabe.

Hadassah bat Giora, die ausnahmsweise einmal wieder ihren bürgerlichen Namen verwendete, steckte die Münze in den Automaten und wartete, dass das Eis erschien.

Sie führte die Bewegung ein wenig zögernd aus. Noch hatte sie ihre Aversion gegen Roboter jeglicher Art – auch wenn er so primitiv war wie dieser Eisautomat – nicht völlig überwunden.

Neun Minuten und sechzehn Sekunden hatte die Hyperinpotronik gebraucht, bis sie die Information verarbeitet und zur Kenntnis genommen hatte. Das Schicksal der Galaxis hatte an einem seidenen Faden gehangen.

Aber der Faden hatte gehalten.

Die Hyperinpotronik hatte endlich, fast zu spät, die infame Falle der MdI erkannte. Und sie hatte mit der Schnelligkeit reagiert, die für einen Gigantrechner typisch war.

Das beinahe Erheiternde an dieser ganzen Tragödie war der Umstand, dass der Plan der Meister nur wenige Opfer gefordert hatte, jedenfalls aufseiten der Menschen.

Ughan, der Springer, war auf der Hundertsonnenwelt beigesetzt worden.

Es klickte leise, dann kam das Eis.

Hadassah verzog angewidert das Gesicht.

Der Automat war defekt. Er hatte statt des Himbeereises, das Hadassah gewählt hatte, eine andere Sorte ausgegeben – Pistazieneis. Und Pistazieneis war intensiv grün.

Hadassah zögerte einen Augenblick. Grün war noch nie ihre Lieblingsfarbe gewesen, und nach den Ereignissen auf der Hundertsonnenwelt war ihr Grün zuwider.

Die Reste des Plasma-Agenten waren von den Posbis gesammelt worden, eine Prozedur, die viel Zeit erfordert hatte. Aber am Ende gab es im Zentralplasma keine einzige Zelle mehr von dem Sendboten der Meister.

Zu Hadassahs Erleichterung war es nicht gelungen, aus dem grünlichen Brei, der verdächtig an schlecht zubereiteten Spinat erinnert hatte, wieder einen Menschen zusammenzusetzen. Dies war ein Geheimnis geblieben, das nur die MdI kannten.

Die Posbis hatten das Plasma in einen Behälter gepackt und mit einer Transformkanone verfeuert – indes ohne den Rematerialisator einzuschalten. Was von dem Plasma übrig geblieben war, trieb jetzt im Hyperraum herum und konnte nie wieder zurückkehren.

Hadassah suchte in ihrer Handtasche, fand aber keine passende Münze mehr. Sie stand vor der Alternative, dieses Eis zu essen oder gar keins.

Es war heiß, sehr heiß sogar. Die Sommersonne stand über Jerusalem, aber Hadassah verzichtete auf das Eis.

Langsam ging sie weiter. Es war Freitagmittag; einige Orthodoxe hasteten in Richtung Meas Shäarim. Hadassah schlenderte gemütlich. Sie hatte viel Zeit.

Joran, der Ertruser, war nach Quinto-Center zurückgekehrt, nachdem er geholfen hatte, die zweite – und letzte – Hassschaltung zu finden und zu sprengen.

Lokandyr, der Craniophile, hatte seine Sammlung um ein Gros Posbi-Häupter erweitern können, was ihm auf Berengar einen

Ruhm eingetragen hatte, der die Jahrhunderte überdauern würde.

Hadassah hatte Urlaub. Die Galaktische Abwehr war in dieser Beziehung großzügig. Drei Monate Ferien. Der Sommer war nicht gerade die beste Jahreszeit, um Jerusalem zu besuchen, aber Hadassah hatte unbedingt ihre Mischpoche wiedersehen wollen.

Sie summte leise ein uraltes Lied – *Jeruschalajim schel sahav* –, während sie den Boulevard entlangspazierte. An einem Kiosk erstand sie eine Packung Zigaretten. Und neben dem Kiosk stand ein weiterer Eisautomat.

Hadassah probierte mit dem Wechselgeld von den Zigaretten ein zweites Mal ihr Glück. Diesmal gab der Primitiv-Roboter kein Pistazieneis von sich. Er gab überhaupt nichts von sich – weder Eis noch das eingeworfene Geld.

Hadassah behalf sich mit dem Verfahren, mit dem schon zu Zeiten des alten Hieron Automaten bearbeitet worden waren, die nicht prompt und richtig reagierten. Sie verpasste der Eismaschine einen Fußtritt.

»Kann ich helfen?«

Hadassah drehte sich um. Ihre Augen weiteten sich.

»Mr. Brewter!«

»Sie kennen mich?«

Hadassah schluckte.

»Ich erkläre Ihnen alles«, sagte sie hastig. »Aber, bitte beantworten Sie mir eine Frage – wie kommen Sie hierher?«

Brewter zuckte mit den Schultern.

»Ganz einfach«, sagte er leichthin. »Ich wurde vor drei Wochen aus der Gefangenschaft der MdI befreit. In dieser Zeit hatte ich mir vorgenommen, in Jerusalem zu beten. Ich bin sehr religiös erzogen worden, wissen Sie.«

»Ich weiß«, murmelte Hadassah.

Inzwischen hatte es sich der Eisautomat überlegt. Er spuckte eine doppelte Portion aus – wieder Pistazien. Erneut verzog Hadassah das Gesicht.

»Mögen Sie so etwas?«, fragte sie Brewter.

Der schüttelte den Kopf. »Nein, sieht mir zu grün aus. Stört sie das?«

»Nein«, sagte Hadassah strahlend und hängte sich bei ihm ein. »Überhaupt nicht.«

Während sie weitergingen, fragte Hadassah: »Und noch etwas: Kennen Sie eigentlich die Hundertsonnenwelt?«

»Nein, aber ich wollte schon immer einmal dorthin. Sie auch? Warum lachen Sie so?«

Nachwort

In diesem Nachwort wollen wir uns ein wenig mit den Figuren befassen, die Peter Terrid in seinen Planetenromanen einsetzte.

Manche Autoren (sagen wir, H. G. Francis, H. G. Ewers oder Ernst Vlcek) konzentrierten sich auf einige wenige Figuren und schrieben denen die Abenteuer auf den Leib; andere, an vorderster Stelle Hans Kneifel, erschufen pro Roman eigene Figuren, die passend für die jeweilige Handlung entwickelt wurden. Peter Terrid, den man (wie auch Rainer Castor) zu Recht als »Kneifel-Schüler« bezeichnen kann, entschied sich in der Regel für die letzte Methode – sofern er nicht gerade auf die Hauptfiguren der Serie zurückgriff.

Sehen wir uns die zweiundzwanzig Planetenromane an, die Peter Terrid verfasste, ergibt sich folgendes Bild:

In acht dieser Romane bedient er sich der etablierten Handlungsträger der Serie: Reginald Bull (TB 179, 212, 253), Atlan (187, 230, 310, 409), Homer G. Adams (201).

Die übrigen vierzehn Taschenbücher verteilen sich auf zwölf Protagonisten, von denen nur Samantha Dryton (Bände 322 und 339 – Nummer 339 haben wir als Band 9 dieser Reihe nachgedruckt) sowie Lhoreda Machecoul (366 und 391) je zweimal auftauchen; in beiden Fällen handelt es sich um direkte Fortsetzungen. Sonderstellungen nehmen zudem die Familien Merota und Thetin in Band 288, »Schmied der Unsterblichkeit« (nachgedruckt als Band 15 dieser Reihe) sowie der Detektiv Orpheus Chambers (400) ein, der in Band 1743 der Erstauflage (»Digital-Gespenster« vom Januar 1995) eingeführt worden war.

Die »übrigen« sind jeweils nur einmal auftretende Charaktere, häufig Sicherheitsbeamte oder Agenten/Agentinnen. Es gibt aber auch einen Jäger (Cassiddu Templin in Band 193, »Das Ende der Duplos«), einen Studenten (Ganclar Kaarleen in 206, »Die Energiefalle«), eine Bürgermeisterin (Cassia Huddle in 234, »Tödliche Wahrscheinlichkeit«) oder den jungen Bewohner einer

Wolkenstadt (Fylrin in 386, »Welt über den Wolken«). Das sind alles eher einfache Menschen, die in abenteuerliche Geschehnisse verwickelt werden und über sich hinauswachsen müssen, um die Lage zu retten. Gerade in diesen Romanen erfahren wir viel über das Alltagsleben der Terraner, wie es in der Heftromanserie in dieser Ausführlichkeit nur eher selten ausgebreitet wird.

Hadassah bat Giora ist eine dieser »Terrid-Einmal-Kreationen«, die einzig im vorliegenden Roman Verwendung finden. Wie in diversen anderen Romanen auch bedient der Autor hier das Klischee der gut aussehenden Agentin, die sich in einer hauptsächlich von Männern beherrschten Gesellschaft ganz ausgezeichnet durchsetzen kann – das tat er gerne.

Und doch gewinnt Peter Terrid dieser Figur neue, interessante Aspekte ab: Sie ist gläubige Jüdin (wie überhaupt Religion in diesem Roman eine größere Rolle spielt als üblich) und letztlich dem USO-Agenten Joran überlegen, der zwar kompetent ist, aber die Situation nicht so gut erfassen kann wie Hadassah. Und die es richtig eklig findet, mit einem Plasmawesen geschlafen zu haben.

Aber auch den etablierten Charakteren kann Terrid einiges abgewinnen. Der erste Roman dieses Bandes hat eine sehr schöne Szene mit Reginald Bull, als dieser den toten Báalol-Priester mit dem Zellaktivator findet und darüber sinniert, warum er das Gerät nicht einfach anlegt, um sich für immer von der Zelldusche (und damit dem Wohlwollen Perry Rhodans) unabhängig zu machen. Es spricht für Peter Terrids Sicht von Reginald Bull, wie dieser sich letztlich dagegen entscheidet (*dass* er sich dagegen entscheidet, ist natürlich unumgänglich, da von der Handlung der Heftromanserie so vorgegeben). Bullys Gedanken nehmen zudem die zu diesem Zeitpunkt für ihn noch über zweihundert Jahre in der Zukunft liegende Ausstreuung der Zellaktivatoren durch ES in K. H. Scheers Band 150 (»Die Spezialisten der USO«) vorweg.

Es ist an dieser Stelle interessant, Bullys Überlegungen mit denen von Ronald Tekener in ATLAN 49 (»Jäger der Unsterblichkeit« von William Voltz) zu vergleichen (siehe auch das Nachwort zu Band 42 unserer Reihe). Tekener hat weniger Skrupel als Bully in einer vergleichbaren Situation, erweist sich also als der moralisch unterlegene Charakter – wobei wir zu seiner Verteidigung sagen müssen, dass »Jäger der Unsterblichkeit« im Jahre 2409 n. Chr. angesiedelt ist, also zu einer Zeit, in der die Zelldusche nicht mehr zur Verfügung steht.

Auch hier wollen wir uns wieder mit einigen der Hinweise und Anspielungen beschäftigen, die Peter Terrid in seinen Roman eingebaut hat.

Zum einen ist da die Einbindung in den MdI-Zyklus: Die Menschen sind im Kampf gegen die Meister der Insel nach Andromeda vorgestoßen, und die CREST III ist durch den Zeittransmitter auf Vario 50.000 Jahre in die Vergangenheit geschleudert worden (siehe Band 264, »Invasion der Toten« von K. H. Scheer). Das weiß man im Solaren Imperium aber noch nicht, und so gilt Perry Rhodan mitsamt seinem Flaggschiff als verschwunden. Und währenddessen setzen die MdI dazu an, die Menschheit durch die Posbis vernichten zu lassen …

Darüber hinaus findet zweimal der Planet Shand'ong Erwähnung. Er entstammt dem Taschenbuch 23, »Der Einsame von Terra« von Hans Kneifel (1966). Es handelt sich um eine Welt, deren Bewohner auf frühere arkonidische Siedler zurückgehen. Nahe der Hauptstadt K'tin Ngeci befindet sich ein Raumhafen, der im Rahmen eines Handelsabkommens von Homer G. Adams' General Cosmic Company errichtet wurde und von ihr betrieben wird.

Auf seiner Fläche von sieben Kilometern Durchmesser (damit entspricht er der auf Kolonialplaneten üblichen Größe) kann der Hafen bis zu 27 Handelsschiffe der STAATEN-Klasse aufnehmen. Wesentliche Exportartikel Shand'ongs sind neben Keramikerzeugnissen, Perlen, Mineralsalzen und seltenen Metallen vor allem das Holz und die Erzeugnisse aus den Früchten der Ssagiskoniferen – die zum Beispiel auf Berengar zum Veredeln von Fruchtsäften benutzt werden.

Erst im 24. Jahrhundert wird der Planet auf Betreiben der Cimarosa-Handels-Holding zu einem Handelspartner des Solaren Imperiums. Die Cimarosas finden sich ebenfalls im Roman; Sertao J. Brewter (genauer gesagt: der Plasma-Agent, der seine Gestalt angenommen hat) erwähnt sie auf Berengar kurz als Teil seiner erfundenen Hintergrundgeschichte, warum er so dringend zur Hundertsonnenwelt muss.

Auch die Cimarosas verdanken wir Hans Kneifel. Er führt sie in Taschenbuch 14 ein (»Die Nacht des violetten Mondes« von 1965) und erwähnt sie neben dem bereits erwähnten Band 23 noch einmal im Dezember 1973 im Taschenbuch »Kampf um Exota Alpha« – und im Heftroman 511, »Das Volk der Sklaven« vom Juni 1971.

Die Cimarosa-Handels-Holding ist ein Handelsunternehmen, das im 24. Jahrhundert 70 Prozent des terranischen Handels mit Exotika kontrolliert. Unter Spencer Cimarosa erreicht die Holding um das Jahr 2330 einen Umsatz von 300 Millionen Solar bei einem Gewinn von circa drei Millionen.

Zudem unterhält die Holding in einem ausgehöhlten Mond eine Geheimstation namens »Der Violette Mond«, die zum Teil aus dem Privatvermögen von Spencer Cimarosa finanziert wird. Ihre Aufgabe ist, vergessene terranische Siedlungsplaneten wieder an das Solare Imperium heranzuführen. Der Violette Mond wird nach dem Tod von Spencer Cimarosa von dessen Sohn Anthony in Absprache mit Perry Rhodan weitergeführt. Davon hören wir allerdings jenseits von Taschenbuch 14 nichts mehr.

Kennern der Serie mag zudem der Name des Kreuzers bekannt vorkommen, der vor der Hundertsonnenwelt Wache hält: MENKE LAAS. Der namensgebende Terraner war im Jahre 2114 n. Chr. ein Monteur an Bord der THEODERICH und gehörte zur technischen Abteilung von Owen DeSoto. Er hat einen kurzen Auftritt in Heft 149, »Kampf um die Hundertsonnenwelt« von Kurt Brand (Juli 1964).

Und wenn wir gerade bei Raumschiffen sind: Sertao J. Brewter tut Dienst auf der DOM HELDER CAMARRA, dem fünften in Serie gestellten Ultraschlachtschiff der Galaxis-Klasse. Dom Hélder Câmarra ist eine real existierende Person; er lebte von 1909 bis 1999, war also zum Zeitpunkt des Erscheinens des Romans noch sehr lebendig.

Câmarra war ein brasilianischer Erzbischof von Olinda und Recife. Er gründete die ersten kirchlichen Basisgemeinden in Brasilien und gehörte zu den profiliertesten Vertretern der Befreiungstheologie. Er galt als einer der bedeutendsten Kämpfer für die Menschenrechte in Brasilien, der in aller Welt die Folterer und Mörder während der Militärdiktatur von 1964 bis 1985 anprangerte.

Warum man in Zeiten des MdI-Zyklus, während dessen Zeit es nun eher weniger friedlich zuging, eine der schlagkräftigsten Vernichtungsmaschinen der bekannten Galaxis nach einem Priester benennt, wird wohl auf ewig Peter Terrids Geheimnis bleiben. Außer, er hätte den Kampf gegen die brasilianische Militärdiktatur mit dem gegen die MdI gleichsetzen wollen.

Hm.

(Und natürlich fragt man sich jetzt, wie die Ultraschlachtschiffe zwei, drei und vier hießen …)

Rainer Nagel

VORSCHAU

Oberstleutnant Nome Tschato, auch der »Löwe« genannt, ist einer der Helden des frühen Solaren Imperiums. Als Kommandant des Schlachtkreuzers LION ist er häufig an den Brennpunkten des galaktischen Geschehens zu finden.

Im Jahre 2341 werden Kinder der Erde von Hypnostrahlen überwältigt und auf die Tigerwelt verschleppt. Dort sollen sie Außerirdischen als Sklaven dienen. Oberstleutnant Tschato erhält von Perry Rhodan den Auftrag, die Spur der kosmischen Kidnapper zu verfolgen …

Nur ein Jahr später wird die GOVERNOR, ein alter Transitionsraumer, zwischen den Dimensionen festgehalten. Fremde aus dem Hyperraum haben einen Tunnel errichtet, aus dem es mit herkömmlichen Mitteln kein Entkommen gibt. Alle Hoffnungen ruhen auf Nome Tschato und der LION …

Zum ersten Mal in der Zaubermond-Reihe veröffentlichen wir Romane des früheren Exposéautors William Voltz, der die PERRY RHODAN-Serie geprägt hat wie kaum ein anderer. Ihre Titel sind:

INS WELTALL ENTFÜHRT
und
TUNNEL IN DIE UNENDLICHKEIT